1547

RECUEIL

DE

DISSERTATIONS

SUR

DIFFÉRENS SUJETS D'ANTIQUITÉ.

Les Mémoires qui composent ce Recueil sont extraits des nouveaux Mémoires de l'Académie des inscriptions et belles-lettres de l'Institut.

Il n'en a été tiré que cinquante exemplaires sur grand pap. fin, dont les planches sont coloriées avec soin. Elles sont en noir dans les volumes de l'Académie.

On trouve chez les mêmes Libraires les Ouvrages suivans de M. QUATREMÈRE DE QUINCY.

Le Jupiter Olympien, *ou* l'Art de la Sculpture en or et en ivoire. *Paris,* 1815, *gr. in-fol. fig. color. cart*........................ 200ᶠ 00ᶜ

Lettres sur le projet d'enlever les monumens de l'Italie, nouvelle édition. *Rome,* 1815, *gr. in-8.º, br:* — Considérations morales sur la destination des ouvrages de l'art. *Paris,* 1815, *gr. in-8.º, br*........... 4ᶠ 50ᶜ

Le dernier ouvrage séparément........................... 2. 00.

Lettres écrites de Londres à Rome, et adressées à M. Canova, sur les marbres d'Elgin, ou les sculptures du temple de Minerve à Athènes. *Rome,* 1818, *gr. in-8.º, br. pap. vél*.................... 7ᶠ 00ᶜ

Les mêmes Lettres, *papier ordinaire*..................... 5. 00.

Il n'a été tiré de ce dernier ouvrage qu'un très-petit nombre d'exemplaires.

RECUEIL

DE

DISSERTATIONS

SUR

DIFFÉRENS SUJETS D'ANTIQUITÉ,

PAR M. QUATREMÈRE DE QUINCY,

MEMBRE DE L'ACADÉMIE DES INSCRIPTIONS ET BELLES-LETTRES,
ET SECRÉTAIRE PERPÉTUEL DE L'ACADÉMIE DES BEAUX-ARTS
DE L'INSTITUT.

DE L'IMPRIMERIE ROYALE.

A PARIS,

Chez DE BURE frères, Libraires du Roi et de la Bibliothèque du Roi,
rue Serpente, n.° 7.

1819.

TABLE DES MÉMOIRES

CONTENUS DANS CE VOLUME.

MÉMOIRE

RECUEIL

DE

DISSERTATIONS

SUR

DIFFÉRENS SUJETS D'ANTIQUITÉ.

MÉMOIRE

SUR

LA DESCRIPTION DU BOUCLIER D'ACHILLE

PAR HOMÈRE.

Homère, comme l'on sait, a été, dans tous les siècles
l'objet constant de la censure des uns, et de l'admiration
des autres ; mais toutes les querelles de goût et d'opinion
qu'a excitées ce poète immortel, toutes les sortes de guerre
qui ont eu lieu à son égard chez les anciens, sont oubliées.
Il en sera bientôt à peu près autant de ce débat qu'a vu
renouveler sur son compte le XVII.ᵉ siècle. Il faut dire

cependant que cette dernière querelle eut un caractère nouveau : ce fut moins un combat littéraire qu'une guerre d'amour-propre et de vanité ; ce fut une sorte de révolte de l'orgueil d'une époque contre la gloire d'une autre. Les nouveaux antagonistes d'Homère ne pouvoient supporter l'idée qu'un homme soit réputé pendant vingt-six siècles le prince des poètes. La durée d'une telle prééminence leur paroissoit une injure faite en général à l'esprit humain, et en particulier à une époque du monde où les progrès d'une multitude de connoissances leur sembloient attester la supériorité des modernes sur les anciens. Ils ne comprirent pas que l'expérience et le laps des années, qui ajoutent sans cesse aux acquisitions de la raison chez l'homme, ne font rien gagner à son imagination ; qu'il y a des temps et des mœurs pour chaque genre ; que dans le cours des sociétés, comme dans celui de l'année, ou de la vie humaine, il y a des saisons et des âges qui ne reviennent plus, et que, de toutes les méprises de goût, une des plus grandes est de prétendre juger du mérite d'un temps avec l'esprit d'un autre.

Tel fut le principal vice de la critique des modernes antagonistes d'Homère, et sur-tout de la Motte. Il blâmoit les mœurs des siècles héroïques, précisément parce qu'elles étoient poétiques ; il portoit la froide mesure de l'analyse et le compas du géomètre dans des inventions qui n'eussent jamais existé avec l'esprit géométrique et analytique.

C'est sur-tout dans la censure de la description du bouclier d'Achille par la Motte, que se fait bien remarquer cette sorte de travers, qui consiste à soumettre l'œuvre du sentiment et de l'imagination au seul jugement de la raison et du calcul.

Selon lui, le choix des sujets décrits sur le bouclier est défectueux, *parce que ces sujets, dit-il, n'ont rien qui ait du rapport avec le sujet du poème ; et Homère auroit dû y faire représenter par Vulcain l'histoire d'Achille, comme Virgile a fait graver sur le bouclier d'Énée celle des descendans du fondateur de Rome.* Comment la Motte n'a-t-il pas vu que les exploits des successeurs d'Énée sont l'objet ou du moins le but principal du poème de Virgile, lorsque l'historique de la famille d'Achille n'eût pas même eu dans l'Iliade l'intérêt d'un accessoire ?

Iliade de la Motte, discours sur Homère, p. 165.

Un reproche non moins futile, mais plus propre à faire connoître le faux esprit de sa critique, est celui qu'il adresse à Homère sur le même sujet, lorsqu'il y reprend, comme un défaut de vérité, l'espèce de vie et de mouvement que le poète s'est plu à donner aux objets et aux personnages de sa description. Certes, il faut être bien peu poète pour contester à la poésie l'emploi d'une semblable licence. Nous verrons, au contraire, qu'il n'y a pas d'autre moyen d'éviter la froideur dans laquelle tombe nécessairement toute description d'objets, lorsqu'ils sont réduits à ne figurer dans le tableau poétique que comme objets matériels de l'art, et, par conséquent, à n'être que l'imitation d'une imitation.

Mais le grief le plus sérieux, le plus réel, des nouveaux détracteurs d'Homère contre sa description du Bouclier d'Achille, et sur lequel ils triomphoient avec le plus de confiance, est celui qui se rapporte au nombre et à l'étendue des sujets de figures décrites par le poète, parce que, selon eux, on devoit rapprocher à la rigueur ce nombre et cette étendue, de l'espace vrai que présente en réalité un bouclier de quatre pieds de diamètre. .

Sur ce point j'adopte en entier l'avis de ceux qui pensent qu'on a mal-à-propos justifié Homère de ce qui, loin d'être une faute, est au contraire un mérite, et que cette accusation est du nombre de celles auxquelles on donne de la consistance en les réfutant sérieusement. Je crois que les apologistes d'Homère ont eu ici deux torts : l'un, de vouloir avoir trop raison, en invoquant, pour justifier la description du bouclier, le témoignage du sens physique, quand il ne falloit recourir qu'au suffrage du sens moral et du goût ; l'autre, d'avoir produit (puisqu'ils invoquoient la preuve par dessin à l'appui de leurs moyens justificatifs) une composition dessinée tout-à-fait insuffisante, et qui, en ne tranchant qu'une partie de la difficulté, pouvoit laisser à l'objection la facilité de se reproduire.

Je veux parler ici de cette partie de l'apologie d'Homère par Boivin, où ce savant critique a jugé à propos d'employer à la défense du bouclier d'Achille le secours du dessin, et de montrer que tous les sujets décrits par le poète sur ce bouclier, pouvoient y être renfermés en toute réalité.

Peut-être, comme je l'ai déjà dit, ne falloit-il ni défendre Homère sur ce point, ni le défendre par le moyen même de la démonstration graphique. Si le goût enseigne que le poète n'étoit tenu de se conformer en aucune sorte, dans sa description, aux convenances du dessin ou de la sculpture, prouver qu'il est resté fidèlement dans des limites qu'il avoit le droit de franchir, c'est consentir en quelque sorte à l'accusation ; c'est en reconnoître, sinon la vérité, au moins la légitimité.

Mais

Mais, l'accusation admise, il falloit, ce me semble, que l'apologie fût entière. C'est ce que n'a pas fait Boivin.

C'est ce que je me propose de faire, en réunissant par des considérations nouvelles, par la comparaison des descriptions du même genre chez d'autres poètes, par l'exécution d'un nouveau dessin du bouclier, et par quelques observations relatives à l'art, tout ce qui peut compléter la justification du poète. Puisqu'il se trouve enfin que, sans en avoir besoin, Homère a été réduit à repousser de vaines accusations, je tâcherai qu'il n'ait plus du moins à se défendre contre ses défenseurs.

J'ai donc pour objet de montrer dans cette dissertation, et dans le dessin qui l'accompagne, que l'invention des sujets décrits sur le bouclier d'Achille par Homère est la plus judicieuse de toutes les inventions semblables chez les poètes qui sont venus depuis; qu'elle est celle de toutes qui se renferme avec le plus d'exactitude dans les limites, soit de l'espace superficiel donné, soit des convenances auxquelles l'art du sculpteur peut être assujetti; que le dessin de Boivin, bien qu'il ait eu l'assentiment général des traducteurs et commentateurs d'Homère, ne fait qu'éluder les objections qu'il pouvoit détruire, et ne resserre les sujets de la composition dans l'espace convenu, qu'en tronquant les sujets et en dénaturant la composition; que le système dans lequel le dessinateur a conçu le développement des idées du poète, est contraire à l'esprit et au goût de l'antique, et fait supposer une autre espèce d'art et d'autres moyens imitatifs que ceux qui régnoient au temps d'Homère, et qu'Homère lui-même a clairement désignés; qu'il est possible, comme je le ferai voir dans un nouveau

B

dessin, de renfermer exactement tous les sujets décrits par Homère, sur l'espace superficiel qui leur est assigné; enfin, qu'il ne s'agit, dans l'ouvrage de Vulcain, ni de peinture ni de couleurs à l'usage du peintre, mais bien de la sculpture sur métaux, et d'un genre de travail où des matières diverses par leur couleur produisoient, dans leur combinaison, un semblant et un équivalent approximatif de l'art de peindre.

De la Description du Bouclier d'Achille comparée aux Descriptions semblables de différens Poètes.

Il y a, ce me semble, une considération préliminaire qui devoit empêcher la critique de rapprocher aussi rigoureusement qu'on s'est permis de le faire, la conception poétique du bouclier d'Achille, de l'exécution réelle et positive à laquelle on a voulu soumettre les idées et les images de cette description ; c'est qu'au fond Homère n'avoit, du moins quant à l'espèce, qu'un modèle imaginaire, et qu'il ne devoit à un semblable modèle qu'une imitation libre et arbitraire.

Le simple bon sens nous dit que dans un poème de la nature de l'Iliade, où la fiction se mêle à la vérité, où un petit nombre de faits historiques ne sert, si l'on peut dire, que de fondement à l'édifice poétique, où par conséquent les proportions de tous les objets sont assujetties à un tout autre module que celui de la réalité, il y a une multitude de rapports dont on ne doit demander au poète ni géométriquement ni physiquement compte. Le monde poétique a aussi, j'en conviens, ses proportions, ses convenances et ses vraisemblances : il y faut aussi de l'accord. Il faut sans doute y observer des rapports, mais non pas de ceux qui se vérifient, soit par l'expérience physique, soit dans la balance de la critique, soit avec l'équerre et le compas de l'artiste.

Ceci sera bien plus vrai encore, si nous nous plaçons au point de vue pour lequel les poèmes d'Homère furent composés, c'est-à-dire, si nous nous reportons au pays et au temps où tout ce qui nous paroît aujourd'hui simplement fiction poétique, étoit croyance religieuse : car il faut penser qu'une grande partie de ce merveilleux auquel nous ne nous prêtons qu'en poésie, étoit alors du domaine des opinions consacrées, et avoit cours dans tous les esprits.

D'après cela, il n'y auroit dans le fait que deux mots à dire par rapport à la description du bouclier d'Achille, si cette composition sortoit des limites du possible en fait d'exécution : savoir, de notre part, que ce bouclier n'exista point, et qu'ainsi l'on doit le juger comme une fiction poétique dans les régions imaginaires de l'art ; de la part des Grecs, que ce bouclier étoit l'ouvrage d'un dieu et d'un art surnaturel ; qu'ainsi l'on ne doit pas y appliquer les mesures d'exécution qui limitent les ouvrages de l'homme.

Qu'enseigne ensuite le goût sur l'esprit dans lequel doivent être faites et jugées les descriptions poétiques des ouvrages de l'art, tels que le bouclier d'Achille ? Il nous dit, ce me semble, que de telles descriptions ne doivent pas aspirer à paroître des portraits tracés fidèlement d'après un modèle donné; qu'elles sont au contraire,

B 2

pour le poète, de simples motifs, et quelquefois même des prétextes d'introduire de la variété dans sa composition, et d'étaler les ressources de son imagination.; qu'il n'est point tenu d'enchaîner son génie par la froide et timide hypothèse qui feroit, de sa description, la copie servile d'un original prétendu existant ; et le goût dit encore qu'il faut juger ces descriptions avec l'esprit qui les a dictées au poète.

Les exemples sur ce point sont d'accord avec la théorie; et effectivement tous les poètes depuis Homère, non-seulement ont traité dans cet esprit toutes les descriptions épisodiques d'ouvrages d'art, mais se sont même beaucoup plus écartés que lui, du point de fidélité positive qu'on semble vouloir donner pour terme et pour règle à ce genre d'imitation. Si l'on compare à leurs compositions celle du bouclier d'Achille, on trouvera, je pense, que l'auteur de l'Iliade a surpassé tous sés successeurs, je ne dis pas seulement dans ce qui constitue la raison ou la nécessité de semblables descriptions, mais dans la mesure des convenances que le goût a le droit d'imposer à ces sortes de fictions.

C'est, on doit le dire, sans besoin réel, sans raison nécessaire, que l'auteur du poème des Argonautiques a enrichi son ouvrage d'une description tout-à-fait pareille, pour le genre, à celle du bouclier d'Achille ; je dis sans raison puisée dans le sujet ou l'action du poème. Jasòn se revêt d'une chlamyde de pourpre que Minerve lui avoit donnée, lorsqu'il monta pour la première fois le navire Argo ; et cela seul est une occasion pour le poète de se livrer, dans un épisode de cinquante vers, à la description de tous les sujets brodés sur cette étoffe. Je suis fort

Apollon. de Rhode, Argonaut. l. 1, v. 720 et suiv.

éloigné de vouloir l'en blâmer : je conçois qu'on trouve
du plaisir à voir se développer sur la bordure de la chlamyde, les tableaux successifs qu'une savante aiguille est
supposée y avoir tracés. Personne, je pense, n'a encore
eu l'idée de s'informer s'il existe un véritable accord de
mesure entre la largeur de l'étoffe et le nombre des tableaux.
Le talent de l'écrivain consiste à faire perdre de vue la
chlamyde, à faire oublier le fond matériel des sujets brodés,
à produire, en un mot, dans l'imagination de l'auditeur
ou du lecteur, l'échange de l'objet imitant contre l'objet
imitable.

Qui ne voit toutefois combien Homère a d'avantage sur
Apollonius, dans ce qui constitue la raison et la nécessité
de sa description? Quel intérêt peut-on mettre à la chlamyde de Jason? Il est visible que cette étoffe, dont la
fabrication nous est indifférente, ne se trouve avoir des
sujets peints, que pour que le poète les décrive. Au contraire, Achille a perdu ses armes par l'effet de la mort de
Patrocle ; il lui faut un nouveau bouclier. Il invoque sa
mère, qui s'adresse et ne pouvoit s'adresser qu'à Vulcain.
Ainsi le poète se trouve conduit dans l'atelier du divin
forgeron, et tout naturellement il nous fait assister à l'exécution même des ouvrages dont il fait le récit. Rien n'arrive sans raison ; tout est nécessaire.

Quant au genre dramatique dans lequel Homère s'est
plu à décrire la plupart des sujets gravés sur son bouclier,
en les faisant sortir de ce fonds stérile que présenteroit au
poète l'obligation d'un récit technique, il me paroît qu'en
usant librement du droit qu'a la poésie de tout vivifier,
il est cependant resté dans des termes plus d'accord avec le

goût et la raison, que ne l'ont fait quelques-uns de ses successeurs, dont on n'a point toutefois condamné les li-
cences.

Je ne saurois croire que Catulle, même selon les maximes
les plus indulgentes de la théorie du goût, soit exempt de
tout reproche, dans sa description des sujets peints ou bro-
Catull. de nupt. dés sur la draperie du lit nuptial de Thétis et de Pélée.
Pelei et Thetid. Je ne parle ici ni du défaut de raison nécessaire de cette
v. 50. description, ni de son défaut de proportion avec le poème.
Il suffit de dire que ce poème est un épithalame (1). Or
on sait que ces sortes d'ouvrages n'ont guère de fond à
eux propre, et que les accessoires y deviennent souvent
le principal. Voilà, ce me semble, ce qui peut excuser
Catulle, et le justifier sur la disproportion qu'on a remarquée entre le sujet et l'épisode de son poème.

Mais par quelle considération légitimer la métaphore
employée par Catulle, pour donner plus que de la vie
et plus que du mouvement aux figures peintes qu'il décrit!
On sait qu'il ne se contente pas de les supposer vivantes;
il leur prête encore la parole ; il les fait discourir entre
elles ; il nous les fait entendre. Certes, la métastase est bien
plus hardie. Que la description poétique d'une peinture
ajoute la réalité du mouvement à l'apparence, qui est la
seule ressource du peintre, elle ne sort pas entièrement

---

(1) Plus d'un critique a pensé que
Catulle avoit emprunté ce morceau
de quelque ancien poème Grec qui ne
nous est pas parvenu. M. de Villoison
croyoit que l'original pouvoit être de
Callimaque. Vossius attribuoit cet
épithalame à Sapho. Mais presque
tout le monde s'accorde à reconnoître
dans l'ouvrage du poète Latin le caractère de la traduction, c'est-à-dire,
des tournures Grecques et quelque
chose de pénible qui annonce la con-
trainte du traducteur.

de la nature de l'objet décrit, elle reste toujours dans le cercle des impressions dépendantes de l'organe de la vue ; on pourroit même dire qu'elle accomplit en quelque sorte le dessin du peintre. Mais prêter des sons aux personnages du tableau qu'on décrit, leur mettre dans la bouche des discours suivis, ce n'est plus une liberté, c'est un contre-sens ; ce n'est plus décrire un tableau, c'est rendre compte d'une scène de théâtre. Faire entendre une peinture, c'est faire parler la pantomime ; c'est s'adresser à un sens, avec l'organe qui correspond à un autre.

Je sais que ces convenances métaphysiques pourront paroître de vaines subtilités au lecteur, qui ne cherche que le plaisir, sans s'inquiéter de la manière dont on le lui présente. Ainsi j'accorderai, si l'on veut, que la beauté des plaintes d'Ariane, et des adieux d'Égée à son fils, doit faire pardonner à Catulle cette transgression vi-cieuse des limites de son art : mais il n'en sera que mieux prouvé combien Homère est resté plus fidèle observateur des convenances, dans lesquelles la théorie du goût res-treint les descriptions des ouvrages de l'art, et les libertés que le poète peut s'y permettre.

Homère a sans doute pu excéder aussi, par le nombre et l'étendue des images que les sujets de son bouclier l'ont mis à portée de décrire, la dimension rigoureuse dans la-quelle l'artiste, composant les mêmes sujets, se trouveroit renfermé. Je dis qu'il l'a pu faire légitimement, et je dirai plus bas comment cet excès n'est qu'apparent, et tient à la nature seule de la description poétique.

Quant au droit, il est incontestable ; c'est celui de la poésie, et il consiste à remplacer dans la description

d'une peinture, l'objet de l'art par l'objet de la nature,
la copie par le modèle. Cette transposition admise, il en
résulte pour elle le droit de rentrer dans les moyens d'imitation qui lui sont propres ; c'est-à-dire, de peindre les
objets et les personnes, non pas renfermés dans un espace
de temps et de lieu circonscrit, mais comme pouvant se
succéder dans des espaces indéterminés. Le bas-relief, le
tableau, ne présentent qu'un point donné de l'espace, qu'un
instant de l'action. La narration poétique du même sujet
de sculpture ou de peinture paroîtra beaucoup plus étendue, sans l'être réellement davantage ; c'est qu'on est beaucoup plus de temps à entendre le récit d'une action par
des paroles, qu'à en voir la représentation par des figures.
Les descriptions des sujets du bouclier d'Achille, faute par
les critiques d'avoir fait cette observation, ont dû paroître
plus nombreuses et plus étendues que les sujets de leur
modèle : cela tient à la nature de l'art qui peint par les
paroles et par le récit, et qui est libre de montrer ce qui
précède ou ce qui suit le moment donné, et le point
unique du tableau.

Comme le récit, pour plaire à l'égal du tableau dans
la représentation d'une action, doit remplacer par le développement des circonstances la vertu attachée à la puis-
sance de faire voir l'action même, il est non-seulement
naturel, mais nécessaire, que le poète, traitant le sujet
du peintre, amplifie sa composition. De même, si, à son
tour, le peintre vient à travailler sur ce qui est le sujet du
récit du poète, il sera forcé d'en supprimer tout ce qui
sort du cercle étroit de temps et d'espace où il doit se
renfermer ; c'est-à-dire qu'il abrégera les détails de la

narration, et retranchera précisément ce qui est le propre de la poésie.

Ainsi nous verrons que si la description des sujets gravés sur le bouclier d'Achille paroît comprendre plus d'espace que son modèle présumé, cet excédant d'espace n'est que dans l'imagination du lecteur, et n'est autre chose que celui dont le poète a besoin pour traduire dans sa langue les images du peintre. Qu'on supprime de cette sorte de traduction la part du poète, et l'on verra, je l'espère, tous les sujets décrits se ranger fort à leur aise dans les espaces matériels du bouclier, sous le crayon du dessinateur.

Il y a du savant et spirituel Lessing, qui l'a emprun-tée de Servius (1), une autre observation sur le système poétique d'Homère dans la description du bouclier ; c'est qu'obligé de peindre en poète, ou, autrement dit, de faire passer devant nos yeux des actions et des images succes-sives, il ne nous montre pas le travail fini d'un bouclier tout fait, mais il nous rend les témoins de l'exécution de chaque sujet, et de l'action même de l'artiste ; ce qui le met à portée de représenter moins l'ouvrage de l'art que sa création. Par cet ingénieux procédé, qui consiste *à rendre successif dans le récit ce qui est coexistant dans le bas-relief de métal, le poète se trouve dans le cas de substituer à l'ennuyeuse description d'un corps le tableau vivant d'une action.* Nous voyons, dans ce système élémentairement poétique, les personnages, les sujets, leurs détails, sortir, à mesure qu'ils s'exécutent, des mains du divin ouvrier, en se suc-cédant sous son outil créateur. Cette manière habile de

Laocoon, oder über die Gren-zen der Mah-lerey und Poe-sie, p. 260.

_____

(1) *Sanè interest inter Virgilii et* | *dum fiunt narrantur ; hîc verò perfecto Homeri clypeum : illic enim singula* | *opere noscuntur.* Ad v. 625 l. VIII Æn.

C

décrire, non la chose produite, mais l'action qui la produit, fait rentrer sa description dans le vrai domaine de la poésie, qui sait particulièrement peindre les corps par les actions, lorsqu'il est essentiellement du ressort de la peinture d'exprimer les actions par les corps.

Que si l'on prétend qu'Homère n'a point agi en vertu d'observations aussi déliées, ni par l'effet d'une théorie dont les élémens n'ont pu être discernés que long-temps après lui, j'en serai d'accord, pourvu qu'on le soit aussi qu'il est des hommes chez qui le sentiment du vrai en remplace la science, dont le génie devine les principes d'où naissent les règles, qui, sans en avoir appris une seule dans les livres, les ont toutes enseignées par leurs exemples, et qu'un de ces hommes-là fut l'auteur de l'Iliade.

On ne peut s'empêcher de reconnoître encore en lui une supériorité de jugement et de goût, si l'on prend la peine de comparer la description du bouclier d'Achille aux descriptions, toutes semblables pour l'espèce, des boucliers d'Hercule par Hésiode, et d'Énée par Virgile, et sur-tout si l'on veut soumettre ces deux dernières, sur le point de critique dont il s'agit, à l'épreuve, soit des mêmes principes, soit des mêmes applications.

Les critiques, tant anciens que modernes, sont partagés d'opinion sur la question de savoir si le poème ou le fragment de poème intitulé le *Bouclier d'Hercule* est ou n'est pas d'Hésiode. Les uns ont prétendu qu'on n'y reconnoissoit ni son style simple, ni sa manière naïve, à en juger sur-tout par celui de ses ouvrages, savoir, les Ἔργα καὶ Ἡμέραι *[Opera et Dies]*, que personne ne lui a contesté, et le seul, dit Pausanias, que les Bœotiens de

De scriptis Hesiodi Albert. Fabricius.
Hésiode, édit. de Robinson.
Ibid. la dissert. en tête de l'ouvr.
Paus. l. IX, ch. XXXI.

l'Hélicon reconnoissoient pour une production authentique de son génie, parmi toutes celles qu'on lui attribuoit.
D'autres ont pensé qu'Hésiode avoit dû changer de style
et de manière selon les sujets, et que, le morceau du bouclier d'Hercule, soit poème, soit partie d'un poème, étant
du genre héroïque, l'auteur avoit naturellement élevé son
style et son ton au niveau de son sujet.

Il y a encore sur Hésiode un autre point de contestation entre les commentateurs ; c'est l'âge où il vécut. Il
en est qui le font antérieur et il y en a qui le croient
postérieur à Homère ; et le Bouclier d'Hercule, en l'accordant à Hésiode, n'est qu'un sujet de dispute de plus. Il
s'y trouve, en effet, tant de similitudes avec le bouclier
d'Achille, qu'on est forcé d'avouer que l'un des deux a
servi de modèle à l'autre. Or chacun argumente de ces
ressemblances, selon son opinion sur l'antériorité de l'un
ou de l'autre poète ; car comment démontrer lequel des
deux ouvrages est l'original, et lequel est la copie?

Démontrer en ce genre, je pense que cela ne se peut,
sur-tout si l'on doit appeler le goût pour juge de ce procès.
Le goût, dans ces sortes de contestations, ne prononce
rien d'absolu ; il se contente d'indiquer le vrai, de le
faire sentir. Faute de meilleure autorité, on peut donc
toujours, dans de semblables matières, réclamer son suffrage.

Il est certain d'abord que le bouclier d'Hercule contient
un assez grand nombre de sujets qui sont les mêmes que
ceux du bouclier d'Achille. Les principaux points de similitude sont,

1.º La description des deux villes : l'une en guerre, où

C 2

sont représentées toutes les fureurs de Mars ; l'autre jouissant des douceurs de la paix, où se donnent des festins et se célèbrent des fêtes nuptiales ;

2.° Les descriptions du labourage, de la moisson, de la vendange et des pâturages ;

3.° L'idée de faire environner le bouclier par les flots de l'Océan.

Mais maintenant ce qu'il faut dire, c'est que ces sujets, qui, comme on le verra par la suite, composent la presque-totalité des objets décrits sur le bouclier d'Achille, forment la moindre partie des compositions de celui d'Hercule. Comme il importe aux conséquences que ce parallèle peut faire tirer, de connoître l'étendue des matières de chaque description, je vais, en les réduisant au simple intitulé des sujets, énumérer tous les objets de la description d'Hésiode.

Hesiod. Ἀσπὶς Ἡρακλέυς, v. 144 et seq.

1.ᵉʳ Sujet. Au milieu du bouclier, un dragon effroyable. *2.ᵉ Sujet.* Au-dessus de la tête du dragon, Érinnys environnée des ossemens de ses victimes, excitant les hommes aux combats : elle est accompagnée de l'attaque, de la fuite, du tumulte, de la terreur et de l'homicide. *3.ᵉ Sujet.* Les Parques, Κῆρἀ, tenant d'une main un blessé, de l'autre un mort et un vivant. *4.ᵉ Sujet.* Combat de deux dragons contre des sangliers et des lions. *5.ᵉ Sujet.* Combat des Lapithes et des Centaures : d'une part, Cænée, Dryas, Pirithoüs, Hopleus, Exodius, Phalerus, Prolochus, Mopsus, Titaresius, Thésée ; d'autre part, les Centaures Petreus, Asbolus, Arctus, Hurius, Peucides, Perimèdes, Dryalus. *6.ᵉ Sujet.* Mars et ses terribles coursiers, la Terreur, la Crainte, Minerve toute armée. *7.ᵉ Sujet.* Le chœur des immortels ou l'assemblée de l'Olympe, Apollon jouant de la lyre. *8.e Sujet*. Les neuf Muses se disputant le prix du chant. *9.e Sujet*. Un port de mer : sur les flots sont représentés des poissons et des dauphins ; sur le bord sont des pêcheurs. *10.e Sujet*. Persée volant avec la tête de Méduse ; les Gorgones le poursuivent. *11.e Sujet*. La ville en guerre, les femmes sur les tours, les vieillards sortent de la ville levant les mains au ciel. *12.e Sujet*. Combat où se voient les Parques, la terreur, la désolation. *13.e Sujet*. La ville en paix, les danses, les mariages, les chœurs de musique. *14.e Sujet*. Course de chars hors de la ville. *15.e Sujet*. Labourage. *16.e Sujet*. Moisson. *17.e Sujet*. Vendange. *18.e Sujet*. Lutte et combats gymnastiques. *19.e Sujet*. Chasses. *20.e Sujet*. Prix pour la course aux chars. *21.e Sujet*. L'Océan autour du bouclier.

En réduisant ces sujets au moindre nombre, et en portant, comme on le verra, ceux du bouclier d'Achille au plus grand, on trouve déjà que l'auteur du bouclier d'Hercule excède du double en quantité les descriptions d'Homère. Si l'on regarde ensuite à la nature des sujets, il est facile de juger qu'aucun de ceux d'Hésiode n'est moins abondant en objets et en personnages ; qu'au contraire il s'y en trouve plusieurs, tels que ceux des Muses et de la Centauromachie, dans lesquels le nombre des individus étant donné par le poète, ne pourroit être réduit par le dessinateur. On remarque encore que l'auteur du bouclier d'Hercule a employé à sa description quatre-vingts vers de plus qu'Homère. Enfin la seule énumération qu'on a faite des sujets décrits, a dû montrer qu'il y a dans cet ouvrage, outre plusieurs répétitions, une

espèce de surcharge, un luxe d'objets inutiles, de détails
surabondans.

Je ne sais si je me trompe, mais il me semble que c'est
le propre de l'écrivain qui vient après, de s'appliquer à
amplifier la matière plutôt qu'à la restreindre. Le plagiaire
se décèle ordinairement par le soin même qu'il prend pour
cacher ses larcins; et une de ses ressources est de mettre
le plus à la place du mieux. Si cela est, on peut présumer que des deux descriptions de bouclier, la plus nombreuse en objets, en détails et en variétés, doit être la
moins ancienne : d'où il résulteroit que si l'Ἡρακλέϛϛ ἀϖίϛ
est d'Hésiode, il serviroit à prouver qu'Hésiode fut postérieur à Homère.

Si l'on parvenoit à prouver le contraire, il resteroit
encore à Homère une gloire peut-être plus rare que celle
de l'invention : ce seroit d'avoir porté dans son imitation
cette mesure de goût, ce choix judicieux, qui améliorent
quelquefois l'œuvre du génie en lui donnant de plus justes
proportions, et d'avoir mérité par-là le titre, non d'imitateur, mais de second créateur. Il résulteroit encore de
là, qu'en réduisant de plus de moitié les sujets du bouclier d'Hercule, Homère auroit fait preuve, sur le point
de critique qui nous occupe, d'un sentiment de convenance très-supérieur à celui de son modèle; car j'avoue
que, pour faire rentrer tous les sujets de la description
d'Hésiode dans l'espace réel d'un bouclier, il faudroit
avoir recours, soit à une méthode d'abréviation très-for-
cée, soit à des hypothèses qui, sans être inadmissibles,
s'éloigneroient beaucoup de la vraisemblance en cette
matière. Non, encore une fois, que même ce que le dessi-

nateur jugeroit impossible pour son art, dût se regarder
comme interdit dans la description à l'art du poète ; je
pense l'avoir assez dit : mais , puisqu'on a accusé Homère
d'un excès qui n'en seroit pas un en poésie , pourquoi
se refuseroit-on , dans cette apologie , à reconnoître qu'il
est de tous les poètes celui chez qui ce défaut, s'il falloit
l'appeler ainsi , a le moins de réalité ou même d'apparence !

La chose deviendroit plus sensible encore , si j'entre-
prenois de confronter (sous le rapport de l'exécution graphique) à la description du bouclier d'Achille celle du
bouclier d'Énée par Virgile. Cet épisode est trop connu,
et ses détails sont trop présens à la mémoire de chacun,
pour qu'il soit nécessaire de les retracer ici.

On se rappelle que Virgile a fait graver par Vulcain, *Æneid. l. VIII.*
sur le bouclier du premier fondateur de Rome , une espèce
d'abrégé de toute l'histoire Romaine, depuis Romulus jusqu'à la bataille d'Actium , et même jusqu'au triomphe
d'Auguste inclusivement. Or il est constant que , dans le
très-grand nombre des sujets de cette composition , il y
en a qui ne pourroient être rendus en dessin que par une
multitude de figures et de personnages : tels sont les sujets
de la guerre de Porsenna , de la prise de Rome par les
Gaulois , de la vue des Enfers et des Champs - Élysées.
Cela sera encore plus vrai de la bataille navale d'Actium et
de ses suites. Que dire enfin de la cérémonie du triomphe
d'Auguste, où l'on devroit représenter tout l'univers soumis, et tous les peuples vaincus, chacun avec leurs habits
particuliers , formant le cortége du triomphateur ! Il me
semble que de toutes les compositions du même genre
il n'y en a pas une où le poète ait plus outre-passé les

bornes de l'exécution graphique, ait plus méconnu ce qui pouvoit être le type matériel de ses sujets et quelle étoit l'étendue de son cadre, se soit plus permis enfin de substituer la description des objets eux-mêmes à la description de leur image.

Cependant personne ne s'est jamais avisé de blâmer Virgile d'en avoir usé ainsi. Qui n'aime pas mieux être transporté par la magie du poète sur les champs de bataille et sur la scène des révolutions de Rome, que d'être réduit à tourner en idée autour d'un disque de quelques pieds, devant des sujets prétendus de bas-relief, dont la description technique ne pourroit faire soupçonner ni l'art ni la composition réelle? Ce seroit de la part de l'écrivain, dans ses descriptions épisodiques des ouvrages de l'art, une idée fausse et rétrécie, que de se croire assujetti par sa propre fiction à mesurer ses pas sur ceux d'un art qui n'est pas le sien. Je pense que la censure lancée contre Homère sur ce point ne part pas d'un jugement moins étroit, et je persiste à croire qu'elle ne méritoit pas au fond une réfutation sérieuse.

Toutefois cette réfutation a eu lieu; et le mal est encore, selon moi, qu'une justification inutile en point de goût, soit demeurée incomplète et même équivoque sur le fait de l'art : en sorte que si les accusateurs d'Homère n'eussent pas été moins instruits en cette partie que ses défenseurs, ils auroient pu se prévaloir, en faveur de leur accusation, des moyens mêmes de la défense. Ce ne sera donc plus la censure du bouclier d'Achille par la Motte ou Perrault, mais son apologie par Boivin, que je vais examiner.

Défauts

*Défauts principaux du goût et du système de composition
suivis par Boivin dans le Dessin de son Bouclier.—
Du système et du goût qu'on se propose de suivre dans
un nouveau Dessin du Bouclier d'Achille.*

M. BOIVIN le cadet (autrement appelé *Jean Boivin*),
membre des plus distingués de l'Académie des inscriptions
et belles-lettres, n'avoit pu rester simple spectateur dans
la querelle, ou, si l'on veut, la guerre des anciens et des
modernes, dont on a déjà parlé. Homère, son auteur
favori, et qu'il avoit appris par cœur dès sa jeunesse,
étoit le but contre lequel les adversaires de l'antiquité
tournoient toutes leurs forces. Il en entreprit l'apologie,
et particulièrement (dit M. de Boze) celle du bouclier
d'Achille, sur lequel sembloient tomber tous les traits
des modernes.

*Éloge de M.
Boivin, Mém. de
l'Ac. des inscr. et
belles-lettr. Hist,
t. VII, p. 383.*

Pour mieux se faire entendre, et pour réfuter plus vic-
torieusement le reproche de disproportion entre les sujets
de la description et l'étendue d'un bouclier, le défenseur
d'Homère imagina d'en appeler à l'expérience du dessin,
et au jugement de l'œil, irrécusable arbitre en matière
d'art. Il recueillit donc les principaux motifs des sujets
décrits par le poète, et il les distribua en autant de compartimens régnant autour de la circonférence de la partie
convexe d'un bouclier circulaire. C'étoit là sans doute un
argument qui pouvoit être sans réplique.

Ce dessin fait partie de l'*Apologie d'Homère*, ouvrage
rempli d'observations fines et judicieuses. On se permettra de faire observer encore que c'est en son genre
un modèle du bon ton et de la politesse qu'on peut

Pag. 236.

D

porter jusque dans les débats littéraires les plus animés : aussi reçut-il des éloges de l'un et de l'autre parti. Quant au dessin du bouclier, il produisit dans le temps tout l'effet que l'auteur pouvoit s'en promettre. Depuis on a continué de le regarder comme une réponse toute faite à ceux qui s'aviseroient de renouveler l'accusation. Pope a prodigué les applaudissemens à l'idée de Boivin, et s'est prévalu de cette traduction en dessin peut-être au-delà de ce qu'il convenoit. M. de Caylus a cru ne pouvoir mieux faire que de l'adopter dans son entier ; et en reproduisant par comparaison le dessin du bouclier d'Hésiode, conçu dans le même système et le même goût de composition, non-seulement il a sanctionné l'ouvrage de Boivin, mais il l'a rendu, si l'on peut dire, classique. Ce bouclier gravé est devenu, en un mot, une des pièces justificatives d'Homère, et les plus récens traducteurs ou commen- *Traduct. de* tateurs de ce poète n'ont pas manqué d'en enrichir leurs *Bitaubé.* éditions.

Avant de discuter avec plus de détails, et en parallèle avec une autre manière de voir, le projet de composition présenté par le savant académicien, je dois dire que les défauts que je lui reprocherai, sont peut-être moins ceux de sa propre conception, que ceux du dessinateur qu'il a employé, et du goût dont l'influence étoit alors assez générale. Un peu plus de connoissance du style de l'anti- quité dans ces sortes d'ouvrages, un peu plus d'érudition en matière d'art, auroit fait trouver facilement à Boivin les moyens de mieux justifier Homère.

Si son dessinateur eût connu toute l'étendue de ses ressources, il eût pu d'abord se resserrer beaucoup moins

dans l'étroit espace de ses douze compartimens. Rien ne
l'eût empêché, par exemple, de mettre à profit, s'il l'eût
jugé à propos, même la partie concave du bouclier ; ce
qui est autorisé par celui de la Minerve du Parthenon. Il *Plin. l. xxxvi,*
pouvoit encore, ainsi que je le proposerai, multiplier les *ch. V.*
zones des figures sur la partie convexe, et par conséquent
donner à ses compositions un champ bien plus considérable : mais il falloit pour cela concevoir ces compositions
comme étant des bas-reliefs, et non des tableaux.

Or l'idée de peinture étoit toujours celle dont personne
alors ne croyoit devoir s'éloigner, lorsqu'il s'agissoit du
bouclier d'Achille. On ne peut guère douter que Boivin
n'ait eu en vue l'art du peintre, et ne s'y soit conformé
dans l'intention générale de ses sujets. Cela résulte de la
dimension même des espaces où il les a renfermés, du mot
tableau dont il use sans restriction, et de ce qu'il dit lui-
même pour justifier le rétrécissement de chaque composition, prétendant que, *si les espaces de ses dessins avoient eu
seulement un pouce de plus en dimension, le peintre auroit fait
voir tout ce qu'Homère a décrit.* Or il est certain qu'il n'auroit
eu d'autre moyen que de mettre dans les lointains, ce que
la petitesse de chaque champ l'empêchoit de montrer sur
le premier plan.

L'erreur de cette manière de voir, dont on dira plus
bas la cause, auroit pu n'être qu'une erreur d'opinion peu
importante relativement au système de la restitution du
bouclier d'Achille, si elle se fût bornée à la seule supposition de figures colorées : mais l'artiste dont Boivin em-
prunta le crayon (1), étant peintre, non-seulement porta

(1) M. Vleughels.

dans l'exécution de ses dessins l'esprit de son art, mais encore leur imprima le caractère et le goût de la peinture moderne, c'est-à-dire, le caractère le plus opposé à celui du bas-relief antique, à celui du genre de travail applicable aux sujets dont il s'agit; c'est-à-dire, le goût le plus éloigné du goût de l'époque à laquelle il faut se reporter.

Que le genre de la peinture moderne ait été celui dans lequel Boivin ou son dessinateur prétendirent que devoient se traduire par le dessin les sujets du bouclier, c'est ce que confirme encore le suffrage donné par le poète Anglois au commentateur François. Pope, non content d'approuver Boivin dans ses tableaux par compartiment, crut acquérir encore un mérite particulier, en montrant que chacun de ces tableaux morcelés se trouvoit indiqué par Homère selon les règles les plus rigoureuses de la peinture de nos jours. Suivant lui, tout s'y trouve observé dans une parfaite exactitude; *contraste, perspective, les trois unités, &c.*

C'est, comme l'on sait, le propre des censures outrées de provoquer des apologies hors de mesure. Boivin ou son dessinateur auroient prévenu ce second excès, s'ils avoient pu se convaincre qu'il n'étoit réellement point question dans tout ceci de la peinture proprement dite. Au lieu de cela, ils partagèrent, en défendant Homère, la méprise de ceux qui l'attaquoient, et ils s'obstinèrent à voir les sujets du poète avec les yeux d'un peintre moderne.

Rien n'étoit plus nécessaire que de déterminer, avant tout, le genre d'art et d'exécution applicable à l'ouvrage. Selon l'art dont on fera choix, l'imagination sera libre de resserrer ou d'étendre à son gré toute description. Les antagonistes d'Homère usoient pleinement de ce droit (1). S'il s'agit, par exemple, sur le bouclier d'Achille, de la représentation de deux villes, l'une en guerre, l'autre en paix, rien n'empêche qu'on ne s'en fasse des idées prodigieusement dissemblables. Que l'on suive la méthode par signes abréviatifs du bas-relief antique, il est possible que, sur un bouclier de quatre pieds de diamètre, une ville n'occupe pas plus de quatre pouces d'étendue. Si l'on veut se la figurer peinte en perspective, elle sera plus grande que tout le bouclier.

Mém. de l'Acad. des inscript. et belles-lettr. Hist. t. XXVII, p. 22.

On pourroit m'objecter, nonobstant les paroles précises de Boivin, qu'il n'est pas nécessaire de regarder comme de vrais tableaux peints en petit les compartimens de son bouclier, mais que leur composition peut rentrer dans l'art du bas-relief (2). Quand on se prêteroit à cette supposition, l'erreur du dessin ne feroit que changer d'espèce; car il faudroit reconnoître que son goût de composition est celui du bas-relief pittoresque des modernes, c'est-à-dire, à lointains, à perspective, et à plans multipliés et dégradés. Or il est constant d'abord que les anciens ne pratiquèrent jamais cette méthode, transportée dans la sculpture moderne par une vaine prétention d'imiter la peinture; et il est clair ensuite que ce système est inapplicable à l'exécution des sujets du bouclier. On comprend

. (1) Abusant du mot *peintures*, mal-à-propos donné aux sujets de la description, ou du moins mal entendu, ils s'obstinoient à les considérer comme des tableaux, et, agrandissant d'une façon tout-à-fait arbitraire l'idée qu'ils s'en formoient, ils pré- tendoient que tous les tableaux de la description du bouclier d'Achille ne pourroient pas tenir dans l'enceinte de la Place Royale à Paris.

(2) Boivin a effectivement écrit au bas de son dessin *Tableaux* ou *Bas-reliefs.*

aisément que, s'il falloit, dans les petits espaces des douze compartimens de Boivin, réaliser en bas-relief selon le goût moderne les sujets d'Homère, la seule ressource de ce genre étant aussi la perspective des arrière-plans, tous les objets se trouveroient réduits, par la dégradation en grandeur et en saillie, au point de devenir imperceptibles.

Dans toutes les hypothèses, le parti pris par Boivin devoit tout-à-la-fois trop réduire et trop découper les sujets de la description : il ne pouvoit, ni exprimer la totalité de ces sujets, ni les présenter dans l'esprit qui fût celui de l'inventeur, ni les faire voir selon l'ordre et la disposition compatibles avec leur nombre et leur étendue. Il est dans la nature de la peinture ou du bas-relief pittoresque des modernes, d'assujettir chaque composition au principe de l'unité, et par conséquent d'exclure la succession des idées et des images d'une action. C'est pourquoi, lorsqu'un peintre veut traduire en tableaux la narration d'un écrivain, il est tenu, ou de n'en prendre que le motif général, ou de faire autant de tableaux que l'action comporte de divisions prescrites par le besoin de se renfermer dans un seul point de temps et d'espace.

Mais, me dira-t-on, si telle est l'essence de l'art qui ne parle qu'aux yeux, comment peut-on blâmer Boivin, ou d'avoir par trop resserré ses compositions, ou d'avoir divisé en trop de parties isolées les sujets d'Homère ! A cela je réponds que la sculpture antique nous donne l'idée et nous a laissé les plus nombreux modèles d'un autre système dans la manière de représenter les actions, et que ce système a, jusqu'à un certain point, comme l'art d'écrire, la propriété de la succession dans les images.

C'est, à la vérité, en ramenant l'art de peindre et celui de sculpter à leur origine, qu'on leur trouve cette propriété ; et cette origine est l'écriture. La sculpture sur-tout, en tant qu'elle fut chez les Grecs l'art favori de la religion et de la politique, se trouva plus intimement liée qu'on ne peut le croire, avec toutes les causes qui devoient la restreindre à n'être qu'une écriture sacrée. Cela est trop connu pour que je m'y arrête. Ce qu'on a peut-être moins souvent remarqué, c'est que de là est résulté dans la sculpture antique, et particulièrement dans celle du bas-relief, un caractère tout-à-fait différent de celui que les modernes ont porté dans leur imitation. Dans l'antique, le système des figures de bas-relief resta fidèle au principe de l'écriture figurative ; et, bien que l'art de l'imitation fût très-perfectionné, les compositions retinrent toujours l'esprit de leur premier emploi. Chez les modernes, la sculpture de bas-relief, indépendante de toute sujétion, suivit le goût et les erremens de la peinture. En un mot, le bas-relief moderne prétend à l'illusion du tableau, et le bas-relief antique continua, dans tous les temps, de prétendre à faire fonction d'écriture et de signe littéral.

Or, selon l'esprit de cet emploi, les figures répandues et disposées sur tous les espaces des monumens, des temples, des autels, des colonnes, des vases, des meubles, des armures, des étoffes, &c., jouant jusqu'à un certain point le rôle de l'écriture, permettent à l'artiste ce développement d'images successives qui appartient à l'art du poète. Selon ce système, méconnu par Boivin ou son dessinateur, les sujets de la description du bouclier d'Achille, ceux sur-tout qui, comme on le verra, présentent à l'artiste des scènes, à la vérité successives, mais faisant partie d'un tout; ces sujets, dis-je, n'ont besoin, ni d'être morcelés en plusieurs, ni de former des compositions isolées et indépendantes l'une de l'autre.

Dès qu'on fait tant que de soumettre les descriptions poétiques d'Homère à la preuve par dessin, et dès que véritablement elles peuvent y être soumises, c'est dans le système du bas-relief antique qu'il faut puiser les exemples de style et de composition applicables à l'espèce. Ce qu'il faut se demander, c'est comment un artiste Grec auroit représenté, sur un bouclier de quatre pieds de diamètre, tout ce qu'Homère permet de croire qu'il auroit pu imiter lui-même d'après un semblable ouvrage en réalité.

Et puisqu'il s'agit maintenant de ramener dans les limites de la réalité positive, une description qui auroit eu le droit d'être purement imaginaire, pourquoi se refuseroit-on à reconnoître qu'Homère avoit peut-être reçu des artistes de son temps les modèles de ce genre d'ouvrage et de composition ?

L'état des arts, au temps d'Homère, n'étoit ni aussi avancé qu'il a plu à Pope de le croire, ni aussi imparfait que se le figurent ceux qui, peu versés dans l'histoire des anciens temps de la Grèce, croient qu'il n'y avoit que de l'ignorance avant le siècle de Périclès. Il est bien certain qu'il ne faut demander à l'art de ces premiers siècles, ni la science de la perspective linéaire, ni celle de la perspective aérienne : l'une et l'autre excluent l'emploi des figures dans le sens d'inscription ou de représentation de l'écriture ; et voilà pourquoi il se trouve si peu de perspective

dans

dans tous les bas-reliefs de l'antiquité. Mais toutes sortes d'autorités prouvent que, dès les temps héroïques, l'art du bas-relief fut pratiqué avec plus ou moins de succès. On ne sauroit douter, d'après les témoignages mêmes d'Homère, que, dans son siècle, la toreutique, ou *sculpture sur métaux*, n'ait été avancée au point d'exprimer par des contours privés de science, si l'on veut, mais simples et naïfs, tous les sujets de composition qu'exigeoit, soit le goût d'alors, soit le luxe politique et religieux.

Et pour ne parler que des armes, ne les voyons-nous pas ornées de symboles et de figures allégoriques? Chaque guerrier n'avoit-il pas sur son bouclier la figure particulière de quelque animal? Or il ne faut pas croire que ces figures y fussent peintes: elles pouvoient être, ou fondues avec le corps du bouclier, ou repoussées au marteau, selon la pratique du *sphurelaton*; mais le plus probable est que ces bas-reliefs étoient en morceaux rapportés et incrustés, si l'on explique dans leur vrai sens, et le mot ἐπιθήματα dont se sert Pausanias, et le mot περβλήματα employé par Eschyle pour exprimer ces ornemens et ces figures des boucliers.

L'usage des boucliers votifs paroîtroit aussi avoir existé au temps d'Homère; du moins est-il certain que l'on consacroit aux dieux et que l'on suspendoit dans les temples les armes des vaincus. *Si je te tue*, dit Hector, *je porterai tes armes à Troie, et je les suspendrai dans le temple d'Apollon.* Je ne penserai pas, comme quelques antiquaires, qu'Homère ait donné lieu à la coutume des boucliers votifs ou commémoratifs, par la description de celui d'Achille; mais j'en conclurai seulement que la pratique d'orner les boucliers

Paus. liv. X, ch. XXVI; l. V, ch. XXV.
Plut. de solert. animal. in fine.
Paus. liv. IV, ch. XVI.
Plut. Vie d'Alcibiade.

Paus. liv. IV, ch. XVI.
Eschyl. Ἑπτὰ ἐπὶ Θήβαις, v. 544.

Iliad. l. VII, v. 82.

Mém. de l'Ac. des inscriptions et belles-lettr. tom. I, pag. 189.

E

de bas-reliefs ou de sujets historiques, pratique dont l'histoire et les monumens fournissent tant d'exemples, remonte à une très-haute antiquité, et qu'elle précéda le
siècle d'Homère.

En effet, tout en reconnoissant, comme on l'a déjà dit,
que le bouclier d'Achille n'exista que dans l'imagination
du poète, on peut toujours cependant regarder sa description comme un témoin qui dépose à-la-fois des usages
du temps, et du goût comme des pratiques de l'art à cette
époque ; et c'est en considérant ainsi ce morceau de poésie,
qu'on est autorisé à en faire un des premiers monumens
de l'histoire des arts du dessin en Grèce.

Ainsi il me paroît que non-seulement Homère n'imagina point le premier d'orner de bas-reliefs un bouclier,
mais que cette multiplicité de sujets renfermés dans un
petit espace est encore un point sur lequel il aura suivi
les habitudes de l'art et du goût de son temps. Plus on
remonte, par le secours des notions historiques, vers les
époques reculées de l'art des Grecs, plus on trouve dominant et répandu ce style de décoration qui, né, comme on
l'a dit, des pratiques de l'écriture qu'il remplaçoit, prodiguoit les figures sur toutes les parties des monumens.

Je veux alléguer en preuve de ceci, non plus un ouvrage
idéalement décrit par un poète, mais la description fidèle
et sans art d'un monument qui exista réellement, et qui,
selon moi, doit avoir existé assez peu de temps après Homère : je parle du coffre de Cypselus, décrit par Pausanias, qui l'avoit vu.

*Paus. liv. v.
ch. XVII, XVIII
et XIX.*

Ce coffre, ouvrage des temps primitifs de l'art en Grèce,
fut incontestablement antérieur à la naissance du tyran de

Corinthe, puisqu'il servit à le cacher au moment où il vit
le jour. Il y a plus : la tradition vouloit, selon Pausanias,
que ce meuble précieux, dans lequel, selon l'usage d'alors,
on renfermoit les objets de luxe et les riches étoffes des
princes, eût appartenu à l'aïeul de Cypselus, Éphécrates,
dont la naissance répond à la première année des olympiades de Corœbus, 775 ans avant J. C. Si l'époque la *Canon chronol.*
plus probable de la naissance d'Homère est l'an 947 avant *de M. Larcher.*
notre ère (1), il est certain que l'ouvrage du coffre en
question n'auroit guère été de plus d'un siècle et demi
postérieur à l'époque où l'on doit supposer qu'Homère
composa l'Iliade.

La description très-circonstanciée que Pausanias a faite
de cet ouvrage de l'art, nous montre que, dans un âge fort
rapproché de celui d'Homère, la sculpture en bas-relief
prodiguoit les sujets d'histoire, et multiplioit dans des espaces fort bornés les représentations et les compositions
de toute sorte d'objets et d'actions.

Le coffre de Cypselus contenoit sur ses différentes sur- *Voyez plus*
faces au-delà de cinquante sujets de composition, et dans *haut.*
le nombre il s'en trouve qui sont assez abondans en personnages. De fait, il n'y a pas une des faces de ce coffre
qui ne puisse présenter plus de figures que n'en offre la
totalité du bouclier d'Achille. Admettons, pour un moment, qu'au lieu de décrire en indicateur, dans un journal de voyage, toutes les compositions de cet ouvrage
d'art, l'écrivain en eût fait l'objet d'une description poétique ; sans aucun doute, il y auroit eu de quoi fournir,

(1) Ou 907 ; selon les Marbres de Paros.

E 2

non le sujet d'un épisode, mais la matière de plusieurs chants.

En suivant cette hypothèse, on peut assurer que, d'une part, les censeurs du bouclier d'Achille auroient jugé impossible la réunion d'un si grand nombre de sujets historiques sur des superficies aussi bornées, et que, de l'autre, le dessinateur qui, dans le système adopté par Boivin, prétendroit replacer sur l'espace donné tous les sujets décrits, en faisant de chacun un tableau isolé et complet, réussiroit à peine à indiquer la moitié, soit du tout, soit de chaque partie de cet ensemble.

Mais la théorie et la connoissance pratique du goût de l'antiquité dans ces sortes d'ouvrages, nous font voir tous les sujets du coffre de Cypselus réduits en petits bas-reliefs d'or et d'ivoire sur un fond de bois de cèdre, rangés comme des espèces de caractères d'écriture, se succédant peut-être sans aucune division, et occupant sur chaque face des lignes horizontales et parallèles.

Si tel fut plus ou moins le goût du bas-relief antique à toutes les époques, même de l'art perfectionné, il sera permis de croire qu'au siècle d'Homère la sculpture, plus près encore de son origine, c'est-à-dire, se rapprochant davantage, dans le style de composition et d'exécution, des habitudes et des erremens de l'écriture, ne faisoit autre chose que tracer des lignes de figures faciles à multiplier sur tous les espaces et dans toute sorte de sens.

Que si l'on ramène à ce système graphique les compositions du bouclier d'Achille, on verra que, d'une part, la disproportion entre les sujets et l'étendue du bouclier est véritablement imaginaire, et, de l'autre, qu'il ne s'agit, pour opérer l'exécution fidèle en bas-relief de tous les objets décrits par Homère, que d'en supprimer ce qui est la part du poète.

Comparaison du nouveau Dessin de bouclier que je propose, avec le Dessin de Boivin, en présence du texte même de la description.

La première chose à faire quand on veut traduire en dessin, sur un bouclier circulaire de quatre pieds de diamètre, les sujets décrits par Homère, c'est de réduire ces sujets à leur véritable nombre ; car de ce nombre résultera celui des divisions dans lesquelles le dessinateur sera tenu de se renfermer.

Homère, comme l'avoit déjà remarqué Lessing, n'a véritablement établi que dix principales divisions entre les sujets du bouclier d'Achille; et ces divisions sont incontestablement marquées dans sa narration par la répétition des mots ἐν δὲ ἐτίθει... ἐν δὲ... τὴν δὲ..., *là il plaçoit...,* *là il* &c. Mais le dessinateur peut encore déduire de ces divisions celle du ciel, occupant le centre, et celle de l'océan, roulant autour de la circonférence du bouclier ; et pour ces sujets, que nous ne regardons pas comme sujets à figures, nous trouvons un espace particulier hors du reste de la composition.

Il n'y a donc, pour ce qu'il faut appeler *sujets de composition en figures,* que huit divisions, qui offrent, dans l'ordre où Homère les décrit, savoir : 1.° la ville en paix; 2.° la ville en guerre ; 3.° le labourage ; 4.° la moisson ; 5.° la

vendange; 6.° les troupeaux de bœufs ; 7.° les pâturages;
8.° la danse Dédalienne.

De ces huit sujets, les six derniers sont trop distincts,
trop clairement séparés , pour qu'on puisse s'y méprendre :
et Boivin ne s'y est pas trompé ; il leur a affecté six de
ses douze compartimens. Mais je diffère de sa manière de
voir sur les deux premiers sujets, qu'il a répartis , comme
faisant six compositions séparées, dans ses six autres compartimens. Ceci, comme on l'a déjà dit, tient au principe
d'art et de composition qu'il avoit adopté , c'est-à-dire,
au système de l'unité. Il se trouva forcé de répartir en
tableaux isolés les différens momens d'une action, et de
morceler la description d'un sujet unique pour le poète,
en autant d'espaces que cette description comprend de
scènes divisibles pour le spectateur.

Une autre remarque critique sur le dessin de Boivin,
dans la description de la ville en guerre, par exemple,
est, comme je le montrerai avec plus de détail en son
lieu, que, pour être fidèle à son système, il auroit dû
établir plus de divisions encore; d'où il résulte que ce sujet
est tout-à-la-fois trop resserré et trop diffus.

Quelle que soit l'étendue ou la multiplicité d'objets
compris dans chacune des deux descriptions de la ville
en paix et de la ville en guerre, je ne pense pas que le
dessinateur leur doive sur le bouclier plus d'une division.
Il s'agit de trouver à chacune de ces divisions un espace
plus considérable que celui des autres, j'entends seulement en longueur ; c'est-à-dire que le dessinateur, ayant
à écrire en figures des sujets qui veulent plus de personnages, et demandent une succession de faits ou de

scènes, a besoin d'une page plus longue. Non que je veuille contester qu'à toute rigueur chacun des deux sujets dont il s'agit ne puisse admettre une subdivision; mais je pense qu'il ne seroit pas nécessaire de la marquer autrement qu'on ne le voit sur la colonne Trajane, par exemple, et sur beaucoup d'autres monumens de sculpture *historio-graphique*, où les changemens d'action et de scène ne sont indiqués, dans la série des objets sculptés, que par un changement de composition.

Ainsi, dans le parti que j'ai adopté, j'ai réduit les douze compartimens de Boivin à huit; et l'on verra qu'en diminuant le nombre des divisions, j'ai, par cela même, augmenté de beaucoup l'espace et le champ de chaque sujet, en sorte que j'ai pu y multiplier les figures, de manière à rendre complètement et l'ensemble et les détails de chaque partie de la description d'Homère, en me renfermant toutefois dans les termes de ce genre d'imitation, que j'appelle *écriture figurative*. Je veux le prouver en confrontant au texte d'Homère et au dessin de Boivin le projet que je propose. Je préviens que, dans cette analyse, je vais intervertir l'ordre des sujets d'Homère, et qu'au lieu d'aller du centre à la circonférence, l'examen comparatif, pour plus de facilité, ira de la circonférence au centre; ce qui me donne aussi l'avantage de passer des sujets plus simples à ceux qui sont plus composés. En suivant cet ordre, et en partant du n.° 1 sur le dessin, le premier sujet va être *le labourage*.

Voici la totalité du passage traduit:

Vulcain y plaçoit un champ spacieux d'une terre molle et grasse, qui a reçu trois labours. De nombreux laboureurs y font tourner leurs charrues, en allant et venant çà et là. Arrivés au bout du sillon, un homme leur présente une coupe de vin. Fortifiés par le doux breuvage, ils retournent sur leurs pas à travers le champ, et se hâtent d'arriver au bout du sillon profond. Le champ est d'or, et derrière eux la terre remuée devient noire, effet admirable de l'art de Vulcain.

Le poète, comme on le voit, et selon ce qui a déjà été dit, étant le maître de transporter à l'objet ouvragé les propriétés de l'objet naturel, semble vraiment ici avoir et mettre sous les yeux, non l'imitation bornée d'un champ, mais une vaste campagne en réalité. Si dès-lors celui qui veut transporter en dessin les vers d'Homère, ne retranche pas de la description toutes les associations d'idées, toutes les images étrangères à l'art dans les limites duquel l'ouvrage doit être censé avoir été exécuté, il est certain qu'au lieu d'un petit bas-relief, il lui faudra faire un grand paysage en peinture. Par exemple, lorsqu'Homère dit πολλοὶ ἀροτῆρες, on peut entendre des laboureurs en grand nombre, et voilà un grand tableau : mais on peut interpréter πολλοὶ par *plusieurs*, et il suffit, selon le système du bas-relief antique, qu'il y en ait deux ou trois, comme je l'ai fait.

Ainsi, pour l'art du bas-relief antique, la description du labourage, telle qu'Homère la donne, et telle qu'on vient de la lire, va se réduire à fort peu de mots; mais ce petit nombre de paroles, en retranchant l'ornement poétique, ne diminue pas le sujet, qui reste tout entier pour l'artiste, ainsi qu'on va le voir :

Plusieurs laboureurs vont et reviennent avec la charrue sur un champ.

champ. Arrivés au bout, un homme leur présente une coupe de vin.

Voilà tout le sujet, mais dénué des circonstances et des rapports qui appartiennent à la poésie; plus, de ceux qui semblent être du domaine de la couleur en peinture, et dont je rendrai compte dans un article à part. Si ce peu d'objets est rendu suffisamment sensible dans le projet de bas-relief n.° 1, la traduction en sculpture sera suffisamment fidèle ; et je crois que le dessin que je présente de ce sujet, dit tout ce qu'il faut dire.

Maintenant je prie le lecteur d'y comparer le dessin de Boivin (1). Le plus léger parallèle lui prouvera, je pense, que, le système de son dessinateur ayant été celui de la peinture ou du bas-relief pittoresque, il s'est vu obligé de tronquer par trop son sujet, et que, dans son compartiment rétréci, il n'a pu même faire voir sur le premier plan la totalité de l'attelage d'un laboureur unique. On y observera encore (selon ce que j'ai avancé plus haut) que l'intention du dessinateur avoit été de montrer en perspective et en lointain les autres laboureurs ; fausse ressource, et tout-à-fait insuffisante, dès qu'il s'agit de bas-relief.

Je passe au second sujet, qui est *la moisson* (n.° 2).

Il y plaçoit aussi un champ couvert d'une forêt d'épis. Des mois-sonneurs, armés de faucilles tranchantes, coupent les blés qui tombent le long des sillons : d'autres se hâtent de lier les gerbes que leur présentent de jeunes hommes chargés de javelles. Le roi debout, le sceptre en main, se réjouit en silence au milieu de ces

(1) *Voyez* ce dessin gravé, *Mémoires de l'Académie des inscriptions et belles-lettres*, tom. XXVII, pag. 20.

F

travaux. Des hérauts, cependant, préparent le festin à l'écart, sous un chêne; ils immolent un bœuf et en assaisonnent la chair, tandis que des femmes, répandant la blanche farine, apprêtent le repas des moissonneurs.

Qu'on dépouille cette description de son *habillement* poétique, et qu'on réduise la scène aux personnages nécessaires, et aussi à l'étendue que comporte un bas-relief, elle sera très-complètement rendue par huit ou dix figures. Je me flatte qu'en jetant les yeux sur mon dessin (n.° 2), on trouvera qu'aucun des objets de la narration du poëte n'y est omis, et que chaque partie y a, selon les convenances propres au bas-relief, un développement suffisant. Je doute qu'on puisse en dire autant du petit tableau de Boivin, qui, forcé, dans le parti qu'il a pris, de tout tronquer, présente à peine deux ou trois figures entières, sauf à laisser supposer que tout ce qui manque dans sa composition, pourroit, sur une plus grande échelle, devenir sensible par le moyen des lointains et de la perspective.

Je crois pouvoir dire la même chose du sujet n.° 3, qui est *la vendange*.

Il y plaçoit aussi une vigne d'or, chargée de raisins noirs, soutenue par des échalas d'argent. Le fossé qui l'entoure est de métal noir, et la palissade est d'étain : un sentier y conduit. C'est par-là que vont les vendangeurs. De jeunes filles et de jeunes garçons que le plaisir anime, portent le doux fruit de Bachus dans des paniers tressés avec art. Au milieu de cette troupe, un jeune musicien joue de la cithare, et charme les vendangeurs par le son de sa voix. Ceux-ci le suivent en chantant, et frappent du pied la terre en cadence.

Il semble que, dans ce sujet, Homère n'ait eu en vue
de décrire la vendange que d'après un bas-relief de métal :
rien, dans sa description, ne sort, ni pour la durée, ni
pour l'espace, des limites de ce genre d'imitation. Quant
aux couleurs, ce sont uniquement celles que peut fournir
le mélange des métaux. Il n'y avoit aucune difficulté à
reproduire dans le dessin tous les objets décrits par le
poète ; et si je fais remarquer que mon projet contient
même au-delà, c'est pour mieux faire comprendre, par la
comparaison avec celui de Boivin, le vice élémentaire du
système de ce dernier : car, dans son projet, à peine a-t-il
pu introduire assez de figures pour qu'on puisse deviner
le sujet, et il a été contraint d'y omettre les détails les plus
indispensables.

Mais Boivin ou son dessinateur s'est trouvé bien autrement gêné encore dans ceux des sujets de la description
du bouclier qui, sans présenter plus d'un corps de composition, y exigent toutefois quelque division de scène.

Tel est le sujet du n.° 4, qui représente *les troupeaux
de bœufs*.

Il y fit aussi un troupeau de bœufs, les uns d'or, les autres d'é-
tain. Ils quittent leurs étables en mugissant et élevant la tête : ils
s'avancent vers les pâturages le long d'un fleuve bruyant, entouré
de roseaux. Quatre bergers d'or, accompagnés de chiens agiles,
conduisent le troupeau, quand deux formidables lions saisissent
à la gorge et entraînent le taureau, qui pousse des beuglemens
terribles, dont le bruit retentit au loin. Les jeunes bergers accourent ; ils excitent et poussent inutilement les chiens, qui, n'o-
sant donner sur les lions, s'approchent d'eux, s'arrêtent tout contre,
aboient et se retirent. Cependant les lions, après avoir déchiré
leur proie, dévorent ses entrailles et s'abreuvent de son sang.

Il est sensible que ce sujet offre une double scène ; celle des troupeaux sortant de l'étable avec les bergers et allant au fleuve, puis celle du taureau attaqué et dévoré par les lions. Or rien de plus facile à exprimer que ces deux parties de la même composition en un seul espace, pourvu qu'on lui donne l'étendue nécessaire. Il n'y a rien dans la description du poète qui ne se trouve dans notre bas-relief ; et il seroit fort inutile de couper ce sujet en deux, parce qu'il est double. Boivin, à la vérité, ne l'a pas fait non plus ; mais on peut voir quel a été l'embarras de son dessinateur pour placer dans son cadre par trop étroit un extrait tellement tronqué de cette composition, que ce qu'on en voit y est confus et ramassé de la manière la plus invraisemblable, lorsque l'on peut lui reprocher d'avoir supprimé la première partie du sujet.

Je dirai peu de chose sur le sujet n.° 5, qui représente *les pâturages.*

Vulcain, dit Homère, y faisoit encore un grand troupeau de brebis blanches, paissant dans une belle vallée. Il y représentoit les bergeries, les étables, et les toits des cabanes.

Ce sujet, le plus court de tous ceux de la description, a cela de particulier, qu'il peut être étendu ou resserré arbitrairement. Il n'y a, ni récit d'action, ni désignation de personnages ; par conséquent, tout est indéterminé, quant au nombre, à la durée et à l'étendue. Ce motif de composition, fort simple en lui-même, est le seul à l'égard duquel l'esquisse de Boivin, quoique manquant d'un développement convenable, puisse être regardée, sinon comme fidèle, du moins comme satisfaisant au programme textuel.

Je passe au sujet n.° 6, qui est *la danse Dédalienne.*

'Εν δὲ χορὸν ποίκιλλε..... L'incomparable Vulcain y trace aussi l'ordonnance et les divers mouvemens d'une danse semblable à celle
qu'autrefois Dédale inventa dans la ville de Gnosse pour la blonde
Ariadne. Là, se tenant par la main, dansent légèrement de jeunes
garçons et de jeunes filles à marier. Celles-ci sont vêtues de toiles
fines et déliées, et les garçons ont des tuniques d'étoffe brillante;
à leur côté ils portent des épées d'or suspendues à des baudriers
d'argent. Les filles ont sur leurs têtes des couronnes de fleurs. Tantôt, semblables à la rapide roue qui tourne sous la main du potier,
ils dansent en cercle; tantôt ils courent de front et rangés par files,
et se mêlent sous différentes figures. Autour d'eux une foule de
spectateurs prend plaisir à les voir. Deux sauteurs, la tête en bas,
les pieds en haut, font la roue au milieu du cercle.

Ce sujet est tout en action; et comme il présente une
succession de mouvemens fort divers, le dessinateur est
forcé de choisir un moment unique et un seul point de vue;
car il ne peut pas montrer ses personnages à-la-fois dansant
à la file et en rond. Faire deux danses l'une à côté de l'autre,
c'eût été supposer deux sujets, lorsqu'il n'y en a qu'un. Ce
n'eût point été rendre la description d'Homère en son entier, mais la répéter. Le privilége du poète est de pouvoir
décrire toutes les faces d'un objet, sans le multiplier; mais
le peintre, astreint à un espace réel, ne peut montrer plus
d'un aspect qu'en faisant plus d'un tableau. On s'est donc
borné ici à un aspect unique et sommaire de la danse Dédalienne. Quoique la composition en soit un peu raccourcie,
du moins y voit-on tous les points principaux qu'a touchés
la description. Quant au dessin de Boivin, il ne sauroit
même passer pour une abréviation. Il étoit impossible
qu'un pareil sujet n'exigeât pas plus de quatre figures :

aussi y cherche-t-on en vain et les spectateurs et l'épisode des deux voltigeurs.

Mais je crois que c'est particulièrement dans les deux grands sujets suivans que le système et le parti adopté par Boivin souffrent le plus de difficultés. Pour ne pas répéter inutilement les observations déjà faites sur la manière de traiter ici les sujets composés d'une suite d'actions faisant partie d'un seul ensemble, et convaincu que la vue des deux dessins me fera mieux comprendre que les raisonnemens les plus étendus, je passe, en continuant dans l'ordre que je me suis prescrit, au sujet n.° 7.

Ce sujet, que je prétends n'être qu'un seul sujet malgré sa double action, est celui de *la ville en paix*.

Homère ne permet guère de se méprendre sur l'intention qu'il eut de ne faire que deux seuls sujets de ses deux villes, l'une en paix, l'autre en guerre.

Vulcain, dit-il, *y faisoit deux belles villes:* Ἐν δὲ δύω ποίησε πόλεις μερόπων ἀνθρώπων Καλάς.... *Dans l'une*, ajoute-t-il de suite, ἐν τῇ μὲν, et il décrit ce que je place dans la septième division du bouclier. Nous verrons que la huitième division commencera dans sa description, comme toutes les autres, par τὴν δὲ... *Dans l'autre ville*, τὴν δ' ἑτέρην πόλιν.

Dans l'une donc, dit Homère, sont représentés des festins et des noces. Les nouvelles épouses sont conduites par la ville à la clarté des flambeaux. De jeunes garçons dansent au son de la lyre et de la flûte; les femmes sont debout à leurs portes et admirent ce spectacle. Le peuple est, d'autre part, rassemblé dans l'*agora*, où se juge un grand procès. Deux hommes contestent avec un grand bruit pour le rachat d'un meurtre. L'un jure au peuple qu'il en a délivré la somme entière; l'autre proteste qu'il n'a rien reçu. Tous deux produisent avec chaleur des témoins. Les auditeurs sont partagés en faveur de l'un ou de l'autre. Des hérauts font ranger le peuple. Les gérontes sont assis sur des pierres polies placées en cercle ; et l'un après l'autre, après avoir reçu le sceptre de la main du héraut, ils donnent leur avis. Deux talens d'or sont déposés au milieu du cercle, pour être remis à celui qui prononcera le jugement le plus équitable.

Quand on supprime de toute cette narration les circonstances et la cause du procès, ou l'objet de la contestation entre les plaideurs, l'on se demande comment les censeurs d'Homère ont pu voir dans ce sujet une composition hors de mesure avec l'espace qu'on doit lui assigner sur le bouclier. J'avoue qu'il s'agit d'abord de ménager à cette composition une étendue double de celle qu'ont occupée les sujets précédens. Voilà pour l'espace. Ensuite il faut dégager le sujet de tout ce que l'imagination, conduite par le poète dans le champ indéfini où il place la scène, se figure y voir. Certes, il ne peut être question de la vue perspective d'une place publique, ni de l'aspect de toute une multitude assemblée, ni de figurer, dans les rues d'une ville, de pompeuses cérémonies. Il suffit, dans l'art du bas-relief, d'un nombre très-modéré de personnages, pour réaliser la description de la ville en paix. Si l'on fait voir une table préparée à l'entrée d'une maison, deux épousées conduites par deux jeunes gens qui portent des flambeaux, un joueur de flûte, un joueur de lyre, et un groupe de danseurs, la première partie du sujet réunira tout ce qu'une telle *transposition* peut exiger de fidélité dans les détails.

La seconde partie, ou la scène de l'*agora*, est certainement sans liaison d'action avec la première ; mais ce n'est pas une raison pour lui donner un cadre particulier, qui en fasse un sujet isolé. Cette scène tient au sujet général de la ville en paix, et, selon le système du bas-relief *historiographique*, elle peut, comme on l'a déjà donné à entendre, suivre sans interruption la scène précédente, et s'en détacher par la nature seule de sa composition. Si étendue que puisse paroître la scène de l'*agora*, elle se laisse réduire avec la plus grande facilité, soit pour l'espace, soit pour le nombre des personnages. Je me flatte d'avoir, avec douze ou quinze figures, rendu sans aucune exception tous les détails de la description, puisque mon dessin présente un groupe de peuple, un héraut qui met l'ordre, les deux plaideurs, leurs témoins, les gérontes assis en cercle sur des pierres, un des juges opinant le sceptre en main, les talens d'or placés au milieu du cercle sur un cippe.

Quelque droit qu'Homère ait eu de multiplier dans l'image de la ville en paix, comme l'a fait Hésiode, les motifs de fêtes, de jeux, de courses, &c., et de rendre ce sujet disproportionné avec l'espace du bouclier et les moyens du dessinateur, nous devons reconnoître qu'il n'a point usé de ce droit. Loin qu'on puisse lui reprocher d'avoir produit les descriptions de son bouclier sans s'inquiéter de leur rapport avec l'art qui pourroit les réaliser, on est au contraire porté à soupçonner que quelques ouvrages d'art, ornés de sujets semblables, auroient pu lui suggérer ces images, et lui en prescrire l'étendue dans ses vers: tant on trouve de facilité à recomposer ses vers en sculpture et dans les limites de l'emplacement donné.

C'est particulièrement à ce sujet et au suivant que s'appliquent les observations critiques précédemment faites sur

le

le vice du système de composition de Boivin. On peut voir en effet que ce qui, dans mon dessin, ne forme qu'un tout composé de deux parties successives, forme, dans le dessin de Boivin, trois parties qui ne peuvent, ni séparément, ni collectivement, rendre l'idée du tout. Indépendamment du manque d'espace et de développement, qui est le défaut général de ses douze compartimens, il y a ici l'inconvénient plus grave encore de couper en deux tableaux une action indivisible : je parle de la scène de l'*agora*. Décomposée en deux, elle présente isolément les plaideurs sans les juges, et dans un autre compartiment les juges sans les plaideurs : or le moindre abus de cette division est de faire que leur rapport que leur rapport seul peut expliquer, demeurent insignifiantes et inintelligibles, et cet abus ne résulte pas ici de la petitesse des tableaux; il seroit le même, et plus sensible encore, dans de plus grands cadres.

Cela sera mieux prouvé encore par l'examen comparatif du dernier sujet à figures. Il est marqué sur mon dessin, n.° 8, et représente *la ville en guerre*.

Voici la description d'Homère :

Τὴν δ' ἐτέρην πόλιν... Autour de l'autre ville campent deux corps de troupes dont les armures jettent un vif éclat. Ils délibèrent entre eux s'ils livreront la ville au pillage, ou s'ils feront deux parts égales de tout le butin qu'elle renferme. D'autre part, les assiégés se disposent à sortir pour une embuscade. Les femmes, les enfans, les vieillards, vont se porter à la garde des murailles. Les gens de guerre sortent de la ville ; Mars et Minerve marchent à leur tête : tous deux sont d'or et vêtus d'or. On les distingue des autres guerriers par leur beauté et par leur stature colossale. Arrivés au lieu de l'embuscade , à l'endroit du fleuve où les troupeaux doivent

G

venir s'abreuver, deux des leurs attendent l'arrivée des bœufs et des brebis. Bientôt arrivent les troupeaux, suivis de deux bergers qui jouent de la flûte, sans prévoir le piége dans lequel ils vont tomber. A l'instant les assiégeans accourent avec leurs chevaux, et atteignent l'ennemi. Là, s'engage un terrible combat. Sur les bords du fleuve les guerriers s'entre-choquent : les piques d'airain volent de part et d'autre. Au milieu de la discorde et du tumulte, la Parque, vêtue d'une robe ensanglantée, traîne un mort par les pieds, saisit un blessé, et s'empare d'un autre, tandis que le trait mortel traversoit les airs. Ces divinités et les combattans respirent; chaque parti s'efforce d'enlever ses morts.

Homère, dans cette description, a pleinement usé du privilége de son art, c'est-à-dire que, sans rompre l'unité de sujet, il en a multiplié les degrés, les circonstances et les intervalles, de façon à présenter un grand nombre d'actions dans une seule. Le génie de son art, aussi rapide que la pensée, passe d'un camp dans l'autre, nous fait assister au conseil des assiégeans et à la délibération des assiégés, à l'embuscade, à la sortie et au combat.

Quelque confus et quelque multipliés que puissent paroître les actes séparés de ce drame, je ne peux ni accorder aux censeurs d'Homère que ce sujet soit hors de mesure, ni approuver l'apologiste du poète dans les moyens qu'il a pris pour le justifier.

Je conviendrai sans peine qu'il y a dans le récit quelques circonstances de détail que l'artiste est obligé de laisser comme hors de la scène. Ainsi la narration par figures ne pourra faire voir à-la-fois, ni ne devra même montrer successivement, les guerriers délibérant hors de la ville, et les assiégés s'armant dans l'intérieur de la ville. Quelques incidens de l'embuscade aussi seroient trop difficiles à saisir, ou trop équivoques dans le dessin. A ces sortes de réticences près, je crois que toute l'action de *a ville en guerre* peut être rendue assez conforme à la description, dans le style toutefois et dans le système des siéges, des assauts, des combats et des suites d'actions que nous voyons se dérouler autour de la colonne Trajane et d'autres ouvrages de ce genre.

Ainsi je fais voir, dans le compartiment n.° 8 de mon dessin de bouclier, toute la série des faits principaux de la description. On y remarque la ville avec ses tours et ses remparts garnis de combattans. D'un côté de la ville, est le camp des assiégeans, représentés assis et délibérans; de l'autre, on voit s'effectuer la sortie des assiégés, ayant Mars et Minerve à leur tête. Le Tumulte et la Discorde vont en avant. Sur un plan plus éloigné, sont indiqués les deux hommes assis, et les bestiaux qui sont l'objet de l'embuscade. Enfin le combat y est rendu avec toutes ses circonstances, sans oublier la Parque traînant deux cadavres.

Toutes ces parties de l'action générale n'ont besoin, comme l'on voit, ni d'être développées davantage, puisqu'elles ne sont que des dépendances d'un tout, ni d'être traitées séparément, puisqu'alors elles deviendroient, par leur isolement, des actions indépendantes l'une de l'autre.

Boivin a bien compris qu'il ne pouvoit renfermer en un seul compartiment des images si nombreuses et si diverses, et il a encore eu recours ici à la division du sujet en trois compartimens. Mais, à mon avis, la division en trois étoit insuffisante : pour exprimer partiellement tous les momens et tous les degrés du sujet de la ville en guerre, il faudroit au moins cinq à six tableaux séparés. J'en ai rendu les motifs sensibles dans mon dessin. Ces aspects sont *le camp des assiégeans, la ville assiégée, la sortie, l'embuscade* et *la bataille.*

Rien n'empêcheroit sans doute un peintre qui voudroit s'exercer partiellement sur chacun de ces *aspects*, d'en faire les sujets de plusieurs tableaux fort intéressans : mais il n'est pas question ici de ce que l'artiste, libre de toute sujétion, pourroit exécuter d'après chacun de ces motifs de composition. La seule obligation de Boivin ou de son dessinateur étoit de rendre sensible, dans un espace donné, tout au moins l'extrait de la description : et cet extrait, on l'y cherche vainement ; et il faut dire que, vu le parti qu'il a pris, il ne pouvoit le donner, et qu'il ne pouvoit même donner que ce qui en est le contraire. L'extrait d'un sujet suppose un tout réduit, mais conservant néanmoins ce qui caractérise le tout ; savoir, la propriété d'avoir des parties, et la faculté d'être en rapport avec elles. Tel est un cercle plus petit, si on le compare à un plus grand. La division du sujet de la ville en guerre en trois sujets ne pouvoit pas reproduire par extrait la scène dont il s'agit. Le premier des trois tableaux de Boivin représente des guerriers dont rien ne caractérise l'action ; le second représente des troupeaux de bœufs et de brebis avec deux bergers ; et le troisième, destiné à la bataille, est presque occupé en entier par l'épisode de la Parque. Il est sensible que l'ensemble de la description du poëte a disparu par le seul fait de l'analyse du peintre : ni les fragmens de cette composition morcelée n'expriment le tout, ni même chacun ne rend une seule des parties, en-tant que, comme partie d'un tout, elle doit être en rapport avec lui.

Il résulte de ceci, je pense, que si Homère eût dû se conformer, dans chacune des descriptions du bouclier d'Achille, au programme des sujets qui seroient à la convenance de l'artiste, Boivin, au lieu de justifier le poète accusé d'avoir outre-passé ce programme, donneroit au contraire gain de cause à ses accusateurs. Il est de fait qu'aucun des sujets décrits n'est rendu, ni selon la réalité, ni selon l'esprit de la description, dans ses douze compartimens ; et il est de fait encore que, même sur une plus grande échelle et dans une dimension plus favorable au développement de chaque tableau, le dessinateur employé par Boivin n'auroit pas mieux réussi, parce que le système d'unité propre au tableau eût exigé une beaucoup plus grande subdivision dans les sujets à action composée, et que cette subdivision est précisément ce qui l'eût empêché de reproduire l'ensemble des inventions d'Homère.

Je ne me permettrai maintenant que peu de mots sur les deux dernières divisions de la description du bouclier d'Achille, qui comprennent, l'une le ciel, et l'autre la mer. (*Voyez*, sur mon dessin, les n.ºs 9 et 10.)

Quelque vastes que puissent paroître ces sujets, il faut bien se garder de mesurer l'étendue de leur imitation sur celle de leur modèle, soit dans la nature, soit dans les vers du poète. Il y a, pour ces sortes de sujets, des conventions graphiques connues de tout le monde, et d'après lesquelles ce qui paroît le plus étendu à l'imagination, est précisément ce qui occupe le moins d'espace dans les ouvrages de l'art. Ainsi, sur cet objet, j'adopte complè-

tement le parti pris par Boivin dans la représentation du
ciel, au moyen des signes du zodiaque, et des figures
symboliques des constellations. Je lui reprocherois peut-
être d'avoir un peu trop mêlé le pittoresque à l'hiéroglyphique; ce dernier système une fois admis, il ne falloit,
ni introduire des nuages dans le ciel, ni figurer des globes
à côté des personnages astronomiques de la sphère.

Je crois avoir été, dans mon dessin, plus fidèle observateur des conventions de l'art des anciens en ce genre; et
je pense que le soleil placé au centre sur un quadrige est
plus d'accord avec le goût symbolique de cette sorte de
représentation, et aussi avec les paroles d'Homère, Ἡέλιόν
τ' ἀκάμαντα, solem indefessum.

Au reste, la description de cette partie du bouclier par
le poète est tout-à-la-fois étendue et resserrée. D'un seul
mot il embrasse toute l'immensité du ciel, et puis il se
borne à citer trois ou quatre constellations.

Vulcain, dit-il, représente la terre, le ciel, la mer, le soleil infa-
tigable dans sa course, la lune dans son plein, et tous les signes
célestes dont l'olympe est couronné; les Pléiades, les Hyades, le
violent Orion, l'Ourse, dont le nom vulgaire est le Chariot, qui regarde l'Orion en tournant autour du pôle, et qui seule ne se baigne
jamais dans les flots de l'Océan.

Je n'ai point cru devoir m'astreindre ici à répéter servi-
lement les signes dont la description fait mention. Le ciel
hiéroglyphique que je place au centre du bouclier, n'est
autre chose, dans l'esprit de cette représentation, qu'une
espèce de cadre où chacun peut se figurer à volonté un
autre système céleste. Je n'ai dû m'inquiéter non plus, ni
de la vérité astronomique, dans une disposition que je

regarde comme purement décorative, ni de la forme que
pouvoient avoir les signes du zodiaque au siècle d'Homère : cette exactitude, qu'on pourroit appeler de costume,
eût exigé des recherches et des discussions sans rapport
avec mon objet, qui est de prouver que toute la description d'Homère peut être facilement exécutée en bas-relief
sur un bouclier, et que Boivin, qui avoit promis de le
faire, n'a pas tenu sa promesse.

Il y auroit encore une autre petite infidélité de costume
à me reprocher; ce seroit celle qui regarde le style et le
goût de dessiner et de composer. Sans aucun doute, mon
dessin n'a point cette simplicité, et ce qu'on appelle, dans
le langage de l'art, cette *bonhomie* qui eût caractérisé l'ouvrage du bouclier d'Achille, si ce bouclier eût été exécuté
en réalité, dans le temps auquel le poète fait supposer
qu'il eût pu l'être. A cet égard, une pareille fidélité eût été
d'autant plus vaine, qu'elle n'auroit jamais pu être naturelle. Il y a un certain simple qui tient à l'enfance de
l'art, qu'on ne sauroit plus retrouver ni même contrefaire à d'autres époques : et d'ailleurs cette puérile singerie
n'eût rien ajouté à mes preuves; car il faut distinguer du
style de dessin dont je veux parler ici, et qui est à un
dessin plus formé ce qu'est le vieux langage à une langue
perfectionnée, il faut, dis-je, en distinguer le système d'imitation dans le bas-relief des anciens, que j'ai opposé au
système d'imitation pittoresque de Boivin. Cette manière
de voir et de faire des anciens n'étoit pas seulement ici
de costume ; elle étoit, selon moi, la condition nécessaire
à la traduction en figures des images du poète sur l'espace donné.

Le dernier sujet, et le moins important en dessin de tous ceux de la description du bouclier d'Achille, est celui qui a pour objet la représentation de l'Océan. (*Voy.* n.° 10.) A cet égard, il n'y a lieu, ni à méprise sur l'emplacement qu'on doit lui assigner, ni à incertitude sur la manière d'en rendre l'image sensible aux yeux. Les motifs seuls de la description fixent l'un et l'autre point.

Autour de la zone extérieure du bouclier, Vulcain faisoit rouler les flots impétueux du grand fleuve Océan.

Il me reste à faire voir qu'Homère, en faisant entrer quelques couleurs dans les descriptions locales de quelques objets, n'a point encore excédé les limites de l'art selon lequel il suppose qu'est travaillé l'ouvrage du bouclier, et que cet art ne fut pas la peinture.

Sur les Couleurs dont Homère fait mention dans la Description des figures et de quelques objets du Bouclier d'Achille.

D'APRÈS les maximes de goût qu'on a établies, et d'après les exemples qu'on a cités, Homère auroit pu très-légitimement, sans aucun doute, donner aux objets de sa description des couleurs naturelles, c'est-à-dire, du genre de celles qui appartiennent aux objets eux-mêmes, ou à l'art dont la propriété est d'imiter la nature sous ce rapport. Il n'étoit nullement obligé de se renfermer sur ce point dans les bornes de la matière, c'est-à-dire, des seules apparences de tons affectés aux métaux dont il faut supposer qu'étoit formé l'ouvrage de Vulcain. Il eût pu s'affranchir à cet égard de toute sujétion, par la même raison

qu'il

qu'il a pu prêter le mouvement et la vie à des personnages sculptés, comme d'autres poètes, ainsi qu'on l'a vu,
ont été jusqu'à leur donner de la voix et un langage.

Rien n'est donc moins nécessaire que d'examiner si la
peinture étoit ou non capable, au temps d'Homère, d'exécuter les prétendus tableaux décrits par le poète, puisqu'il
est reconnu que, par l'effet de la transposition poétique, il
étoit le maître de se donner pour modèle, non l'ouvrage de
l'art, mais celui de la nature, et d'y emprunter toutes les
couleurs dont il eût voulu animer et nuancer ses images.

Toutefois, en persistant dans le même système de justification, je dirai qu'encore sur ce point quelques apologistes d'Homère ont employé pour le défendre, sans qu'il
eût besoin d'être défendu, des armes hors de mesure, c'est-
à-dire, des raisons et des argumens étrangers au vrai point
de la question.

A quoi bon, en effet, pour rendre compte de certaines
variétés de couleurs dont le poète s'est plu à revêtir quelques
objets, aller invoquer les ressources de la peinture proprement dite ? Il est constant que ces couleurs ne sont pas
celles du peintre ; elles appartiennent uniquement à cette
partie de l'art de la sculpture que les anciens appeloient
toreutique, qui procédoit le plus souvent par association de
plusieurs métaux, et de matières diverses par leurs tons,
mais se combinant diversement entre elles, au point de
former une apparence de tableau.

Homère nous en instruit lui-même, en nous apprenant les procédés mis en œuvre par le divin forgeron ;
et déjà, en effet, nous y remarquons ceux des écoles de
Corinthe, d'Égine et de Délos, dans la fabrication des

H

Liv. XXXIV,
chap. II.

Iliad. l. XVIII,
v. 474.

métaux, tels qu'ils existèrent, selon Pline, aux siècles de l'art perfectionné. *Vulcain*, dit le poète, *jeta dans le feu de l'airain, de l'étain, de l'or et de l'argent :*

Χαλκὸν δ' ἐν πυρὶ βάλλεν ἀπειρέα, κασσίτερόν τε,
Καὶ χρυσὸν τιμῆντα, καὶ ἄργυρον.

Si le secret de l'alliage des métaux précieux étoit alors connu, et si toutes les combinaisons de couleurs qui en sont le produit, ont pu entrer dans le genre d'ouvrage dont Homère suppose qu'étoit le bouclier d'Achille, on peut se dispenser d'aller chercher ailleurs les raisons de ces diverses teintes, sur lesquelles on a prodigué tant de commentaires. Ces teintes métalliques, sans avoir la valeur de celles d'un tableau peint, en donnoient ou en faisoient naître l'idée. Il n'en faut pas davantage au poète pour lui inspirer le projet d'enchérir sur la réalité, et de renforcer les tons de son modèle. Or, pour peu que l'hyperbole poétique s'en mêle, le lecteur croira lire effectivement la description d'une peinture.

Cependant Homère, comme on a eu l'occasion de le faire remarquer, semble avoir beaucoup moins recherché qu'évité cette espèce d'illusion. Si l'on prend garde à la nature des couleurs dont il donne l'idée, on voit qu'elles ne présentent rien qui ne puisse être exécuté par les seules procédés métallurgiques du toreuticien. Par exemple, à la tête des combattans, il fait paroître *Pallas et Mars, tous deux d'or, tous deux vêtus d'or* (1). Ses descriptions offrent des troupeaux *de bœufs noirs, des brebis blanches* (2); des sillons

_____

(1) Ἄμφω χρυσείω, χρύσεια δὲ εἵματα
ἐδην.

(2) Ἕλικας βοῦς — ἀρχεννῶν ὁ ὠν.

dont le revers *paroît noir, quoique d'or* (1) ; une vigne du même métal, chargée de raisins *dont la couleur est noire* (2), ayant des échalas *d'argent* (3), environnée d'un fossé où l'eau est représentée *par la couleur de l'étain; des bergers d'or* (4). Si l'on ajoute à cela *la couleur de sang dont est teinte la draperie de la Parque,* on aura réuni les seuls objets de toute la description du bouclier, dont le poète ait désigné les couleurs.

Observons qu'il n'y est fait aucune mention, ni des teintes de chair, ni des nuances des étoffes, ni de l'azur des cieux, ni de tant d'autres variétés de tons qui sont exclusivement du domaine de la peinture. Ce qui semble sortir des bornes de la sculpture monochrôme, se réduit aux teintes noirâtres des bœufs, à la blancheur des brebis, à la couleur noire des raisins et à celle du sillon retourné par la charrue : encore, sur ce dernier point, Homère n'oublie pas de faire remarquer que c'étoit un effet admirable de l'art de Vulcain, *de rendre noir ce qui étoit effectivement d'or.*

Or par ces mots le poète ne donne-t-il pas à entendre que Vulcain, possédant tous les secrets métallurgiques de son art, savoit allier les métaux, les brunir, les diaprer, les faire changer de couleur, et obtenir par toute sorte de combinaisons et de modifications ces semblans de couleur, qui, dans les ouvrages de la toreutique ou de la sculpture sur métaux, jouoient quelques-unes des apparences de la peinture ?

(1) Ἡ δὲ μελαίνετ᾽ ὄπιϭϑεν — χρυϭίη περ ἐῦϭα.

(2) Μέλανες δ᾽ ἀνὰ βότρυες ἦϭαι — κάμαξι διαμπερὲς ἀργυρέηϭιν. —

(3) Κυανέην κάπετον, περὶ δ᾽ ἕρκος ἔλαϭϭε κασϭιτέρȣ.

(4) Χρύϭιοι δὲ νομῆες.

H 2

Il me semble, comme je l'ai dit plus haut, qu'Homère, inspiré par le goût des ouvrages de son temps, a visé, dans la description du bouclier d'Achille, à représenter un ouvrage de métal, plutôt qu'un ouvrage de peinture, puisque toutes les couleurs qu'il désigne, sont ou celles des métaux mêmes, ou celles que l'art de l'orfévrerie sait si facilement tirer des matières qu'il emploie. Dans tous les cas, nous devons l'en croire et l'interpréter par ses paroles. Au *Mém. de l'Ac.* lieu donc de citer, ainsi qu'on l'a fait, le bouclier d'Achille *des inscript. et* en témoignage de l'antiquité de la peinture, on devroit *belles-lett. tom. I,* plutôt regarder la description de cet ouvrage comme la *p. 83, Hist.* preuve indicative d'un genre d'art qui, suppléant jusqu'à un certain point, dans ces temps anciens, à l'art de peindre, auroit pu au contraire en retarder les progrès.

C'est aussi dans ce genre de travail qu'est supposé avoir dû être exécuté le bouclier d'Hercule, ouvrage tout semblable de toreutique et de sculpture polychrôme, dans l'intention bien marquée d'Hésiode. Les paroles mêmes du poète le désignent comme un composé *d'ivoire, d'argent et d'or varié* de toute sorte de manières. Quant à la couleur, la description n'y fait mention de presque aucune teinte qui n'ait pu être le résultat, ou de l'alliage des métaux, ou du mélange de leurs nuances. *Les héros sont d'argent*, et ont *des armes d'or. Le port de mer* qu'on y voit, *est d'étain. Les dauphins sont d'argent; les poissons, de bronze, &c.*

Virgile, imitateur d'Homère et d'Hésiode dans la composition poétique et graphique du bouclier d'Énée, a encore suivi les traces de ses modèles sur le genre de sculpture polychrôme applicable aux compositions de l'ouvrage métallique qu'il décrit. C'est aussi de l'alliage des métaux, c'est de la réunion de plusieurs dans une seule figure, que résultent les couleurs dont le poète Latin se plaît à diversifier les objets de sa description. On peut s'en convaincre par les citations suivantes :

> *Atque hîc auratis volitans argenteus anser.*
> *Aurea cæsaries ollis, atque aurea vestis.*
> *. . . . . Tum lactea colla*
> *Auro innectuntur . . . .*
> *. . . . . Maris ibat imago*
> *Aurea, sed fluctu spumabant cærula cano.*
> *Illam inter cædes pallentem morte futurâ, &c. &c.*

DESCRIPTION DU BOUCLIER D'ACHILLE

PAR HOMÈRE.

Ποίη δ᾽ πρῶτοι σάκος μέγα τε, ϛιϐαρόν τε,
Πάντοσι δαιδάλλων· περὶ δ᾽ ἄντυγα βάλλε φαεινὴν,
Τρίπλακα, μαρμαρέην, ἐκ δ᾽ ἀργύρεον τελαμῶνα.
Πέντε δ᾽ ἄρ᾽ αὐτῷ ἔσαν σάκεος πτύχες· αὐτὰρ ἐν αὐτῷ
Ποίει δαίδαλα πολλὰ ἰδυίῃσι πραπίδεσσιν.
Ἐν μὲν γαῖαν ἔτευξ᾽, ἐν δ᾽ οὐρανὸν, ἐν δὲ θάλασσαν,
Ἠέλιόν τ᾽ ἀκάμαντα, σελήνην τε πλήθουσαν·

Iliad. l. XVIII,
v. 478 et suiv.

Fecit autem primùm scutum magnumque solidumque, (fulgidum, Undiquaque artificio vario exornans, orbemque extimum circumdedit Triplicem, candentem, et ab *ea nexuit* argenteum lorum. Quinque autem ipsius erant scuti plicæ: et in eo Fecit artificiosa multa peritis præcordiis. In *eo* quidem terram finxit et cœlum, finxit et mare, Solemque indefessum, lunamque plenam

'Εν δὲ τὰ τείρεα πάντα, τά τ' ὀυρανὸς ἐστεφάνωͳ),
Πληϊάδας θ', Ὑάδας τε, τό τε σθένος Ὠρίωνος,
Ἄρκτην θ', ἣν ᾗ Ἄμαξαν ὁπίκλησιν καλέυσιν,
Ἥ τ' ἀυτῇ στρέφεται, κᾳί τ' Ὠρίωνα δοκεύει·
Οἴη δ' ἄμμορός ὁτι λοετρῶν Ὠκιανοῖο.
Ἐν δ̀ δύω ποίησε πόλεις μερόπων ἀνθρώπων
Καλάς· ὀν τῇ μὲν ῥα γάμοι τ' ἔσαν, εἰλαπίναι τε
Νύμφας δ' ὀκ θαλάμων, δαΐδων ὑπολαμπομενάων,
Ἠγίνεον ἀνὰ ἄςυ· πολὺς δ' ὑμέναιος ὀρώρѣ.
Κῦροι δ' ὀρχηςῆρες ἐδίνεον, ὀν δ' ἄρα τοῖσιν
Αὐλοί, φόρμιγγές τε βοὴν ἔχον· αἱ ᾗ γυναῖκες
Ἱςάμεναι θαύμαζον ὀπὶ προθύροισιν ἑκάςη.
Λαοὶ δ' εἰν ἀγορῇ ἔσαν ἀθρόοι· ἔνθα δὲ νεῖκος
Ὠρώρѣ· δύο δ' ἄνδρες ἐνείκεον εἵνεκα ποινῆς
Ἀνδρὸς ἀποφθιμένȣ· ὁ μὲν ἐύχετο πάντ' ἀποδῶναι,
Δήμῳ πιφαύσκων, ὁ δ' ἀναίνετο μηδὲν ἑλέσθαι.
Ἄμφω δ' ἱέσθων ὀπὶ ἴςορι πεῖραρ ἑλέσθαι.
Λαοὶ δ' ἀμφοτέροισιν ἐπήπυον, ἀμφὶς ἀρωγοί·
Κήρυκες δ' ἄρα λαὸν ἐρήτυον· οἱ ᾗ γέροντες
Εἵατ' ὀπὶ ξεςοῖσι λίθοις, ἱερῷ ἐνὶ κύκλῳ·

Finxit et sidera omnia, quibus cœlum redimitum ornatur,
Pleïadasque, Hyadasque, roburque Orionis,
Ursamque, quam et Plaustrum vulgò vocant,
Quæ ibidem vertitur, et Orionem observat;
Sola autem exsors est lavacrorum Oceani.
    Fecit in *eo* et duas urbes articulatè-loquentium hominum
Pulchras : in una quidem nuptiæque erant, conviviaque solemnia :
Sponsas autem ex thalamis, tædis adlucentibus ,
Ducebant per urbem, crebroque hymenæus excitabatur clamore.
Adolescentes autem saltatores in orbem agebant se, interque eos
Tibiæ citharæque sonum edebant : mulieres verò
Stantes admirabantur in vestibulis unaquæque.
Populi autem in foro erant frequentes ; ibi nempe contentio
Orta erat : duo enim viri contendebant gratiâ mulctæ,
Propter virum interfectum : alter quidem affirmabat omnia reddidisse,
Populo declarans ; alter verò negabat quicquam accepisse.
Ambo itaque cupiebant testibus datis litem ad exitum perducere.
Cives autem utrisque acclamabant, hinc inde fautores :
Præcones verò populum sedabant : at seniores
Sedebant super politos lapides, sacro in circulo ;

Σκῆπτρα ἢ κηρύκων ἐν χερσ᾽ ἔχον ἠεροφώνων·
Τοῖσιν ἔπειτ᾽ ἤϊσσον, ἀμοιβηδὶς δ᾽ ἐδίκαζον.
Κεῖτο δ᾽ ἄρ᾽ ἐν μέσσοισι δύο χρυσοῖο τάλαντα,
Τῷ δόμεν, ὃς μετὰ τοῖσι δίκην ἰθύντατα εἴπῃ.

Τὴν δ᾽ ἑτέρην πόλιν ἀμφὶ δύο στρατοὶ εἵατο λαῶν,
Τεύχεσι λαμπόμενοι· δίχα δὲ σφίσιν ἥνδανε βουλή,
Ἠὲ διαπραθέειν, ἢ ἄνδιχα πάντα δάσασθαι,
Κτῆσιν ὅσην πτολίεθρον ἐπήρατον ἐντὸς ἔεργει.
Οἱ δ᾽ οὔπω πείθοντο, λόχῳ δ᾽ ὑπεθωρήσσοντο.

Τεῖχος μὲν ῥ᾽ ἄλοχοί τε φίλαι κ᾽ νήπια τέκνα
Ῥύατ᾽ ἐφεσταότες, μετὰ δ᾽ ἀνέρες, οὓς ἔχε γῆρας·
Οἱ δ᾽ ἴσαν· ἦρχε δ᾽ ἄρα σφιν Ἄρης κ᾽ Παλλὰς Ἀθήνη,
Ἄμφω χρυσείω, χρύσεια δὲ εἵματα ἕσθω,
Καλὼ κ᾽ μεγάλω σὺν τεύχεσιν, ὥς τε θεώ περ,
Ἀμφὶς ἀριζήλω· λαοὶ δ᾽ ὑπολίζονες ἦσαν.
Οἱ δ᾽ ὅτε δή ῥ᾽ ἵκανον, ὅθι σφίσιν εἶκε λοχῆσαι,
Ἐν ποταμῷ, ὅθι τ᾽ ἀρδμὸς ἔην πάντεσσι βοτοῖσιν,
Ἔνθ᾽ ἄρα τοί γ᾽ ἵζοντ᾽, εἰλυμένοι αἴθοπι χαλκῷ.
Τοῖσι δ᾽ ἔπειτ᾽ ἀπάνευθε δύω σκοποὶ εἵατο λαῶν,
Δέγμενοι ὁππότε μῆλα ἰδοίατο κ᾽ ἕλικας βοῦς.

Sceptra verò præconum in manibus habebant vocibus aërem replentium ;
Cum his deinde exsurgebant , et alternatim sententias ferebant.
Jacebant autem in medio duo auri talenta ,
Ei danda qui inter hos sententiam rectissimè diceret.
Alteram verò urbem duo exercitus obsidebant copiarum,
Armis fulgentes : bifariàm autem ipsis placebat consilium,
Aut evertere, aut in duas partes omnia dividere ,
Opes *scilicet* quantas oppidum amœnum intùs continet.
Illi verò nondum parebant, ad insidias autem clàm armabantur.
Murum quidem conjugesque dilectæ et parvi liberi
Custodiebant suprà stantes, interque viri quos tenebat senectus.
Ipsi verò profecti sunt : dux erat autem iis Mars et Pallas-Minerva,
Ambo aurei, aureasque vestes induti erant,
Pulchri et magni cum armis, sicut dii scilicet,
Utrinque perinsignes : populi autem humiliores erant.
Ii autem cùm jam pervenerant, ubi illis videbatur insidiari,
Apud fluvium , ubi et aquatio erat omni pecori,
Ibi hi consederunt, tecti corusco ære.
His verò deinde seorsùm duo speculatores sedebant à copiis,
Observantes siquando oves viderent et camuros boves.

Οἱ δ᾽ τάχα προγένοντο, δύω δ᾽ ἅμ᾽ ἕποντο νομῆες,
Τερπόμενοι σύριγξι· δόλον δ᾽ ὄυ τι προνόησαν.
Οἱ μὲν τὰ προϊδόντες ἐπέδραμον, ὦκα δ᾽ ἔπειτα
Τάμνοντ᾽ ἀμφὶ βοῶν ἀγέλας καὶ πώεα καλὰ
Ἀργεννῶν οἰῶν· κτεῖνον δ᾽ ἐπὶ μηλοβοτῆρας.
Οἱ δ᾽ ὡς ὅυν ἐπύθοντο πολὺν κέλαδον περὶ βουσὶν,
Εἰράων προπάροιθε καθήμενοι, αὐτίκ᾽ ἐφ᾽ ἵππων
Βάντες ἀερσιπόδων μετεκίαθον· αἶψα δ᾽ ἵκοντο.
Στησάμενοι δ᾽ ἐμάχοντο μάχην ποταμοῖο παρ᾽ ὄχθας,
Βάλλον δ᾽ ἀλλήλους χαλκήρεσιν ἐγχείησιν.
Ἐν δ᾽ Ἔρις, ἐν δὲ Κυδοιμὸς ὁμίλεον, ἐν δ᾽ ὀλοὴ Κήρ,
Ἄλλον ζωὸν ἔχουσα νεούτατον, ἄλλον ἄουτον,
Ἄλλον τεθνειῶτα κατὰ μόθον ἕλκε ποδοῖιν.
Εἷμα δ᾽ ἔχ᾽ ἀμφ᾽ ὤμοισι δαφοινεὸν αἵματι φωτῶν·
Ὡμίλευν δ᾽, ὥστε ζωοὶ βροτοὶ, ἠδ᾽ ἐμάχοντο,
Νεκρούς τ᾽ ἀλλήλων ἔρυον κατατεθνειῶτας.
Ἐν δ᾽ ἐτίθει νειὸν μαλακὴν, πίειραν ἄρουραν,
Εὐρεῖαν, τρίπολον· πολλοὶ δ᾽ ἀροτῆρες ἐν αὐτῇ
Ζεύγεα δινεύοντες ἐλάστρεον ἔνθα καὶ ἔνθα.
Οἱ δ᾽ ὁπότε στρέψαντες ἱκοίατο τέλσον ἀρούρης,

Illi verò statim progrediebantur, duoque unà sequebantur pastores,
Oblectantes se fistulis : insidias enim neutiquam praesenserant.
Ii quidem his prospectis incurrerunt, et continuò
Praedantes abducebant boum armenta et greges pulchros
Candidarum ovium ; interficiebant autem insuper pastores.
Illi verò ut audierunt magnum tumultum apud boves,
Pro concione sedentes, confestim equos
Conscendentes pedes in altum attollentes insecuti sunt ; moxque pervenerunt.
Consistentes verò pugnabant pugnam fluvii propter ripas,
Feriebantque invicem se aeratis hastis.
Inter eos autem Discordia et Tumultus versabantur, et exitiale Fatum,
Alium vivum tenens recèns vulneratum, alium illaesum ;
Alium interfectum per praelium trahebat pedibus.   (humano :
Vestem autem habebat circum humeros admodùm cruentatam sanguine
Versabantur verò, tanquam vivi homines, atque pugnabant,
Cadaveraque suorum invicem trahebant interempta.
    Posuit in eo et novale molle, pingue arvum,
Latum, tertiatum : multi autem aratores in ipso
Juga convertentes agebant huc et illuc.
Ii autem quoties reversi pervenirent ad finem arvi,

Τοῖσι δ' ἔπειτ' ἐν χερσὶ δέπας μελιηδέος οἴνα
Δόσκεν ἀνὴρ ἐπιών· τοὶ δὲ σφίσασκον ἀν' ὄγμας,
Ἱέμενοι νειοῖο βαθείης τέλσον ἱκέσθαι.
Ἡ δὲ μελαίνετ' ὄπισθεν, ἀρηρομένῃ δὲ ἐῴκει,
Χρυσείη περ ἐῦσα· τὸ δὴ περὶ θαῦμα τέτυκτο.

Ἐν δ' ἐτίθει τέμενος βαθυλήϊον· ἔνθα δ' ἔριθοι
Ἤμων, ὀξείας δρεπάνας ἐν χερσὶν ἔχοντες·
Δράγματα δ' ἄλλα μετ' ὄγμον ἐπήτριμα πῖπτον ἔραζε,
Ἄλλα δ' ἀμαλλοδετῆρες ἐν ἐλλεδανοῖσι δέοντο.
Τρεῖς δ' ἄρ' ἀμαλλοδετῆρες ἐφέστασαν· αὐτὰρ ὄπισθε
Παῖδες δραγμεύοντες, ἐν ἀγκαλίδεσσι φέροντες,
Ἀσπερχὲς πάρεχον· βασιλεὺς δ' ἐν τοῖσι σιωπῇ
Σκῆπτρον ἔχων ἑστήκει ἐπ' ὄγμα γηθόσυνος κῆρ.
Κήρυκες δ' ἀπάνευθεν ὑπὸ δρυῒ δαῖτα πένοντο·
Βοῦν δ' ἱερεύσαντες μέγαν, ἄμφεπον· αἱ δὲ γυναῖκες
Δεῖπνον ἐρίθοισιν, λεύκ' ἄλφιτα πολλὰ πάλυνον.

Ἐν δ' ἐτίθει σταφυλῇσι μέγα βρίθουσαν ἀλωὴν,
Καλὴν, χρυσείην· μέλανες δ' ἀνὰ βότρυες ἦσαν·
Ἑστήκει δὲ κάμαξι διαμπερὲς ἀργυρέῃσιν.
Ἀμφὶ δὲ, κυανέην κάπετον, περὶ δ' ἕρκος ἕλασσε

Iis tunc in manus poculum prædulcis vini
Dabat vir obiens: illi autem convertebant se ad suos quisque sulcos,
Cupidi novalis profundi ad terminum perveniendi.
Ipsum autem *novale* nigricabat à tergo, versoque aratris simile erat,
Aureum licèt esset: hoc sanè ingens miraculum effictum erat.

　　Posuit in *eo* et separatum agrum profundæ segetis; in quo operarii
Metebant, acutas falces in manibus tenentes :
Manipuli autem alii rectâ serie densi cadebant in terram,
Alios verò manipulorum ligatores vinculis constringebant.
Tres autem manipulorum ligatores sequentes instabant : at ponè
Pueri manipulos colligentes, in ulnis ferentes,
Usque porrigebant : rex verò inter hos silentio
Sceptrum tenens stabat super manipulorum serie lætus corde.
Præcones autem seorsùm sub quercu convivium apparabant ;
Bovem nempe mactatum magnum hinc inde curabant : mulieres autem
Cœnam operariis, albas farinas multas immiscebant.

　　Posuit in *eo* et uvis admodùm gravatam vineam,
Pulchram, auream ; nigri autem per *eam* racemi erant :
Stabat autem innixa palis ex ordine argenteis.
Circùm autem, cyaneam fossam, circùm et septum duxit

I

Κασσιτέρυ· μία δ' οἴη ἀταρπιτὸς ἦεν ἐπ' αὐτῷ,
Τῇ νίσονlο φορῆες, ὅτε τρυγόωεν ἀλωήν·
Παρθενικαὶ ϑὲ καὶ ἠίθεοι, ἀταλὰ φρονέοντες,
Πλεκτοῖς ἐν ταλάροισι φέρον μελιηδέα καρπόν.
Τοῖσιν δ' ἐν μέσσοισι παῖς φόρμιγγι λιγείῃ
Ἱμερόεν κιθάριζε· λίνον δ' ὑπὸ καλὸν ἄειδε
Λεπταλέῃ φωνῇ· τοὶ δὲ ῥήσσοντες ὁμαρτῇ
Μολπῇ τ' ἰυγμῷ τε, ποσὶ σκαίροντες ἕποντο.
    Ἐν δ' ἀγέλην ποίησε βοῶν ὀρθοκραιράων·
Αἱ δὲ βόες χρυσοῖο τετεύχατο κασσιτέρου τε·
Μυκηθμῷ δ' ἀπὸ κόπρου ἐπεσσεύοντο νομόνδε
Πὰρ ποταμὸν κελάδοντα, παρὰ ῥοδανὸν δονακῆα.
Χρύσειοι δὲ νομῆες ἅμ' ἐστιχόωντο βόεσσι
Τέσσαρες, ἐννέα δέ σφι κύνες πόδας ἀργοὶ ἕποντο.
Σμερδαλέω δὲ λέοντε δύ' ἐν πρώτῃσι βόεσσι
Ταῦρον ἐρύγμηλον ἐχέτην· ὁ δὲ μακρὰ μεμυκὼς
Ἕλκετο· τὸν δὲ κύνες μετεκίαθον, ἠδ' αἰζηοί.
Τὼ μὲν ἀναρρήξαντε βοὸς μεγάλοιο βοείην,
Ἔγκατα καὶ μέλαν αἷμα λαφύσσετον· οἱ δὲ νομῆες
Αὕτως ἐνδίεσαν, ταχέας κύνας ὀτρύνοντες.

Stanni : una autem sola semita erat ad eam,
Quâ ibant bajuli, quando vindemiarent vineam :
Virgunculæ autem et 'adolescentuli, teneris animis,
Textilibus in qualis portabant prædulcem fructum.
His verò in mediis puer citharâ argutâ
Suaviter personabat; chordâque eleganter succinebat
Tenellâ voce : hi autem ferientes *terram* simul
Cum cantuque sibiloque, pedibus tripudiantes sequebantur.
    In *eo* et armentum fecit boum capita altè ferentium :
Boves autem ex auro effictæ erant, stannoque,
Cumque mugitu è stabulo ruebant ad pascua
Præter fluvium resonantem, admodùm rapidum cannis abundantem.
Aurei autem pastores unà ibant cum bobus
Quatuor, novemque illos canes pedibus celeres sequebantur.
Terribiles verò leones duo inter primas boves
Taurum graves gemitus edentem tenebant : is autem altè mugiens
Trahebatur; eumque canes recepturi sequebantur et juvenes.
Illi quidem, discerptâ bovis magni pelle,
Viscera et nigrum sanguinem hauriebant : pastores verò
Frustrà insequebantur, veloces canes hortatibus incitantes.

Οἱ δ' ἤτοι δακέειν μὲν ἀπετρωπῶντο λεόντων,
Ἱστάμενοι δὲ μάλ' ἐγγὺς ὑλάκλεον, ἔκ τ' ἀλέοντο.

Ἐν δὲ νομὸν ποίησε περικλυτὸς Ἀμφιγυήεις,
Ἐν καλῇ βήσσῃ, μέγαν οἰῶν ἀργυφάων,
Σταθμούς τε, κλισίας τε, κατηρεφέας ἰδὲ σηκές.

Ἐν δὲ χορὸν ποίκιλλε περικλυτὸς Ἀμφιγυήεις,
Τῷ ἴκελον, οἷόν ποτ' ἐνὶ Κνωσσῷ ἐυρείῃ
Δαίδαλος ἤσκησεν καλλιπλοκάμῳ Ἀριάδνῃ.

Ἔνθα μὲν ἠΐθεοι καὶ παρθένοι ἀλφεσίβοιαι
Ὠρχεῦντ', ἀλλήλων ἐπὶ καρπῷ χεῖρας ἔχοντες·
Τῶν δ' αἱ μὲν λεπτὰς ὀθόνας ἔχον, οἱ δὲ χιτῶνας
Εἴατ' ἐϋννήτους, ἧκα στίλβοντας ἐλαίῳ·
Καί ῥ' αἱ μὲν καλὰς στεφάνας ἔχον, οἱ δὲ μαχαίρας
Εἶχον χρυσείας ἐξ ἀργυρέων τελαμώνων.
Οἱ δ' ὅτε μὲν θρέξασκον ἐπισταμένοισι πόδεσσι
Ῥεῖα μάλ', ὡς ὅτε τις τροχὸν ἄρμενον ἐν παλάμῃσιν
Ἑζόμενος κεραμεὺς πειρήσεται αἴκε θέῃσιν·
Ἄλλοτε δ' αὖ θρέξασκον ἐπὶ στίχας ἀλλήλοισι.
Πολλὸς δ' ἱμερόεντα χορὸν περιίσταθ' ὅμιλος
Τερπόμενοι· δοιὼ δὲ κυβιστητῆρε κατ' αὐτοὺς

Illi enim mordere quidem recusabant aversi à leonibus,
Stantes autem admodùm propè latrabant, et evitabant.
    Fecit in *eo* et pascuum inclytus Vulcanus,
Amœno in saltu, magnum ovium candidarum,
Stabulaque, tuguriaque, tectaque ovilia.
    In *eo* et chorum vario effinxit artificio inclytus Vulcanus,
Ei similem, qualem olim in Cnosso lata
Dædalus concinnavit comas pulchræ Ariadnæ.
Ibi quidem adolescentes et virgines formosæ
Tripudiabant, alter alterius ad carpum manus tenentes:
Horum autem illæ quidem tenues linteas vestes habebant, illi verò tunicas
Induti erant benè textas, leniter nitentes oleo:
Et hæ quidem pulchras coronas gerebant, illi verò gladios
Habebant aureos pendentes ab argenteis balteis.
Hi autem quandoque quidem *in orbem* discurrebant doctis pedibus
Leviter admodùm; veluti cùm aliquis rotam aptatam manibus
Sedens figulus tentaverit si currat:
Quandoque autem rursùs discurrebant per ordines invicem.
Multa verò pulchram choream circumstabat turba
Oblectantes se: duo autem saltantes in caput inter ipsos

Μολπῆς ἐξάρχοντες ἐδίνεον κỳ μέσους.
'Εν δ' ἐτίθη ποταμοῖο μέγα ϑένος 'Ωκεανοῖο,
"Αντυγα πὰρ πυμάτιω ζάκεος πύκα ποιητοῖο.

Cantum exordientes agebant se per medios.
Posuit in *eo* et fluvii magnum robur Oceani,.
Orbem propter extremum scuti affabrè facti.

Pl. II.

LE BOUCLIER D'ACHILLE d'après LA DESCRIPTION D'HOMÈRE.

1. LE LABOURAGE. 2. LA MOISSON. 3. LA VENDANGE. 4. LES TROUPEAUX DE BŒUFS. 5. LES PATURAGES.

6. LA DANSE DÉDALIENNE. 7. LA VILLE EN PAIX. 8. LA VILLE EN GUERRE. 9. LE CIEL. 10. L'OCÉAN.

MÉMOIRE

SUR LA COURSE ARMÉE

ET

LES OPLITODROMES,

CONTENANT une nouvelle hypothèse propre à expliquer la Statue vulgairement appelée le Gladiateur combattant.

L'EXPLICATION des ouvrages d'art de l'antiquité est tellement liée à la science de ses usages, et, pour mieux dire, les deux sortes de travaux ont entre eux tant de rapports réciproques, qu'on ne sauroit trop encourager les recherches qui s'appuient tout-à-la-fois sur l'une et l'autre de ces deux études. Le plus léger détail d'une figure antique, en dévoilant un usage méconnu, fait comprendre un passage obscur, et le moindre passage d'un auteur peut faire naître l'explication d'une statue.

Les premiers qui tentèrent de donner des noms au plus grand nombre des statues antiques, ne manquoient sans doute ni d'érudition, ni de la connoissance des sources où l'on doit puiser les élémens de cette sorte d'interprétation : mais, préoccupés de l'opinion que des ouvrages trouvés à Rome ne devoient s'expliquer que par les usages Romains, ils se hâtèrent d'accréditer, par suite de cette prévention, un certain nombre de motifs généraux d'explication, tirés uniquement de ces usages. La routine s'en empara. Depuis, on trouva plus commode de s'en tenir aux dénominations consacrées, que d'en hasarder de nouvelles ; et plus d'une statue antique, qu'on sait n'être Romaine ni par l'art, ni par le style, ni par le sujet, porte encore aujourd'hui des noms qui n'appartiennent qu'à l'histoire ou aux usages de Rome.

De ce nombre, par exemple, est la célèbre statue appelée *le Gladiateur combattant*, statue que tous ses caractères forcent à reconnoître pour un des plus incontestables ouvrages de l'art des Grecs, et que toutes les sortes d'indications avouées par tous les genres de critique font universellement regarder, non-seulement comme une production de la Grèce, mais comme la représentation d'un personnage ou d'un sujet Grec.

Je ne répéterai pas ici ce qui a été déjà remarqué ailleurs, sur toutes ces statues appelées *des Gladiateurs* par les premiers antiquaires ; savoir, qu'aucune autorité ne permet d'affirmer que les Romains aient élevé des statues à une classe d'hommes réputés vils par l'opinion publique. Je ne dirai pas non plus combien il est moins probable que les Grecs, à qui le genre des spectacles sanguinaires des Romains fut si long-temps inconnu, aient prostitué à des esclaves l'honneur d'une statue : mais j'observerai qu'en toute hypothèse, et en supposant encore qu'un artiste Grec auroit pu faire à Rome, sous le règne des empereurs, la statue d'un gladiateur, le goût et le style de l'art à cette

Mem. de l'Institut, partie de Littér. et Beaux-arts, t. II; Mem. sur les Gladiat.

époque sont assez connus , pour qu'il soit impossible d'attribuer à une période de dégénération l'élégante et savante figure du statuaire Agasias.

Telle est l'opinion de tous les artistes et de presque tous les critiques.

C'est aussi celle de M. Heyne, dans sa Dissertation *sur les erreurs occasionnées dans l'explication des statues antiques par leurs restaurations.* Le savant professeur s'y plaint, avec raison, de la prévention avec laquelle les premiers antiquaires ont appliqué le nom de *gladiateur* à toute statue ou à tout fragment de statue nue et représentée armée. « Il pense qu'on doit faire des guerriers du plus grand » nombre de ces personnages, et il lui paroît que la figure » du prétendu gladiateur combattant (dit *le Gladiateur* » *Borghèse*) présente non-seulement la représentation d'un » guerrier, mais encore d'une action héroïque, ou de » quelque fait d'armes particulier, dont il faut chercher » l'indication dans la composition et les attitudes de la » statue elle-même. »

Sammlung antiquarischer Aufsätze, 2.e *part. pag. 224 et suiv.*

Aujourd'hui que la critique des ouvrages de l'art des anciens a fait tant de progrès, grâce aux découvertes nombreuses de ces derniers temps et aux parallèles qui en ont été le résultat, il seroit difficile de ne pas adopter, au moins en partie, l'opinion de l'illustre savant qu'on vient de citer.

Nul doute que si, pour l'explication de la statue d'Agasias, il falloit se renfermer dans l'alternative de l'idée de gladiateur, ou de celle de guerrier, la dernière ne dût l'emporter sur l'autre. La nudité de la figure ne seroit pas, comme on le sait, une objection valable contre l'hypo-

thèse d'un sujet guerrier : une multitude de monumens
attestent que ce fut un usage, ou, si l'on veut, un privilége
de l'art en Grèce, de représenter les guerriers nus, même
dans le moment et dans l'action du combat. Ainsi le sentiment de ceux qui voient un guerrier combattant dans
la statue d'Agasias, n'a rien qui puisse, en thèse générale,
être contredit par les usages des Grecs, et sur-tout par les
habitudes de leurs arts.

Toutefois nous verrons que la statue dont il s'agit, lorsqu'on l'examine avec plus d'attention sous quelques-uns
de ses rapports, et dans quelques-unes de ses particularités, soit positives, soit négatives, ne se trouve pas complètement expliquée par le motif de guerrier ou de héros
combattant. Pour qu'une explication soit pleinement sa-
tisfaisante, il faut qu'elle rende raison de tout ce qui est
vraiment caractéristique dans une statue. Il ne faut sur-
tout, ni qu'elle aille au-delà, ni qu'elle reste en-deçà de ce
qu'offre l'objet à expliquer. Si la figure présente par sa composition, et dans ce qui en constitue les caractères, quelque chose de mixte, certaines contradictions apparentes,
et une combinaison d'élémens ou d'idées qui semblent
écarter l'unité de motif, il arrivera qu'une explication reposant sur une seule idée, ou sur un aspect absolu et exclusif, dira tout-à-la-fois trop et trop peu. Cette interprétation, ne conciliant point les diversités qui doivent résulter
d'un motif mixte et composé, laissera toujours la question
indécise, et de nouveaux doutes appelleront de nouvelles
explications.

Nous verrons que tel a été à peu près le sort des tentatives faites pour donner un nom fixe à la statue du

prétendu gladiateur. Il étoit fort naturel que l'esprit de
ceux qui ont expliqué cette figure, se portât d'abord vers
les idées simples ou absolues. Si elles sont insuffisantes,
comme ne satisfaisant point aux caractères mixtes de la
statue, la critique devra essayer des motifs d'explication
qui comportent un mélange de caractère et d'idée.

Il me semble d'abord que dans le grand nombre des
statues nues et armées qui nous sont restées de l'antiquité,
il doit s'en trouver plus d'une qui présente un tout autre
motif que celui de guerrier; et il m'a semblé aussi qu'on
n'avoit point encore aperçu, soit dans les textes des auteurs,
soit dans les usages anciens, certains sujets de statues armées, qui ne furent ni des héros ni des guerriers, et qui
dès-lors pourroient offrir de ces mélanges de caractères,
propres à l'interprétation de certaines figures.

Dans tous les cas, s'il est de ces sujets qui aient fréquemment exercé le ciseau des statuaires de l'antiquité,
et fort peu occupé jusqu'à ce jour l'attention des antiquaires, qui soient même restés sans application à aucune
statue, il ne sera pas tout-à-fait inutile de les tirer de
l'oubli, et de les mettre dans le cas de concourir avec
les sujets ou les motifs d'explication plus rebattus.

J'ai cru m'apercevoir que les usages de l'antiquité nous
fournissoient plusieurs de ces sujets tout-à-la-fois applicables, et non encore appliqués, à plus d'une sorte de
statues antiques nues et armées ; et entre ces sujets, il
m'a semblé qu'il y en avoit un dont l'application à la statue du prétendu gladiateur pourroit au moins soutenir le
parallèle avec toutes les explications qu'on en a jusqu'ici
imaginées.

K

La suite de cette discussion montrera, je l'espère, qu'une figure nue, armée, et dans l'action de combattre, peut s'expliquer par plus d'un motif étranger, non dans l'apparence, mais dans le fond, à la représentation d'un guerrier de profession ou d'un héros combattant. Si entre les jeux du stade il en fut, par exemple, qui, liés aux institutions guerrières, furent l'occasion de combats et de victoires récompensés par des statues, seroit-il improbable qu'il nous fût parvenu quelqu'une de ces figures? et, dans cette hypothèse, ne voit-on pas à quelles équivoques une semblable statue seroit sujette?

On connoît trop, par les monumens et par les recherches des savans, le plus grand nombre des exercices du stade, du cirque et de l'amphithéâtre, pour que je m'arrête à en parler : mais les antiquaires n'ont presque fait aucune mention, et plusieurs même, en traitant de la gymnastique, ont négligé de parler d'un de ces exercices, qui pourtant faisoit partie des jeux solennels de Pise, de Delphes, de Némée et de Platée, et qui, après avoir été cultivé comme apprentissage du métier des armes, le fut encore comme simulacre de l'art de combattre. Je veux parler de la *course armée*, et, à son occasion, de quelques autres sortes d'exercices du même genre, qui donnèrent lieu à plus d'une victoire athlétique, et à plusieurs statues de combattans nus et armés ; statues qui, si elles nous étoient parvenues, s'interpréteroient fort mal par le motif de combattant guerrier.

PREMIÈRE PARTIE.

Recherches sur la Course armée et sur les Oplitodromes.

EST-IL nécessaire qu'une figure nue, armée d'un bouclier, d'une lance ou d'une épée, et dans une attitude de combattant, soit la figure d'un guerrier proprement dit, ou de quelque héros aux prises avec un ennemi ! Telle est la question générale et préliminaire que j'ai dessein d'élever contre quelques-unes des explications de la statue d'Agasias, proposées dans le sens absolu de guerrier par les antiquaires les plus célèbres.

Voyez les explications, ci-dessous, II.ᵉ part.

De différentes espèces de Figures représentées armées.

IL me semble que la fable, l'histoire, les habitudes civiles et les croyances religieuses des Grecs, offrent un assez grand nombre de sujets où des personnages devoient être figurés nus et armés sans être des guerriers de profession, et peuvent paroître combattre sans être de vrais combattans. On voit que je pourrois parler ici d'abord des Curètes, des Corybantes, et des personnages mythologiques de ce genre, qu'on trouve sur beaucoup de monumens de l'art. En effet, les occasions de représenter les sujets de la plus antique mythologie furent beaucoup plus fréquentes qu'on ne l'imagine, même dans les siècles les plus éloignés de l'origine de ces sujets. Les Grecs eurent une manière d'en perpétuer l'idée, d'en rendre les images sensibles, et en quelque sorte vivantes, qui seconda puissamment les intérêts de l'art. Je parle des fêtes religieuses et des cérémonies mystiques, où des acteurs (car c'en étoit dans toute la force du terme) prenoient la ressemblance des inventeurs des mystères, et, jouant leur rôle, contrefaisant leurs apparences dans les pompes sacrées, conservoient, pour l'esprit et pour les yeux, la tradition des plus antiques croyances, et de ceux qui en étoient ou les auteurs ou les objets.

Ainsi il est bien vrai que le dieu Bacchus, par exemple, et son cortége, tels qu'on se figuroit qu'ils avoient existé en toute réalité, furent les types originaux de toutes ces figures orgiques représentées sur tant de monumens. Mais le génie des artistes ne faisoit pas seul les frais de ces compositions, et le modèle n'en étoit pas tout-à-fait imaginaire. Il est assez vraisemblable que le peintre et le sculpteur prirent aussi pour original la représentation dramatique qui se renouveloit à chaque période de la célébration des orgies : des espèces de comédiens se déguisoient en Bacchus, en Silène, en Bacchantes. La même chose avoit lieu dans les fêtes de Cybèle : de jeunes hommes armés et dansans figuroient les anciens Corybantes.

Strab. liv. x. Strabon, ou, pour être plus exact, Démétrius dit expressément dans Strabon, que les Curètes et les Corybantes étoient des jeunes gens choisis pour représenter la danse armée, ἐνόπλιον ὄρχησιν, dans les fêtes de la mère des Dieux.

Cette danse armée étoit sculptée sur le soubassement du trône de Demeter et de Despoina à *Acacesium* en Arcadie. C'est indubitablement la même qu'on voit dans un Tom. IV, pl. 11. bas-relief antique du *Museo Pio-Clementino*. Les personnages sont de jeunes hommes nus, ayant le casque en tête et le bouclier au bras gauche. Ils devoient tenir de la

main droite l'épée avec laquelle ils frappoient en cadence
sur leurs boucliers. J'ai dit *devoient tenir,* parce que, dans
le marbre, le poing fermé de ces figures est sans armes :
mais il est sensible, ou que l'épée rapportée jadis en métal a disparu, ou que s'il n'y en eut point, ce fut là une de
ces omissions d'accessoires assez habituelles sur-tout dans
les parties saillantes des bas-reliefs.

Une figure tout-à-fait semblable, mais dont la sculpture
a moins de saillie, se voit sur un vase de marbre antique, et
sa main droite tient une épée. Elle fait partie d'une cérémonie ou danse orgique, et elle nous confirme ce que
Lucien nous apprend; savoir, que les suivans de Bacchus
étoient représentés quelquefois aussi avec des armes et
avec tous les accessoires qui caractérisent les guerriers de
profession.

Voilà donc, sans même sortir de la mythologie Grecque,
plus d'une sorte de figures dont les apparences peuvent
donner lieu, en sculpture sur-tout et dans des statues, de
prendre pour des hommes de guerre des personnages assez
étrangers toutefois à la profession des armes.

De la Danse armée.

La danse armée, qui fut si en usage chez les Grecs,
dut probablement son origine aux Corybantes. Le nom
de *pyrrhique* fut celui qu'on lui donna le plus ordinairement. Il y avoit plusieurs genres de danse armée, dont
il me seroit ici fort inutile de parler : mais ce qu'il m'importe de faire voir, c'est que si l'origine de cette danse
fut religieuse, son exercice fut mis néanmoins au rang des
institutions civiles.

Paus. Lacon.
chap. XXV.

Les législateurs et les philosophes regardèrent cet exercice comme essentiellement lié à l'apprentissage du métier de la guerre. Athénée (1) dit expressément que *sa désuétude fit tomber la science militaire.* Pour ne citer qu'un des auteurs qui en ont fait mention, Platon le regardoit comme une partie essentielle de la gymnastique. Par une des conséquences de son système, qui devoit tendre à assimiler l'éducation d'un sexe à celle de l'autre, il veut qu'on forme les jeunes filles à toute sorte de danses armées, comme il paroît que cela se pratiquoit à Sparte. Après avoir divisé la danse imitative en deux genres, c'est-à-dire, celui de la guerre et celui de la paix, il définit ainsi les danses guerrières; celles qui sont instituées en vue d'imiter les positions et les attitudes que prennent les combattans, *tantôt pour parer les coups en esquivant, en reculant, en sautant, en se courbant, tantôt pour en porter à l'ennemi en s'escrimant de mille manières.* —

Plat. de Legib. lib. VII.

Puisque la danse armée trouva place et dans les cérémonies religieuses, et dans les leçons de l'art militaire, et dans les jeux du gymnase, il n'y auroit rien d'étonnant que des sujets qui frappoient si souvent les yeux, qui se lioient à des usages habituels, eussent fourni le motif de plus d'une statue, comme ils l'ont été de plusieurs bas-reliefs. Athénée nous apprend que cet exercice attiroit surtout l'attention des artistes. Selon lui, les sculpteurs les plus habiles ne croyoient pas perdre leur temps, en allant étudier et même dessiner les différentes attitudes des danseurs dans les spectacles publics.

Mém. de l'Acad. des inscript. et belles-lett. t. I, p. 114; 1.er Mém. pour servir à l'histoire de la danse des anciens.

(1) Ἐκλιπούσης αὐτῆς, συμβέβηκα τὰς πολέμας καταλυθῆναι. Athen. *Deipnos.* lib. XIV, pag. 631, lin. 2.

La danse armée, telle qu'on peut se la figurer d'après les témoignages de Platon, d'Aristote et de Plutarque, étoit une sorte de pantomime guerrière, de la nature de celle qu'on appeloit *chironomie,* c'est-à-dire qu'elle consistoit autant dans la gesticulation ou un choix d'attitudes expressives que dans la légéreté des pieds. Les pas et les mouvemens que le danseur exécutoit en cadence au son des instrumens, étoient une véritable imitation des manœuvres militaires; et cette imitation devoit être, selon le but de ceux qui s'y adonnoient, tantôt positive, tantôt représentative : positive, de la part des jeunes gens qu'on formoit aux exercices de la guerre; représentative ou dramatique, de la part de ceux qui faisoient profession des arts mimiques.

Le goût des Grecs pour les jeux du théâtre, pour ceux du stade et des spectacles publics, avoit pris sa source dans les institutions les plus sérieuses. Lors même que ce goût eut dégénéré au point de paroître une passion frivole, on pouvoit encore le justifier par les souvenirs que rappeloient des exercices qui, au fond; étoient des images et des simulacres de la guerre. Aussi voyons-nous, dans tous les temps, les mêmes récompenses se décernoient à la réalité comme à la représentation ; ces deux choses se confondoient. La même couronne attendoit celui qui, dans les combats du stade, préludoit aux travaux de la guerre, et celui qui, faisant métier, si l'on peut dire, des travaux athlétiques, devenoit une sorte d'acteur public dans les jeux : car on ne peut regarder que comme des acteurs, ceux d'entre les athlètes qui n'avoient d'autre profession et d'autre but d'ambition que de disputer et

de remporter les prix de la gymnastique, et dont les victoires étoient néanmoins aussi célébrées que celles des
autres, et récompensées aussi par l'honneur d'une statue.

Pourquoi donc toutes les espèces de danses armées, mises
en spectacle dans tant d'occasions et sur tant de théâtres
divers, n'auroient-elles pas eu aussi leurs acteurs distingués? S'il est vrai qu'aucune sorte d'exercice ne dut prêter
à l'art de la sculpture de plus heureux développemens,
pourquoi ce motif n'entreroit-il pas aussi parmi ceux dont
on peut faire usage pour l'explication de certaines figures
représentées en posture de combattans? Je ne sais, mais
il me semble qu'il y auroit dans ce motif mixte et dramatique de quoi rendre assez bien compte du développement extraordinaire et presque d'ostentation, ainsi que
de certaines contradictions, dans le caractère, l'action ou
les attitudes de la statue d'Agasias.

Je suppose qu'on voulût lui appliquer ce motif de composition, et je me demande quelle raison valable pourroit
donner le démenti à cette hypothèse. La figure représentant quelque acteur célèbre exécutant quelques-uns des
mouvemens de la danse armée, ne feroit alors qu'échan-
ger la condition d'un guerrier réel ou historique contre
le rôle d'un guerrier de parade, ou d'un combattant dramatique.

Je ne m'arrêterai point cependant à cette idée. Je ne la
présente que comme l'introduction d'un autre motif d'explication plus fécond en autorités positives, susceptible
d'être appliqué avec plus de précision à la statue d'Agasias, et plus capable, ce me semble, de s'accorder avec
toutes les particularités caractéristiques qu'on y observe.

De

De la Course armée.

ON ne peut se dissimuler qu'une dérivation immédiate et nécessaire de l'institution religieuse et politique de la danse armée n'ait été cet autre exercice admis et pratiqué dans tous les jeux publics de la Grèce, et qu'on appeloit *la course armée*, ὅπλυ δρόμος. Il terminoit ordinairement le spectacle des jeux, et en étoit, comme nous le dirions aujourd'hui, *la dernière pièce*. Cela se conclut d'un passage de Pausanias, où cet écrivain, parlant des sept victoires remportées par le Spartiate Anchionis, dont quatre à la course du stade simple, et trois à la course du stade doublé (διαύλυ), ajoute : *Alors l'usage n'existoit pas encore de courir avec le bouclier à la fin des jeux.* Τὸν δὲ σὺν τῇ ἀασίδι δρόμον ἐπὶ ἀγῶνι λήϩϡντι ὐ συνέϐαινεν εἶναί πω.

Paus. Lacon.
l. III, c. XIV.

Mais ce genre d'exercice, dont les antiquaires ont fort peu parlé, et que l'abbé Barthélemy a même omis de citer dans sa description des jeux olympiques, devint général par toute la Grèce ; il fit partie des jeux les plus solennels. Quant à ce qu'il paroît avoir gardé le dernier rang dans l'ordre établi entre les combats du stade, comme Héliodore, ainsi qu'on le verra, le témoigne encore, cela ne prouve rien contre son importance, s'il est vrai qu'en beaucoup de choses, selon le caprice de l'usage, la dernière place est souvent la place d'honneur.

Les Argiens, dit Pausanias, avoient institué à Némée des jeux où l'on disputoit le prix de la course armée : Καὶ δὴ καὶ δρόμον ϖροπθέασιν ἀγῶνα ἀνδράσιν ὡπλισμένοις: *Sacra Jovi Nemeo Argivi in Nemea faciunt, et armatis viris cursûs certamina proponunt in Nemeorum conventu.*

Paus. Corinth.
l. II, c. XV.

L

Paus. Bœot.
l. IX, c. II.

A Platée, dit le même auteur, on célèbre, tous les cinq ans, des jeux où le prix de la course est considérable. Des hommes armés courent devant l'autel de Jupiter : Ἐν ᾧ μέγιςα δῶρα ϖρόκειλαι δρόμυ· ϑέϭϭι δὲ ὡπλισμένοι ϖρὸ τῦ βωμῦ : *Maximis de cursu propositis præmiis, armati ante aram decurrunt.*

En racontant l'histoire de la fondation et de la création successive des jeux Pythiens, Pausanias nous apprend que la course armée y fut instituée dans la xxiiie py-

Paus. Phoc.
l. X, c. VII.

thiade : Τρίτη δὴ πυϑιάδι ἐπὶ ταῖς εἴκοϭι ϖροϛθέαϭιν ὁπλιτὴν δρόμον : *Vicesimâ demum tertiâ accessit ad cætera ludicra armatorum cursus.* Ce fut Timanthe de Phliasie qui remporta, dans cet exercice, la couronne de laurier, καὶ ἐπ' αὐτῷ... ἀνείλετο τὴν δάφνην, cinq olympiades après que Démarate d'Hérée eut été, dans le même genre de course, proclamé vainqueur à Olympie.

C'est en effet à la LXVe olympiade, que la course armée fut mise au rang des combats gymnastiques du stade d'Olympie. Τῶν δὲ ὁπλιτῶν ὁ δρόμος ἐδοκιμάϭϑη μὲν ἐπὶ τῆς πέμπλης ὀλυμπιάδος καὶ ἑξηκοϛῆς : *Gravioris armaturæ*

Paus. Eliac.
l. V, c. VIII.

peditum cursus in stadium cum planè receptus est quintâ et sexagesimâ olympiade.

Ibid.

Cet exercice, dit Pausanias, est, selon moi, très-convenable à des peuples belliqueux : Μελέτης, ἐμοὶ δοκεῖν, ἕνεκα τῆς ἐς τὰ πολεμικὰ : *Idonea visa res est ad exercitationes bellicas.* Démarate d'Hérée vainquit le premier ceux qui coururent avec des boucliers : Τὺς δὲ δραμόντας ἀϭπίϭιν ὁμῦ ϖρῶτος Δημάρατος ἐκράτηϭεν Ἡραιεύς : *Qui cum scutis decurrerunt eos primus vicit Demaratus Heræensis.*

De la manière dont les commentateurs ont entendu

un autre passage de Pausanias, relatif à Démarate et à
son équipement représenté dans sa statue , on pourroit
conclure que la course armée, ainsi que cela est arrivé à
d'autres exercices gymnastiques, auroit été supprimée dans
un temps qui nous seroit inconnu, et rétablie de même
ensuite. Démarate, le premier qui ait remporté le prix
de la course armée, avoit sa statue dans l'Altis. Pausanias,
en la décrivant, rapporte qu'on lui voyoit un bouclier semblable en tout à ceux de son temps : Πεποίηται ὁ ἀνδριὰς
ἀσπίδα δὲ κατὰ τὰ αὐτὰ ἔχων τοῖς ἐφ' ἡμῶν. Elle avoit un
casque sur la tête, et des bottines aux pieds : Καὶ κράνος
ἐπὶ τῇ κεφαλῇ, καὶ κνημίδας ἐπὶ τοῖς ποσί. Et il ajoute :
Ταῦτα μὲν δὴ ἀνὰ χρόνον ὑπό τε Ἠλείων καὶ ὑπὸ Ἑλλήνων
τῶ ἄλλων ἀφηρέθη τῶ δρόμῳ : *Hæc cum tempore ab Eleis cæ-*
terisque Græcis cursui adempta sunt. Si par ταῦτα l'on doit
entendre tout ce qui est rapporté comme constituant, dans
la statue de Démarate, l'armure des guerriers et aussi
des oplitodromes, il faudra dire alors que la course, en
tant qu'on l'appeloit armée, auroit cessé d'être en usage :
car enlever le bouclier au coureur, c'eût été supprimer
ce qui caractérisoit ce genre d'exercice ; et cependant nous
verrons par la suite, et d'après les témoignages des monumens, que, du temps même de Pausanias, il avoit encore
lieu.

Je hasarderai mon opinion sur la manière d'entendre
ce passage, et de le concilier avec les faits. Il se pourroit
que les commentateurs l'eussent pris dans un sens trop
absolu ou trop général. Peut-être Pausanias, par le mot
ταῦτα, *hæc,* n'a-t-il prétendu parler que des deux derniers
objets composant l'armure de Démarate ; savoir, le casque,

κϵάνος, et les bottines, κνημίδας : objets que l'on auroit par la suite dispensé le coureur de porter, comme trop incommodes dans la course ; alors l'équipement de l'oplitodrome se seroit trouvé réduit à la lance et au bouclier. Toujours est-il certain que le bouclier fut l'accessoire nécessaire et caractéristique de ce genre de course. C'est presque toujours et uniquement par le nom de cette arme que Pausanias la désigne : *La course au bouclier, la course avec le bouclier.* Ὁπλ8 δρόμος, δρόμος σὺν τῇ ασπίδι.

Paus. l. III, ch. IV; liv. V, ch. VIII.

Nous verrons tout-à-l'heure, par un passage de Platon, que l'armure du coureur ne fut pas toujours uniforme, et qu'elle dut comporter des variétés en plus ou en moins. On sait aussi que, dans plusieurs circonstances, et particulièrement dans les occasions où les gens de guerre faisoient partie d'une cérémonie publique, l'équipement ne consistoit que dans le bouclier et la lance. Thucydide nous apprend qu'à la fête des Panathénées, le cortége militaire se composoit d'hommes à demi armés, sans cuirasse et sans casque : on n'avoit coutume d'y apporter que la lance ou le bouclier. Ce seul fait, en nous apprenant que l'absence de la cuirasse et du casque sembloit ôter aux gens de guerre ce caractère militaire qui eût été une disconvenance dans une fête religieusé, peut indiquer déjà que la même privation d'armes, et sur-tout du casque, pourroit aussi, dans une statue telle que celle d'Agasias, faire présumer une nuance de caractère qui ne seroit propre ni à un guerrier de profession, ni à un héros.

Thucyd. l. VI, ch. LIX.

Si toutefois il falloit conclure du passage de Pausanias, que la course armée auroit été, à une époque inconnue, supprimée des jeux de la Grèce, il me semble que cette

époque n'auroit pu être que postérieure à la cxiv.ᵉ olympiade; ce que nous prouvera la statue de l'oplitodrome
Callicrates de Magnésie , faite par Lysippe. Et comme
nous verrons aussi que le prix de la course armée fut remporté dans la ccxxxv.ᵉ olympiade , temps où écrivoit
Pausanias , on pourroit présumer que cette suppression
auroit eu lieu dans cet intervalle de temps qui s'écoula
depuis la conquête de la Grèce par les Romains, jusqu'à
l'époque où elle devint, sous les premiers empereurs, pro-
vince tout-à-fait soumise. On pourroit présumer que, dans
les premiers momens de la conquête, les Romains cher-
chèrent tous les moyens d'éteindre chez le peuple conquis
tout sentiment d'esprit guerrier, et lui enlevèrent les institutions propres à l'exciter. Lorsqu'ensuite ils lui rendirent
une liberté qui n'étoit qu'un simulacre , ils purent lui
permettre aussi la reprise d'exercices qui ne devoient plus
être que de véritables jeux. Or on sait que cette destinée
fut à la fin celle de tous les exercices gymnastiques, qui
en vinrent à n'être que l'amusement des loisirs de la paix ,
après avoir été l'école et l'apprentissage du métier de la
guerre.

Quoi qu'il en soit, ce qu'il nous importe d'avérer, c'est
que cet exercice fut en vigueur dans les temps qui furent
les beaux temps des arts de la Grèce : or cela résultera
de la notice que je donnerai tout-à-l'heure des statues
d'oplitodromes faites par les plus célèbres artistes ; mais la
chose me paroît résulter encore mieux de l'importance que
mettoit Platon à ce genre de course, et du desir qu'il avoit
qu'on le favorisât spécialement, en lui donnant une liaison
plus intime avec l'art militaire, ainsi qu'on va le voir.

Déjà, du temps de ce philosophe, les exercices gymnastiques avoient commencé à perdre de leur crédit ; c'est-
à-dire qu'il leur arrivoit, comme à beaucoup d'autres institutions, que la partie matérielle ou dramatique prévaloit
sur la partie qui en devoit constituer l'esprit et le fond.
Déjà les poètes tournoient en ridicule des combats de parade, qui, au lieu de viser à former les citoyens au métier
des armes, tendoient à n'être plus que des spectacles dont
quelques acteurs (je veux dire les athlètes de profession)
faisoient presque seuls les frais. Euripide, dans un fragment rapporté par Athénée (1), fait de cette sorte d'athlète
l'objet de sa satyre : *Sera-ce lui*, dit-il, *qui repoussera l'ennemi à coups de disque! ou bien le mettra-t-il en fuite en frap-
pant des mains sur des boucliers!*

Mais Platon fait voir quel rang cet exercice devoit tenir parmi ceux de la gymnastique militaire. J'ai cité plus
haut son opinion sur la danse armée. A l'égard de la course
avec armes, il veut qu'on la substitue à la course *sans armes*,
qu'il trouve trop étrangère au métier de la guerre. « Lorsque
» le héraut (dit-il) appellera , selon l'usage , celui qui
» doit courir la carrière simple, celui-ci devra s'y présen-
» ter avec des armes, ὅπλα ἔχων, et il parcourra ainsi
» l'espace d'un stade. Le second parcourra de même le
» *diaulos*, ou le double stade; le troisième, l'*ephippion;*
» le quatrième, le *dolichos;* le cinquième, tout armé,
» ὡπλισμένος, devra courir soixante stades jusqu'à un but
» marqué ; le sixième, plus pesamment armé, βαρύτερος
» ὁπλίτης, courra le même espace, mais par un chemin

(1) Δίσκους ἔχοντη ἢ δ' ἀσπίδων χερσὶν Θείνοντες. Athen. *Deipnos.* l. X,
p. 413, lin. 46.

*Athen. Deipnos.
l. X, pag. 413,
lin. 46.*

*Plat. de Leg.
l. VIII.*

» plus uni. » Voilà ceux qu'il admet à disputer les prix.
Nous n'en proposerons point, ajoute-t-il, *à ceux qui voudront
courir sans armes.* Ψιλῷ δὲ ἆθλα ὃ θήσομεν ἀγωνιϛῇ. On
voit ici que, selon les différentes mesures de course, le
coureur devoit être plus ou moins armé. Le premier est
dit ὅπλα ἔχων : le second, ὡπλισμένος : le dernier, βαρύτερος ὁπλίτης : *Avec des armes, tout armé*, et *plus pesamment armé.*

Il est donc permis de croire que les mêmes variétés
d'équipement militaire, selon le plus ou le moins de difficultés que l'on prétendoit imposer à la course, eurent
lieu dans les jeux publics de la Grèce, au moins à différentes époques. D'après plusieurs passages de Pausanias,
il paroît que l'espace à parcourir par l'oplitodrome étoit
celui du *diaulos*, ou stade double ; ce que confirme encore
l'opinion du scholiaste d'Aristophane, qui nous apprend *Schol. Aristo-*
que ceux qui couroient le *diaulos* étoient armés, διαυλο- *phan. Avib. vers.*
δρομῦντες μεθ' ὅπλων. *293.*

Mais l'armure essentielle et caractéristique de l'oplitodrome consistoit dans le bouclier d'airain et la lance. Les
mots ὅπλον, ὁπλίτης, qui distinguent les armes pesantes,
et le mot ἀσπὶς, qui signifie le bouclier d'airain circulaire, par opposition à la *pelta* [πέλτη], ou au bouclier
échancré et léger [γεῤῥὸν], sont les termes dont tous les
auteurs se servent en parlant de la course armée. La
cuirasse ne dut jamais faire partie de l'équipement du
coureur ; et Pausanias n'en a point fait mention en décrivant, comme on l'a vu plus haut, dans ses détails
accessoires, la statue du premier oplitodrome, Démarate
d'Hérée. Effectivement, ce complément de l'armure du

guerrier eût été par trop incompatible avec l'exercice de la course.

L'objet de l'institution étoit bien sans doute d'habituer le soldat à la rapidité de la marche et des manœuvres; mais, dès qu'il faut aussi considérer cet exercice comme faisant partie des spectacles publics dans le stade, on conçoit sans peine qu'il eût perdu tout son intérêt, si le coureur, opprimé sous le poids d'une armure complète, n'eût pu donner l'essor à la légéreté des pieds, à l'agilité des mouvemens du corps. Le poids et l'embarras d'un bouclier d'airain et d'une lance devoient imposer à la course dont il s'agit une assez grande difficulté; car on sait que la liberté des bras et leur balancement contribuent singulièrement à augmenter l'élan du coureur: aussi tous ceux qui fuyoient dans les déroutes des armées, commençoient-ils par abandonner et jeter leurs boucliers pour mieux courir. Tout porte donc à croire que l'armure de l'oplitodrome se bornoit à la lance et au bouclier.

On conservoit, dit Pausanias, vingt-cinq boucliers d'airain dans le temple de Jupiter à Olympie, et ces boucliers étoient destinés à ceux qui disputoient le prix de la course armée; il n'est point fait mention des autres parties de l'armure : *Κεῖνται δὲ αὐτόθι καὶ ἀσπίδες χαλκαὶ πέντε εἴκοσι τοῖς ὁπλιτεύουσιν εἶναι φορήματα ἐς τὸν δρόμον* : *Positi ibidem clypei sunt viginti-quinque ænei, cum quibus decurrunt qui armati in curriculum descendunt.* C'est aussi le bouclier d'airain que chante Pindare dans sa huitième Pythique en l'honneur du vainqueur à la course armée, Télésicrate de Cyrène. *Τελεσικράτει Κυρηναίῳ ὁπλιτοδρόμῳ* : tel est le titre de l'ode. *Je veux* (dit-il), *de concert avec les Grâces,*

proclamer

Paus. liv. V, chap. XII.

Pind. Pyth. 9.

proclamer *Télésicrates au bouclier d'airain , vainqueur dans les ieux pythiens :*

> Ἐθέλω χαλκάασιδα Πυθιονίκαν
> Σὺν βαθυζώνοισιν ἀγγέλλων Τελεσι-
> κράτη Χαείτεσι γεγωνεῖν.

Des Statues et des Figures de Coureurs armés, ou Oplitodromes.

Sı les victoires à la course armée exercèrent le génie des poètes, on doit bien penser qu'elles obtinrent, comme toutes les autres victoires gymnastiques, d'être immortalisées par les statuaires. Effectivement, quoiqu'on y ait fait jusqu'ici fort peu d'attention, trouvons-nous d'assez fréquentes mentions de statues élevées à des oplitodromes.

La plus ancienne de toutes, comme on l'a déjà vu, fut celle de Démarate d'Hérée, ὃς τὸν ὁπλίτην δρόμον ἐνίκησεν Ὀλυμπία πρῶτος. Elle étoit dans le bois sacré d'Olympie. *Paus. l. VI, ch. X et XXVI.*

On y voyoit celle de Mnaséas de Cyrène, ὁπλίτης ἀνήρ, faite par Pythagore de Rhegium; *Id. l. VI, ch. XIII.*

Celle de Charinus Éléen, pour avoir doublé le stade et vaincu à la course armée, ἐπὶ διαύλῳ . . . καὶ ὅπλῳ νίκη: *Id. l. VI, ch. XV.*

Celle d'Aristide d'Élide; son inscription apprenoit qu'il avoit remporté le prix du double stade et celui de la course armée à Olympie, γενέσθαι μὲν ὅπλου νίκην . . . τὸ ἐπίγραμμα ἐπ' αὐτῷ δηλοῖ: *Id. l. VI, ch. XVI.*

Celle de Melaïdas pour avoir remporté le prix du stade et de la course armée... Μελαίδαν ςαδίου τε ἀνελόμενον καὶ ὅπλου ςέφανον: *Id. l. VI, ch. XVI.*

Celle de Crianius d'Élide, remportant le prix de la *Id. l. VI, ch. XVII.*

course, ὅπλα λαϐὼν νίκην : elle étoit du statuaire Lysus, Macédonien ;

Paus. l. VI, ch. XVII.
Celle de Callicrate de Magnésie, pour avoir deux fois remporté le prix de la course armée, ἐπὶ τῷ ὁπλίτῃ δρόμῳ ϛεφάνυς δύο ἀνῃρημένος : sa statue étoit de la main de Lysippe ;

Id. l. VI, ch. XVII.
Celle d'Éperaste, vainqueur à la course armée, ὅπλα νίκην ἀνῃρημένος.

Id. l. I, chap. XXIII.
A Athènes, on voyoit dans la citadelle la statue d'Épicharinus s'exerçant à la course armée, Ἐπιχαρίνυ μὲν ὁπλιτοδρομεῖν ἀσκήσαντος : elle étoit de Critias.

Id. l. II, ch. XI.
A Titane, étoit une statue de Géranius de Sicyone, qui avoit remporté plusieurs victoires, celle de la course simple et celle de la course au bouclier, καὶ γυμνὸς καὶ μετὰ τῆς ἀσπίδος.

Sur le grand chemin d'Élatée, on avoit placé la statue en bronze de Mnésibule, général des Élatéens, qui avoit remporté, outre plusieurs autres prix, celui du *diaulos*, ou double Id. l. X, ch. XXXIV. stade, avec le bouclier : Οὗτος ὁ Μνησίϐυλος δρόμυ νίκας καὶ ἄλλας ἀνείλετο . . . καὶ ϛαδίυ καὶ τῦ σὺν τῇ ἀσπίδι διαύλυ. Pausanias fixe la date de cette victoire à la CCXXXV.ᵉ olympiade, d'où il résulte que, de son temps, c'est-à-dire, sous le règne d'Hadrien, la course armée existoit encore avec éclat, puisqu'un guerrier célèbre avoit été couronné vainqueur à cette course, et que sa statue le représentoit comme tel. C'est ce que paroissent exprimer les paroles de Pausanias : Id. ibid. Ἐν Ἐλατείᾳ δὲ κατὰ τὴν ὁδὸν τῦ δρομέως Μνησιϐύλου χαλκῦς ἕϛηκεν ἀνδριάς : *Cursori Mnesibulo erecta est ænea statua, Elateæ in ipsa via.*

Non seulement, comme on vient de le voir, ce genre

de course, et ceux qui s'y rendirent célèbres, exercèrent l'art des statuaires, mais il paroît aussi que la peinture se plut à traiter de semblables sujets. Parrhasius, selon Pline, avoit peint deux oplitodromes, l'un dans l'action de courir, et *l'on croyoit le voir suer;* l'autre mettant à bas ses armes, et *il sembloit qu'on l'entendît haleter.* On comptoit ces deux tableaux parmi les meilleurs ouvrages de Parrhasius. *Sunt et duæ picturæ ejus nobilissimæ hoplites, alter in certamine ita decurrens ut sudare videatur, alter arma deponens ut anhelare sentiatur.* Le mot *hoplites,* ou celui *d'hoplitides,* qui conviendroit peut-être mieux, ne sauroit ici faire équivoque. Il ne s'agit certainement point *d'oplites,* ou de soldats pesamment armés, courant au combat sur un champ de bataille: *in certamine decurrens* veut dire autre chose que *ad certamen decurrens;* ces mots indiquent, non la course dont on faisoit quelquefois usage en allant au combat, mais bien ce combat même qui consistoit dans la course armée.

Plin.l.xxxv, ch. x.

Je soupçonne aussi que c'est dans le même sens qu'on peut entendre le mot *armatos* d'un autre passage de Pline, où cet écrivain indique les différentes classes de sujets auxquels s'étoient adonnés spécialement quelques-uns des célèbres statuaires de la Grèce (car il paroît qu'ils se choisissoient souvent un genre séparé de statues, et se faisoient un cercle de sujets, qu'ils traitoient avec prédilection). Pline dit des uns qu'ils sculptèrent des matrones, des femmes en prière ou en adoration; des autres, qu'ils firent des philosophes; de quelques autres, qu'ils traitèrent les sujets *d'athlètes,* d'hommes armés, de *chasseurs: athletas autem et armatos et venatores.* Je ne pense pas qu'on doive joindre *armatos* à *athletas,* comme l'ont fait quelques éditions, qui

Plin.l.xxxiv ch. viii.

M 2

suppriment l'*et* après *autem*. Je suppose que Pline aura traduit de l'ouvrage Grec qu'il copioit, le mot *oplites* par
celui d'*armatos*. Alors ce mot pourroit bien ne signifier ici,
comme dans le passage qui regarde Parrhasius, autre chose
que des coureurs armés, ou des oplitodromes. La chose,
à la vérité, seroit plus évidente, si l'on réunissoit *athletas*
à *armatos*. Pour ajouter quelque poids à cette interprétation, je dois dire qu'au nombre de ceux qui ont traité ces
sujets, Pline met *Lysus*, ou *Lusos*, que Pausanias a cité pour
avoir fait la statue de l'oplitodrome Crianius d'Élide.

Quand on prétendroit, au reste, que par le mot *armatos*
Pline a entendu exprimer des guerriers, au lieu de se
servir des mots *bellatores, milites, præliatores*, il faudroit
toujours accorder que cette dénomination, très-générale,
comprend aussi la classe des coureurs armés, dont les statues durent avoir avec celles des hommes de guerre une
assez grande analogie, statues entre lesquelles il n'est guère
possible d'établir d'autre distinction sensible que celle qui
doit résulter de ce qu'on appelle le caractère athlétique.

Il en fut sans doute des statues d'oplitodromes comme de
celles des autres athlètes, c'est-à-dire que, dans le principe,
on les composa de la manière la plus simple, sans aucune
attitude propre à caractériser le genre d'exercice, et seulement avec les armes qui en étoient l'attribut. Mais, lorsque
l'art de la sculpture se fut développé et eut pris plus de hardiesse, on tenta d'exprimer et on parvint à rendre sensibles,
dans les diverses statues athlétiques, les différens genres de
combat où l'athlète avoit été vainqueur, et cela par des positions ou des mouvemens dramatiques, qui présentoient
une image, soit de la lutte, soit du pugilat, soit de la course.

Ainsi plusieurs des statues d'oplitodromes, dont on a fait connoître plus haut les mentions abrégées, n'indiquent aucune position de ce genre : mais la manière dont Pausanias parle de quelques autres, semble les désigner comme composées dans l'action et dans le mouvement qui appartenoient à cette partie de la gymnastique. Par exemple, nous avons vu que Critias avoit fait la statue d'Épicharinus s'exerçant à la course armée, ὁπλιτοδρομεῖν ἀσκήσαντος. Quand de même Crianius est représenté par Lysus, remportant le prix de la course armée, ὅπλᵾ λαϐὼν νίκην, on peut croire que la statue étoit composée dans l'attitude du mouvement.

Sans doute les figures de ce genre auroient été très-multipliées, si l'on devoit se prévaloir, à la rigueur, d'un passage de Cornelius Nepos. Cet écrivain, à l'occasion de la statue de Chabrias, représenté dans la position de la manœuvre qu'il avoit si à propos fait exécuter et qui valut aux Athéniens la victoire, dit que depuis l'on fit ainsi les statues des athlètes, en y observant la position et l'attitude propres aux combats où ils avoient été vainqueurs : *Ex quo factum est ut postea athletæ cæterique artifices his statibus in statuis ponendis uterentur in quibus victoriam essent adepti.* Il y auroit, je pense, de l'abus à tirer de ce texte la conséquence que toutes les statues de vainqueurs fussent faites ainsi, depuis celle de Chabrias. Cela doit signifier seulement que l'usage de semblables statues date de cette époque, qui correspond à peu près à la c.ᵉ olympiade. Il ne faut pas non plus, à mon avis, interpréter trop littéralement les mots *statibus in quibus victoriam essent adepti* : peut-être cela ne doit-il désigner que certaines positions

Cornel. Nep. in Vita Chabriæ.

caractéristiques de chacun des genres de combat où l'athlète avoit remporté le prix.

Il est donc permis de croire qu'en conséquence de cet usage il y eut des statues d'oplitodromes exécutées et composées selon ce système d'imitation, c'est-à-dire, dans des attitudes analogues à la course armée, soit qu'on représentât l'athlète dans l'action même de courir, soit qu'on le fît voir se développant dans quelques-unes de ces attitudes dramatiques qui étoient l'accompagnement de la danse armée et de tous les jeux où le coureur imitoit les mouvemens et les évolutions de l'art de l'escrime. L'artiste, dans les sujets de ce genre, devoit se donner la liberté de choisir entre toutes ces attitudes celles par lesquelles les coureurs préludoient au combat, et que Stace a si bien décrites dans ces vers :

Stat. Thebaid.
l. VI, v. 590.

Poplite nunc flexo sidunt, nunc lubrica forti
Pectora collidunt plausu, nunc ignea tollunt
Crura, brevemque fugam nec opino fine reponunt.

SECONDE PARTIE.

Application des Notions précédentes à une nouvelle manière d'expliquer la Statue d'Agasias.

LES notions, les inductions et présomptions qui précèdent, peuvent déjà, ce me semble, fournir la réponse à la question que j'ai posée au commencement de la première partie de ce Mémoire. Sans doute il est permis d'avancer qu'*une statue nue, armée d'un bouclier et d'une lance ou d'une épée, figurée dans une attitude de combattant, représentée dans un élan extraordinaire, et portant plus d'un carac-*

tère athlétique, peut être autre chose qu'un guerrier effectif, aux prises sur le champ de bataille avec un ennemi.

Le doute au moins est admissible. Mais, comme je prétends aller plus loin, c'est-à-dire, rendre aussi vraisemblable que toutes les autres, la nouvelle explication par laquelle je voudrois donner un nouveau nom à la statue d'Agasias (vulgairement appelée *le Gladiateur*), il m'importe, 1.° de faire connoître cette statue, 2.° de rendre compte de toutes les explications dont elle a été jusqu'ici l'objet.

Je traiterai ces deux points d'une manière fort abrégée.

Des principaux objets qui doivent déterminer la critique dans l'explication de la Statue d'Agasias.

A l'égard du premier point, je me propose beaucoup moins de décrire une statue qui est connue de tout le monde, que de constater ce qui en forme les caractères distinctifs, et ce qui doit contribuer à en faire porter le meilleur jugement.

Il faut d'abord établir que la statue d'Agasias représente un homme armé. Je le dois d'autant plus, qu'au nombre des explications déjà données de cette statue, il s'en trouve une assez récente qui lui refuse ce caractère. L'auteur de cette explication suppose que la plaque de marbre faisant partie de la courroie attachée au bras gauche est un brassard destiné au jeu de ballon : en conséquence, la statue seroit, selon lui, celle d'un *athlète sphæriste*. Cette hypothèse exige peu de discussion.

1.° Elle manque de preuves. Le bras droit auroit pu seul en fournir : mais il est perdu ; et celui qu'on voit aujourd'hui, est moderne. Or l'espèce de plaque attachée à la courroie du bras gauche ne sauroit être un motif de croire que le bras droit antique auroit été armé d'un brassard, comme le suppose l'auteur de cette hypothèse. Cette plaque ne nous est indiquée, par aucun autre exemple, comme propre au jeu de ballon, et nous verrons tout-à-l'heure qu'elle a dans cette statue un emploi nécessaire.

2.º Le brassard du bras gauche, considéré indépendamment de la plaque, est tout-à-fait conforme à la grande anse des boucliers, qu'on trouve figurée sur une multitude de monumens.

3.º La position, l'arrangement et l'action des doigts de la main gauche, qui est antique, confirment l'opinion que le bras gauche porta un bouclier. Ces doigts, repliés et fermés à demi, laissent entre eux et la paume de la main précisément l'intervalle qui convient à l'épaisseur de la courroie moins forte, laquelle formoit la seconde ou la petite anse du bouclier.

4.º La plaque de marbre, irrégulièrement taillée et restée brute, n'est autre chose que le point de scellement du bouclier de bronze qui a disparu. Ce qui le démontre, c'est l'existence des trois trous qu'on voit encore aujourd'hui sur cette plaque : l'un de ces trous est vide. Dans les deux autres, subsistent les restes, usés à la vérité, mais très-reconnoissables, de deux crampons antiques de bronze, que M. Canova m'a écrit avoir vus dernièrement et maniés lui-même.

Or, tout ceci étant la preuve que le bras gauche porta un bouclier, on peut et l'on doit nécessairement conclure que le bras droit, qui est une restauration moderne, porta jadis une lance ou une épée. Ajoutons que le mouvement

général de la figure, que ce qui reste même d'antique dans
le bras droit restauré, autoriseroient à placer dans sa main
une arme offensive quelconque, quand l'existence bien
avérée du bouclier ne suffiroit pas pour rendre ce fait incontestable.

On doit par conséquent regarder comme certain que
la statue d'Agasias représente un homme armé.

Un autre objet non moins important à considérer dans
cette figure, c'est l'élancement extraordinaire que lui a
donné l'artiste ; j'entends ce développement si remarquable
de tous les membres, et la grande enjambée qu'elle fait.
Il ne s'est conservé aucune figure antique composée avec
autant de hardiesse, et dont l'exécution en marbre ait offert
autant de difficultés. Peut-être même une composition
aussi développée doit-elle faire soupçonner que la statue
en marbre qu'on possède, n'est qu'une copie faite d'après
un original en bronze ; car la matière dans laquelle l'artiste projette d'exécuter une statue, doit influer sur sa composition, et il est difficile de penser qu'on ait donné un
aussi grand essor à une figure destinée originairement à
être de marbre. Mais cette conjecture a peu de rapport
avec les principaux motifs qui peuvent déterminer dans
le choix de l'explication.

Il en est un qu'il faut recommander à l'attention des
critiques, et qui n'est pas resté jusqu'à présent sans être
remarqué. Ce point d'observation, qui peut se diviser
en deux, a peut-être même contribué à l'incertitude qui
règne sur le nom qu'il convient de donner à cette statue.
Je veux parler, soit de son entière nudité, soit de l'absence totale d'accessoires ; et j'entends par-là, ou ceux qui

N

entroient dans les usages de l'habillement tant civil que militaire, ou ceux que les statuaires ajoutoient volontiers aux troncs d'arbre servant de tenon et aux plinthes des figures, pour aider à les caractériser et à faire reconnoître leur sujet.

Parmi les points remarquables de la statue d'Agasias, il en est un sur lequel j'insisterai d'autant plus, que presque tout le monde s'accorde à le reconnoître : c'est le style de dessin athlétique qui brille au plus haut degré dans son caractère, sa forme et son exécution. Ce style est sensible encore, soit dans la manière dont les cheveux de la tête sont traités, soit dans les oreilles, soit même dans la physionomie, où les antiquaires les plus éclairés ont cru voir un portrait, plutôt qu'un visage héroïque ou du genre idéal.

Enfin ceux qui examinent avec attention la pose et l'ensemble de la composition de la statue sous le rapport du mouvement, croient y démêler une sorte d'action mixte. Il leur semble qu'il règne une espèce de manque d'accord, pour ne pas dire de contradiction, entre le point très-écarté du bouclier et le point de direction de la lance ou de l'épée. Le mouvement très-relevé du bras gauche, l'action très-retournée de la tête, et le regard dirigé en l'air et presque au-dessus du bras, ont paru difficiles à concilier avec un motif unique et simple de composition.

Ces principaux traits caractéristiques, sur lesquels j'aurai occasion de revenir, sont ceux qui ont suggéré les diverses explications qu'on a données jusqu'ici de la statue d'Agasias, et dont je vais faire brièvement l'énumération.

Des principales Explications de la Statue d'Agasias.

LE caractère d'homme armé, sans doute le plus incontestable de tous, dans la statue d'Agasias, lui fit donner tout d'abord, ainsi qu'on l'a déjà vu, le nom de *Gladiateur.* *Statua illa gladiatoris famosissimi pugnantis ritu,* dit Manilli. Misson et Sandrart la virent sous le même point de vue. Havercamp, d'après Sandrart, s'exprime ainsi : *Nobilissima statua gladiatoris in pugnam maximo impetu procurrentis.* Ce dernier a joint à l'idée de combat celle de course; dont on n'a plus fait mention depuis.

Manilli, Descriz. della Villa-Borghese, p. 31, ed. Haverc.

Misson, Voyage d'Italie, t. II.

L'opinion qui, dans l'ordre des temps, vient après celle des antiquaires qu'on vient de citer, est l'opinion du P. Montfaucon, qui fait de notre statue un pugilateur du genre de ceux qu'il appelle *pugiles à pugno.*

Antiq. expliq. t. III, 2.ᵉ part. pag. 292.

Une conjecture du même genre, et aussi peu fondée, fut celle du baron de Stosch, qui crut voir dans la figure dont il est question, celle d'un discobole.

Winckelm. Stor. dell'arte, t. II, p. 361, édit. de C. Fea.

On peut regarder comme antérieure à l'Histoire de l'art de Winckelmann, l'opinion du célèbre Lessing, qui, convertissant en guerrier le prétendu gladiateur, imagina, d'après le passage de Cornelius Nepos rapporté plus haut, que ce devoit être la statue historique de Chabrias, général des Athéniens. Mais ce savant critique renonça lui-même à son explication.

Lessings Werke, tom. II, p. 251, Antiq. Brief.

Winckelmann, d'après la forme de l'oreille gauche de notre statue (l'autre oreille est restaurée), avoit d'abord incliné à lui donner le nom d'athlète pancratiaste : mais l'existence indubitable du bouclier, et la position non moins douteuse et tout aussi caractéristique du bras droit (quoique

Winckelm.Stor. dell'arte, tom. II. p. 262, edit. de C. Fea.

moderne), le déterminèrent à en faire un guerrier à l'assaut, ou qui se défend contre une attaque qui vient d'en haut.

Sammlung antiq. Aufsätze, 2.ᵉ part. p. 229.

Secondant l'opinion de Winckelmann, M. Heyne voit aussi dans cette figure un guerrier Grec. La statue, selon lui, doit être censée avoir été groupée ou mise en rapport éloigné avec une figure à cheval. M. Heyne paroît croire aussi que la tête est portrait.

Tom. III, Storia dell'arte, édit. de C. Fea, spiegazione de 'rami, pag. 461.

En conciliant les deux opinions de Winckelmann, M. Carlo Fea pense que le personnage peut être supposé avoir été athlète pancratiaste et homme de guerre tout ensemble, mais qu'il est représenté dans sa statue en guerrier ; en conséquence, le savant éditeur propose comme simples hypothèses trois sujets : celui d'Ajax au pied des murs de Troie, parant avec son bouclier les pierres qu'on lui lance d'en haut ; celui d'Ajax fils d'Oïlée, représenté armé sur les monnoies de Locres ; et celui de Léonidas.

Ueber die Mahlerei und Bildhauerey in Roma, tom. I, p. 330 (en note).

M. de Ramdhor, dans son ouvrage *sur la sculpture et la peinture de Rome*, tout en croyant qu'on ne peut rien avancer de certain sur la signification précise de cette statue, ne juge pas aussi improbable qu'elle semble l'être devenue, l'opinion que ce fut un gladiateur.

Mém. de l'Institut, part. de litterat. et beaux-arts, tom. II.

Dans un mémoire *sur les gladiateurs et sur deux statues antiques désignées par ce nom*, M Mongez rejette l'explication de gladiateur; et préférant, comme il le dit lui-même, le silence aux conjectures peu fondées, il pense qu'*il faut se contenter de voir* dans la statue qui nous occupe, ou *un athlète Grec*, ou *un guerrier de la même nation*.

M. Visconti, dans l'explication d'un bas-relief antique représentant un combat d'Amazones, a fait le rapproche-

ment d'un des combattans de ce bas-relief avec le pré- *Museo Pio-Cle-mentino, tom. V, explic. du bas-re-lief des Ama-'zones, pl. 21.*
tendu gladiateur; et, selon lui, c'est dans un motif à peu
près semblable que pourroit se réaliser l'hypothèse de
M. Heyne; savoir, celle d'un combattant à pied contre un
combattant à cheval.

M. Gibelin, frappé des formes et du caractère athlé- *Mém. de l'Inst. part. de littér. et beaux-arts, t. IV.*
tiques de cette statue, n'a pu se résoudre à y voir un guer-
rier. Il explique les mouvemens du corps et des bras par
l'action d'un joueur de ballon; il suppose que la plaque de
marbre du bras antique subsistant servoit à repousser le
ballon, et que le bras perdu devoit avoir un autre genre
de brassard propre à le lancer. On a déjà réfuté cette ex- *Pag. 191.*
plication.

M. Millin a repoussé aussi cette hypothèse; et à l'ap- *Monumens iné-dits, t. I, p. 372.*
pui de celle qui fait de la statue un combattant à pied contre
un combattant à cheval, il a présenté une figure d'un vase
antique peint (appelé étrusque), qui a quelques points de
ressemblance dans son attitude avec la statue d'Agasias,
et combat contre une Amazone à cheval.

M. Gibelin a de nouveau réfuté l'opinion qui tend à *Extrait d'un Mémoire lu aux 3.e et 4.e classes de l'Institut.*
faire du prétendu gladiateur un guerrier de profession ou
un héros combattant, et aussi l'hypothèse qui, à cet effet,
met cette figure, soit en connexion, soit en rapport avec
une autre. Il a persisté à soutenir son explication.

Dans sa traduction du Laocoon de Lessing, M. Van- *Du Laocoon, pag. 257.*
derbourg pense que de toutes les opinions émises jus-
qu'ici, celle du combattant à pied contre un combattant
à cheval est la plus plausible. Il reconnoît cependant qu'on
n'a point encore trouvé d'explication qui puisse faire assigner un nom définitif au prétendu gladiateur.

Je ne prétends point faire l'examen de toutes ces conjectures. Quelques-unes d'entre elles n'ont pas soutenu
l'épreuve du temps : telles sont celles du pugilateur et du
discobole. Mais une chose me paroît assez remarquable
dans cette série d'hypothèses successives, c'est la continuelle alternative d'explications, tantôt par le motif du
sujet de guerrier, et tantôt par celui du sujet d'athlète.
L'opinion semble avoir toujours flotté entre l'un et l'autre
des deux sujets.

Le sujet d'oplitodrome ou de coureur armé ne seroit-il
pas de nature à s'accorder avec tous les caractères de la
statue dont il s'agit, caractères dont les diversités ont en-
traîné jusqu'à présent tous les avis, soit dans un sens, soit
dans un autre? S'il en étoit ainsi, il ne me resteroit, comme
on le verra, d'autre hypothèse à combattre que celle du
sujet guerrier. Ce sera aussi véritablement avec ce sujet,
en y réunissant toutes les explications qui, n'importe sous
quel nom, font de la statue d'Agasias un héros aux prises
avec un ennemi, que devra se mesurer la nouvelle hypothèse que je présente.

Ayant donc écarté toutes les autres interprétations, et
reprenant avec plus de détail l'analyse des principaux
points caractéristiques de notre statue, je vais tâcher de
montrer que chacun de ces caractères a un rapport toujours plus naturel et toujours plus spécial avec le sujet
qui seroit celui d'un guerrier fictif ou d'un héros de stade,
qu'avec le sujet d'un guerrier effectif ou d'un héros historique.

I.er C A R A C T È R E. *La figure est celle d'un homme armé d'un bouclier et
d'une lance.*

Ce que j'ai rapporté dans la première partie de ce Mémoire sur les exercices *polémico-gymnastiques* des anciens,
démontre surabondamment que les statues faites en l'honneur des athlètes vainqueurs à ces sortes de jeux devoient
très-peu différer, dans leur apparence, si elles étoient sans
mouvement, et dans leur attitude, si elles étoient représentées en action, des statues qui avoient pour sujet des
hommes de guerre, ou qui exprimoient quelque fait d'armes
remarquable.

Ainsi le fait d'être armé est, pour une statue, un caractère sujet à plus d'une interprétation, et l'on ne sauroit
en déduire fort souvent de conséquence en faveur d'un
genre de sujet, plutôt qu'en faveur d'un autre. Le bouclier
et la lance ou l'épée de la statue d'Agasias ne sauroient,
d'après cela, nous la désigner comme étant exclusivement
celle d'un guerrier ou d'un héros aux prises avec un ennemi.

Dès qu'il est constant qu'entre les jeux du stade il y en
avoit qui comportoient, dans l'imitation des mouvemens
et des évolutions militaires, la plus entière ressemblance
avec le métier des armes, et dès qu'il est prouvé qu'on
éleva des statues à ces combattans dramatiques, il faut
chercher à se décider ici, pour l'un ou pour l'autre sujet,
par d'autres sortes de caractères, soit ceux qui résultent
de la composition de la figure, soit ceux qui appartiennent
à sa conformation.

II.e C A R A C T È R E. *Le grand élancement de la figure.*

L'idée de course et l'action de courir furent, comme

on l'a vu, réunies d'abord, dans la définition de notre statue, à l'idée et à l'action de combattant gladiateur : *In pugnam maximo impetu procurrentis*, a dit Havercamp. Quoique, depuis, les antiquaires aient fait moins d'attention à ce trait caractéristique, il faut toujours reconnoître que le combattant, de quelque genre qu'il soit, s'élance avec impétuosité, et que son mouvement, ainsi que son enjambée, forcent de le regarder comme courant.

Parmi des milliers de figures de combattans que les bas-reliefs antiques nous ont conservées, il ne s'en trouve aucune dans un développement aussi prononcé et dans un élancement aussi hardi. Cette statue antique est encore, de toutes celles que l'on connoît, la plus remarquable pour la légéreté des formes, l'élasticité des tendons, la finesse des articulations, et le genre de proportions requises pour exprimer l'agilité propre à la course. On peut affirmer que tout artiste ayant à représenter un coureur prendroit cette figure antique pour type du caractère de nature applicable à son sujet, et n'en choisiroit aucune autre pour modèle.

Si cela est, on conviendra que le motif d'oplitodrome, ou de coureur armé, satisfait pleinement aux deux caractères qu'on a déjà passés en revue.

Mais il y a deux objections contre cette hypothèse : l'une s'adresse à l'idée même de course, ou au motif de coureur; l'autre, à la réunion que je fais de ce motif ou de ce caractère à celui d'homme armé, pour en composer un oplitodrome. On peut donc, d'après la première objection, nier que la figure soit représentée dans l'action même de la course. On peut, selon la seconde, en admettant l'idée

de

de course, prétendre qu'elle convient tout aussi bien à un combattant guerrier.

Je réponds à la première objection, qu'à la vérité l'action de la course, pour être entièrement incontestable dans une figure, exigeroit deux conditions propres à prévenir toute incertitude : l'une, qu'une des jambes fût en l'air; l'autre, que le pied posât seulement sur la pointe. Cependant il faut dire que ces deux conditions ne peuvent guère être remplies qu'en peinture et en bas-relief, ou bien dans des figures en ronde-bosse d'une petite proportion, comme celle qu'on appelle l'*Atalante;* mais les statues isolées, en marbre sur-tout, ne comportent pas de semblables légé-retés. Si la sculpture de ronde-bosse admet de ces tours de force, ils n'y ont que le vain mérite d'une difficulté vaincue. Il n'est pas vrai encore qu'en bas-relief les sculpteurs antiques, ou les peintres dans leurs dessins, aient toujours représenté les figures courantes avec une jambe en l'air : on peut s'en convaincre par les figures rapportées à la fin de ce Mémoire (*voyez* la planche), qui sont indubitablement dans l'action de courir. Il est à remarquer que ces figures, quoique courantes, et l'on peut dire la même chose d'une multitude d'autres semblables, ne posent pas sur la pointe du pied : or ce qui ne fut fait ni en dessin ni en bas-relief, dut l'être bien moins encore dans une statue de ronde-bosse en marbre.

Je dis ensuite que le motif de coureur armé n'exige pas que la statue représente l'athlète dans l'action de courir, d'une manière tellement absolue, tellement exclusive, que tout soit subordonné à ce motif dominant, comme si l'athlète n'eût été que coureur. Puisque ces sortes de statues

O

de vainqueur à la course armée purent être composées sans
mouvement, et selon la simple définition du mot *statue*,
par son étymologie *stare, sto*, pourquoi ne supposeroit-on
pas que, depuis l'usage des statues athlétiques en action,
un oplitodrome auroit été représenté dans un de ces mouvemens de pantomime guerrière et dans le développement
de quelqu'une de ces attitudes qui, comme on le verra
plus bas, accompagnoient l'exercice de la course armée;
enfin dans une position de parade, si l'on veut, également
propre à désigner et l'action de la course, et l'emploi simulé des armes, dont cette sorte d'athlètes devoit contrefaire le maniement? Or la statue d'Agasias me paroît parfaitement d'accord avec ce double motif.

    Je réponds à la seconde objection, que si l'action de la
course et le développement des attitudes qui lui sont analogues, conviennent aussi au motif d'un guerrier combattant, cependant il devoit y avoir loin, dans la réalité comme
dans l'imitation de la chose, d'une course réglée par l'art
militaire, à l'indépendance des mouvemens d'un coureur
en liberté et de profession. Le maniement des armes ou
l'escrime, soit dans les rangs, soit dans un combat singulier, donnoit lieu sans doute à des positions plus ou moins
pittoresques, c'est-à-dire, propres à être copiées par les
artistes : mais ce devoit être dans les jeux qui étoient le
simulacre de la guerre, que le guerrier pantomime se per-
mettoit de ces poses étudiées, de ces attitudes, si l'on peut
dire, *de composition*, particulières à ce genre d'exercice. Or,
si l'on aperçoit dans la statue d'Agasias un développement
d'attitude plus prononcé que ne l'eût comporté la course
purement militaire, peut-être trouvera-t-on là une raison

Voyez ci-dessus.

de plus contre l'hypothèse du guerrier, et aussi un moyen de rendre compte de quelques contradictions qu'on a cru remarquer dans l'ensemble de ses attitudes, sous le rapport de combattant effectif.

Il me semble donc que, l'idée de course admise, la présomption est plus forte en faveur du coureur armé qu'en faveur du guerrier courant.

III.ᵉ CARACTÈRE. *Composition de la Statue; Difficulté de la supposer en rapport avec une autre figure.*

CEUX qui font de cette statue un guerrier combattant, sont obligés de lui supposer un adversaire avec lequel elle est en rapport d'action, et ce rapport pourroit être de deux genres : intentionnel, en supposant la figure faite pour rester isolée ; réel, en présumant que la statue auroit été en contact avec une autre, ou groupée avec elle.

Il faut, j'en conviens, écarter ici l'idée formelle de groupe, selon le vrai sens de ce mot. Ceux qui l'ont employée dans l'explication de notre statue, ne se sont rendu compte, ni de l'idée précise de l'expression, ni de la conformation matérielle de la statue. Sa plinthe quadrangulaire seule empêcheroit d'imaginer qu'elle ait pu être réunie effectivement à une autre statue. Reste le rapport d'intention, rapport selon lequel une statue, sans être matériellement unie à une autre, peut dépendre, dans son action et dans son expression, d'une figure plus ou moins distante, et qui lui fait pendant. Ainsi, sur les deux côtés d'un soubassement circulaire, à Olympie, étoient placées en face l'une de l'autre, et dans l'action de se combattre, les statues de quatre héros Grecs et de quatre héros Troyens.

Heyne. *Voyez ci-dessus.*

Mais, dans l'hypothèse d'un adversaire ou d'un *pendant* éloigné, comme seroit, ainsi qu'on l'a supposé, une Amazone à cheval, en présumant que la figure seroit celle d'un Thésée, il y a encore plus d'une difficulté à réaliser cette combinaison, sur-tout si l'on se place, pour s'en faire l'idée, en présence de la statue elle-même. Telle est en effet sa composition, qu'on ne sait dire où et comment pourroit être situé l'adversaire présumé, pour être en rapport d'action avec son pendant. Comme, au lieu de porter son bouclier en avant de son corps, notre statue l'écarte en l'air du côté gauche, et comme naturellement on doit supposer l'adversaire du côté où se porte le bouclier, voici l'embarras: c'est qu'alors le mouvement en avant de la figure, et l'action du bras droit ou de la lance, sont dans une autre direction, et se portent là où l'adversaire n'est pas. Même embarras dans la position inverse; car, si l'on place l'adversaire en avant, le bouclier, la tête et le regard de la statue seront dirigés du côté où ne se trouvera point l'ennemi. L'ensemble des mouvemens et de la composition présente, comme on le montrera encore par la suite, quelque chose de vague et d'ambigu, qui permet difficilement d'attribuer à cette statue le motif simple d'une action précise, positive, c'est-à-dire, s'adressant à un objet réel et déterminé.

Dans ce cas, on peut, je le sais, se retrancher à dire que le sculpteur n'a eu l'intention ni de grouper sa figure, ni de lui donner un pendant, même en idée, ni de la mettre en rapport d'action ou de motif avec une autre figure combattante; qu'il n'a simplement eu en vue que de montrer, dans un beau développement, le corps humain sous

l'apparence d'un combattant. Mais alors, si la statue d'Agasias ne devoit être la représentation ni d'un personnage
historique, ni d'une action positive, je ne verrois pas de
sujet qui s'y accommodât mieux que celui d'un guerrier
combattant sans combat, d'un homme armé pour ne point
se battre, dont tous les mouvemens et toutes les manœuvres
n'avoient point de but et n'étoient que pour la montre.
Or tel étoit l'oplitodrome ; et l'on voit que, si l'on appliquoit ce sujet à notre statue, dès-lors tomberoient d'elles-
mêmes toutes les objections que fait naître son explication
par le motif du sujet guerrier.

IV.ᵉ CARACTÈRE. *Nudité absolue, et Absence d'accessoires.*

LA nudité absolue de la statue d'Agasias ne présente
certainement point un caractère ou une manière d'être
en opposition avec la représentation d'un véritable guerrier; je n'en parle même que pour faire remarquer cette
manière d'être comme plus d'accord avec un sujet athlétique : mais j'entends réunir ici au caractère de nudité le
caractère négatif, si l'on veut, qui consiste dans l'omission de toutes les parties ou détails d'équipement militaire,
hors le bouclier et la lance.

Bien qu'on observe cette omission à quelques figures en
petit sur des bas-reliefs et des camées, il faut dire qu'on
citeroit bien peu de statues de guerrier réduites à un
semblable dénûment d'accessoires militaires. Lorsque les
Grecs représentoient des guerriers nus, ils leur laissoient,
soit quelques masses de plis des chlamydes ou des draperies accompagnantes, soit le baudrier, soit le casque,
soit les *ocreæ*, soit des cuirasses servant de tenons d'appui

à la statue et servant encore à désigner le sujet. Il suffira de citer les groupes de Monte-Cavallo, celui d'Ajax
et Patrocle, les guerriers Grecs sculptés autour du vase
d'Iphigénie, et ce grand nombre de vases antiques peints
où tant de guerriers sont figurés. Par-tout on voit que le
casque et le baudrier sont les attributs ordinaires, on diroit même nécessaires du guerrier, lorsqu'il est sans cuirasse.

Quelque chose qu'on puisse prétendre, le casque et le
baudrier manqueroient dans la statue d'Agasias, si elle devoit être *un Thésée combattant contre une Amazone.* Le casque
et le baudrier manquent à *un guerrier dans une attitude d'é-
volution militaire,* à *un Ajax sous les murs de Troie,* à *un Léonidas, &c.,* ou à tout autre héros, si la statue peut se considérer comme héroïque. Non que je veuille soutenir qu'il
soit impossible de justifier cette omission : toutefois il
importe à mon parallèle de faire voir que ce dénûment
d'armes et d'accessoires n'a pas besoin de justification, s'il
s'agit d'un coureur armé. On avouera, je pense, que cette
tête sans casque, que ce corps sans baudrier et sans accompagnement de chlamyde, que ces jambes et ces pieds sans
chaussure, appartiennent mieux au sujet gymnastique
qu'au sujet guerrier, et que ce qui ne seroit pas, dans l'u-
sage de l'art, entièrement disconvenant pour un soldat, est,
dans l'usage du stade, d'une convenance absolue pour un
athlète.

V.ᵉ CARACTÈRE. *Style de nature athlétique, et Style iconique ou de portrait.*

JE réunis dans un seul article ces deux diagnostiques,
dont l'un a rapport au dessin et au style d'exécution de

toute la statue, l'autre au genre de la tête et à sa physionomie.

J'ai déjà fait remarquer, et l'on peut s'en convaincre
par l'énumération des explications données jusqu'ici de la
statue d'Agasias, que la pente naturelle de l'opinion a tou- *Voyez ci-dessus.*
jours été vers les sujets athlétiques. Parmi les critiques
mêmes qui se sont décidés pour les sujets guerriers, il en
est qui ne l'ont fait qu'en supposant la réunion des deux
caractères dans le même personnage, c'est-à-dire que, le
guerrier, quel qu'il soit, ayant été athlète aussi, l'artiste
avoit, dans l'exécution de sa statue, mêlé et combiné les
deux genres de goût ou de nature.

Les caractères de nature athlétique sont de deux sortes :
il y a ceux qui tiennent à ce qu'on appelle le style de dessin, ou à la conformation du corps et à la musculature
d'une statue; il en est qui résultent de certains détails analogues à cette manière d'être. Les caractères de la première
sorte sont plus faciles à sentir qu'à définir; mais l'œil exercé
de l'artiste ou du connoisseur ne sauroit s'y tromper. Le
goût, juge peut-être plus sûr en ces matières que le savoir,
apprend à discerner, par le caractère de dessin d'une figure,
à quel ordre de personnages elle appartient. Ce discerne-
ment est d'autant plus facile pour ce qui regarde l'antiquité,
que jadis l'art avoit assigné à chaque genre de personnages,
des caractères de nature divers et soumis à une sorte de
graduation imitative.

En conséquence de ce système, l'imitation suivoit une
échelle de progression dans la fixation du caractère de
dessin, de proportions et de nature, applicable aux différens ordres de sujets, depuis le style vulgaire jusqu'au style

idéal. On sait que le style idéal étoit consacré aux dieux ; le style héroïque venoit ensuite ; puis le style historique et le style athlétique. Dans le style de nature athlétique, l'artiste, au lieu d'agrandir ou de généraliser les formes du corps, devoit au contraire les détailler et exprimer la musculature, les tendons, les attachemens, avec beaucoup d'énergie et de vivacité, en sorte que ce style, sans tomber dans le genre vulgaire, fût cependant compatible avec le genre iconique, avec le goût des têtes *portraits*, auxquelles il devoit souvent se trouver associé ; et tel est le caractère de conformation et de dessin de la statue d'Agasias. *Bellezze naturali*, a dit Winckelmann, *in un eta perfetta senza che nulla v'abbia aggiunto del suo l'imaginazione.*

Voyez la citation plus haut.

Les caractères athlétiques de la seconde sorte tiennent, comme je l'ai dit, à de certains détails. On peut ici, par exemple, en découvrir quelques-uns dans la manière dont les cheveux de notre statue sont traités ; dans la forme des oreilles, qui, selon l'idée de Winckelmann, sont celles d'un athlète pancratiaste ; dans la physionomie, qui annonce un portrait.

La particularité de l'oreille, en y donnant toute la valeur que quelques antiquaires se sont plu à y trouver, ajouteroit d'abord à la présomption que la figure est athlétique ; mais elle viendroit ensuite confirmer l'opinion qu'elle est iconique.

On sait que les statues érigées aux athlètes n'en donnoient pas ordinairement la ressemblance ; les figures iconiques étoient une sorte d'exception, et un privilége accordé à ceux qui avoient remporté trois victoires : *Eorum qui ter ibi superavissent, ex membris ipsorum similitudine expressâ quas iconicas*

Plin. l. XXXIV, c. IV, p. 642, lig. 9 et 10, édit. d'Hardouin.

iconicas vocant. Les Grecs appeloient ces statues εἰκόνας ἰσομετρήτες. Ainsi il y avoit de ces statues faites et dessinées d'après les proportions mêmes et les formes de tel modèle donné. Jusqu'où pouvoit et devoit aller cette ressemblance dans la représentation du corps ? On sent bien qu'elle étoit soumise à plus d'une modification de la part de l'artiste : aussi seroit-il fort difficile de prononcer sur le corps seul d'une statue, qu'elle fut iconique. Mais la chose est bien plus facile à l'égard des têtes ; et il y a, en ce genre, des vérités de détail et de physionomie, qui font distinguer au premier coup-d'œil une tête faite dans l'intention du portrait, d'avec celle que l'artiste s'est plu à faire d'imagination.

Or il est constant que la tête de la statue d'Agasias ne tient pas plus que le reste de son corps au style idéal ou héroïque. Il est encore assez visible que le visage et la physionomie ne sont pas un ouvrage d'imagination, et que si ce n'est pas un pur portrait, comme le pensent Winckelmann, MM. Heyne et C. Fea, c'est tout au moins une tête faite dans le système et l'esprit du portrait.

Toutes les considérations qui se rapportent soit à la nature athlétique, soit au style iconique, se réunissent en faveur de la thèse que je soutiens ; savoir, que ce qui n'est que possible et vraisemblable dans l'hypothèse du sujet guerrier, est réel et vrai dans celle du sujet gymnastique.

Il résulte, en effet, des caractères athlétiques de notre statue, à quelque nombre et à quelque genre qu'on les restreigne, et il résulte du style de la tête, qu'il faut renoncer à toutes les explications de sujet héroïque, tel que *Thésée, Ajax, Léonidas ;* que dès-lors le choix des explications se

P

trouve resserré dans le cercle des sujets de guerriers qui
avoient aussi été athlètes, et que l'artiste auroit représentés
sous cette dernière apparence, quant au caractère de formes
et de dessin. Or on voit qu'une semblable explication est
tout-à-fait limitrophe de celle que je propose ; car, au lieu
de dire que c'est un guerrier qui étoit athlète, je dis, moi,
que c'est un de ces athlètes qui jouoient le rôle de guerrier.

VI.ᵉ CARACTÈRE. *Indécision dans le motif de l'action de la Statue.*

SI la statue est l'imitation d'un guerrier effectif, représenté dans l'action d'un combat réel avec un adversaire
donné ou présumé, j'ai déjà fait voir la difficulté qu'il y
avoit à mettre cet adversaire ou à le supposer en rapport
positif avec notre combattant. J'ai fait voir que l'indécision
dans le motif de son action résulte particulièrement de
l'écartement du bouclier à gauche, lorsque le bras droit
et le mouvement général de la figure se portent en avant.
Ce n'est pas ainsi, dit-on, que se composeroit un vrai
combattant, s'élançant sur son ennemi : il se couvriroit de
son bouclier , c'est-à-dire qu'il le porteroit en avant de
sa tête et de son corps. Tout, et le bouclier, et l'épée, et
la tête, et le regard, et le corps, et la démarche, tendroient
vers un même but.

Mais la flexion du cou si fortement prononcée, et la
direction de la tête ainsi que des yeux du côté gauche et
en l'air, forment encore quelques objections contre le sujet
guerrier ; car on a été jusqu'à dire que le bouclier, si on
l'ajoutoit au bras, empêcheroit le combattant de voir son
adversaire.

Le regard élevé et de côté a fait imaginer une agression venant d'en haut, soit de la part d'un cavalier, soit de la part d'assiégés, du sommet des murailles d'une ville. Ce regard, en quelque sorte hors de l'action, a servi aussi de motif à l'hypothèse du sphæriste mirant un ballon en l'air.

Je pense que la mienne peut mieux qu'aucune autre expliquer ce que ces mouvemens semblent offrir d'indécis et de contradictoire.

J'imagine que le sculpteur composant la statue d'un oplitodrome, non dans l'action exclusive de la course simple, mais dans quelqu'une des attitudes analogues au double exercice et au double objet de la course armée, a pu avoir l'intention de placer son personnage dans un de ces mouvemens préparatoires dont j'ai parlé, ou de le montrer dans un moment d'arrêt, et peut-être celui de l'arrivée à la barrière, moment que l'athlète devoit prolonger pour mieux constater sa victoire.

Or, qu'un pareil moment ait été favorable à l'art qui est le moins propre à exprimer le mouvement proprement dit, c'est ce qu'il est facile de comprendre. Que dans ce moment encore l'artiste suppose son athlète regardant en arrière de combien il dépasse ses rivaux, cette idée toute naturelle fournira à la composition un contraste heureux; et ce contraste, dans mon hypothèse, sans être une contradiction, expliqueroit et la flexion de la tête de la statue d'Agasias, et l'élévation comme l'obliquité de son regard.

Cette supposition acquerra peut-être plus de vraisemblance par l'examen du dernier caractère, et par l'application que je ferai à la statue entière, d'une description qu'Héliodore nous a laissée de la course armée.

VII.ᵉ CARACTÈRE. *Attitude du bras gauche, et Élévation du bouclier.*

DÈS qu'on a conclu qu'une figure, pour être celle d'un homme armé, devoit être celle d'un guerrier combattant, il a fallu rendre compte, avec quelque précision, du motif effectif de l'action. Il a donc été nécessaire d'expliquer cette élévation du bras gauche et du bouclier; et il me paroît en effet que l'idée d'une agression venant d'en haut est, dans l'hypothèse du sujet de guerrier, la meilleure explication, de quelque genre que soit cette agression supposée.

En admettant mon hypothèse, tout cela s'explique bien plus facilement, parce qu'un motif dramatique admet toute sorte de positions et d'attitudes d'escrime, sans qu'il faille nécessairement leur trouver un rapport direct avec un objet positif. C'est ainsi que celui qui feroit aujourd'hui la figure d'un maître d'escrime, pourroit le représenter dans plus d'une de ces attitudes de pure convention qui appartiennent moins à l'art de se battre qu'au jeu des armes.

Je regarde de même l'attitude élevée du bras gauche et du bouclier, comme tenant au jeu de la course armée, et comme pouvant n'avoir d'autre motif que celui de faire voir l'athlète dans des positions relatives au maniement des armes, positions dont il devoit offrir l'imitation.

Il paroît que les athlètes oplitodromes avoient l'usage d'opérer, en courant, certaines évolutions guerrières qui dérivoient des pratiques de la danse armée. Un passage de Pindare donne lieu de croire qu'ils frappoient aussi sur leurs boucliers, de manière à rendre cet exercice bruyant. Il n'y a pas, ce me semble, d'autre manière d'interpréter l'épithète ἀασπιδδοδούπ̓οισιν que ce poète a jointe à ὁπλίταις δρόμοις :

Λάμπει δὲ σαφὴς ἀρετὰ
Ἐν τε γυμνοῖσι σαδίοις σφίσιν, ἐν τ' ἀασπιδοδούπ̓οισιν
Ὁπλίταις δρόμοις.

Pindar. Isthm. I, stroph. 2,

Si, comme on le voit, les oplitodromes frappoient en courant, sur leurs boucliers, avec la lance ou l'épée, il dut y avoir en ce genre des mouvemens de pantomime guerrière assez semblables à ceux de la pyrrhique ou danse militaire. Je n'ai par conséquent besoin, dans mon explication, d'aucun motif particulier pour rendre compte d'une attitude qui auroit pu n'être que de simple parade; qui, très-compatible avec l'action et l'élancement d'un coureur, est aussi très d'accord avec le port et le maniement d'armes que le coureur devoit agiter et mouvoir sous toute sorte d'aspects.

Je sens bien que, le débat se trouvant maintenant restreint entre un guerrier de profession et un guerrier de théâtre, si l'on peut dire, on pourroit m'objecter que mon explication se retranche dans un motif si vague, qu'elle n'a aucun mérite à être inattaquable. On me demandera d'alléguer en preuve de mon sujet quelque autre chose que le sujet lui-même; on pourra au moins exiger que je cite quelque autorité reposant sur quelque monument ou sur quelque fait, et qui soit propre à justifier dans le coureur armé ce port d'armes, cette élévation du bouclier, l'attitude de la tête et le regard des yeux.

Je ne crois pas qu'il soit impossible de satisfaire là-dessus un juge désintéressé, en rapprochant de tout ce qui a déjà été allégué, la description qu'on trouve de la course armée et d'un oplitodrome en action, chez un ancien écrivain.

Qui sait même si l'Anglois Spence n'auroit pas été jusqu'à prétendre que cette description fut faite d'après notre statue? car, selon son système, les poètes anciens auroient toujours décrit sur la vue et en conséquence des impressions des ouvrages de l'art, et l'artiste n'auroit presque rien exécuté que sur la dictée du poète. En ôtant à ce système ce qu'il a d'exagéré, il faut convenir que plus d'une fois l'ouvrage de l'art a pu inspirer à l'écrivain les motifs de quelques descriptions, aussi bien et d'une manière peut-être plus précise que la nature même. Dans ce cas, je ne trouverois pas impossible que notre statue eût servi de modèle à l'écrivain que je vais citer; tant il me semble qu'il y a de conformité entre la composition du statuaire Agasias et celle dont je ferai remarquer les particularités dans la description d'Héliodore.

Qu'importe, au reste? il est encore plus dans l'intérêt de mon opinion que cet écrivain ait tracé d'après nature le portrait de son oplitodrome.

Description de la Course armée par Héliodore.

Héliodore, *liv. IV.* de ses Æthiopiques, nous a laissé le tableau le plus complet de la course armée: soit qu'à l'époque où il écrivoit, cette sorte d'exercice fût encore en usage, soit qu'il en ait recueilli les notions dans une tradition alors récente, sa peinture a tous les traits de la vérité, et ne peut que compléter tous les genres de renseignemens que j'ai cherché à réunir ici sur une partie de la gymnastique ancienne, qu'ont négligée la plupart des critiques modernes.

Le lieu de la scène est à Delphes, et les jeux dont il s'agit sont les jeux Pythiques.

« La Grèce, dit notre auteur, étoit assemblée ; des juges
» étoient les amphictyons. On avoit épuisé tous les genres
» de combat, ceux de la course, de la lutte, du ceste. En
» dernier le héraut fait la proclamation d'usage : *Que les*
» *hommes armés s'avancent*, Ἀνδρες ὁπλίται παριόντων. A
» l'extrémité du stade étoit Chariclée, tenant d'une main
» un flambeau allumé, et de l'autre une palme. . Sur la
» proclamation du héraut ; s'avance un personnage élé-
» gamment armé. Il sembloit dire qu'il étoit déjà sorti
» vainqueur d'un grand nombre de combats. Personne ici
» ne se présentoit pour être son rival. Sa présence seule
» intimidoit les concurrens. Déjà les amphictyons se pré-
» paroient à le congédier, la loi ne permettant point d'ad-
» juger le prix sans qu'il y ait eu de concours. Il demande
» alors, et les juges y consentent, que le héraut réitère
» l'appel. La voix du héraut a retenti une seconde fois dans
» le stade. Théagène ne peut plus se retenir. C'est moi,
» dit-il, qu'on appelle ; oui, c'est moi. Certes personne sous
» mes yeux ne recevra des mains de Chariclée le prix de la
» victoire. Qui pourroit me devancer dans une course dont
» Chariclée elle-même est le but? Si les peintres donnent
» des ailes à l'Amour, n'est-ce pas pour exprimer l'agilité
» des amans? Qui devra donc ici voler, si ce n'est moi ?

» Il dit, s'élance, et le voilà au milieu de l'arène ; il
» donne son nom, celui de son pays, tire la place au sort,
» s'arme, et déjà à la barrière, n'aspirant qu'au moment

» du départ, il attend impatiemment que la trompette en
» donne le signal.

» Toute l'assemblée étoit dans le silence de l'admira-
» tion : on croyoit voir Achille tel qu'Homère le préci-
» pite au combat contre le Scamandre. Tous les yeux étoient
» fixés sur Théagène ; tous les vœux étoient pour lui, tant
» la beauté a de force pour gagner les cœurs de la multi-
» tude. Dès que le héraut eut fait connoître les noms des
» concurrens, Ormenus d'Arcadie et Théagène de Thes-
» salie, la barrière s'ouvre, la course commence, et déjà
» les yeux ont perdu de vue les deux rivaux.

» Théagène avoit parcouru la moitié du stade ; *il se*
» *retourne un peu, et il jette en arrière un regard sur son rival :*
» *en même temps il élève en l'air son bouclier ; son cou est élevé,*
» *son regard se dirige vers Chariclée :* on eût dit un trait lancé
» vers un but. Ormenus est de plusieurs orgyies derrière lui,
» et l'amoureux vainqueur saisit en même temps la palme
» et baise la main qui la donne. »

J'ai traduit ce passage un peu librement, mais sans
m'écarter essentiellement de la fidélité au texte, que je
rapporte ici en entier. *(Voyez à la suite du Mémoire.)*

Je vais maintenant me permettre de ramener l'attention sur ce qui m'a semblé, dans cette description, susceptible d'établir quelques points de parallèle avec la composition de la statue d'Agasias.

On ne doit pas oublier, quand il s'agit de semblables
parallèles, que le poète représente dans sa description les
momens divers ou les parties successives d'une action,
c'est-à-dire, une suite d'images qui passent rapidement devant les yeux de l'imagination, tandis que les images du

peintre

peintre ou du sculpteur ne peuvent rendre à-la-fois qu'un seul moment de la même action. L'écrivain peut faire parcourir à son lecteur une suite de rapports ou d'aspects qui seroient chacun la matière d'une composition unique et particulière dans l'art du dessin : mais cela est sur-tout remarquable à l'égard des scènes de mouvement, que la poésie multiplie à son gré dans le même récit, tandis que la peinture, et encore plus la sculpture, sont obligées de se borner et de se fixer à une seule position. C'est beaucoup quand à un motif principal l'artiste peut en joindre un accessoire, qui ne fasse pas trop diversion au premier.

Il y a donc dans la description d'Héliodore la matière de plus d'une composition pour un peintre. A n'y considérer même que les divers aspects sous lesquels son oplitodrome peut se présenter au sculpteur, il y auroit plusieurs motifs de statues. Tel seroit, par exemple, ce moment si bien décrit où le coureur armé attend à la barrière le signal du départ, aspirant après la course, *studio currendi anhelans*, et, comme le dit l'auteur Grec d'une manière intraduisible, τὸν δρόμον ἀσθμαίνων, *cursum anhelans*.

Mais il est, dans la série des images que renferme la description d'Héliodore, un autre aspect qu'on pourroit supposer avoir été inspiré par la statue d'Agasias ; c'est celui qui montre l'oplitodrome s'arrêtant un instant, et retournant un peu la tête pour voir de combien il dépasse son rival. On ne sauroit nier que la statue se prête à l'expression de ce motif. Si ce fut l'intention du statuaire, cette intention fut heureuse. Rien de plus propre à mettre de la variété dans l'action et de l'intérêt dans la composition, qu'une sorte de contraste établi entre le mouvement du corps en avant, et le mouvement en arrière du cou, de la tête et du regard.

Je dois faire remarquer aussi dans l'oplitodrome d'Héliodore cette autre position qu'on a eu tant de peine à interpréter dans la statue d'Agasias, en la supposant celle d'un combattant guerrier : je parle de l'écartement du bras gauche, et de l'élévation du bouclier. Cette élévation, qui force d'admettre une agression d'en haut, si difficile à motiver, est, comme on le voit, un des actes décrits dans la course de Théagène ; et l'on comprend que le coureur armé devoit avoir souvent recours à cette attitude.

Je reprends mot à mot le passage de l'auteur Grec, et je prie le lecteur d'en comparer les détails avec les mouvemens de la statue d'Agasias. Ὀλίγον ἐπιϛρέψας, *paululùm conversus,* il se retourne un peu. Ce mouvement ne paroît-il pas indiqué dans la statue par l'obliquité même de la ligne pectorale ! Καὶ ὑποϐλέψας τὸν Ὄρμενον, *Ormenum torvè intuitus,* il regarde obliquement son rival : καὶ τὸν αὐχένα διεγείρας, *et erigens collum,* le cou élevé ; ou si on lit διαγείρας, au lieu de διεγείρας, *collecto collo,* ἀναχουφίζει τὴν ἀϲπίδα ϖρὸς ὕψος, *allevat scutum in altum,* il élève en l'air son bouclier.

Le reste ou la fin de la description eût été le motif d'une autre statue.

Quelle que soit la valeur de ces rapprochemens, il semblera toujours assez remarquable que la description d'un coureur armé puisse être confrontée, avec autant de précision et sous autant de rapports, à la description d'une statue armée d'un bouclier et d'une lance ou d'une épée, composée dans une attitude analogue à la course, figurée nue et sans accessoire aucun (ce qui convient si bien à un oplitodrome), reconnue par tous les artistes pour être conformée dans le style athlétique, présentant dans sa tête, et sa physionomie le caractère iconique (ou de portrait), offrant dans sa pose générale, dans le port de ses armes et la direction comme l'élévation de son bouclier, l'idée d'une action équivoque et difficilement applicable à un vrai combattant, soit qu'on suppose à la statue un rapport matériel avec une autre statue, soit qu'on se contente d'imaginer dans sa composition un simple rapport d'intention avec un pendant imaginaire.

Si tous les caractères que j'ai analysés, se concilient sans aucune objection avec le sujet d'un guerrier gymnastique dans l'exercice d'un combat athlétique, pourquoi hésiterois-je de proposer mon explication, et de la faire concourir avec toutes celles qu'on a imaginées jusqu'ici sur la statue d'Agasias, appelée vulgairement *le Gladiateur combattant !* Pourquoi ne conclurois-je pas que cette statue peut représenter un vainqueur à la course armée, ou un oplitodrome?

DESCRIPTION DE LA COURSE ARMÉE,

PAR HÉLIODORE.

Heliodor.
Æthiopic. l. IV,
init.

Ἐθεώρει μὲν ἡ Ἑλλὰς· ἠθλοπέτων δὲ οἱ ἀμφικτύονες. Ἐπειδὴ τοίνυν τὰ ἄλλα μεγα-
λοπρεπῶς ἐπῆ´λετο, δρόμων ἄμιλλαι, καὶ πάλης συμπλοχαὶ, καὶ πυγμῆς χειροτομία,
τέλος, ὁ μὲν κῆρυξ, οἱ ὁπλῖται παρελθόντων, ἀπεβόησεν. Ἡ ζάκορος ᾗ ἡ Χαείκλεια
κατ᾽ ἄκρον τὸ σαίδιον ἀθρόον ἐξέλαμψεν..... τῇ λαιᾷ μὲν ἡμμένον πυρφορούσα
λαμπάδιον, θατέρα δὲ φοίνικος ἔρνος προσσβεβλημένη....... Πρὸς δὲ τὴν κλῆσιν τῦ
κήρυκος, παρήει τις ἀσφαλῶς ὡπλισμένος, μέγα τε φρονῶν, καὶ μόνος ὑπήσδοξος ὡς ἐδόκει,
ὃ πολλὰς ἤδη πρότερον ἀγῶνας ἀναδησάμενος, τότε δὲ τῷ ἀντηγωνισμένον ἐκ ἔχων,
ἠδενὸς, οἶμαι, θαρρήσαντος τὴν ἄμιλλαν. Ἀπέπεμπεν δ᾽ αὐτὸν οἱ ἀμφικτύονες. Οὐ γὰρ
ἐπιτρέπειν ᾗ νόμον ἐκ ἀγωνισαμένῳ στέφανον ἀποκληρῦν. Ὁ δὲ καλεῖσθαι τὸν βυλόμενον
ὑπὸ τῦ κήρυκος εἰς τὴν ἀγωνίαν ἠξίε. Ἐπίταϊον οἱ ἀθλοθέται, καὶ ἀνεῖπεν ὁ κῆρυξ, ἥκειν
τ᾽ ἐπηλευσόμενον. Ὁ δὲ Θεαγένης, ὅπος ἐμὲ καλεῖ..... Οὐ γάρ τις, ἐμὲ παρόντος
καὶ ὁρῶντος, ἕτερος ἐκ τῆς Χαεικλείας χειρῶν τὸ νικητήριον ἀποίσεται..... Τίνα ᾗ
ἤτως ἡ ὄψις ἐκείνης τάχα, καὶ πιερώσαι δύναται, καὶ μετάρσιον ὑπεσπάσασθαι; Οὐκ οἶσθα
ὅτι καὶ τὸν Ἔρωτα πιερόεντι σὲ γράφοντες, τὸ ἀκίνητον τῆς ἴσω αὐτῷ κεκρατημένων αἰνιπό-
μενοι;.... Ταῦτ᾽ εἶπε καὶ ἀνέλαπο, παρελθών τε εἰς μέσους, τότε ὄνομα προσονήγγελλε,
καὶ τὸ ἔθνος ἐδήλου, ᾗ τὸ δρόμου τὴν χώραν ἐκληρῦτο· καὶ τὴν πανοπλίαν ἐνδὺς ἐφειστήκει
τῇ βαλβῖδι ᾗ δρόμου ἀσθμαίνων καὶ τὸ παρὰ τ᾽ σαλπίγγος ἐνδόσιμον ἄκων καὶ μόγις
ἀναμένων. Σεμνόν τι θέαμα καὶ περίβλεπτον, καὶ οἷον Ὅμηρος τ᾽ Ἀχιλλέα τὴν ἐπὶ Σκαμάνδρῳ
μάχην ἀθλοῦντα παρίσταν. Ἐκεκίνητο μὲν δὴ καὶ πᾶσα πρὸς τὸ παράδοξον ἡ Ἑλλὰς, καὶ
Θεαγένει νίκην ηὔχετο, καθάπερ αὐτῆς τις ἑκαστος ἀγωνιζόμενος. Ἐπαγλικὸν γάρ τι καὶ
πρὸς τῆς ὁρώντων εἰς εὔνοιαν τὸ κάλλος....... Ὡς γὰ εἰς ἀκοὴν πάντων ὁ κῆρυξ τὰς
δραμουμένες κατήγγειλεν, ἀντεῖπέ τι, Ὅρμενος Ἀρκὰς καὶ Θεαγένης Θετταλὸς, ἔφασι
μὲν ἢ ὑπαὴξ, τέταρ ᾗ ὁ δρόμος, καὶ τὴν τῆς ὀφθαλμῶν καταλήψιν ὑποστήμενον.
.... Ἐπὶ δὴ μέσον ἠνύετο τὸ σάδιον, ὀλίγον ἐπιτρέψας (Θεαγένης) καὶ ἱππολέψας
τ᾽ Ὅρμενον, ἀνακεφίζει τὴν ἀσπίδα πρὸς ὕψος, καὶ τ᾽ αὐχένα διεγείρας, τὸ βλέμμα τε
ὅλον εἰς τὴν Χαείκλειαν τείνας· καθάπερ βέλος ἐπὶ σκοπὸν ἐφέρετο, καὶ τοσοῦτον παρέφθη
τ᾽ Ἀρκάδα ὀργυιῶν πλῆθος, ὁ διαλείπον εἰς ὕστερον ἐμεμήθη. Προσδραμὼν δ᾽ τῇ
Χαεικλείᾳ, πολύς τε ἐξεπίτηδες εἰς τὸ στῖρον ἐμπιπτῇ........ καὶ τ᾽ φοίνικα
κομιζόμενος, ἐκ ἔλαθέ με τ᾽ χεῖρα τῆς κόρης φιλῶν.

Statue vulgairement appelée le Gladiateur Borghese.

Diverses figures antiques vues dans l'action de courir.

TRADUCTION LATINE.

Spectabat Græcia; judices autem erant amphictyones. Postquam igitur alia magnificè peracta sunt cursûs certamina, luctæ concertationes, cæstuum pugnæ, ad extremum præco, Armati prodeant, proclamavit; et ædituâ Chariclia in extremitate stadiî statim resplenduit. . . . . sinistrâ ferens accensam facem, alterâ autem palmæ ramum prætendens. . . . . Ad edictum autem præconis veniebat quidam eximiâ in habilibus armis specie, et magnos spiritus gerens, solusque inter cæteros clarus, ut videbatur : qui in multis jam antea certaminibus coronatus fuerat, tunc autem concertatorem non habebat; nemine, ut existimo, in certamen prodire auso. Remittebant igitur eum amphictyones; neque enim lex permittit, ut ei qui non inierit certamen, corona decernatur. Ille autem provocari à præcone in certamen eum qui vellet postulabat. Imperabant judices; proclamavit præco, ut prodiret aliquis qui certamen inire vellet. Theagenes autem : Hic me vocat, inquit, me autem. . . . . Neque enim quisquam alius, præsente et vidente me, ex manibus Charicliæ victoriæ præmium auferet. . . . Cui verò perinde atque mihi aspectus illius alas addere possit, et eum in sublime rapere! An nescis quòd Amorem etiam alatum faciunt pictores, agilitatem illorum qui eo detinentur quasi ænigmate quodam significantes!. . . Hæc dixit et prosiluit, ac, progressus in medium, nomen edebat, et indicabat gentem, et locum cursûs sortiebatur; et, indutâ totâ armaturâ, stetit ad carceres, studio currendi anhelans, et signum tubæ invitus et vix exspectans. Præclarum quoddam erat spectaculum, et conspicuum, et quale Homerus in quo Achilles prælio ad Scamandrum certat, introducit. Commota enim erat Græcia tota ad illud factum quod præter opinionem accidebat, et Theageni victoriam precabatur, non secùs ac si quilibet certamen iniret. Magnam enim habet vim etiam ad conciliandam aspicientium benevolentiam formæ venustas. . . . . . Postquam, ita ut exaudirent omnes, præco cursu certantes nunciavit et proclamavit, Ormenus Arcas et Theagenes Thessalus, relinquebantur carceres, cursus autem conficiebatur propemodum oculorum comprehensionem effugiens. . . . . Cùm jam medium stadium conficeretur, paululùm conversus (Theagenes), et Ormenum torvè contuitus, allevat scutum in altum, et erecto collo, et visu prorsus in Charicliam intenso, in eam ceu sagitta ad scopum ferebatur; et tantùm anticipavit Arcadem, ut ille multis orgyis à tergo relinqueretur: quod intervallum postea mensum est. Accurrens igitur ad Charicliam, totus ex industria in illius pectus incidit. . . et cùm palmam auferret, non latuit quòd virginis manum oscularetur.

MÉMOIRE

SUR

LE CHAR FUNÉRAIRE

QUI TRANSPORTA DE BABYLONE EN ÉGYPTE

LE CORPS D'ALEXANDRE,

Ou Projet de restitution de ce Monument, d'après la description de Diodore de Sicile.

PRÉAMBULE.

IL existe un moyen d'augmenter nos richesses en fait d'antiquités, dont on n'a pas encore tiré un grand parti, mais qui n'a pas entièrement échappé au zèle et à l'ambition de ceux qui nous ont précédés ; c'est de faire revivre par le dessin tous ceux des monumens et des ouvrages de l'art que les écrivains Grecs ou Romains ont décrits d'une manière assez précise et assez circonstanciée, pour qu'il soit possible, avec le secours de la critique et des points de comparaison, d'en retrouver le goût et les détails, d'en recomposer l'ensemble et la forme générale.

En se livrant à ce genre de recherches, que sa nature,
mêlée d'un peu de divination, rend tout-à-la-fois périlleux
et attrayant, il ne faut pas se dissimuler tout ce qu'on doit
y apporter de réserve et de précaution, pour échapper aux
écueils dont il est entouré. Avant tout, la théorie générale de l'imitation doit nous apprendre à distinguer, parmi
les ouvrages d'art décrits par les écrivains, quels sont ceux
dont le discours a pu transmettre une image sensiblement
perceptible, et, si l'on peut dire, réductible en une forme
certaine, de ceux dont le langage ne peut jamais rendre
et exprimer que ce qu'on appelle l'effet moral ou senti-
mental.

Malheureusement c'est à cette dernière manière de faire
saisir les objets, qu'appartient le plus grand nombre des
descriptions des ouvrages de la peinture et de la sculpture.
Les plus rares productions de ces arts peuvent ne donner
aucune prise directe aux efforts de l'écrivain qui entre-
prendroit d'en rendre la forme sensible et la composition
intelligible par le seul secours des paroles. Il y a dans tout
ce qui est corporel, et par conséquent dans l'imitation des
corps, un genre de beau dont la description échappe au
pinceau intellectuel du poète.

Que peut faire, par exemple, tout le génie descriptif,
d'après le plus grand nombre de ces statues antiques, dont
la manière d'être est si simple, qu'on ne peut dire, ni qu'elles
soient composées, ni comment elles le sont, et dont la
beauté tient à une harmonie de formes que l'œil seul peut
entendre ? C'est en vain que, rempli du sentiment de cette
beauté qui le pénètre, l'écrivain s'imaginera que son discours peut en offrir la copie. Je ne le défie pas de nous

communiquer la vive impression qu'il a reçue, ni de donner, dans un autre art, un équivalent de la beauté attachée
aux formes corporelles : mais un tel équivalent ne sauroit
même se comparer à une traduction pour la fidélité ; et
la plus chétive version aura infiniment plus de moyens
de communication et de rapprochement avec son original.

En effet, l'échange qui a lieu d'une langue à une
langue, repose généralement sur une certaine uniformité
de moyens, parce que les langues, malgré leurs diversités,
tiennent à un principe positif commun à toutes, qui est
le principe naturel du langage, et parce qu'il y a effectivement et en réalité un langage universel, si l'on entend
par-là la manière dont se forment, se fixent et se peignent
en tout pays les idées de l'homme. On prétend quelquefois
comparer l'imitation à ce langage universel, et les diffé-
rents arts ne sont, dit-on, que les idiomes particuliers de
cette langue ; mais cette comparaison n'a qu'un côté de
juste. Il y a sans doute, d'un art à un autre art, des rapports fort ressemblans à ceux qui établissent une commu-
nauté de principe entre une langue et une langue : toutefois ces rapports n'ont rien de positif, et ils n'existent que
dans la région spéculative de l'abstraction. Le mécanisme
de chaque art met entre eux de bien plus fortes barrières
qu'il ne peut y en avoir entre les langues. Les points de
communication cessent d'exister entre eux, là où commence le domaine matériel de chacun. Ainsi la connoissance vraie d'un ouvrage en peinture ou en sculpture ne
peut s'acquérir et se transmettre que par le secours de ce
qui en est le corps ; mais ce corporel est précisément ce
que la description verbale ne peut que très-rarement faire

deviner

deviner, et encore à l'égard seulement de ce qu'on appelle l'action et la composition.

L'écrivain peut sans doute, avec les moyens du discours, énumérer toutes les figures d'un sujet, et raconter ce que fait chacune d'elles ; mais cette espèce d'inventaire est fort loin de remplir l'objet qu'on attend ou du moins qu'on aimeroit à attendre d'une description, sous le rapport de l'art. L'écrivain ne peut décrire qu'en décomposant, et la décomposition d'un sujet en est souvent la dissolution. La division, qui, dans la nature, aide les yeux du corps à voir, dans le récit, empêche les yeux de l'esprit de saisir les objets. Trop diviser produit souvent le même effet que de ne pas diviser assez. Un corps réduit en fragmens n'offre plus qu'un amas confus ; et tel est l'inconvénient attaché aux descriptions de certains ouvrages de l'art : ils valent par leur tout, et la description le détruit ; ils valent par la réunion de leurs parties, et la description ne sauroit présenter ces parties que dans l'état de désunion.

L'écrivain peut donc décrire très-minutieusement un tableau, sans en rendre la composition intelligible.

Il n'en est pas à beaucoup près ainsi de ceux des ouvrages de l'art qui dépendent de l'architecture, ou dont la composition et la constitution se trouvent liées aux usages et aux erremens de ce qu'on appelle la décoration ou l'ornement dans les pratiques de cet art.

Bien des raisons de cette différence peuvent expliquer comment ces sortes d'ouvrages sont plus faciles à décrire, et comment leurs descriptions sont d'un emploi tout autrement utile à celui qui prétend y retrouver les élémens constitutifs des monumens.

R

D'abord, il faut dire des ouvrages d'architecture et de
décoration, que leurs élémens ou leurs parties constituantes
se composent de toutes choses privées de vie et de mouvement; de choses en partie géométriques, soit en elles-
mêmes, soit dans leurs rapports; de choses plus ou moins
tributaires du calcul ; d'objets enfin dont l'image peut être,
sous plus d'un point de vue, complètement représentée au
lecteur par les mots qui la désignent, sur-tout lorsque le
lecteur connoît le style, le goût, le caractère et le genre de
bâtir et d'orner du peuple qui fit ces monumens.

Ainsi un temple Grec circulaire ou quadrangulaire, un
frontispice de huit ou dix colonnes de telle ou telle autre
ordonnance, se présentent tout d'un coup à l'imagination
sous une forme concrète et déterminée ; ce que ne sauroit
jamais faire aucune composition de figures.

Disons ensuite que, quelles que soient les variétés qui
existent de monument à monument, entre une colonne et
une colonne, entre un chapiteau et un chapiteau du même
ordre, la connoissance précise de ces nuances est sans comparaison moins nécessaire à l'intelligence du tout, que ne
l'est, pour deviner un tableau, l'appréciation des diversités que l'art peut établir entre une figure et une figure,
entre une tête et une tête.

Enfin, dans l'architecture, l'ensemble est un composé
de parties similaires qui se répètent. Il n'y a souvent qu'une
colonne dans l'édifice le plus nombreux en colonnes; il n'y
a qu'un chapiteau dans une colonnade; il n'y a qu'un seul
ornement dans une frise, dans une corniche : de sorte que
la restitution des plus vastes compositions peut résulter
de la connoissance d'une seule de ses parties, d'un seul

de ses fragmens. Or rien de tout cela ne peut avoir lieu
à l'égard des compositions de la peinture et de la sculpture : chaque figure reste inconnue malgré la description,
parce qu'elle est douée des apparences de la vie, du mouvement et de l'expression, que les paroles ne peuvent pas
représenter. Ensuite, une figure, en la supposant connue,
ne sauroit faire soupçonner les autres figures d'une composition, parce qu'il n'y a aucune analogie mathématique
entre elles. Voilà pourquoi l'on craint tant de se hasarder
à restaurer même une seule figure en bas-relief d'après
un fragment, lorsqu'il suffit d'une colonne pour rétablir
un péristyle.

La description d'un ouvrage d'architecture Grecque,
quand elle en indique le genre et l'ordonnance, le peint
avec beaucoup de précision dans l'imagination du lecteur
instruit, pour peu que l'écrivain ait donné de détails et
de particularités. Relativement aux mesures des principaux membres et à la décoration générale, il ne faut pas
être fort habile pour retracer, à l'aide des monumens semblables qui nous sont parvenus, l'image approximative du
monument décrit. On convient qu'il y a aussi en ce genre
des beautés qu'aucune espèce de narration, et, disons-le,
aucune copie même, ne peut transmettre. Mais, pour tout
ce qui tient à la disposition de l'ensemble, à la distribution du plan, au mode de l'élévation et au style de l'ordonnance, un dessin exécuté d'après une description fidèle
et avec les conditions indiquées s'éloignera aussi peu de
l'original, et (à cela près des petites mesures de détail)
n'en différera pas beaucoup plus, que les dessins faits d'a-
près les monumens encore existans.

Au reste, quand de telles restitutions n'accroîtroient pas
pour les artistes et les étudians les modèles originaux de
l'architecture, elles auroient toujours l'avantage d'étendre
nos connoissances dans cet art, d'en fortifier les principes
par un plus grand nombre de points de parallèle, de multiplier les autorités que l'érudition et la science de l'antiquaire peuvent invoquer, de faciliter l'intelligence des
textes, de communiquer à plus d'une sorte de théorie des
lumières précieuses, et de fournir à la chronologie de l'art,
ainsi qu'à son histoire, des dates importantes et des faits
authentiques.

Ce ne seroit donc pas une conquête inutile, ni une ac-
quisition de simple curiosité, que la restitution des monumens d'après les descriptions des auteurs anciens, lors même
que ces descriptions ne permettroient pas d'embrasser la
totalité des objets ou des parties dont se composa jadis
le mérite absolu de ces ouvrages.

Vers le milieu du dernier siècle, c'est-à-dire, à une
époque où l'on connoissoit encore peu les ruines de la
Grèce, le marquis Poleni a tenté assez heureusement la
restitution du temple d'Éphèse, d'après les documens imparfaits de Pline et les renseignemens de divers passages
épars dans les auteurs. Quoique le travail de ce savant et
judicieux critique laisse à desirer, son exemple auroit dû
encourager à renouveler ces sortes de tentatives.

Contemporain de Poleni, M. de Caylus me paroît avoir
été moins heureux que lui dans l'art de reproduire les monumens de l'antiquité, d'après les descriptions des écrivains.
Je pense qu'il lui manqua quelque connoissance du goût
de l'architecture des anciens, de ce qui constituoit leurs

principes , leur style et leur manière , et qu'il ne cessa
jamais entièrement de voir et de juger plus d'une partie
des arts de l'antiquité à travers les préventions des habitudes modernes.

Rien certainement ne respire moins le goût de l'antiquité, soit eu égard à la disposition de l'ensemble, soit
dans le style des détails, que les dessins des deux monumens que notre savant antiquaire avoit eu l'heureuse idée
de faire sortir du texte de Diodore de Sicile; je veux parler
du char funéraire d'Alexandre, et du bûcher d'Éphestion.
Dans un sujet où la connoissance des choses pouvoit se-
conder ou rectifier l'intelligence des mots, on devoit s'attendre au moins que le commentaire suppléeroit le dessin :
mais l'un et l'autre s'accordent à faire voir que M. de Caylus
n'avoit pénétré d'aucune manière dans son sujet; et l'on
doit dire , en un mot , de ces deux restitutions, qu'elles
sont des travestissemens , plutôt que des démonstrations
du goût de l'antiquité.

Il est de la justice de déclarer que cette censure, si elle
est fondée, ne tombe pas uniquement sur M. de Caylus,
mais aussi sur l'état général des connoissances critiques de
l'art et des monumens en France, à l'époque où il vécut.
Il en est de la science de l'antiquité comme de toutes celles
qui dépendent de l'observation et de l'expérience; chaque
jour apporte des notions nouvelles, ou des moyens de per-
fectionner les anciennes. Or, tant qu'il reste à acquérir,
le meilleur lot doit être pour ceux qui arrivent tard : ils
n'ont pas plus de mérite, ils ont seulement plus de facilité
à bien voir. On a beaucoup plus de peine, et de gloire par
conséquent, à se frayer dans les ténèbres une route incer-

taine et tortueuse vers le but, qu'à suivre la ligne droite
lorsqu'on marche à la clarté du jour.

Cette remarque, qui n'est pas nouvelle, m'a paru toujours utile à reproduire contre cet esprit d'orgueil trop
commun, qui porte tant d'hommes à se juger plus grands
que leurs devanciers, par cela qu'ils sont montés plus haut
qu'eux, et à se croire de meilleurs yeux, lorsqu'ils n'ont que
de meilleures lunettes : mais je l'ai crue, cette remarque,
applicable sur-tout à une discussion dans laquelle je me
trouve forcé d'attaquer et de combattre de point en point
l'opinion et la manière de voir d'un homme justement
célèbre, auquel la science de l'antiquité a de grandes obligations, et dont le zèle pour les progrès de l'art mérite
toute notre reconnoissance.

Le char funéraire qui transporta de Babylone en Égypte
les restes d'Alexandre, fut un ouvrage aussi précieux par
la matière que par le travail ; aussi remarquable par la
richesse de sa composition, que par le mécanisme de
sa structure. Outre ce qu'on étoit convenu d'appeler les
sept merveilles du monde, l'antiquité en comptoit de beaucoup d'autres genres, dont le souvenir nous a été transmis
par les écrivains. Ainsi Moschion, à la tête de sa description du célèbre navire d'Hiéron, bâti par Archimède, citoit
l'hélépole de Dioclide d'Abdère, construite pour le siége
de Rhodes, sous Démétrius ; le bûcher de Denys le Tyran,
décrit par Timée ; le candélabre de Persée, par Polyctète ;
et le chariot couvert qui transporta le corps d'Alexandre,
par Hiéronymus (1).

Athénée, liv. V,
104, pag. 206.

(1) Il paroît que ce sont les noms | cription de ces monumens, et point
des écrivains qui ont donné la des- | des auteurs des monumens.

Nous devons à Diodore de Sicile un détail infiniment exact de ce dernier monument. Le texte de cette description ne me semble offrir aucune faute ni aucune obscurité. Pour peu qu'on veuille appliquer à son interprétation les notions élémentaires de l'architecture Grecque, des pratiques de cet art, et des usages de la décoration, on s'étonne de la facilité avec laquelle toutes les phrases de l'écrivain se laissent transposer dans la langue du dessin.

M. de Caylus me paroît s'être mépris sur presque tous les points de son projet de restitution, parce qu'au lieu d'avoir eu l'avantage d'être tout-à-la-fois dessinateur et traducteur, il n'a probablement été ni l'un ni l'autre : il est à croire même que chacun de ceux qu'il a mis en œuvre, a opéré sans le secours de l'autre. Lorsque la double opération de dessiner et de traduire est le résultat d'un seul et même entendement, la traduction et le dessin se communiquent des lumières réciproques. L'intuition claire et précise des formes de l'objet décrit est d'un merveilleux secours pour l'intelligence des mots qui le désignent, et respectivement la forme de l'objet doit recevoir, dans un dessin, une plus grande justesse, de la compréhension intime et personnelle qu'a le dessinateur des mots de la description. Si au contraire le dessinateur forme et trace, non la figure qu'il comprend et qu'il a sentie par lui-même, mais celle qu'on s'est efforcé de lui rendre sensible, comme il n'a reçu ces impressions qu'indirectement, il ne rend point l'idée de l'auteur, mais celle du traducteur ; et celui-ci, ayant traduit sans s'être fait une image positive et arrêtée des choses signifiées par les mots, ne peut transmettre au dessinateur que des motifs vagues, sujets à équivoque,

et trop souvent indéterminés. C'est ce que prouvera, je
pense, l'examen de la traduction et du dessin de M. de
Caylus, confrontés ensemble.

L'intérêt seul de l'art, je le répète en finissant ce préam-
büle, m'a induit à relever des erreurs auxquelles, pour
être juste, il faut dire qu'on a une grande obligation,
celle d'en être préservé, par cela seul qu'elles ont été commises. Ensuite, ce n'est pas un médiocre avantage, dans
une matière toujours plus ou moins soumise à l'esprit
de conjecture, que d'avoir un point de parallèle, même
défectueux, auquel on puisse confronter sa manière de
voir. L'expérience de l'erreur est d'un puissant secours
dans la recherche de la vérité. Ce seul point de vue m'auroit engagé à mettre la restitution de M. de Caylus en
pendant avec celle que je vais proposer: ce que je ferai
moins pour combattre son opinion, que pour justifier la
mienne.

· Peut-être dois-je aussi justifier par ce parallèle la confiance avec laquelle M. de Sainte-Croix, prêt à emprunter
de M. de Caylus, pour l'ornement de son savant ouvrage sur
les historiens d'Alexandre, le dessin du char funéraire de
son héros, a bien voulu donner la préférence au projet de
restitution que je lui présentai. Ce dessin, n'ayant eu alors
pour objet que d'offrir un aperçu plus conforme aux paroles
de Diodore et au goût de l'antiquité, n'avoit reçu ni par
l'application d'une échelle, ni par le développement des
détails, la correction générale et partielle que j'ai tâché
de réunir dans ce nouveau projet: aucune discussion n'en
accompagnoit non plus et n'en appuyoit la composition;
c'étoit enfin uniquement l'esquisse arrêtée d'un travail, que

je

je ne comptois terminer et publier qu'avec le consente-
ment de celui qui lui avoit donné naissance.

Pour procéder avec ordre dans ce travail, et pour éviter
les répétitions, je me suis proposé d'employer la première
partie de cette dissertation à la discussion du texte de Diodore, à la réfutation des opinions de M. de Caylus, et à
l'établissement de mon hypothèse ; ce que je ferai par l'analyse des passages de la description, comparés tout-à-la-fois
à l'une et à l'autre manière de voir. Ce procédé, peut-être
un peu monotone, m'a paru propre à simplifier la discussion, à abréger l'argumentation, à faciliter les comparaisons : il me procure l'avantage de réunir trois opérations
critiques ensemble, celle de réfuter, celle de comparer,
celle de prouver et de démontrer.

Toutes les difficultés ayant été plus ou moins heureusement aplanies dans la discussion qui comprend la première partie, la seconde contiendra, avec beaucoup moins
d'étendue, la remise ensemble ou la recomposition du monument, selon le système précédemment établi ; c'est-à-dire
que cette partie expliquera le dessin que je présente, et
fera considérer le monument sous les points de vue de
l'art et du goût, du genre de matière et de travail, des
proportions et des mesures de chaque partie, de la disposition et de la décoration de l'ensemble, de sa structure
mécanique et de tous ses détails accessoires.

Je dois, avant tout, rapporter en son entier le passage
de Diodore de Sicile ; j'ai jugé à propos d'accompagner ce
texte de la traduction Latine de Rhodomannus, qui m'a
paru assez fidèle. Quant à la traduction Françoise, ne
pouvant adopter ni celle de l'abbé Terrasson, ni celle

Edit. Wessel.
liv. XVIII, §.
26 et 27.

de M. de Caylus, qui est très-préférable, mais qui, ayant servi de modèle à la restitution que je combats, est souvent aussi en opposition avec mon sentiment, je me suis déterminé à présenter ici ma propre version.

PREMIÈRE PARTIE.

ANALYSE COMPARATIVE
DU TEXTE GREC,
DU PROJET DE M. DE CAYLUS*,
ET DE LA RESTITUTION QUE JE PROPOSE.

* Tom. XXXI des Mémoires de l'Académie des inscript. et belles-lettres, pag. 86.

JE vais maintenant reprendre, phrase par phrase, le texte de Diodore de Sicile, et mettre en parallèle avec l'explication textuelle et graphique de M. de Caylus, la manière dont je pense que doit être entendue la description de l'écrivain Grec, et que peut être restituée la forme du monument décrit.

* * * * * *

Πρῶτον μὲν γὰρ τῷ σώματι κατεσκευάσθη χρυσᾶν σφυρήλα-τον ἁρμόζον, καὶ τοῦτ᾽ ἀνὰ μέσον ἐπλήρωσαν ἀρωμάτων, &c.

Primùm autem corpori præparata erat aurea malleo ducta compages, et illam ad medium repleverunt aromatibus, &c.

L'objet dont il s'agit dans ce passage ne pouvant être rendu d'une manière visible par le dessin, et n'étant sus-

ΠΡΩΤΟΝ μὲν γὰ τῷ σώματι κα᾽ισ-σκευάσθη χρυσᾶν σφυρήλατον ἁρμόζον, καὶ τότ᾽ ἀνὰ μέσον ἐπλήρωσαν ἀρωμάτων τ᾽ ἅμα δυναμένων τ᾽ εὐωδίαν καὶ τ᾽ διᾳμονὴν παρέχ᾽σθαι τῷ σώματι. Ἐπάνω δὲ τ᾽ θήκης ἐπι-τίθετο καλυπτήρ χρυσᾶς ἁρμόζον ἀκιλᾶς καὶ ἀσφαλᾶμβάνων τ᾽ ἀνωτάτω περιφέρειαν. Ταύτης δ᾽ ἐπάνω περίκειτο φοινικὶς δια-πρεπὴς χρυσοποίκιλτος, παρ᾽ ἣν ἔθεσαν τὰ

PRINCIPIO autem cadaveri loculus mallei ducturâ ita fabricatus erat, ut probè quadraret; quem usque ad medium aromatis, quæ et fragrantiam et durationem cadaveri præberent, refer-serant. Supra capulum aureum erat tegmen exactè adaptatum, quod summum circumquaque ambitum complec-teretur. Supra hoc circumjecta erat chla-

ceptible en soi d'aucune difficulté, je m'y arrêterai d'autant moins, que la version de M. de Caylus, *On fit sur la mesure du corps un cercueil d'or battu au marteau, &c.*, me paroît fort exacte, et rendre au juste le sens des paroles.

Je ne suis pas autant de son avis sur la manière d'entendre un mot important de la phrase suivante.

* * * * * * *

Ἐπάνω δὲ τῆς θήκης ἐπετίθειο καλυπτὴρ χρυσῆς ἁρμόζων ἀκριβῶς καὶ περιλαμβάνων τὴν ἀνωτάτω περιφέρειαν.

Supra capulum additum erat operculum aureum adaptatum diligenter et complectens circumquaque supremum ambitum.

« Sur le cercueil, dit M. de Caylus, il y avoit un dais
» ou une couverture aussi d'or, qui couvroit exactement
» toute la surface. »

Je crois que le mot *dais* exprime ici un usage peu antique, et une forme dont les paroles de Diodore ne présentent point l'idée : j'irois jusqu'à dire qu'elles l'excluent, tant cet auteur a pris soin de définir ce qu'il étoit ici le καλυπτὴρ. Sans doute c'étoit une *couverture* ; mais de quel genre étoit-elle ? c'est ce que nous indiquent les mots

τὰ μεταλλαχότες ὅπλα, βυλόμενοι συνοικεῖον ᾧ ὅλην φαντασίαν ταῖς προκαθειργασμέναις πράξεσι. Μετὰ ᾧ ταῦτα παρέστησαν ᾧ τὴν κομίσασαν ἁρμάμαξαν, ἧς κατεσκεύαστο χ᾽ ἀδ᾽ ᾧ κορυφὴν καμάρα χρυσῆ, ἔχουσα φολίδα λιθοκόλλητον, ἧς ἦν τὸ μὲν πλάτος ὀκτὼ πηχῶν, τὸ δὲ μῆκος δώδεκα. Ὑπὸ δὲ ᾧ ὑπωροφίαν παρ᾽ ὅλον τὸ ἔργον θρόνος χρυσᾶς, τῇ ᾧματι τετράγωνος, ἔχων

mys punicea, perquam decora et auro variegata, juxta quam arma defuncti posuerant, eo consilio ut speciem illam totam rebus ab eo gestis accommodarent. Tum pilentum quo funus transvehendum erat admoverunt, in cujus vertice aureus fornix, squamam habens è lapillis nobilibus coagmentatam octo cubitûm latitudine et longitudine

ἁρμόζων ἀκριϐῶς et *περιλαμϐάνων τὴν ἀνωτάτω περιφέρειαν.*
Cela ne peut pas s'appliquer à un *dais*, mais bien à une
couverture en forme de couvercle. Telle est en réalité
cette représentation de cercueil appelée *cénotaphe*, dont
on use encore aujourd'hui dans nos cérémonies funèbres;
et tel fut, à mon avis, le *καλυπτὴρ* de notre passage.
Le premier cercueil, ou l'espèce d'enveloppe d'or battu au
marteau, faite sur la mesure du corps d'Alexandre, étoit
recouvert par une représentation ou cénotaphe en forme
de cercueil. Ce qui achève de le prouver, et de démontrer
que ce n'étoit pas un *dais*, c'est la phrase suivante:

* * * * * * *

Ταύτης δ᾽ ἐπάνω περιέκειτο φοινικὶς διαπρεπὴς χρυσο-
ποίκιλτος.

Quam supra circumjecta erat chlamys punicea, &c.

Or il faut remarquer que *ταύτης* se rapporte à *περιφέρεια*,
c'est-à-dire, à la circonférence du *καλυπτὴρ*, puisque celui-
ci étoit environné, dans tout son pourtour, d'une draperie
pourpre et or ; il est visible que c'étoit, comme je l'ai représenté dans le dessin, un cénotaphe, non pas couvrant

---

τεχνλάφων προτημὰς ὀκλὐπης, ἐξ ὧν
ἤρτηντο κρίκοι χρυσοῖ διπλαισοι, δι᾽ ὧν
καπακεκρίμασο σέμμα πομπικὸν, χρώμασι
παντοδαπῶς διαπρεπῶς καλινθομένον. Ἐπὶ
δ᾽ τῶς ἄκρων ὑπῆρχε δίσπαος δικτυωπῆς,
ἔχον ἀμεγέθεις κώδωνας, ὥςτ᾽ ἐκ πολλῦ
διασήματος προσπίπτειν τὴν ψόφον τοῖς
εἰζίζεσι. Κατὰ δὲ τὰς καμάρας γωνίας,
ἐφ᾽ ἑκάςης ἦν πκυεὰς νίκη χρυσῆ τρο-
παιοφόρος. Τὸ δ᾽ ὀκδεχόμμον τῆς καμάρας
περίςυλον χρυσοῦν ὑπῆρχεν, ἔχον Ἰωπικὰ

duodecim, exstructus erat. *Huic fasti-*
gio subjectum erat solium ex auro,
figurâ quadratum, in quo tragelapho-
rum capita expressa, iisque aurei bino-
rum palmorum circuli annexi; unde
corollæ ad pompam concinnatæ variis
coloribus pulcherrimè tanquam flores
renidebant. In summo fimbria exstabat
reticularis, tintinnabula exiniæ magni-
tudinis continens, ut ex longiore inter-
vallo sonus ad propinquantium aures

en forme de dais, mais renfermant le cercueil en manière de couvercle.

* * * * * * *

Παρ' ἣν ἔθεσαν τὰ τοῦ μετηλλαχότος ὅπλα.

Juxta quam arma defuncti posuerant, &c.

Cette position des armes du roi mort, autour de son cercueil, n'offre aucune difficulté, ni au traducteur, ni au dessinateur.

* * * * * * *

Μετὰ δὲ ζαῦτα παρέςησαν τὴν τοῦτο κομιοῦσαν ἁρμά-μαξαν, ἧς κατεσκεύαςο κατὰ μὲν τὴν κορυφὴν καμάρα χρυσῆ, ἔχυσα φολίδα λιθοκόλλητον, ἧς ἦν τὸ μὲν πλάτος ὀκτὼ πηχῶν, τὸ δὲ μῆκος δώδεκα.

Post hæc admoverunt hoc gerendum plaustrum in quo instructa erat camera aurea juxta verticem, habens squamam gemmis distinctam. Hujus cameræ erat latitudo octo cubitûm, longitudo duodecim.

« On avoit, dit la traduction de M. de Caylus, construit » sur ce char une voûte d'or ornée d'écailles formées par » des pierres précieuses. La largeur de la voûte étoit de » huit coudées, et sa longueur de douze. »

Je dois relever ici, dans la traduction du mot καμάρα

κιονόκρανα· ὄντος δὲ τῶ περιςύλω δίκλυον ἦν χρυσῶν, τὸ πάχος τῆ πλοκῆ δακτυλιαῖον, ἢ πίνακας παραλλήλυς ζωοφόρυς τέτραρας ἴσας τοῖς πλίχοις ἔχον.

perferretur. Ad angulos testudinis fornicatæ, in singulis lateribus, victoria stabat tropæum gerens. Peristylium quod fornicem excipiebat, ex auro conflatum, Ionica capitella habebat; intra quod aureum rete crassitudine contextûs digitali, tabulas ex ordine quatuor signiferas et parietibus æquales præferebat.

Τύτων δ' ὁ μδὺ σρρῶτος ἦν ἔχων ἅρμα σρδυτὸν, ἢ καθήμδυον ὅπὶ τύτυ τ̃ Ἀλέξαν-

In prima erat currus cælo elaboratus, et residens in hoc Alexander, sceptrum-

par le mot *voûte*, une méprise que la suite de cés observations fera mieux sentir encore. Καμάρα en grec, comme *camera* en latin, signifie tout-à-la-fois *voûte* et *chambre voûtée*. Les Grecs en usoient souvent indistinctement, parce que la partie se prenoit pour le tout. Nous verrons, dans le récit de Diodore, qu'il faut entendre par καμάρα, tantôt la voûte seule de la chambre sépulcrale, et tantôt la chambre prise en son entier.

Dans cet endroit, il est certain qu'il faut entendre la totalité de la chambre établie sur le train du chariot. Or le mot *voûte*, employé ici par la traduction, n'exprimant en françois que la couverture cintrée de la chambre, donneroit à entendre qu'il n'étoit question que d'un chariot couvert d'un cintre, tandis que nous verrons que le cintre de la voûte reposoit sur des colonnes.

Cette méprise ne se retrouve pas dans le dessin de M. de Caylus, et elle est une de celles qui m'ont fait conjecturer que la traduction dont il s'agit avoit été faite

Voyez ce dessin, tom. XXXI des Mémoires de l'Académie des inscriptions et belles lettres, pag. 86.

δρον, κτὶ χεῖρας ἔχοντα σκῆπῖρον διαπρεπῆς· περὶ ἢ ἢ βασιλέα μία μὴ ὑπῆρχε Θεραπεία καθωπλισμένη Μακεδόνων, ἄλλη δὲ Περσῶν μηλοφόρων, κς περὶ τέτων ὁπλοφόρορι· ὁ ἢ δεύτερος εἶχε τὰς ἐπακολεθᾶντας τῇ Θεραπεία ἐλέφανΊας κεκοσμημένας πολεμικῶς, ἀναβάτας ἔχονΊας ὁπὶ μὴ τῶν ἔμπροσῶν Ἰνδὸς, ὁπὶ ἢ τῶν ὁπισῶν Μακεδόνας, καθωπλισμένες τῇ συνήθει σκευῇ· ὁ δὲ τρίτης ἱππέων ἴλας μεμιμένας τὰς ὃν ταῖς παραῖάξεσι συναγωγάς· ὁ ἢ τέταρτος ναῦς κεκοσμημένας περὸς ναυμαχίαν. Καὶ περὶ μὴ τὴν εἰς καμάρας εἴσοδον ὑπῆρχον λέονΊες χρυσοῖ, δεδορκότες περὸς τὰς εἰσπορευομένας· ἀνὰ μέσον δ' ἑκάσε τῶν κιόνων

que manu decorum tenens. Circa regem satellitium erat armis instructum hinc Macedonum, inde Persarum melofororum, et ante hos armigeri. In secunda stipatores sequebantur elephantes bellico ritu exornati, qui in fronte Indos, in tergo Macedones armis consuetis indutos vehebant. In tertia visebantur equitum turmæ, qui conglomerationes acierum imitarentur. In quarta naves ad pugnam expeditæ stabant. Ad testudinis ingressum aurei leones ad intrantes respectabant. Medium columnæ uniuscujusque aureus obtinebat acanthus paulatim ad capi-

en grande partie sans rapport avec le dessin et indépendamment du dessinateur ; car il eût été impossible à celui
qui fait porter une voûte sur des colonnes, de faire dans
la traduction construire la voûte sur le chariot.

Dans le passage suivant, le traducteur et le dessinateur ne sont pas plus d'accord entre eux, sans pourtant
que j'aie pu trouver moyen d'adopter l'opinion d'aucun
des deux.

* * * * * * *

Ὑπὸ δὲ τὴν ὑπωροφίαν, παρ' ὅλον τὸ ἔργον θρόνος χρυσᾶς,
τῷ σχήματι τετράγωνος.

Subter subcamerationem thronus erat toto opere (ou *per totum opus*)
aureus, figurâ quadratus.

La traduction de M. de Caylus porte : « Au-dessous de
» ce toit et dans toute sa longueur, il y avoit un trône
» d'or carré, qui occupoit tout l'espace. »

Pour commencer par la traduction, je dirai en pre-

ὑπῆρχε χρυσᾶς ἄκανθος, ἀναδείνων ἐκ τῆ
κατ' ὀλίγον μέχρι τῆς κιονοκράνων· ἐπάνω
δὲ τῆ καμάρᾳς ᾐ μέσην τῆ κορυφήν,
φοινικὶς ὑπῆρχεν ὑπαίθρις, ἔχυσα χρυσᾶν
στέφανον ἐλαίας ἀμεγέθη, πρὸς ὃν ὁ ἥλιος
προσβάλλων τὰς ἀκῖνας, καπεσκιύαζε τῆ
αὐγὴν ἀποσίλβουσαν ᾐ σειομένην, ὡς ἐκ
μακρᾶ διαςήματος θεᾶξ τὴν προσοψιν
ἀςραπῆ παραπλησίαν.

Ἡ δ' ὑπὸ τὴν καμάραν καθέδρα δύο
εἶχεν ἄξονας, ὥσπερ ἐδίνευον τροχοὶ Περσικοὶ
πὶ φλαρες, ὧν ὑπῆρχε τὰ μὲν πλάτα, αἱ δὲ
κνημῖδες καταχρυσωμέναι, τὸ δὲ πρε-
σπήλιον τῆς ἐδάφεσι μέρος, σιδηρὸν· τῆς δ'
ἀξόνων τὰ προέχοντα χρυσᾶ καλ'εσκιύαςο,

tella sese extendens. Supra cameram,
circa verticis medium, aureus erat tapes
subdialis, auream oleæ coronam habens magnitudinis eximiæ, quam sol
radiis suis verberans, fulgidum tremu-
lumque efficiebat splendorem, ita ut
fulguris ex intervallo speciem exhiberet.

Cellæ testudini subjectæ axes duo
suberant, quos circum volvebantur Per-
sicæ rotæ quatuor, quarum modioli
radiique inaurati erant; pars autem
terram allapsu contingens, ferrea. Ex-
trema axium prominentia constabant

mier

mier lieu, qu'*au-dessous du toit* ne paroît pas rendre avec assez de précision ὑπὸ τὴν ὑπωρoφίαν : il faudroit pouvoir dire en quelque sorte, *sous le dessous du toit.* Cette espèce de pléonasme, loin d'en être un dans le grec, me semble être une locution nécessaire pour empêcher ici l'équivoque ; car il y a naturellement ambiguité en françois, faute d'un mot propre pour exprimer le lieu intermédiaire entre le comble et le plafond, que désigne clairement le mot Grec ὑπωρoφία.

Quoiqu'*au-dessous du toit* ne dise pas tout-à-fait la même chose que *sous le toit,* cependant le vague de cette locution permet beaucoup d'incertitude, et nous en avons la preuve par le dessin de M. de Caylus, qui très-probablement n'a été exécuté que sur les mots de la traduction;

δεσπμὰς ἔχοντα λεόντων σιᴰνην ὀδὰξ κατηχύσας. Κατὰ ϑ μέσον τὸ μῆκες εἶχον πόλον ὀνηρμοσμένον μηχανικῶς ἐν μέσῃ τῇ καμάρᾳ, ὥςε δύναϑ διὰ τὅτυ ᵴ καμάρᾳν ἀπάλευτον ᵵ) χᵵ τὸς σεισμὸς ᵴ ἀνωμάλυς τόπυς· πᵵάρον δ' ὄντων ῥυμῶν, ἑκάτω πᴧεϭτοιχία ζευγῶν ὑπᴇζευϰᵵο, πεᵵάρων ἡμιόνων ἑκάςῳ ζεύγι δεϭεϭεμένων, ὥςε τὰς ἁπανᵵας ἡμιόνος ᵵ) ἑξήκονᵵα ᵴ τέσϭερας, ὁᴧιλελειμένες ταῖς τε ῥώμαις ᵴ τοῖς ἀναϭήμασιν· ἑκαϭς ϑ τύτων ἐϭιφάνῳ κεχρυσωμένῳ ϭεφάνῳ, ᵴ παρ' ἑκατέραν ᵵῦ σιαϟόνων εἶχεν ἐξηρτημένον κώδωνα χρυσῦν, περὶ δὲ τὸς τρα χήλυς χλιϭῶνας λιϟοκολλήτυς.

ex auro, leonumque facies hastam mordicùs tenentes præferebant. Circa mediam verò longitudinem in medio fornice mechanicâ arte polus [cardo] adaptatus erat, ut per hunc testudo in successionibus et iniquitate locorum sine jactatione esse posset. Quatuor temones cùm essent, unicuique ordo jugorum quadruplex adjunctus erat, quaternis mulis jugo alligatis, ita ut omnium mulorum numerus esset quatuor et sexaginta, robore ac proceritate corporis selectissimorum. Quisque horum coronâ deauratâ redimitus erat, et utrique maxillæ tintinnabula ex auro, et monilia gemmis constipata collis appensa erant,

TRADUCTION FRANÇOISE.

D'ABORD on avoit préparé et fait au marteau, sur la mesure du corps (d'Alexandre), un cercueil d'or, qu'on avoit rempli jusqu'à moitié d'aro-

T

et c'est là, comme je le ferai voir tout-à-l'heure, ce qui est cause de l'extrême différence qu'on peut déjà observer entre la position assignée par M. de Caylus au trône, et celle que je lui donne dans mon dessin.

Il me paroît que c'est la position à assigner au trône dans toute cette composition, qui forme la première difficulté de ce passage; la seconde est dans les mots παρ' ὅλον τὸ ἔργον. La traduction Latine de Rhodomannus a omis ces paroles : M. de Caylus me semble les traduire par ces mots, *et dans toute sa longueur* (du toit), *et qui occupoit tout l'espace.*

Quant à la première difficulté, l'erreur de la disposition de M. de Caylus provient de ce qu'il ne s'est pas rendu compte de l'idée et de l'acception précise du mot ἱστορ-

---

mates destinés à répandre une bonne odeur, et à préserver le corps de la corruption.

Sur le cercueil on plaça un cénotaphe également d'or, qui en embrassoit exactement toute la surface supérieure.

Par-dessus on avoit étendu un tapis de pourpre magnifiquement brodé en or, autour duquel on avoit étalé les armes du roi mort, pour que tout, dans cette composition, servît à rappeler ses exploits.

On fit ensuite approcher le chariot destiné au transport. On avoit établi sur ce chariot une chambre d'or voûtée, dont la couverture circulaire étoit ornée d'écailles formées par des pierres précieuses. Sa largeur étoit de huit coudées, sa longueur de douze.

Au-dessous du comble (entre le plafond et le toit), tout l'espace étoit occupé par un trône d'or carré, orné de figures en relief de tragélaphes, d'où pendoient des anneaux d'or circulaires, de là grandeur de deux palmes; et aux anneaux s'attachoient des festons formés de fleurs de toutes couleurs.

Aux acrotères régnoit une frange en réseau, avec de fortes sonnettes pour avertir au loin les peuples de l'approche du char.

Aux angles de la voûte s'élevoit, de chaque côté, une victoire d'or portant un trophée.

La voûte étoit supportée par un péristyle d'or, dont les colonnes avoient des chapiteaux Ioniques.

En-dedans du péristyle (ou colonnade environnante), il régnoit un réseau d'or dont la trame étoit de

φίαν; car il place le trône dans l'intérieur de la chambre, au fond de cette chambre et en bas (*voyez* le dessin de M. de Caylus, indiqué plus haut). En vain diroit-on que, placé là, le trône est au-dessous du toit : oui, sans doute; mais il y est comme y sont tous les autres objets, c'est-à-dire, en tant que dans un bâtiment qui a un toit, tout ce qu'il renferme, et le bâtiment lui-même, est sous le toit. Or dire cela, c'est ne rien dire ; et il est sensible qu'il n'y avoit pas lieu d'en faire la remarque insignifiante, plus pour le trône que pour les autres objets. A supposer le trône placé dans le local où le place M. de Caylus, ce qu'il eût fallu dire, c'est qu'il étoit dans l'intérieur et au fond de la chambre. Puisque Diodore ne l'a pas dit, et dès que ses paroles indiquent une place spéciale sous le comble, ὑπὸ τὴν ὑπωροφίαν, il faut chercher au trône une place qui soit d'accord avec le sens de ce mot.

Cette place me paroît être celle que je lui fais occuper

---

l'épaisseur d'un doigt, et quatre tableaux parallèles, remplis de figures. Ces tableaux étoient égaux aux murs (de la chambre sépulcrale).

Dans le premier tableau, on voyoit un char richement travaillé en métal; Alexandre y paroissoit assis, tenant en main un sceptre magnifique. Autour de lui marchoient la garde Macédonienne tout armée, et le bataillon des Perses appelés *les Mélophores*. En avant étoient les oplites.

Le second tableau se composoit du train des éléphans équipés en guerre, ayant en avant leurs Indiens, et par derrière (ou en croupe) les Macédoniens avec leurs armures ordinaires.

On avoit figuré, dans le troisième tableau, des corps de cavalerie imitant les manœuvres et les évolutions d'un combat.

Le quatrième représentoit des vaisseaux en ordre de bataille (ou armés pour la bataille).

A l'*esodos* de la chambre (ou sous le vestibule), il y avoit des lions d'or placés de manière qu'ils regardoient les entrans.

Au milieu de chaque colonne étoit une acanthe d'or, s'élevant insensiblement jusqu'au chapiteau.

Au-dessus du faîte, et au milieu de la voûte, s'étendoit en plein air un tapis de pourpre sur lequel posoit

T 2

entre le cintre du comble et le plafond du péristyle antérieur. Puisqu'il y avoit un *esodos,* ou vestibule d'entrée,
sous lequel étoient les lions, ce vestibule dut avoir un plafond, et ce plafond dut occuper tout le renfoncement du
péristyle ou vestibule d'entrée, espace plus que suffisant
(en ne lui donnant que trois pieds de profondeur) pour
contenir à couvert sous le toit le trône d'Alexandre : l'espace en question faisoit, dans ce petit monument, l'effet du
fronton, et en tenoit lieu : c'étoit un fronton circulaire. Et
quel emplacement plus convenable pour mettre en scène
et en vue l'objet dont il s'agit? Quel endroit plus propre
à produire l'effet qu'on pouvoit en attendre!

Cet emplacement me semble être la clef de la composition : si on le méconnoît, on tombe dans le *non-sens*
de M. de Caylus, ou il faut supprimer le mot θρόνος et
chercher à le remplacer par un autre. Mais qui ne voit
que le motif de l'architecte fut de faire entrer dans la

---

une couronne d'olivier d'une grande
dimension. Elle étoit d'or; et lorsque
les rayons du soleil frappoient dessus,
l'éclat s'en trouvoit répercuté de manière que de loin il produisoit l'effet
des éclairs.

Le train du chariot sur lequel reposoit cet ensemble, avoit deux essieux,
autour desquels tournoient quatre
roues à la persane, dont les rayons
et les jantes étoient dorés. Les bandes
seules étoient de fer. Des têtes de lion
d'or, dont les gueules mordoient
une lance, faisoient l'ornement des
moyeux.

Au milieu de la longueur du chariot, et au point central de la chambre,

étoit adapté, avec beaucoup d'art, un
pivot sur lequel l'édifice, maintenu
en équilibre, conservoit son niveau,
et se trouvoit aussi garanti contre les
secousses, et préservé de l'inconvénient des inégalités du terrain.

Il y avoit quatre timons, à chacun
desquels étoit attaché un quadruple
rang de jougs, quatre mulets à chaque
joug. Le nombre des mulets étoit de
soixante-quatre. On avoit choisi les
plus forts et les plus hauts. Chacun
d'eux avoit sur la tête une couronne
dorée, des sonnettes d'or aux deux
côtés de la mâchoire, et autour du
cou des colliers chargés de pierres
précieuses.

composition tout ce qui avoit été à l'usage du roi et pouvoit rappeler sa mémoire? Or c'étoit un objet très-digne
de figurer dans cet ensemble, que le trône d'or où avoit
siégé Alexandre.

La seconde difficulté paroît être celle des mots παρ'
ὅλον τὸ ἔργον : on peut, traduisant en latin *per totum opus*,
appliquer ces mots à χρυσῦς : le trône auroit été d'or dans
toutes les parties de son ouvrage. On peut appliquer le
mot ἔργον à l'édifice même (et ce mot est reçu en parlant
d'un ouvrage d'architecture) : le trône alors seroit censé
occuper toute la largeur de l'ouvrage, c'est-à-dire, de l'espace antérieur du monument. Enfin il est un dernier sens
que pourroit donner le mot πάρεργον, qui signifie, comme
l'on sait, *accessoire, détail qui ne tient pas au principal corps
d'un ouvrage*, et ce que nous nommons *hors-d'œuvre*. Or c'est
ce qu'étoit, dans la composition du char, de la chambre
sépulcrale, et de tout cet ensemble travaillé exprès, le
trône d'Alexandre : il y étoit une sorte d'accessoire et de
hors-d'œuvre, et par conséquent il étoit étranger à tout
l'ouvrage, παρ' ὅλον τὸ ἔργον.

Du reste, on va voir que ce qui suit dans le texte,
ne peut pas s'arranger avec la disposition imaginée par
M. de Caylus, et est merveilleusement d'accord avec l'idée
et la forme d'un trône, et avec l'espèce d'ornemens en
guirlandes qui se plaçoient, comme l'on sait, très-habi-
tuellement en dehors des temples et au-dessus des portes
d'entrée.

* * * * * * *

Ἔχων τραγελάφων προτομὰς ὀκτύπους, ἐξ ὧν ἤρτηντο

κρίκοι χρυσοῖ διπάλαιϛοι, δι' ὧν καϯακεκρέμαϛο ϛέμμα πομπικὸν, χρώμασι παντοδαποῖς δ̲ιαπρεπῶς καϯηνϑισμένον.

*Subter subcamerationem thronus erat. . . . . .habens trage-
laphorum effigies ectypas, ex quibus pendebant circuli aurei duarum palmarum, quibus suspensæ erant corollæ pompales, coloribus omnigenis
decorè florentes.*

Traduction de M. de Caylus : « Il portoit des tragélaphes
» en relief représentés à mi-corps, auxquels étoient sus-
» pendus des anneaux d'or de deux palæstes, et ces an-
» neaux portoient une couronne de pompe, resplendissante
» et brillante de toutes les couleurs. »

Je soupçonne que le dessinateur auroit pu induire ici en
erreur l'auteur de la traduction : toujours peut-on affirmer
que ni l'un ni l'autre n'ont eu une idée nette de l'objet
exprimé dans ce passage par le mot *tragélaphes*. Quelle que
soit en effet la forme précise de cet animal capricieux
employé à la décoration du trône, il n'y a presque aucun
doute qu'il ne lui servît de support, en faisant l'office
de ce qu'on peut appeler les jambes ou les pieds d'un
siége. Ces tragélaphes, ainsi entendus, portoient le siége,
lorsqu'au contraire la traduction de M. de Caylus dit que le
siége portoit les tragélaphes. Il y a simplement dans le grec,
ἔχων ϯραγελάφων πρϯομὰς ἐκϯύπυς, et je ne doute
point que le traducteur n'eût rendu plus naturellement
le verbe (participe) ἔχων, s'il n'eût eu en vue que les mots
Grecs.

Le dessin de M. de Caylus a pu le détourner de la version
qui, étant la plus simple, eût été ici la plus fidèle. Selon
moi, cette partie du dessin est aussi une des plus infidèles
au sens des mots Grecs et à l'idée qu'ils expriment.

D'abord, le mot τραγέλαφος, composé de deux mots qui signifient *bouc* et *cerf*, indique, dans la figure dont il s'agit, un mélange ou une combinaison de ces deux animaux. M. de Caylus, au contraire, en a représenté séparément les figures. Au bas de son trône on voit des quadrupèdes ailés avec une tête de bouc, et au sommet s'élèvent deux têtes de cerf avec leur cou et une partie de leur poitrail. Cette composition bizarre contredit le texte, et ne repose sur aucun motif de décoration connue, sur aucune autorité puisée dans les ornemens de l'antiquité.

Rien, comme l'on sait, n'y est plus commun que ces associations d'animaux, dont les décorateurs et les sculpteurs firent leur patrimoine. Il suffit de citer les hippogriffes, les hippocentaures, les androsphinx, et tant d'autres qui n'ont pas de nom en françois, pour se convaincre que les tragélaphes faisoient partie de ces races d'animaux chimériques empruntés par les Grecs à l'Égypte et à l'Asie.

Aristophane fait dire à Euripide, dans sa dispute avec Eschyle, qu'il n'a représenté dans ses tragédies ni chevaux ailés, ni tragélaphes, comme on en voit dans les tapisseries de Perse : οὐχ ἱπποαλεκτρυόνας μ' Δί', ὐδὲ τραγε- λάφυς, ἅπερ σύ, — ἁ 'ν τοῖσι παραπετάσμασιν τοῖς Μηδικοῖς γράφοιν.

Aristophane, Βάτρεχοι, vers 937.

Il résulte, par conséquent, de ce passage, que les tragélaphes étoient, comme les chevaux ailés, des animaux fantastiques composés d'espèces diverses.

Nous trouvons, il est vrai, le mot *tragélaphe* employé par Solin[a]. Après avoir décrit les cerfs de la Scythie, il fait

[a] Chap. XIX, pag. 29.

mention d'une certaine espèce de *capricerfs,* qu'il appelle
ainsi, parce qu'ils avoient de la barbe au menton, et des
poils alongés sur les épaules. Saumaise dit en avoir vu
un semblable à Paris, qu'on montroit comme une curiosité.

Il est possible que le caprice de décoration appelé *tragélaphe* ait pris ainsi naissance, en Perse, de quelque espèce
de cerf extraordinaire : mais, de quelque manière qu'on
veuille réaliser ce caprice, il faut toujours convenir que
sa forme doit résulter d'une association de deux espèces ;
et c'est ce qu'on ne trouve point dans le dessin de M. de
Caylus.

Si l'on consulte ici l'analogie de ces notions, et celle
qu'on tire des exemples de l'ornement antique, il est tout
simple d'imaginer que le trône d'Alexandre, fait en Perse,
aura été composé, par des artistes Grecs, des élémens de
ce goût de décoration naturel à l'Asie, et que les tapisseries de ce pays finirent par naturaliser aussi en Grèce.
Une multitude de monumens antiques nous font voir cet
ajustement d'animaux fantastiques, appliqués aux montans
et aux supports des meubles et des siéges. On ne comprend pas qu'il puisse être question d'autre chose à l'égard
du trône qui nous occupe.

Cela étant, il y a deux manières d'imaginer ces *capricerfs*. On peut se figurer les pieds du siége formés en manière de patte de bouc, surmontée de la tête et du poitrail
d'un cerf barbu ; on peut aussi supposer que le *tragélaphe*
en ornement étoit un composé de patte de cerf ou de biche,
et de la tête d'un capricorne : cette union me paroît la plus
vraisemblable.

« Jusqu'ici

« Jusqu'ici , dit M. de Caylus, la description ne présente
» aucune difficulté ; mais elle devient embarrassante quand
» Diodore dit que les anneaux *portés par les tragélaphes ser-*
» *voient à suspendre une couronne de pompe, resplendissante et*
» *brillante de toutes les couleurs.* Il falloit nécessairement,
» continue-t-il , que les têtes et les anneaux fussent élevés
» pour suspendre cette couronne . . . . Pour accorder cette
» nécessité avec l'obscurité du passage, il faut croire que
» ce trône avoit un couronnement sur lequel ces têtes
» étoient placées , dans l'objet de porter cette couronne. »

Tout ceci, à mon avis, n'a paru obscur et difficile à
M. de Caylus, que parce qu'il a placé son trône en bas
et dans l'intérieur de la chambre : il n'a pu alors se rendre
compte de l'emploi du ςέμμα πομπικόν, ni de son ajustement, ni de son effet. Il change les festons ou guirlandes
de fleurs en une couronne qu'il fait porter par chacune
des deux têtes de cerf placées au sommet du trône : tout
cela est une véritable décomposition du texte de Diodore.

Le trône, au contraire, situé, comme je le propose,
sous le faîte et au haut de l'édifice, on voit disparoître
l'obscurité prétendue et la difficulté dont parle M. de
Caylus ; car alors, *les têtes et les anneaux sont nécessairement*
élevés, comme il le demande. Ces anneaux servent naturellement à l'enlacement des guirlandes de fleurs qui,
ajustées autour du trône, pouvoient ensuite retomber avec
beaucoup d'agrément des deux côtés de l'édifice. Si l'on
ajoute à cette considération celle de l'usage qu'on avoit
d'orner de guirlandes l'extérieur des monumens, on conviendra que si, comme l'avoue M. de Caylus, cet ajustement
eût été sans vraisemblance et sans objet, quand on place

le trône en bas et en dedans, la position extérieure et
élevée de ce trône rend très-vraisemblable et naturel
l'emploi des guirlandes, et en même temps prévient ou
lève toute espèce de difficulté dans la manière d'expliquer
le texte de Diodore.

* * * * * * *

Ἐπὶ δὲ τῶν ἄκρων ὑπῆρχε θύσανος δικτυωτὸς, ἔχων εὐμε-
γέθεις κώδωνας, ὥςτε ἐκ πολλοῦ διαςήματος προσαππίπλειν τὸν
ψόφον τοῖς ἐςγίζεσι.

*In acroteriis existebat fimbria reticularis, habens tintinnabula valdè
magna, ita ut è multo intervallo accederet sonitus appropinquantibus.*

La traduction de M. de Caylus porte : « Au haut du
» char on avoit placé une frange formée en réseau, &c. »
(Le reste ne donne lieu à aucune observation.)

Celle que je vais me permettre se rapporte à la manière
dont la traduction et le dessin que j'examine ont rendu les
mots ἐπὶ τῶν ἄκρων, qui veulent dire généralement *in summo,
in summis*, mais qui, appliqués à un ouvrage d'architecture, peuvent signifier aussi cette partie qui, à cause de
sa position élevée, a pris le nom d'*acrotères*.

Je pense que le traducteur s'est retranché dans une explication trop vague, en disant *au haut du char* ; il falloit,
ce me semble, spécifier davantage la position. Celle qu'il
s'agit d'indiquer ne sauroit être le sommet de la voûte,
puisque cette partie, comme nous le verrons tout-à-l'heure,
étoit recouverte d'une étoffe en tapis, et supportoit une
couronne d'or.

Généralement, la locution ἐπὶ τῶν ἄκρων, dans Pausanias, qui en use fréquemment, ne s'applique point aux
toits des temples : ce qu'il appelle ainsi reçoit ordinaire-

ment des statues ou autres ouvrages d'art ; or cela ne peut
convenir qu'à ces piédestaux placés soit au faîte des fron-
tons, soit des deux côtés de leurs parties rampantes. Vitruve *Liv. III, chap. III, à la fin.*
a fait connoître et a décrit, sous le nom d'*acrotères*, ces sortes
de piédestaux qui quelquefois sont continus et règnent au
sommet de l'ordonnance : d'où il me semble résulter que ce
mot indique bien le sommet, non de l'édifice, en y comprenant le toit, mais seulement de l'ordonnance.

C'est aussi à cette place, je veux dire aux acrotères de
notre ordre d'architecture, que je pense qu'on doit faire
régner la frange en manière de réseau d'où pendoient les
sonnettes ; et, à cet égard, il y auroit plus d'une manière
de mettre cet accessoire en rapport avec les acrotères,
en suivant textuellement les mots de la description, et
sans déparer l'ordonnance.

M. de Caylus ne me paroît avoir satisfait en aucune
manière ni à la lettre ni au sens de son auteur, ni aux
notions de l'architecture, en plaçant, comme il l'a fait
dans son dessin, la frange en question au-dessous de l'entablement et au niveau des chapiteaux. Soit qu'ἄκρων veuille
dire généralement *sommité* de l'édifice, soit qu'il signifie
seulement celle de l'ordonnance, laquelle est connue sous
le nom d'*acrotères*, l'emplacement imaginé par M. de Caylus
ne répond point à la valeur du mot.

Je crois aussi qu'il a mal rendu les mots θύσανος δικτυωτός,
fimbria reticularis, frange réticulaire, par la forme qu'il donne
à sa frange : l'intelligence de ces petits détails dépend quelquefois d'un hasard de circonstances. Ainsi M. de Caylus
s'est figuré cette frange sous la forme d'une bordure d'étoffe,
d'une pente galonnée : l'usage ayant amené de nos jours

la pratique des franges en réseau, il y a peu de mérite à traduire fidèlement en dessin les mots Grecs. Il me paroît que les sonnettes devoient faire dans cette frange à peu près l'effet des glands dont on orne aujourd'hui les intervalles du réseau.

* * * * * * *

Κατὰ δὲ τὰς τῆς καμάρας γωνίας, ἐφ' ἑκάςης ἦν πλευρᾶς νίκη χρυσῆ τροπαιοφόρος.

Ad angulos autem cameræ, ex utroque latere, erat victoria aurea tropæifera.

« A chaque angle de la voûte, dit la traduction de » M. de Caylus, il y avoit une victoire d'or portant un » trophée. »

Rien à objecter contre cette traduction. Le passage Grec n'offre aucune difficulté littérale : la seule ambiguité qu'il présente, non au traducteur, mais au dessinateur, est celle qui se rapporte à la manière d'entendre *les angles*. S'agit-il des angles extérieurs ou des angles intérieurs ? voilà ce que les paroles de Diodore ne déterminent point ; et c'est-là ce qu'il appartient au dessinateur d'expliquer et de fixer.

M. de Caylus, égaré par le double sens du mot καμάρα, s'est persuadé qu'il falloit ici mettre sous la voûte, c'est-à-dire, donner à l'intérieur de la chambre tout ce qui, dans le texte Grec, est mis en rapport avec le mot καμάρα, et il n'a soupçonné que deux manières possibles de placer les victoires aux angles ; l'une dans la voussure, l'autre aux quatre coins de la chambre, et même, dit-il, du cercueil. Selon lui, il n'est point probable qu'*on les ait placées dans la voussure; car on ne les auroit distinguées*, ajoute-t-il, *qu'après être entré dans l'intérieur et même fort avant.*

Je suis aussi de cet avis, et je pense, comme lui, que ces ornemens auroient été là perdus pour la vue ; car la chambre sépulcrale n'étoit point destinée à admettre des spectateurs dans son intérieur : M. de Caylus fait la même remarque ; ce qui me rend plus difficile à comprendre comment lui, qui n'a point même figuré en treillis l'enceinte de cette chambre, a pu se déterminer à mettre dans son intérieur des statues que personne n'auroit vues, ou qui n'auroient pu être aperçues que par la porte.

Dans le dessin que je propose, l'intérieur de la chambre étant fermé, comme on le verra, par un simple grillage ou réseau d'or, il eût été plus possible d'y admettre les victoires en question, parce qu'on auroit au moins eu la facilité de les apercevoir au travers des mailles du treillis : cependant j'ai cru cette hypothèse inadmissible.

1.° L'intérieur de la chambre, réduit, par les données indispensables de la description et par les convenances non moins probables de l'architecture, à sa véritable dimension, ne dut guère avoir plus de six pieds de large, espace que remplissoient et le cercueil avec son cénotaphe, et les armures disposées autour. Sa longueur ne put guère être de plus de dix à douze pieds, comme on le voit dans le plan ; et cela seul prouve que ni le trône, ni les statues des victoires, ne purent y trouver place.

2.° Comme je l'ai dit, ces ornemens n'eussent fait aucune figure, enfermés qu'ils auroient été dans l'espèce de cage qui constituoit la chambre; et il faut ne point perdre de vue que ce monument funèbre étoit tout-à-la-fois un monument honorifique, où l'on avoit cherché à réunir tout ce qui peut parler aux yeux, autant que le comportoit la légéreté de l'édifice.

3.° Diodore, en se servant du mot γωνίας, *angles*, n'ayant rien spécifié, nous laisse la liberté d'entendre les angles extérieurs de la voûte ; rien n'empêche, par conséquent, de placer les quatre victoires en dehors, à l'aplomb des colonnes, et précisément à la rencontre des arêtes de la voûte circulaire : elles auroient posé sur les piédestaux ou *acrotères* que les anciens, comme on l'a dit, plaçoient au bas des frontons.

Cette position, que rien ne contredit dans le texte de Diodore, est d'accord avec l'autorité de tous les monumens ; elle a l'avantage d'offrir à l'ordonnance un couronnement, un accompagnement heureux au fronton, et une décoration fort significative à tout cet ensemble. En voilà, je pense, assez sur cet objet : je passe à la phrase suivante du texte de Diodore.

* * * * * * *

Τὸ δ' ἐκδεχόμενον τὴν καμάραν περίστυλον χρυσῶν ὑπῆρχεν, ἔχον Ἰωνικὰ κιονόκρανα.

Quod verò recipiens fornicem erat peristylium aureum, habebat Ionica capitella.

La traduction de M. de Caylus dit : « Le péristyle qui » précédoit cette voûte étoit d'or, avec des chapiteaux » Ioniques. »

Ici se découvre clairement la confusion des deux significations du mot καμάρα. Rien de moins exact que la traduction : on ne sait ce que veut dire ici un péristyle qui précède une voûte, parce qu'en françois le mot *voûte*, quand il s'agit d'un édifice, a une signification expresse, qu'on ne peut appliquer à autre chose qu'à la couverture cintrée de cet édifice. Il eût donc fallu traduire *chambre voûtée.*

Mais le texte ne seroit pas mieux rendu. Dans le grec, le péristyle ne précède point la καμάρα, mais il la reçoit : le mot ἐκδεχόμενον prouve qu'il s'agit ici de la voûte, et que le péristyle sur lequel elle retomboit, ne sauroit être ce que la traduction et le dessin de M. de Caylus en ont fait. C'est ici l'erreur principale de l'une et de l'autre, et de là provient l'extraordinaire différence qui existe entre mon dessin et celui que je lui compare.

M. de Caylus a entendu le mot πείϛυλον, *péristyle*, dans le sens qu'on lui donne quelquefois, sur-tout en françois, lorsqu'on ne comprend sous cette acception autre chose que la colonnade antérieure qui forme le frontispice d'un monument ; mais πείϛυλον signifie en grec, comme son étymologie en fait foi, une colonnade disposée autour d'un édifice.

Or c'est de cette manière, comme la suite le démontrera, qu'il faut expliquer le *peristylon* de notre monument. Là chambre sépulcrale, ou, si l'on veut, son mur grillé étoit environné, tout alentour, d'une colonnade dans le goût des temples périptères : puisque la voûte étoit supportée par les colonnes ; ἐκδεχόμενον τὴν καμάραν, il faut de toute nécessité qu'il y ait eu des colonnes plutôt sur les flancs, où M. de Caylus les supprime, que sur le front de l'édifice, où il les admet.

Je dirai, dans la recomposition du monument, combien

il dut y avoir de colonnes, quelle fut leur proportion, et
quelles furent leurs mesures : ce seroit bien ici le cas de
parler tout de suite de leur décoration, si je ne m'étois
prescrit de suivre phrase par phrase le texte de Diodore.

Celle qui suit va, je pense, porter une nouvelle lumière sur la disposition que j'ai adoptée, et convaincre
de plus en plus que celle de M. de Caylus ne peut pas
s'accorder avec le texte , et blesse toute vraisemblance.

* * * * * * *

'Εντὸς δὲ τοῦ περιςύλȣ δίκτυον ἦν χρυσȢν, τὸ πάχος τῇ
πλοκῇ δακτυλιαῖον, καὶ πίνακας παραλλήλȣις ζωοφόρȣις
τέτταρας ἴσȣς τοῖς τοίχοις ἔχον.

Intus peristylium reticulare erat aureum, cujus tramæ crassitudo
digitalis , et habebat quatuor tabulas parallelas signiferas et parietibus
æquales.

Traduction de M. de Caylus : « Au-dedans du péris-
» tyle il y avoit un réseau d'or de l'épaisseur d'un doigt,
» orné de quatre cadres parallèles, chargés de figures de
» la hauteur des murs. »

Rien ne montre mieux que cette traduction, comment
il arrive souvent de rendre fidèlement et avec propriété
les passages des auteurs, sans avoir rien compris aux choses
qu'ils expriment. A quelques variantes près, cette traduction me paroît très-conforme au sens du grec, et je n'en
diffère que par l'explication du mot ἴσȣς, qui, n'indiquant
point la dimension selon laquelle les tableaux étoient égaux
aux murs, auroit dû, ce me semble, empêcher de traduire
de la hauteur des murs. Je traduis : *En-dedans du péristyle il*
y avoit un réseau d'or, dont le tissu étoit de l'épaisseur d'un
doigt,

doigt, et qui avoit quatre tableaux parallèles chargés de figures, égaux aux murs de la chambre.

Maintenant, si l'on compare les deux restitutions, on se convaincra qu'il y a, entre les deux manières d'exprimer ce passage par le dessin, un tel intervalle, qu'il faut de toute nécessité que l'un des deux dessinateurs n'ait point entendu la chose dont il s'agit.

Je pense que la méprise que j'ai déjà relevée sur l'explication du mot περίϛυλον, est la cause particulière du mal-entendu dans lequel est tombé M. de Caylus sur tout ce qui regarde ce passage. Prévenu de l'idée que le péristyle dont il s'agit ici, n'étoit qu'un frontispice de l'édifice, il a disposé sa chambre sépulcrale en manière de temple *in antis,* ayant deux colonnes aux angles de son *esodos* ou vestibule antérieur, et deux autres engagées aux angles du *posticum ;* dès-lors l'ἐντὸς τῦ περιϛύλῦ, *intus peristylium,* lui a paru devoir être un vestibule fermé. Dans sa manière d'entendre le péristyle, l'intérieur de celui-ci ne pouvoit être que la très-petite pièce que j'ai appelée *vestibule ;* et c'est là qu'il a cherché à placer le réseau d'or et les quatre tableaux.

Toutefois il n'a pu y parvenir. Quant au réseau, il n'en existe pas la moindre apparence dans son dessin ; et son commentaire prouve qu'il s'étoit fait une fausse idée de cet objet : il a cru que c'étoit *une étoffe d'une épaisseur très-considérable,* ce sont ses expressions, *et qui n'étoit pas facile à manier.* On se figure difficilement une étoffe d'un doigt d'épais : et puis, quel en eût été l'objet, si, comme il le dit et comme son dessin le donne à entendre, cette étoffe eût été recouverte par les tableaux qu'il place deux à deux,

X

et l'un au-dessus de l'autre, de chaque côté du vestibule?
Rien de tout cela n'est admissible.

A l'égard des tableaux, la position qu'il leur donne ne
s'accorde en aucune manière avec les mots Grecs ; ils ne
sont ni *en ligne parallèle*, ni *égaux aux murs :* ils ne sont
pas sur une ligne parallèle, puisqu'ils sont les uns en haut,
les autres en bas ; ils ne sont point égaux aux murs, puisque,
dans le dessin, ils n'ont que cinq pieds sur trois : d'ailleurs,
Diodore n'a point restreint les murs dont il parle au seul
espace d'un *pronaos*, dont il n'a pas parlé. Placés là, ces
tableaux eussent encore été perdus pour les spectateurs;
et si quelque chose est probable, c'est que des compositions qui représentoient les exploits d'Alexandre, devoient
été placées de manière à figurer en dehors. J'ajoute, contre
l'hypothèse de l'emplacement dont il s'agit, une dernière
observation, que la suite me mettra à portée de développer ; c'est que les sujets décrits par Diodore dans chacun
de ces tableaux étoient de nature à ne pouvoir trouver
place sur les fonds en hauteur que M. de Caylus a ima-
ginés.

Si maintenant le mot περιςύλȣ est entendu comme il
doit l'être, c'est-à-dire, exprimant une colonnade environnant la chambre, le passage que j'examine n'offre aucune difficulté, et le dessin se calque en quelque sorte de
lui-même sur la description.

En dedans du péristyle, ἐντὸς τȣ̃ περιςύλȣ, il y avoit
un réseau d'or. Que peut être l'intérieur d'une colonnade,
si ce n'est l'espace qui vient après les colonnes en dedans
du plan? Aux temples périptères, en dedans de la colonnade, règne un mur. Notre monument étoit aussi un

peripteros : en place de mur régnoit un grillage d'or ; ce treillis lui tenoit lieu de mur : la chose est aussi facile à comprendre qu'à justifier. 1.° Toute cette construction étant métallique et destinée à être traînée sur un chariot, il n'y auroit point eu moyen d'y employer de pierres, ni même d'autres matériaux de construction. La légéreté fut ici une condition indispensable. Puisqu'il falloit à la chambre sépulcrale une enceinte, un mur, rien ne fut plus d'accord avec cette légéreté prescrite, et avec la solidité, qui ne l'étoit pas moins, qu'un grillage de métal. 2.° Ce mur en treillis laissoit apercevoir du dehors le catafalque placé dans la chambre ; et l'intérêt que ce point de vue devoit répandre sur tout l'ensemble de la composition, me paroît avoir dû suffire pour engager l'architecte décorateur à donner de la transparence aux murs de la chambre.

Ainsi le réseau d'or, que M. de Caylus ne me paroît point avoir compris, et dont son dessin ne pouvoit faire voir la moindre trace, devient dans le mien, en suivant les paroles de Diodore, le vrai mur de la chambre ; et ce mur a la propriété de ne rien cacher : car, je le répète, le vice principal de la manière de traduire et de dessiner de M. de Caylus est de rendre invisibles tous les objets de décoration. Au contraire, dans mon dessin, tout est en vue, tout est spectacle.

Si quelque chose devoit l'être, comme je l'ai déjà dit, c'étoient, sans doute, les quatre tableaux où étoient figurés les triomphes d'Alexandre.

D'abord, que faut-il entendre par le mot πίνακας ? Il ne me semble point qu'il puisse y avoir de doute. M. de Caylus a pensé que c'étoient des bas-reliefs ; mais quels bas-

X 2

reliefs? S'il a mal conçu la forme et l'emplacement de ces objets, il est encore très-naturel que, ne s'étant point rendu compte de la construction du monument sous le rapport de la matière, il se soit peu inquiété de rechercher ce qui convenoit le mieux à la nature de cet ensemble.

Je suis convaincu que, nonobstant le sens propre du mot πίναξ, qui veut dire *tableau*, il y a plus d'une raison pour croire que les quatre sujets qui vont être décrits, étoient une réunion de peinture et de sculpture. Rien n'eût été plus propre, il est vrai, à recevoir des tableaux qu'un mur de treillage; rien de plus d'accord avec la légéreté qui me paroît avoir dû constituer le système de cette construction : mais les mots de la description, ἄρμα τορευτὸν, indiquent si clairement un ouvrage de toreutique, et cet ouvrage eût été d'ailleurs si analogue à celui du reste du monument, qu'on ne sauroit s'y méprendre.

Je crois en conséquence que les quatre tableaux étoient quatre frises de sculpture polychrome, régnant tout autour du mur de la chambre. Voilà ce qu'exprime le mot *parallèles*, παραλλήλους, soit qu'on entende par-là un rapport de symétrie, soit que l'on considère leur position comme formant une ligne parallèle avec le plan de l'édifice.

Reste la question de savoir si ces frises occupoient l'intérieur ou l'extérieur des murs. J'ai déjà fait observer plus d'une fois que la chambre, étant fort petite, ne dut pas recevoir de spectateurs, et que dès-lors tous les objets de décoration qu'on y auroit fait entrer, y auroient figuré en pure perte, et n'auroient pu être aperçus que confusément au travers des *clathra* du grillage : mais c'eût été encore pis pour des tableaux dont on n'auroit pas même

soupçonné l'existence du dehors. D'ailleurs, la phrase de
Diodore indique et fait conclure que la place des tableaux
étoit la même que celle du réseau ou grillage d'or. C'est,
dit-il, *en dedans des colonnes qu'étoit le réseau qui avoit
quatre tableaux, &c.* Si leur place eût été dans la chambre,
il l'eût dit ; mais, d'après ses propres paroles, on est
autorisé à n'y placer que le cénotaphe et les armes. Rien
d'ailleurs n'est plus conforme à l'autorité des monumens,
que la position que je donne à ces frises; et c'est la seule
qu'il soit permis de leur donner, d'après les notions et les
modèles de l'architecture.

Je crois aussi me conformer strictement aux mots Grecs
ἴσας τοῖς τοίχοις, ces tableaux étoient *égaux aux murs* ; mais
cette égalité ne peut pas s'entendre avec la rigueur géométrique. S'il en eût été ainsi, les tableaux des deux grands
côtés auroient eu 12 pieds de long sur 8 de haut, et ceux
des petits côtés auroient eu 7 pieds sur 7 : ils auroient été
carrés. Or, en conséquence de cette hypothèse, la mesure
des figures croissant dans la proportion du champ des tableaux, les sujets décrits n'auroient pu y trouver un espace
suffisant : ce rapport d'égalité des tableaux aux murs me
paroît n'avoir pu être que celui de la longueur. Dans ce
sens, on dit tous les jours d'une frise, qu'elle est égale au
mur sur lequel elle règne, et la chose ne sauroit faire équivoque. Nous allons voir par la seule description des quatre
tableaux, qu'ils ne purent être autre chose que des frises
continues autour de l'enceinte de la chambre.

* * * * * * *

Τούτων δὲ μὲν ὁ πρῶτος ἦν ἔχων ἅρμα τορευτὸν, καὶ καθή-
μενον ἐπὶ τούτου τὸν Ἀλέξανδρον, μετὰ χεῖρας ἔχοντα σκῆπτρον

διαπρεπές· περὶ δὲ τὸν βασιλέα μία μὲν ὑπῆρχε θεραπεία
καθωπλισμένη Μακεδόνων, ἄλλη δὲ Περσῶν μηλοφόρων, καὶ
πρὸ τούτων ὁπλοφόροι·

Ὁ δὲ δεύτερος εἶχε τοὺς ἐπακολουθοῦντας τῇ θεραπεία
ἐλέφαντας κεκοσμημένους πολεμικῶς, ἀναβάτας ἔχοντας
ἐκ μὲν τῶν ἔμπροσθεν Ἰνδοὺς, ἐκ δὲ τῶν ὄπισθεν Μακεδόνας,
καθωπλισμένους τῇ συνήθει σκευῇ·

Ὁ δὲ τρίτος ἱππέων ἴλας μιμουμένας τὰς ἐν ταῖς παρα-
τάξεσι συναγωγάς·

Ὁ δὲ τέταρτος ναῦς κεκοσμημένας πρὸς ναυμαχίαν.

Harum prima erat habens currum toreuticum, et in ipso sedentem
Alexandrum, in manibus tenentem sceptrum magnificum : circa regem
erat satellitium armis instructum Macedonum, alterum verò Persarum
melofororum ; et ante hos hoplofori. — Secunda habebat satellitium
eorum qui sequebantur elephantes bellicosè exornatos, habentes con-
scendentes suos in fronte Indos, à tergo Macedones armatos consueto
apparatu. — Tertia (habebat) equitum turmas imitantes instruc-
tarum acierum evolutiones. — Quarta autem naves apparatas ad nau-
machiam.

« Dans le premier, il y avoit un char très-bien travaillé,
» sur lequel étoit monté Alexandre tenant un sceptre res-
» plendissant. Autour du roi étoit une garde de Macédo-
» niens pesamment armés, et une autre de Perses nommés
» *Mélophores :* les pesamment armés avoient le pas. Le
» second cadre représentoit des éléphans armés en guerre,
» portant sur le devant des Indiens, et sur le derrière des
» Macédoniens avec leurs armes ordinaires. Dans le troi-
» sième, on voyoit des troupes de cavalerie qui imitoient
» les évolutions d'un combat. Le quatrième représentoit
» des vaisseaux équipés pour une bataille navale. »

Telle est la traduction de M. de Caylus, sur laquelle je

ferai d'autant moins d'observations, que les points de critique et de recherche auxquels pourroient donner lieu les
différens objets de la description, sont étrangers à la nature
de cette discussion. M. de Caylus n'ayant donné d'ailleurs
aucun dessin de ces quatre sujets, qui n'offrent au fond
rien de difficile à retrouver, je me bornerai à faire voir
combien ils sont d'accord, et avec l'emplacement que je
leur assigne, et avec la forme de frise que je crois avoir
été nécessairement celle de ces compositions.

Ainsi la première étoit formée d'une suite de quatre
groupes ; savoir, le char et trois corps de troupes. Il est
vrai que la traduction de M. de Caylus sembleroit les
réduire à deux corps ; mais la phrase de Diodore ne me
paroît pas laisser de doute. Il y avoit autour du roi μία
θεραπεία καθωπλισμένη Μακεδόνων, *omni armorum genere
instructa;* il y avoit ἀλλη Περσῶν μηλοφόρων; et en avant,
dit-il, les *oplofores* ou *armigeri,* περὶ τύτων ὁπλοφόροι. Cela
fait donc trois corps de troupes, ou, comme on le dit
aujourd'hui, *trois armes différentes.* Si l'on veut se figurer
maintenant l'espace que devoit occuper le char, avec les
chevaux et ce cortége militaire des oplophores, des mélophores (1) et du bataillon Macédonien, on verra que la
forme de frise étoit celle qui convenoit nécessairement
à une telle composition. Selon toutes les apparences, elle
occupoit le côté de l'entrée au-dessus de la porte, et avoit
7 à 8 pieds de long sur un pied et demi en hauteur.

Je présume que le second sujet décrit étoit au petit
côté opposé de la chambre : même motif pour une frise.

(1) *Mélophores,* ainsi appelés parce que leurs lances portoient une pomme
d'or.

C'étoit un train d'éléphans armés en guerre ; ceux de devant étoient montés par des Indiens, ceux de derrière l'étoient par des Macédoniens munis de leurs armures ordinaires. On peut voir, sur les esquisses que j'en donne, comment tous ces sujets s'accordent avec la forme de frise que j'ai adoptée.

Les deux derniers sujets s'y ajustent avec la même propriété. Je suis porté à croire qu'ils occupoient les deux frises latérales, par cela que celles-ci avoient quatre pieds de plus en longueur, et que les sujets dont il s'agit, représentant diverses évolutions de cavalerie et des simulacres de combat naval, doivent avoir exigé un emplacement plus spacieux. Ces deux sujets, d'ailleurs, me semblent se faire pendant ; et comme il m'a paru que le sujet où étoit le char triomphal d'Alexandre devoit avoir la place d'honneur, c'est-à-dire, celle du frontispice du monument, la distribution des autres sujets ne peut guère avoir été autre que je ne la suppose. Du reste, ces détails sont de peu d'importance, et chacun peut avoir là-dessus telle opinion qu'il lui plaira. Je poursuis la description de Diodore.

* * * * * * *

Καὶ παρὰ μὲν τὴν εἰς καμάραν εἴσοδον ὑπῆρχον λέοντες χρυσοῖ, δεδορκότες πρὸς τοὺς εἰσπορευομένες.

Ad esodum autem cameræ erant leones aurei, spectantes ad ingredientes.

« A l'entrée de la voûte (traduction de M. de Caylus),
» il y avoit des lions d'or qui regardoient ceux qui en-
» troient. »

Nouvelle preuve de l'impropriété du mot *voûte* pour

traduire ici le mot χαμθρα, qui veut dire ou simplement
chambre, ou *chambre voûtée*. Ces lions n'étoient pas à l'entrée de la voûte; ils étoient des deux côtés de la porte
de la chambre sépulcrale. L'existence seule de ces lions,
et le mot εἴσοδος employé par Diodore, prouvent que le
péristyle formoit, ainsi que je l'ai pratiqué, et à la manière
des temples, un petit vestibule ouvert en avant.

Du reste, nulle observation à faire sur la manière dont
M. de Caylus a placé ces lions dans son dessin. Une seule
question pourroit s'élever sur leur position. Étoient-ils adossés au mur, de façon à faire face, c'est-à-dire, à être vus de
face par le spectateur placé en avant du monument, ou,
dans cet aspect, étoient-ils de profil ? Il semble que l'une
et l'autre position s'accommodent des paroles de Diodore,
et que, soit dans un sens, soit dans l'autre, ils peuvent
être censés regarder les entrans.

Le texte suivant va nous offrir de plus sérieuses controverses.

* * * * * * *

Ἀνὰ μέσον δὴ ἑκάςου τῶν κιόνων ὑπῆρχε χρυσῆς ἄκανθος,
ἀνατείνων ἐκ τοῦ κατ᾽ ὀλίγον μέχει τ̄ κιονοκράνων.

*Ad medium uniuscujusque columnæ erat aureus acanthus, attollens
se ab eo paulatim usque ad capitella.*

Traduction de M. de Caylus : « Entre chaque couple
» de colonnes on avoit placé une acanthe d'or, qui serpen-
» toit insensiblement jusqu'aux chapiteaux. »

Je ne saurois dire si c'est la traduction qui a induit M. de
Caylus à imaginer l'ajustement tout-à-fait extraordinaire
de cette acanthe placée entre des colonnes, ou si cette

Y

sorte d'ornement intermédiaire a porté le traducteur à
s'éloigner du sens simple et de la version littérale des paroles de Diodore : toujours est-il vrai qu'ici le traducteur
et le dessinateur sont dans un accord parfait, en sorte que
réfuter le premier, c'est combattre le second. Je vais commencer par la traduction.

Le texte Grec porte ἀνὰ μέσον ἐζ᾿ ἑκάςου τῶν κιόνων,
ad medium uniuscujusque columnæ, au milieu de chacune
des colonnes. Mais le milieu de chacune des colonnes
d'une colonnade est une chose tout-à-fait différente du
milieu de chaque entre-colonnement ; et dire *entre chaque
couple de colonnes*, comme le porte la traduction de M. de
Caylus, c'est définir de la manière la plus précise ce
qu'on appelle *entre-colonnement*. L'entre-colonnement est
bien le milieu *entre* deux colonnes ; ce qui signifie que
ce n'est pas le milieu de chacune des deux colonnes : or
le grec porte expressément *de chacune des colonnes*, et il
ne peut y avoir d'équivoque qu'en s'aveuglant sur le sens
du mot *milieu*, et en confondant le point milieu de chacun
des deux objets avec le point milieu de l'espace qui les
sépare. Je ne pense pas avoir besoin de dire que si l'auteur Grec eût voulu exprimer ce second point intermédiaire, il se seroit servi du mot μεταξὺ, *inter*, et n'auroit
pas dit ἑκάςου τῶν κιόνων, mais simplement διὰ μέσε τῶν
κιόνων. Le mot ἑκάςου individualise ici les colonnes, et
fait à chacune l'application particulière de l'idée de milieu ;
c'est donc dans chaque colonne qu'il faut chercher le point
milieu d'où partoit l'acanthe. Je pense en avoir trop dit
sur un objet aussi grammaticalement sensible.

Maintenant, si quelque chose étoit capable de mieux

faire sentir le faux de cette version, ce seroit le dessin qui probablement l'a inspirée. Il ne faudroit, selon moi, rien moins qu'une résignation absolue et une obéissance servile à la rigueur d'un texte invariable et incorrigible, pour se décider à adopter un agencement décoratif aussi insolite et aussi peu signifiant que celui dont on peut voir le motif dans un des entre - colonnemens du monument de M. de Caylus : on ne sauroit y trouver ni raison, ni goût, ni autorité dans l'antique, et l'auteur n'a pu l'admettre que parce qu'il avoit méconnu la véritable disposition de toute cette ordonnance. N'ayant point environné son édifice de colonnes, n'ayant point reconnu le mur grillé de la chambre, et n'ayant dans son élévation qu'un seul entre-colonnement de colonnes engagées, il a pu croire que cette espèce de panneau étoit orné d'un rinceau de feuillages en bas-relief.

Mais rien de semblable ne peut s'accorder avec des colonnes isolées, dont les entre-colonnemens offrent des vides réels. Que deviendront ces rinceaux d'acanthe isolés entre les colonnes ? La chose est inadmissible. Resteroit la ressource de les adosser au grillage : mais à quoi bon chercher hors des colonnes un ornement que le texte de Diodore nous prescrit de chercher dans chaque colonne ; un ornement qui, dans la décoration, est tellement propre à des colonnes, que le goût nous ordonneroit de l'y placer, quand les mots Grecs ne nous en feroient pas la loi ? Y eût-il même incertitude dans le choix entre un motif d'ornement sans goût, inusité, et un ajustement connu, naturel, analogue aux usages de l'architecture, et sur-tout d'une architecture exécutée en métaux précieux, par con-

séquent susceptible de tout genre de luxe, il me semble
qu'il n'y auroit pas lieu à balancer : mais je crois avoir fait
voir qu'il n'y avoit point ici d'alternative.

C'est en prenant le texte de Diodore dans son sens le
plus rigoureux, qu'on voit disparoître toute espèce de difficulté : c'est du milieu de chaque colonne que prenoit naissance le rinceau d'acanthe qui s'étendoit jusqu'au chapiteau.
Que signifie, en effet, ce rapport indiqué entre cette acanthe
qui s'élève insensiblement, et le chapiteau auquel elle s'arrête, *usque ad capitella*, μέχει τῶν κιονοκράνων? sinon qu'il
s'agit d'un ornement particulier aux colonnes. On sait
que, dans toutes les colonnes à feuillages, à enroulement
perpendiculaire ou torse, le chapiteau est le point d'arrêt
où se terminent ces ornemens ; et c'est ce que Diodore a
exprimé très-nettement ici.

Rien donc de plus naturel que l'explication que je propose, et que la disposition qui s'ensuit : il seroit injuste
toutefois de prétendre en juger par les grands monumens
d'architecture que l'antiquité nous a transmis, et où de
pareils ornemens ne sauroient exister. Ce n'est pas sans
doute dans le style grave et sérieux des édifices de pierre
ou de marbre, qu'il faut s'attendre à trouver ces badinages
d'un luxe décoratif. N'oublions pas que le char sépulcral
d'Alexandre peut se regarder, jusqu'à un certain point,
comme une sorte de caprice d'architecture. Fait en Asie,
et composé de toute sorte de métaux, il s'accommodoit
merveilleusement de toutes ces idées que l'imagination
Orientale fit passer dans la décoration et dans l'arabesque.

Or c'est dans ce qu'on peut appeler l'architecture décorative des anciens, que l'on trouvera un très-grand nombre

d'exemples de colonnes ajustées et ornées selon le goût de l'espèce décrite par Diodore. Si l'on ouvre l'ouvrage de Piranesi, intitulé *la Magnificence des Romains*, et si l'on y parcourt le recueil nombreux qu'il renferme des fragmens de colonnes ornées de toutes les richesses de la sculpture, on n'est embarrassé que du choix des motifs d'ornement qu'on peut appliquer aux paroles du texte de Diodore. A presque toutes les planches de cet ouvrage, on voit des colonnes ornées de cannelures spirales, d'ornemens s'élevant par étages jusqu'à la cymaise du chapiteau, de rinceaux d'acanthe tournant par plusieurs révolutions autour du fût. Je citerai, entre autres, les planches 8, 11, 16 et 18 de ce recueil.

Lorsqu'on choisit entre les manières dont un rinceau d'acanthe peut se trouver au milieu d'une colonne, en s'élevant jusqu'au chapiteau, on s'aperçoit qu'il pourroit y avoir deux opinions sur le sens de ce milieu. Il seroit possible d'entendre ce milieu comme la moitié de la circonférence du fût : alors l'ornement, régnant dans toute la longueur, monteroit du bas de la colonne en haut, au moyen d'une tigette de laquelle partiroient et se répartiroient les feuillages d'un côté et de l'autre.

Mais il me semble que par *milieu* il faut entendre le point milieu de la hauteur du fût, c'est-à-dire, que l'ornement en question dut prendre naissance vers le milieu de la hauteur de la colonne, ainsi qu'on le voit à la planche 16 déjà citée (de la Magnificence des Romains).

Quand je dis *vers le milieu*, c'est parce que je crois qu'ici, comme dans une multitude de cas, le mot *milieu* ou *moitié* n'exprime pas un milieu géométrique, mais seulement un point intermédiaire quelconque dans un espace donné; ce qui signifie seulement que l'acanthe ne partoit point de la base de la colonne, comme cela auroit pu être. L'usage est, dans le cas contraire, que cet ornement commence au tiers inférieur de la colonne; et j'ai suivi cet usage dans mon dessin, sans croire m'éloigner du texte de Diodore.

* * * * * * *

Ἐπάνω δὲ τῆς καμάρας κατὰ μέσην τὴν κορυφὴν, φοι-νικὶς ὑπῆρχεν ὑπαίθριος, ἔχυσα χρυσῶν ςέφανον ἐλαίας εὐμε-γέθη, πρὸς ὃν ὁ ἥλιος προσϐάλλων τὰς ἀκτῖνας, κ. τ. λ.

Supra cameram et in medio cacumine erat puniceus amictus subdia-lis, habens auream oleæ coronam magnitudinis eximiæ, quam sol radiis suis verberans, &c.

Traduction de M. de Caylus : « Au-dessus de la voûte » et du milieu du toit, s'étendoit un tapis exposé à l'air, » surmonté d'une couronne taillée en feuilles d'olivier; » elle étoit très-grande; et quand elle étoit frappée des » rayons du soleil, &c. »

Rien de plus exact que cette traduction, sur laquelle je me contenterai de faire observer cette alternative continuelle de signification du mot καμάρα, qui, pris ici sous le rapport de la partie, veut effectivement dire *voûte*. Le passage suivant achevera, je pense, de faire voir le tort qu'a eu le traducteur de n'employer par-tout qu'un seul et même mot, lorsque ce mot, en françois, n'a pas la double propriété du mot Grec. Ne voulant user que d'une seule locution, comme le grec, il eût mieux fait de rendre par-tout καμάρα par *chambre voûtée*.

Si le passage que j'examine ne comporte aucune objection dans sa traduction, il n'en est pas de même, à mon gré, du dessin donné par M. de Caylus, de cette partie du monument. Rien de plus bâtard que la forme extérieure de sa voûte ; rien de plus maussade que tout son couronnement, et de plus mal conçu que l'ajustement de la draperie autour de l'amortissement qui porte la couronne. La bizarrerie vraiment révoltante d'un toit ou d'un comble drapé dans sa totalité, et, si l'on peut dire, empaqueté d'une étoffe, auroit sans doute été aperçue de M. de Caylus, s'il n'eût pas encore ici transporté dans l'intérieur de la voûte l'ornement de la couverture en pierres précieuses, qui, certainement, formoient les tuiles de cette petite toiture : or ces tuiles en forme d'écailles devoient être visibles.

De quoi s'agit-il donc dans le passage actuel ? d'une simple étoffe placée au-dessus de la voûte et au point milieu du comble, κατὰ μέσην τὴν κορυφήν. Mais il n'est pas besoin de supposer que cette étoffe s'étendoit sur toute la superficie du comble et le cachoit ; c'étoit un simple tapis de pourpre. Pourquoi étoit-il là ? Le texte l'explique, ἔχεσα χρυσῶν στέφανον : il supportoit la couronne d'or ; ou du moins cette couronne s'élevoit du milieu de ce tapis.

On pourroit aller jusqu'à soupçonner que ce tapis de pourpre n'auroit pas été d'une étoffe effective. Sa position en plein air, ὑπαίθριος, autoriseroit à croire qu'on auroit imité en métal une draperie réelle : mais ceci importe peu, soit à la traduction, soit au dessin.

Une chose un peu arbitraire pour le dessinateur, c'est la manière dont étoit placée la couronne : le texte ne le

laisse point deviner. Cette couronne reposoit-elle immédiatement sur la draperie, ou y avoit-il entre deux un
coussin, comme on pourroit l'imaginer? Étoit-elle portée
sur une espèce de *pieduccio*, et l'étoit-elle horizontalement
ou verticalement? Vu le manque d'autorités à cet égard,
il est permis, sans doute, de se décider pour le parti qui
produit le meilleur effet en architecture,

* * * * * *

'Η δ' ὑπὸ τὴν καμάραν καθέδρα δύο εἶχεν ἄξονας....

Quæ autem subter cameram erat sessio duo habebat axes, &c.

La traduction de M. de Caylus porte : « Le train sur
» lequel cette voûte étoit posée, avoit deux essieux, &c. »

Je ne cite ce commencement de phrase que pour confirmer ce que j'ai avancé dans tout le cours de cette discussion, savoir, que le mot καμάρα a deux acceptions en
grec, dont le mot *voûte* ne sauroit être l'équivalent. Il est
hors de doute ici que le train de chariot, qui devoit servir
d'assiette au monument, et que Diodore dit avoir été ὑπὸ
τὴν καμάραν, *sous la camera*, supportoit immédiatement,
non-seulement la voûte, mais le corps de construction sur
lequel reposoit cette voûte.

Je borne ici l'analyse des passages de Diodore, et leur
explication mise en rapport avec la traduction et le dessin
de M. de Caylus. Ici finit en effet la partie architecturale
de la description : le reste consiste en détails, ou omis par
M. de Caylus, ou de nature à ne produire, soit dans une
opinion, soit dans une autre, que de légères controverses.
Je me suis, sur de tels objets, abstenu d'un parallèle qui eût

inutilement

inutilement alongé cette discussion ; j'en ai réservé le développement pour la seconde partie, dans laquelle, remettant ensemble toutes les portions du monument que j'ai décomposé, je ferai suffisamment connoître ce qui se rapporte à la fin du texte de Diodore, c'est-à-dire, au chariot proprement dit et à l'attelage.

SECONDE PARTIE.

RECOMPOSITION DU MONUMENT

ET DES DÉTAILS ACCESSOIRES QUE RENFERME LA DESCRIPTION DE DIODORE.

L'ANALYSE des monumens, comme je l'ai observé dès le commencement de cette dissertation, est l'opération la moins propre à les faire concevoir. Je n'aurois pas donné à celle-ci une si grande étendue, si je n'avois éprouvé le besoin d'établir un parallèle entre deux manières d'expliquer le texte de Diodore, et d'en appliquer le sens à la restitution de l'ouvrage dont il s'agit de retrouver les formes. Or on ne peut procéder en ce genre que partie par partie; on ne peut marcher que pas à pas; et si ce procédé rend la route plus longue, il la rend aussi plus sûre. J'ose me flatter d'ailleurs que la discussion partielle qui vient d'avoir lieu, facilitera et abrégera beaucoup les moyens de remettre ensemble notre monument, et d'en présenter l'image entière et complète.

On peut distinguer, dans la description de Diodore de Sicile, trois objets susceptibles d'être considérés séparément : *la chambre sépulcrale, le chariot qui la supportoit,* et *l'attelage qui traîna toute cette masse.* Je vais parcourir, dans une description sommaire, chacun de ces trois objets, de manière que l'imagination du lecteur puisse embrasser plus facilement l'idée générale de cette composition et celle du goût dans lequel l'ouvrage fut exécuté.

Je diviserai en trois points ce qui a rapport à la chambre sépulcrale. Ces trois points seront le genre de matière et de travail du monument, les dimensions et les proportions de son ordonnance, enfin la disposition et la décoration du tout et des parties.

* * * * * * *

J'ai eu déjà occasion de l'observer, le genre de matière dont se composa la structure de la chambre sépulcrale mobile qu'il s'agit de restituer, est la chose la plus importante à fixer. De là dépend, plus qu'on ne sauroit le dire, la connoissance précise de la nature et du goût de cette construction. Faute de s'en rendre compte, on reste dans un vague d'explications qui n'expliquent rien, on ne voit rien avec netteté, et l'on se refuse à toute espèce d'interprétation qui sort des idées et des données ordinaires de l'architecture. Tel est, selon moi, le défaut de la restitution de M. de Caylus. En voyant son dessin, on peut croire qu'il ne s'agit d'autre chose que d'un édifice construit en matériaux ordinaires, et rien n'indique qu'il ait eu l'idée d'une structure destinée à rouler sur un chariot, d'un édifice mobile enfin.

Ce mot toutefois contient l'explication du système de construction qui y fut appliqué. On ne pouvoit établir sur un train de chariot, pour être traîné de Babylone en Égypte, qu'un bâtis métallique : toute autre construction, exposée aux secousses de la route et aux intempéries de l'air, n'auroit point résisté. En pierre, l'édifice se seroit décom-

Genre de matière et de travail.

Z 2

posé, et eût offert un poids hors de mesure ; le bois n'eût pas eu une consistance suffisante. Au reste, quoique le fait que je pose comme incontestable, ne soit pas formellement énoncé par Diodore, sa certitude résulte de toutes les notions partielles de la description. En effet, pour laisser de côté les détails, je trouve que l'édifice peut se réduire, quant à la construction, à trois parties : les murs, les colonnes et la voûte. Or il est prouvé par les paroles de Diodore, que la voûte étoit d'or, κατὰ τὴν κορυφὴν καμάρα χρυσῆ ; que le grillage qui formoit les murs étoit d'or, δίκτυον ἦν χρυσῶν, et que les colonnes étoient de même métal, περίσυλον χρυσῶν.

Maintenant, doit-on prendre au pied de la lettre le mot χρυσὸς ? Exprime-t-il de l'or pur ou des métaux dorés ? Cette discussion m'est à peu près étrangère. Il me semble toutefois que l'on dut porter dans cet ouvrage la plus grande magnificence, et que l'or ne manquoit point aux conquérans de l'Asie.

La construction étant métallique, et tous les ornemens dont elle étoit revêtue étant d'or, il faut regarder cet ouvrage comme appartenant essentiellement à la toreutique ou à la sculpture sur métaux. Ce genre de travail nous explique le goût d'ouvrage qui régnoit dans le monument, et cette combinaison variée d'objets divers, et ce luxe de festons, de draperies, de métaux brillans, de pierres précieuses, et ces reliefs colorés, et ces rinceaux d'acanthe tournant autour des colonnes. Un ouvrage d'orfévrerie admet et comporte un tout autre goût d'orner et d'ajuster, que celui dont l'architecture d'usage donne ordinairement l'idée. C'est sous ce point de vue qu'il faut considérer notre

monument, en réfléchissant encore qu'étant d'une petite
dimension, on doit le juger moins comme une production
de l'art de bâtir, que comme une œuvre de décoration.

* * * * * *

Sa largeur, en effet, selon Diodore, étoit de huit coudées, et sa longueur de douze. Il y a, je le sais, quelque
diversité d'opinions sur l'évaluation de la coudée et son rapport aux mesures modernes : les uns lui ont donné près
d'un pied et demi (d'Anville est de ce nombre); M. de
Caylus l'a réduite à un pied quatre pouces. Comme en
général les écrivains anciens, en donnant les mesures des
monumens, n'ont jamais tenu compte des fractions, et
comme ils ont toujours porté ce qu'on appelle en calcul
compte rond, il m'a paru qu'on pouvoit en faire autant,
sur-tout dans une restitution où la rigueur numérique est
tout-à-fait indifférente : c'est pourquoi j'ai donné à la largeur de notre édifice 12 pieds, et, dans la proportion indiquée par Diodore, 18 pieds à sa longueur.

C'est donc sur un plateau de 12 pieds sur 18, qu'étoient
établies les colonnes du péristyle. Ces colonnes étoient
d'ordre Ionique : en leur donnant un pied de diamètre, il
dut y avoir six colonnes sur les flancs, et cinq entre-colonnemens à deux diamètres et un peu plus d'espacement.
Les deux petits côtés avoient quatre colonnes, en comptant deux fois celles des angles, et trois entre-colonnemens
d'à-peu-près deux diamètres et demi. Les colonnes ayant un
pied de diamètre, il est probable que la largeur du péristyle ou de la galerie, sous la colonnade, étoit la même
que celle des entre-colonnemens : déduisant donc au moins

Dimensions
et proportions.

3 pieds de chaque côté dans la largeur, ce qui fait 6 pieds
en tout, il n'est pas probable que l'intérieur de la chambre
ait eu plus de 6 à 7 pieds de large. Si l'on donne au vestibule une profondeur de 5 pieds, car il est probable que,
selon l'usage, l'espace de l'*esodos* dut être plus grand que
celui des galeries périptères, cet espace, avec le diamètre
de la colonne, fait 6 pieds retirés sur la longueur; à quoi
joignant les 3 pieds du *posticum*, on trouve que la chambre
n'avoit guère plus de 9 à 10 pieds de long.

Cet espace est, comme l'on voit, dans la proportion
de la masse totale, c'est-à-dire, d'un tiers plus long que
large. Il ne peut, à cet égard, y avoir de discussion que sur
de légères fractions ; et comme, selon l'évaluation la plus
probable de la coudée, j'aurai donné à notre édifice plutôt
plus que moins, on ne peut, en aucune manière, supposer
l'intérieur de la chambre sépulcrale plus spacieux que
je ne le fais : cet espace étoit suffisant pour contenir à
l'aise le cercueil avec sa représentation, qui put avoir
6 pieds sur 3. La draperie et les armures rangées autour
du cercueil durent prendre encore une partie de l'espace
restant : d'où l'on doit inférer qu'il n'y eut dans cet intérieur, ni l'emplacement suffisant pour y établir le trône et
les statues que M. de Caylus y a renfermées, ni assez de
reculée pour voir les tableaux qu'on voudroit y ranger.

Les colonnes étant d'ordre Ionique, elles durent avoir
de 7 à 8 diamètres, c'est-à-dire, 7 à 8 pieds de hauteur,
avec base et chapiteau. Donnant à l'entablement le cinquième de la hauteur de la colonne, on aura un pied et
demi ; et, supposant que la voûte aura eu le tiers de toute
l'ordonnance, c'est-à-dire, de 3 à 4 pieds d'élévation,

toutes proportions conformes aux usages de l'architecture, on trouve que la hauteur de l'édifice excéda d'assez peu sa largeur. Quant à la voûte, sa hauteur est prescrite par celle du trône, placé entre la voussure et l'entablement : or il est difficile de ne pas admettre qu'il ait eu 4 pieds de haut. Je n'ai pas compris, dans la supputation de ces mesures, celle du soubassement, qui, faisant partie du chariot, sera décrit en son lieu. Cependant, pour compléter ce qui regarde l'ordonnance, on peut porter à un pied et demi le stylobate. Je ne compte pas non plus l'ornement accessoire de la couronne placée au sommet de la voûte : si on le veut, on peut se figurer que toute cette élévation, à prendre du dessus des roues du chariot, fut de 15 à 18 pieds.

* * * * * * *

La disposition de tout cet ensemble fut des plus régulières ; son plan étoit celui d'un périptère ayant quatre colonnes dans les fronts, et six dans les flancs. En architecture, le nombre des colonnes se présume facilement quand on connoît la mesure du plan ; il ne peut guère y avoir de débat qu'entre deux nombres. Or, ici, quant aux fronts de l'édifice, ces deux nombres sont 2 et 4 ; les nombres 3 et 5 placeroient une colonne dans le milieu (ce qui ne se peut) : d'ailleurs, pour le nombre 5, il n'y auroit pas eu assez d'espace. Mais le nombre 2 auroit donné un entre-colonnement unique de 10 diamètres ; ce que ne permet pas de supposer, dans le siècle d'Alexandre, l'ordonnance régulière dont usa l'architecte. Si l'édifice eût offert un carré parfait, la disposition de deux colonnes

en avant, et autant en arrière, c'est-à-dire, d'une colonne
à chaque angle, n'eût peut-être rien eu d'extraordinaire
ni de rebutant ; mais, la longueur du monument étant d'un
tiers supérieure à sa largeur, cet espacement de 16 pieds
entre les colonnes n'est admissible sous aucun rapport.
Le texte de Diodore, qui se sert du mot περίςυλον, et qui
dit ἐντὸς τῦ περιςύλϰ, ne permet pas même de s'arrêter à
cette hypothèse. Si donc il y eut des colonnes le long des
flancs de l'édifice, il faut de toute nécessité admettre que
leurs entre-colonnemens furent égaux à celui du front de
l'édifice ; car rien n'eût été plus vicieux que cette discor-
dance entre des parties semblables. Mais on voit, sans qu'il
soit besoin d'autre démonstration sur ce point, que l'espace
de 10 pieds entre les colonnes est inadmissible à l'égard
d'une colonnade qui n'avoit que 18 pieds de longueur.
Le nombre de deux colonnes aux fronts ne pouvant se
combiner, ni avec le texte de Diodore, ni avec les lois de
l'architecture, ni avec la disposition des flancs de l'édifice,
il reste comme démontré, en ce genre, qu'il y eut quatre
colonnes aux fronts du monument, et qu'il fut un *tétrastyle ;*
ce qui donne, ainsi qu'il le faut, un entre-colonnement
pour le milieu, un de chaque côté de celui-ci, lesquels,
à 2 pieds et demi, font 7 pieds et demi, qui, joints aux
4 pieds des colonnes, font 11 pieds et demi ; proportion
même, aux fractions près, équivalente à celle qu'on a portée
à 12 pieds par forme de *compte rond.*

S'il est certain que le péristyle des fronts de l'édifice eut
quatre colonnes, il n'y a plus lieu à discussion sur les péristyles des flancs. Les colonnes, dans l'architecture régulière, se distribuant nécessairement à espaces égaux, il
ne

ne s'agit plus que de chercher combien de colonnes d'un
pied de diamètre, espacées entre elles de deux pieds et demi,
pouvoient tenir sur une longueur de 18 pieds. Le nombre
résultant est de *six* colonnes, lesquelles font 6 pieds, auxquels ajoutant *cinq* entre-colonnemens à 2 pieds et demi,
faisant 12 pieds et demi, on trouve, *longueur totale*, 18
pieds et demi ; mesure égale, à une fraction près, à la mesure
générale.

L'édifice étoit donc un parallélogramme environné de
seize colonnes Ioniques, portant un entablement, sur lequel venoit retomber la voûte, comme le disent les paroles
de Diodore, τὸ δ' ἐκδεχόμενον τὴν καμάραν περίξυλον.
C'étoit sur ces colonnes que s'élevoit le berceau métallique,
qui pouvoit former tout-à-la-fois voûte en dedans et toit
en dehors. En effet, il ne me paroît pas naturel que la
charpente métallique de cette voûte ait été reçue par les
murs en grillage qui composoient le *naos* de cette espèce de
temple ; c'est d'ailleurs aux colonnes à supporter le comble,
et la voûte circulaire étoit ici le toit.

Le mur du *naos* étoit un *réseau d'or,* c'est-à-dire, un grillage formé par une espèce de cordeau, πλοκὴ, *trama textûs :*
ce mot l'indique avec une très-grande précision ; et comme
ce cordeau avoit, selon Diodore, la grosseur du doigt,
on doit inférer de là qu'il s'agit d'une véritable grille réticulaire, au travers de laquelle on apercevoit ce qui étoit
contenu dans l'intérieur de la chambre. Les murs de l'édifice étoient donc aussi métalliques.

Autour de ces murs, et en dehors, régnoit la frise
continue, où étoient représentés en peinture les exploits
d'Alexandre : la chose peut se regarder comme hors de

Aa

toute espèce de doute. J'ai déjà discuté le mot ἴσης, et
j'ai fait voir qu'il n'étoit pas nécessaire que ce rapport
d'égalité des tableaux avec les murs s'étendît à toutes les
dimensions de ces murs; ce qui le prouve encore, c'est
que cette disposition eût été inapplicable au côté dans lequel se trouvoit la porte. Puisqu'il y avoit quatre tableaux,
il y en avoit un de ce côté: mais l'existence même de cette
porte, outre qu'elle établit et confirme la disposition des
tableaux en forme de frise, fixe aussi la hauteur du tableau;
il passoit nécessairement au-dessus du chambranle de la
porte. Si l'on se rappelle maintenant que la hauteur des colonnes, et par conséquent celle des galeries, étoit de 8 pieds,
en donnant 6 pieds de haut à la porte, et déduisant encore
des deux pieds restans le peu que l'on voudra, soit pour
l'épaisseur du chambranle de la porte, soit pour celle des
bordures des tableaux, il est difficile qu'ils aient eu plus
d'un pied et demi de haut. Or ce peu de hauteur, joint à la
nécessité de leur donner de chaque côté la longueur du mur
pour satisfaire aux mots du texte, est ce qui prouve que
ce devoit être ce qu'en architecture on appelle *des frises*,
en tout point conformes à celles qui se trouvoient au
même endroit sous les galeries du temple de Minerve à
Athènes. Je dis en tout point; car celles-ci, quoique de
bas-relief, étoient coloriées, sans doute parce que, n'ayant
guère que trois pieds de haut, les figures, pour faire plus
d'effet à l'œil, eurent besoin d'être rehaussées de couleur.
Je croirois que la même raison put porter le décorateur à
faire peindre les frises de notre monument, et qu'il faut
entendre dans son sens naturel le mot Grec πίνακας. Des
tableaux coloriés, ainsi que j'ai déjà eu occasion de le dire,

convenoient d'ailleurs merveilleusement à une construction toute d'or, et brillante des plus riches couleurs.

L'éclat même de la matière, ainsi que sa richesse, firent une grande partie de la décoration de tout cet ensemble. C'est sur-tout par son brillant que se faisoit remarquer la grande couronne d'or placée, comme amortissement, au sommet de l'édifice. Il falloit que ses feuilles eussent reçu un poli extraordinaire, et ce que les orfévres appellent aujourd'hui du mot *bruni*, pour réverbérer, comme elles le faisoient, les rayons du soleil, de façon à produire des espèces d'éclairs. Elle reposoit sur une draperie de pourpre, et celle-ci s'étendoit sur une partie du comble, dont les tuiles, faites en forme d'écailles, étoient formées de pierres précieuses : la magnificence de l'art ne sauroit aller plus loin.

L'accompagnement de la voûte consistoit dans les quatre victoires d'or placées à ses quatre angles : je doute que ces figures aient eu plus de 3 pieds de haut ; mais les tro-phées qu'elles portoient, et dont la composition accom-pagnoit heureusement la couronne placée au centre, purent former une masse de 4 à 5 pieds de hauteur.

La face de devant, ou le frontispice du monument *(voyez dans le dessin à la fin de cette dissertation)*, devoit réu-nir et réunissoit en effet le plus d'objets de décoration. De ce côté, l'on voyoit la couronne au sommet, entre les trophées des deux victoires antérieures ; dans le renfonce-ment du cintre, formant une sorte de tympan de fronton (1),

(1) Je dois dire ici, ce que j'aurois dû dire plutôt, pourquoi je pense que ce comble fut cintré : 1.° Diodore se sert du mot χαμάρα qui veut dire *voûte ;* 2.° on dut économiser le poids qu'eût exigé la charpente d'un

brilloit le trône d'or d'Alexandre, d'où pendoient des festons ou guirlandes de fleurs : sous le péristyle on voyoit le tableau représentant Alexandre dans son char; et des deux côtés de la porte, les deux lions d'or qui en gardoient l'entrée.

J'ai déjà parlé de la riche décoration des colonnes. Tout cet ouvrage étant de métal, et Diodore disant que les colonnes étoient d'or, il est probable qu'elles étoient composées, dans leur intérieur, de tringles métalliques en manière de faisceau, lequel étoit recouvert d'or plaqué, et que les rinceaux d'acanthe se détachoient du fond de la colonne par une couleur de métal différente, comme aussi par un travail particulier, qui tendoit à faire briller cet ornement. Il suffit d'indiquer à l'imagination toutes les ressources qu'avoit l'art de la toreutique, ou sculpture sur métaux, pour diversifier, nuancer et multiplier les effets de la matière et les procédés du travail. Je passe au second objet de la description de Diodore, c'est-à-dire, au chariot.

* * * * * *

Chariot.

Le chariot qui supporta la masse qu'on vient de détailler, est très-sommairement même décrit. Diodore ne dit même rien qui puisse faire conjecturer de quelle matière il étoit. Cependant, si l'on réfléchit à la différence qui existe entre la nature particulière d'un édifice aussi léger dans sa composition que l'étoit ce petit monument, et l'espèce de construction solide, compacte et massive, que comporte un train de chariot, on ne trouvera pas invraisemblable que ce

---

second comble triangulaire; 3.° la draperie et la couronne placées sur ce comble s'accordent mieux avec la forme circulaire; 4.° enfin cette forme de couverture est celle qu'on voit, sur les médailles, à tous ces chars funéraires, appelés *carpentrum* ou *carpentum.*

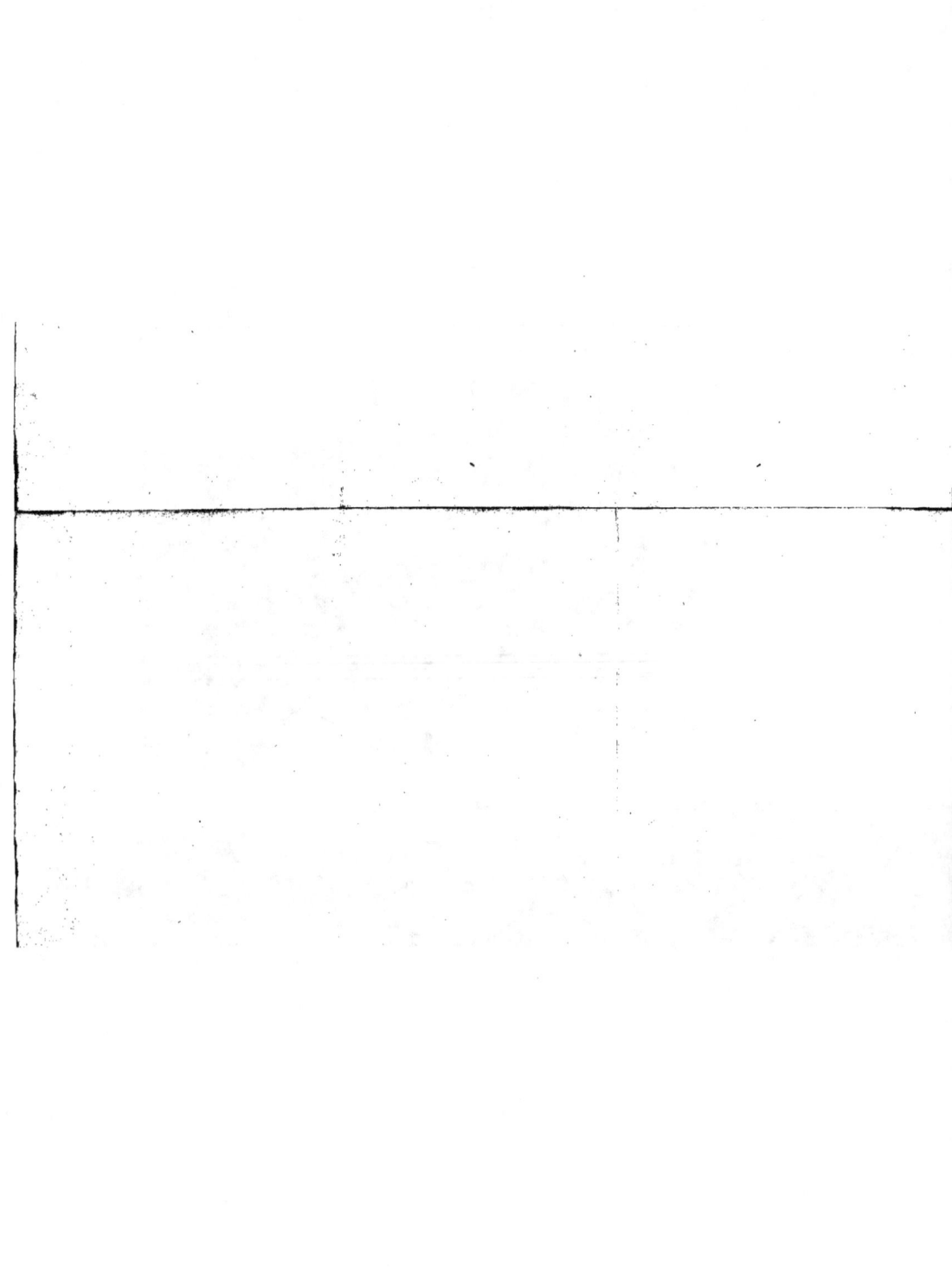

dernier ait été en charpente. C'est ainsi que je l'ai représenté *(voyez planche 2)*, et je ne crois pas être en contradiction avec ce que j'ai avancé plus haut, sur la nécessité qu'il
y eut d'établir en métal la structure de la chambre, et sur
l'inconsistance qu'eût produite une telle construction en
bois.

Si l'on veut, en effet, jeter un coup-d'œil sur la *planche 2*,
on verra qu'une construction de charpente faite avec la solidité de celle que je suppose en bas, n'auroit pas convenu aux
parties légères et isolées de l'architecture du haut. Dans
un assemblage tel que celui qui dut avoir lieu pour former
le chariot, on emploie des pièces de bois très-épaisses, on
les lie et on les enchevêtre de toute sorte de manières,
et rien n'est plus solide. Je pense que le métal, si on l'eût
employé à la bâtisse du chariot, eût été sujet à de graves
inconvéniens ; cependant on ne peut rien affirmer à cet
égard.

Il est possible que le train du chariot ait été plus long
et plus large que le plan du monument, et qu'il ait formé
extérieurement un soubassement en saillie ; M. de Caylus
me semble lui en donner beaucoup trop, en portant sa longueur à 28 pieds : mais on ne sauroit trop faire remarquer
combien cet antiquaire a embrouillé toutes les notions dans
ce sujet. Pour avoir entendu exclusivement par le mot
καμάρα ce que nous entendons par *voûte*, et par le mot
περίςυλον, ce qu'on entend par *frontispice d'un édifice*, il
a tout dénaturé, jusqu'aux proportions et jusqu'aux mesures.

Diodore a dit que la καμάρα avoit 8 coudées de large
et 12 de long. M. de Caylus n'applique cette mesure qu'à

la voûte, à laquelle (en restreignant un peu la mesure de
la coudée) il donne 16 pieds moins un pouce de long, sur
10 pieds 7 pouces de large : ensuite il ajoute à cette longueur celle d'un péristyle ou porche imaginaire, qu'il porte,
imaginairement aussi, à 10 pieds de long ; de façon qu'il
trouve, comme il le dit, à peu près 27 pieds de long à
l'édifice, sur 10 pieds 7 pouces de large : puis il donne
1 pied de plus pour le chariot, en tout 28 pieds de longueur. Certes, cette proportion, c'est-à-dire, celle d'un
édifice ayant presque trois fois sa largeur en longueur, réfuteroit seule l'erreur dont il s'agit, si elle avoit besoin de
réfutation.

Je n'ai point porté dans le dessin en élévation la saillie
du chariot, mais j'admets volontiers qu'elle dut être d'un
pied ; ainsi le train put avoir 19 pieds sur 13 ; et si l'on
donne aussi 1 pied de saillie au stylobate, le chariot aura
eu une vingtaine de pieds sur 14 ou 15 de large.

Cette grandeur n'a rien de démesuré ; et elle cesse même
de paroître étonnante, quand on voit, dans la description
de la pompe Dionysiaque de Ptolémée Philadelphe par
Athénée *(liv. v)*, ce nombre prodigieux de chariots beaucoup plus considérables que celui-ci, portant d'énormes
colosses, des antres, des édifices, des groupes de tout genre,
des statues mécaniques. Ce qui peut donc nous confirmer
la vérité des proportions qu'on donne ici au chariot d'A-
lexandre d'après Diodore, c'est la proportion même de
ceux dont Athénée a donné les mesures dans la description qu'on vient de citer.

Entre un grand nombre d'autres chariots, dont les dimensions ne sont pas énoncées, on remarque un char-

de Bacchus à quatre roues, traîné par cent quatre-vingts hommes; il avoit 14 coudées de long sur 8 de large, et il portoit une statue de 10 coudées : un autre, large de 8 coudées, traîné par soixante hommes, et portant une figure mécanique de Nysa, qui se levoit et s'asseyoit toute seule, exécutoit divers mouvemens, et faisoit des libations. Il y avoit un char de Silène à quatre roues, de 24 coudées de long sur 15 de large; un autre, traîné par six cents hommes, long de 25 coudées sur 14 de large ; enfin un autre à quatre roues, ayant 22 coudées en longueur et 14 en largeur. Tous ces chariots, comme on le voit, sont, à quelques fractions près, dans la même proportion que celui qu'a décrit Diodore, c'est-à-dire qu'ils n'ont en longueur qu'un tiers au-delà de leur largeur ; et cette proportion, quand elle ne seroit pas prouvée par le texte de Diodore, indiquée par la masse et le caractère de l'édifice, résulteroit encore de cela, que le chariot n'avoit que quatre roues. La proportion donnée par M. de Caylus, de 28 pieds sur 10, c'est-à-dire, de deux tiers de plus en long qu'en large, produiroit entre les deux essieux un écartement préjudiciable à la solidité.

* * * * * * *

La chose la plus curieuse de ce train de chariot, et celle sur laquelle les connoissances modernes nous donnent le moins de lumières, est le pivot mécanique sur lequel reposoit la chambre, et qui, l'isolant, dans presque toute la superficie, du bâtis de charpente traversé par les essieux, maintenoit l'édifice en équilibre, et le préservoit des secousses. Tout ce que Diodore nous en apprend, c'est qu'il étoit placé au milieu de la longueur, et dans le point de

Pivot
mécanique.

centre de la chambre, ἐν μέσῃ τῇ καμάρᾳ. C'est bien là, sans
doute, qu'il devoit être pour produire l'effet décrit. Mais
quelle étoit sa forme? De quelle façon cette mécanique
étoit-elle combinée? Quel en étoit le jeu? C'est sur quoi
chacun peut deviser à son gré : M. de Caylus n'a touché
cette difficulté, ni dans ses dessins, ni dans son commentaire.

Pour ne pas la laisser intacte, je vais dire, et faire voir
par le dessin de la *planche 2,* de quelle manière je suppose
que ce pivot put être ajusté : je pense qu'il étoit dans cette
partie du soubassement qui formoit le train du chariot.
Ce train de charpente étoit une sorte d'encaissement dont
le fond, composé des assemblages de bois les plus forts,
recevoit dans une espèce d'écrou le pivot de métal solide
en forme de toupie, duquel sortoient et divergeoient en
tout sens, dans la longueur et dans la largeur, vingt-quatre
courbes de métal en manière de ressort; ce qui donnoit
au tout la figure d'un volant : sur ces courbes de métal
reposoit le plateau, soit de menuiserie, soit de toute autre
espèce, qui formoit l'aire de la chambre et servoit d'assiette
aux colonnes.

De cette façon, tout l'édifice auroit été solidement assis
sur une sorte de trompe métallique. J'y vois l'avantage
d'offrir au plateau de la chambre un empatement spacieux,
à tout l'ensemble une liaison avec le pivot, et une base
large qui va néanmoins en diminuant, jusqu'à n'être plus
qu'un point. Le pivot, dont l'objet principal est de réduire
au moindre espace possible le contact de l'édifice avec le
train de chariot, ne peut se supposer que de deux façons,
ou large en bas et recevant l'édifice sur sa pointe, où, ce

qui

qui, pour l'effet dont il s'agit, est la même chose, large en haut et finissant en pointe : mais il me semble que cette dernière construction est beaucoup plus propre à porter un plancher.

Dans un cas, au reste, comme dans l'autre, il faut admettre que le pivot est mobile dans son écrou, c'est-à-dire, ou que l'édifice peut se balancer sur son pivot, si celui-ci est pyramidal et adhérent au fond inférieur, ou que le pivot, adhérant par sa base ou partie large au plateau supérieur, c'est-à-dire en pyramide renversée, se balançoit avec l'édifice dans l'écrou du bâtis de charpente inférieur. Il faut par conséquent supposer que lorsque, selon les pentes ou les inégalités du terrain, l'édifice obéissoit à l'effort qui le faisoit pencher d'un côté ou d'un autre, il y avoit des poulies de renvoi qui luttoient en sens inverse avec l'effort qui occasionnoit la perte du niveau, et elles rétablissoient le niveau, au moyen de la mobilité du pivot dans son écrou.

Je ne m'étendrai pas davantage en conjectures sur le jeu de cette mécanique. L'antiquité eut en ce genre des pratiques très-supérieures à toutes nos théories ; et comme la théorie, qui explique les lois de la mécanique, est souvent très-incapable d'en produire les effets, j'insisterai d'autant moins sur cet essai de démonstration, qu'il me seroit plus difficile de satisfaire, dans un simple aperçu, ceux qui ne se payent pas de spéculation en cette matière.

Tout le jeu de ce pivot et de sa mécanique, ainsi que je l'ai dit, étoit renfermé dans l'encaissement du bâtis de charpente faisant le train du chariot : cet encaissement est ce qui, dans le dessin, forme le soubassement dont tout l'ajustement est imaginaire. J'ai pensé qu'il étoit très-

Bb

naturel de masquer par des pentes et des ornemens tout le charronnage de ce train.

Mais il y a, dans cette partie du monument, des objets décrits par Diodore, et dont il me reste à rendre compte.

« Le train de chariot qui servoit d'assiette à la chambre » (dit l'auteur Grec), avoit deux essieux, autour desquels » tournoient quatre roues à la persane, dont les jantes » et les rayons étoient dorés : les bandes étoient de fer. » Les moyeux d'or, ou les extrémités des essieux, étoient » ornés de têtes de lion, dont les gueules mordoient une » lance appelée *sibène*. »

Ἡ δ' ὑπὸ τὴν καμάραν καθέδρα δύο εἶχεν ἄξονας, ὥσπερ ἐδίνευον τροχοὶ Περσικοὶ τέτΊαρες, ὧν ὑπῆρχε τὰ μὲν πλάγια, καὶ αἱ κνημῖδες κατακεχρυσωμέναι, τὸ δὲ προσπΊΙον τοῖς ἐδάφεσι μέρος, σιδηροῦν. Τῶν δ' ἀξόνων τὰ προέχοντα χρυσᾶ κατεσκεύασο, προτομὰς ἔχοντα λεόντων σιβήνην ὀδὰξ κατεχούσας.

Je ne diffère ici de M. de Caylus que sur deux points, dont l'un se rapporte à la traduction et l'autre au dessin. Il y a, ce me semble, erreur chez lui dans la manière d'entendre le mot πλάγια, *latera*, et de le traduire par *moyeux :* ce mot ne peut signifier que les parties latérales de la roue, et ce que nous appelons *les jantes*. Cela se prouve ici d'autant plus facilement, que, Diodore ayant décrit toutes les parties de la roue, savoir, *les rayons,* κνημῖδες, *les bandes,* τὸ δὲ προσπΊΙον τοῖς ἐδάφεσι, *les moyeux* ou les bouts des essieux, τῶν ἀξόνων τὰ προέχοντα, il ne reste plus pour le mot πλάγια, *latera,* que ce que nous nommons *les jantes,* qui sont dans le fait les parties latérales, acception qui ne

peut pas convenir à la partie appelée *moyeu*. M. de Caylus
traduit par *extrémité des essieux* les mots τῶν δ᾽ ἀξόνων τὰ
προέχοντα; mais les parties proéminentes des axes ou essieux
peuvent être aussi une partie du *moyeu*, lequel se compose
de ce qui est le noyau de la roue et d'un alongement plus
ou moins grand. Il est peut-être peu exact de dire que l'*extrémité des essieux* représentoit une tête de lion, puisque
la tête de lion elle-même, qui sans doute servoit de vis
à l'essieu, faisoit moins partie de l'essieu que du moyeu.

Du reste, rien de si facile à rendre par le dessin que la
description de ces roues. Nonobstant leur détail, en tout
conforme à celui des roues ordinaires, il n'est pas aisé pourtant de dire ce qu'il faut entendre par *roue à la persane*. Par
quoi, en effet, cette sorte de roue différoit-elle des autres?
Étoit-ce par la forme ou la grosseur de ses rayons? ou
étoit-ce simplement par l'étendue de son diamètre?

Je crois devoir entendre encore et représenter autrement que ne l'a fait M. de Caylus, le mot Grec σιβύνη. Il
traduit *fer de lance*; et effectivement il ne fait mordre, dans
son dessin, à ses gueules de lion, que ce qu'on peut appeler *le fer d'une lance*: sa traduction et son dessin ne me paroissent rendre que très-infidèlement la chose. Il me semble
qu'il convient d'entendre et de représenter une pique en son
entier; et comme la sibène étoit une espèce de longue haste,
j'ai cru qu'on pouvoit se permettre de la faire mordre par
les deux têtes de lion à chacune de ses extrémités, de manière qu'elle servît de lien et de renfort aux deux essieux;
ce qui me paroît avoir pour soi quelques autorités.

* * * * * * *

La dernière partie de la description de Diodore, dont

Attelage.

Bb 2

il me reste à rendre compte, est la moins importante, et
celle qui a le moins de rapport à l'objet principal de cette
dissertation. Elle offriroit toutefois plus d'un sujet de difficulté, si l'on vouloit, non se contenter d'expliquer les mots
du texte Grec, mais rendre raison, par le fait et dans la
réalité, de tout ce qui concerne l'attelage qui traîna le char
dont on vient de recomposer l'ensemble. Voici, à cet égard,
les paroles de Diodore:

Τετἀρων δ᾽ ὄντων ρυμῶν, ἑκάςῳ τετρατοιχία ζευγῶν
ὑπέζευκτο, τετἀρων ἡμιόνων ἑκάςῳ ζεύγει προσδεδεμένων,
ὥςε τοὺς ἅπαντας ἡμιόννς εἶναι ἑξήκοντα καὶ τέσσαρας, ἐπιλε-
λεγμέννς ταῖς τε ρώμαις καὶ τοῖς ἀναςήμασιν· ἕκαςος δὲ
τούτων ἐςεφάνωτο κεχρυσωμένῳ ςεφάνῳ, καὶ παρ᾽ ἑκατέραν
τῶν σιαγόνων εἶχεν ἐξηρτημένον κώδωνα χρυσῶν, περὶ δὲ τὰς
τραχήλνς χλιδῶνας λιθοκολλήτους.

*Quatuor cùm essent temones, unicuique quaternus ordo jugorum junctus
erat, quaternis mulis unicuique jugo alligatis, ita ut omnium mulorum
numerus esset sexaginta quatuor, robore ac proceritate corporis selectissimorum. Quisque horum coronâ deauratâ redimitus erat, et utrique
maxillæ tintinnabula ex auro habebat, et circa collum monilia gemmis
constipata.*

 « Il y avoit quatre timons, à chacun desquels étoit
» attaché un quadruple rang de jougs, à quatre mulets
» par joug : ainsi le nombre de ceux-ci étoit de soixante-
» quatre. On avoit choisi les plus forts et les plus hauts:
» chacun d'eux avoit sur la tête une couronne dorée, des
» sonnettes d'or aux deux côtés de la mâchoire, et, autour
» du cou, des colliers chargés de pierres précieuses. »

 Le point tout-à-la-fois le plus remarquable et le plus
embarrassant de cette description, est sans doute ce train

si nombreux de mulets attelés au chariot. Les usages modernes ne nous présentent aucun exemple d'un attelage si
considérable, et dès-lors nous manquons des inductions
qu'on pourroit tirer de l'expérience. Il paroît que, dans
l'antiquité, de nombreuses institutions rendirent fréquentes
les occasions de multiplier les trains et les attelages de certains chars : les exemples rapportés plus haut, et tirés
de la description de la pompe de Ptolémée Philadelphe,
nous font voir quelle habitude on avoit de ces chars prodigieux par la masse, l'étendue, le poids et la grandeur de
leur train ; nous en avons cité un qui étoit traîné par six
cents hommes.

Il y a peut-être, cependant, plus de difficulté à concevoir les soixante-quatre mulets de notre chariot attelés à
quatre timons. Et d'abord faut-il entendre précisément par
ce que nous nommons *timon*, le mot Grec ῥυμὸς ? Étoient-ce
des timons dans toute la longueur, qui auroit été de 30 à
40 pieds, ou étoient-ce des palonniers attachés avec des
courroies ? Il paroît que la longueur auroit été trop grande
pour une flèche de bois, et que, par conséquent, les trois
attelages antérieurs auront eu des timons mobiles attachés
par des anneaux ou par des courroies les uns aux autres.
Les timons du premier attelage, ou de celui qu'on appelleroit *de brancard,* auront seuls été fixes et adhérens au chariot : on sait que l'usage de donner plusieurs timons à un
char étoit fréquent chez les anciens, sur-tout dans les quadriges. Ici, à chaque timon, étoient attachés quatre mulets ;
l'attelage étoit de seize de front.

J'ai dit et l'on a vu que la largeur du monument étoit
de 12 pieds, à quoi ajoutant 1 pied ou 1 pied et demi

de saillie de chaque côté pour le soubassement nécessaire
à l'empatement de l'architecture, on trouve que la largeur
de la masse, par en-bas, put être de 15 pieds. Mais tout
porte à croire que le train du chariot, sur-tout dans la
partie inférieure de l'espèce d'encaissement dont j'ai supposé qu'il étoit formé, auroit eu, comme on l'a déjà dit,
encore plus d'étendue en largeur.

En effet, une des données qui doivent entrer dans l'appréciation probable des mesures que nous cherchons,
est sans contredit l'attelage dont il est question ; non
qu'il puisse y avoir eu parité entre la dimension du chariot, et l'espace que durent occuper seize mulets attelés
de front.

On sait que la moindre largeur qu'on onne dans les
attelages, est 2 pieds par cheval : il n'y a donc guère moyen
de supposer moins de 30 ou 40 pieds à chaque rangée de
mulets.

Dès-lors il n'y auroit rien d'invraisemblable à donner
20 pieds de large au plateau inférieur du chariot, et à peu
près 25 à 26 pieds à sa largeur, en y comprenant les roues.
Je présumerois alors qu'à la partie antérieure du plateau
ou bâtis de charpente inférieure, auroit été jointe une
espèce d'avant-train débordant le chariot par deux cercles
d'environ 6 pieds de chaque côté (voyez la planche n.° 2).
A cet avant-train auroient tenu les quatre timons de la
première rangée de seize mulets, et ces quatre timons auroient alors, comme on peut le voir, occupé, avec l'attelage,
une étendue de 36 à 40 pieds. Voilà comme je présume
qu'un front aussi considérable a pu se raccorder avec les
dimensions du chariot et avec celles de l'édifice.

Le luxe de la parure et la richesse de l'équipement n'avoient pas été épargnés à ce prodigieux attelage; chaque mulet avoit sur la tête une couronne *dorée*. Diodore se sert ici, comme pour quelques autres objets, du mot κεχρυσωμένῳ : ce qui porte à croire qu'il faut entendre au pied de la lettre les qualifications de métal dont il use dans sa description. C'est ainsi, comme nous l'avons vu, que, parcourant les différentes parties des roues, il dit que les bandes étoient de fer, et que les jantes et les rayons étoient dorés : τὰ μὲν πλάγια καὶ αἱ κνημῖδες κατακεχρυσωμέναι· c'est qu'indubitablement ces parties étoient de bois.

Chaque mulet portoit deux sonnettes d'or, c'est-à-dire, une de chaque côté de la mâchoire : cet usage paroît avoir été anciennement pratiqué en Perse. Aristophane, dans sa comédie des *Grenouilles,* en fait mention parmi les caprices qu'Eschyle avoit tirés pour ses décorations, des tapisseries Médiques, et il l'exprime par le mot κωδωνοφαλαρο-πώλοις.

A l'égard des colliers chargés de pierres précieuses qu'avoient les mulets du char d'Alexandre, il faut dire que cet usage fut assez général dans l'antiquité; on le retrouve sur un grand nombre de figures de chevaux. Ceux de Venise ont encore de semblables colliers ; ils sont ornés de petits fleurons de bronze modernes, qu'on y a rapportés en les restaurant : mais cette restauration prouve qu'on avoit enlevé ceux qui y furent primitivement appliqués, et cet enlèvement feroit soupçonner que cette partie antérieure du collier pouvoit contenir des objets précieux. Cet exemple suffit pour donner une idée d'un genre de richesse et d'ajustement dont Virgile nous a encore retracé l'image

Lib. VII, v. 277. dans ces vers de l'Énéide :

Instratos ostro alipedes pictisque tapetis,
Aurea pectoribus demissa monilia pendent.

La conduite de ces mulets et la manière de faire marcher ensemble et d'accord un attelage aussi nombreux que compliqué, offrent sans doute quelque embarras, et pourroient faire naître plus d'une difficulté dans l'esprit de celui qui voudroit épuiser tous les objets de discussion dont cette matière seroit susceptible.

On pourroit demander, d'abord, si ce grand nombre de mulets fut employé ici comme nécessaire, en raison du fardeau qu'ils avoient à tirer, ou si ce fut en vue d'augmenter la pompe de ce spectacle ambulant, qu'on les auroit ainsi multipliés.

Dans le premier cas, on parviendroit à connoître approximativement le poids de toute cette construction, résultat assez difficile à obtenir par le cubage, vu le genre de matière dont nous avons dit que se composa toute la partie architecturale, formée, comme on l'a vu, d'or et de métaux fondus ou plaqués : on ne peut soumettre toutes ces surfaces à aucun calcul, parce qu'on ignore le rapport dans lequel les pleins se trouvoient avec les vides. Toujours est-il certain qu'en ajoutant au poids de l'édifice et de tous les accessoires, celui du pivot sur lequel il portoit, et celui de la charpente qui servit de soubassement et de chariot, ce dût être un poids très-considérable, et que, sur-tout dans les chemins montueux, il fut nécessaire d'employer au tirage un très-grand nombre de mulets.

Mais il est difficile de se persuader que la magnificence

du

du coup-d'œil et le desir de donner à cette pompe plus
d'éclat ne seroient pas entrés pour quelque chose dans
la formation de cet attelage. Quant aux difficultés qu'il
dut y avoir à le faire mouvoir avec ordre et régularité,
deux considérations, indirectes à la vérité, mais toutefois les seules qu'à défaut d'une expérience hors de notre
portée, nous puissions faire valoir comme décisives, me
paroissent offrir à l'objection dont il s'agit la meilleure
réponse.

La première de ces considérations, dont j'ai déjà touché
quelque chose, est celle de la grande habitude qu'avoient
les anciens, dans leurs fêtes et leurs pompes religieuses,
de faire mouvoir de vastes machines, et de faire exécuter
en ordre et en cadence toute sorte de figures et de pantomimes : les jeux publics étoient l'école de cette sorte de
tactique, et presque tout le monde y étoit dressé. Dès-lors
on conçoit comment les animaux eux-mêmes, façonnés,
ainsi que les hommes, à agir de concert et à obéir en
grand nombre au signal des chefs, exécutoient sans embarras des mouvemens qui nous paroissent n'avoir pu se
produire sans confusion et sans contradiction.

La seconde considération, qui peut encore mieux résoudre la difficulté de la conduite et de l'action simultanée
des soixante-quatre mulets, est que tout ce qui a rapport à
cet objet, s'exécutoit au milieu d'une armée, c'est-à-dire
militairement. Si, comme on n'en sauroit douter, toute
l'opération étoit soumise à une discipline formelle ; si l'action générale, réglée dans ses mouvemens partiels, dépen-
doit d'un art à peu près semblable à celui qui préside aux
évolutions et aux manœuvres des corps de troupes, on

Cc

conviendra que la chose fut bien autrement facile qu'on ne l'imagine, lorsqu'on n'applique à la manière de la concevoir que les moyens simples et usuels de nos transports et de nos attelages ordinaires.

Cette considération est encore propre à prévenir toutes les objections que font naître dans l'imagination la longueur et les difficultés de la route que dut parcourir le char d'Alexandre.

En effet, ce ne fut pas une représentation de quelques heures, ni un trajet de quelques stades : le char, parti de Babylone, est arrivé en Égypte ; c'est un fait hors de doute.

« Arrhidée (frère d'Alexandre), dit Diodore de Sicile, » avoit employé deux ans à la construction de cet ouvrage, » et lui-même il conduisit le corps du roi, de Babylone en » Égypte » : ἀπεκόμισε τὸ σῶμα τῦ βασιλέως ἐκ Βαϐυλῶνος εἰς Αἴγυπλον.

« La magnificence du spectacle, selon le même écrivain, » l'emportoit de beaucoup, pour la vue, sur tout ce qu'on » en pouvoit publier. La renommée qui s'en répandit au » loin, attira une multitude prodigieuse de spectateurs : » de toutes les villes on accouroit en foule sur le passage » du char, et, pour jouir plus long-temps de sa vue, on » l'accompagnoit dans sa route. Il étoit précédé et suivi » de corps de troupes qui lui faisoient un magnifique cor- » tége, et il y avoit en outre des compagnies d'ouvriers » et de terrassiers. »

Du transport et de la destinée du corps d'Alexandre.

Je vais maintenant, pour terminer les renseignemens ultérieurs que l'on pourroit desirer sur la destinée du corps d'Alexandre, laisser parler M. de Sainte-Croix.

* * * * * * *

La pompe funèbre d'Alexandre fut une marche triom- *Examen critique*
 des histor. d'A-
phale. Le roi mort devint l'objet d'un concours universel. *lexandre, p. 515.*
Ptolémée alla au-devant de son corps en Syrie; et l'ayant
reçu des mains d'Arrhidée, il s'en retourna en Égypte.
Après la mort de Cratère, tué dans une bataille contre
Eumène, partisan de Perdiccas, celui-ci résolut de porter
la guerre en Égypte, pour en chasser Ptolémée, et pour
se rendre maître de la famille d'Alexandre; ce qui mettoit
à sa disposition le corps de ce conquérant.

Tel est, en substance, le récit de Diodore, qui diffère
en plusieurs points de celui qu'avoit adopté Arrien, si
nous pouvons en juger par l'extrait qui nous en reste. Selon
lui, Arrhidée, ayant sous sa garde le corps d'Alexandre,
s'avança, malgré l'avis de Perdiccas, vers Ptolémée, qui
conduisit ce corps de Babylone, par Damas, en Égypte,
après avoir surmonté tous les obstacles que Polémon, ami
de Perdiccas, ne cessa de mettre à sa marche. Cratère étant
mort, Perdiccas partit de Damas avec les rois, c'est-à-dire,
Arrhidée et les enfans d'Alexandre, porta la guerre en
Égypte, et fut tué par les siens sur les bords du Nil;
ce qui est confirmé par d'autres écrivains. Arrien paroît
donc avoir cru qu'Arrhidée céda volontairement le corps
d'Alexandre à Ptolémée, et que ce général n'avoit pas
auprès de lui la famille royale, qu'il combla d'honneurs et
de présens après la défection de l'armée de Perdiccas.
Strabon embrasse encore un autre sentiment. Il dit que
Ptolémée enleva le corps d'Alexandre à Perdiccas lui-
même, qui l'amenoit de Babylone, et qui avoit pris la
route d'Alexandrie, dans le dessein de s'emparer de l'Égypte.

Il y fut tué, ajoute cet écrivain, à coups de sarisses, dans une île déserte où Ptolémée l'avoit enfermé. . . . .

Élien prétend que l'enlèvement du corps d'Alexandre fut secret; que Perdiccas, moins animé par l'attachement qu'il avoit pour la mémoire du roi, qu'échauffé par la prédiction d'Aristandre, se mit aussitôt à la poursuite de Ptolémée, auquel il livra un combat sanglant; que Ptolémée le trompa par un simulacre du corps d'Alexandre, mais qu'il envoya le véritable corps, sans pompe et sans éclat, par des routes secrètes et peu fréquentées.

Ce récit d'Élien est une fable qui n'a d'autre origine que l'habileté de Ptolémée, et l'adresse qu'il mit, en Syrie, à s'emparer du corps d'Alexandre.

Pausanias assure que ce général ayant rencontré des Macédoniens qui portoient le corps d'Alexandre à Ægès en Macédoine, leur persuada de le lui remettre, et que, conformément au décret des Macédoniens, il l'ensevelit à Memphis. On aperçoit sans peine les deux erreurs que renferment ces mots: elles en font commettre bientôt une troisième au même écrivain, lorsqu'il avance que ce fut Ptolémée Philadelphe qui transporta de Memphis le cercueil d'Alexandre.

Quinte-Curce remarque très-bien que, peu d'années après la mort de ce prince, ce fut Ptolémée-Soter, devenu maître de l'Égypte, qui effectua cette translation de Memphis à Alexandrie. Strabon en fixe l'époque à l'instant du départ d'Arrhidée pour la Macédoine, immédiatement après la mort de Perdiccas.

On plaça le corps dans un endroit de la ville d'Alexandrie appelé *Sema*, c'est-à-dire, le Sépulcre, où il fut

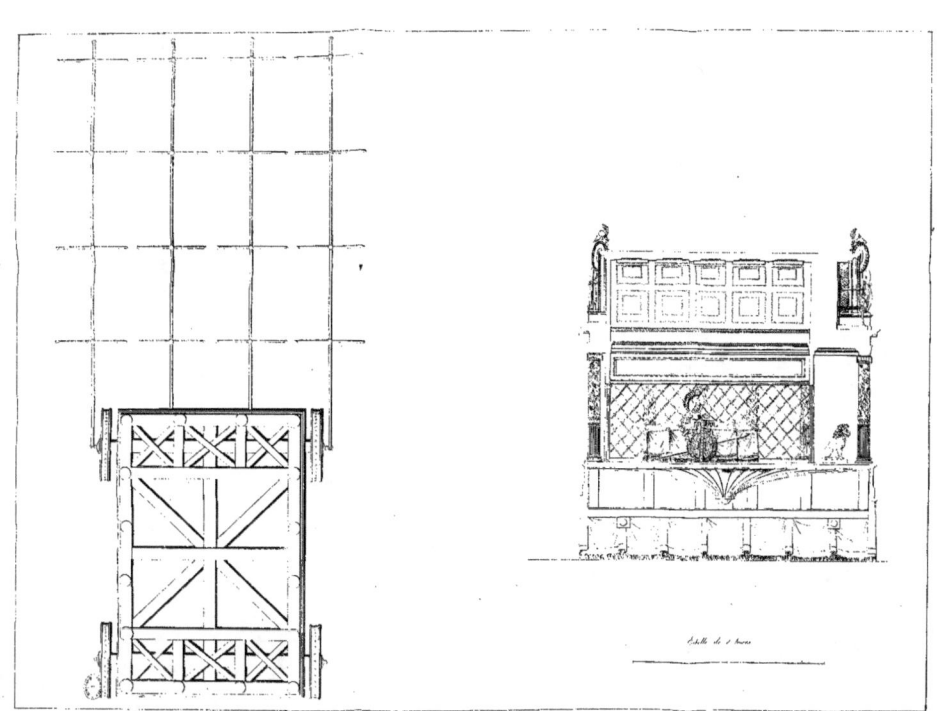

Echelle de 4 mètres

Plan et coupe du char funèbre qui transporta le corps d'Alexandre de Babylone en Egypte (d'après la description de Diodore de Sicile.)

enfermé dans un cercueil d'or. Par la suite, Ptolémée Coccus, ou Parisactus, qui venoit de Syrie, l'enleva; mais il ne tira aucun profit de son vol, ayant été obligé de l'abandonner sur-le-champ.

Un nouveau cercueil remplaça l'ancien; mais il ne fut plus que de verre. Jules-César le vit en cet état, et néanmoins aucun des monumens dont Alexandrie étoit remplie ne l'intéressa davantage. Il descendit avec empressement dans le tombeau du héros Macédonien. Cette vue put lui arracher quelques soupirs : mais il n'avoit plus à gémir, comme autrefois, en apercevant la statue de ce prince; car il étoit déjà son rival de gloire.

Auguste aussi voulut contempler les restes d'Alexandre; il fit tirer son corps du cercueil, lui mit une couronne d'or, et le couvrit de fleurs.

Dion-Cassius nous apprend que l'empereur Sévère, ayant fait enlever de toutes parts, du sanctuaire même des temples, beaucoup de livres mystérieux, ordonna de les renfermer dans le tombeau d'Alexandre, et défendit qu'on le montrât davantage, de crainte qu'on n'y lût ces livres. Depuis cette époque, on ignore ce qu'est devenu le tombeau d'Alexandre......S. Jean Chrysostome en parle comme d'un objet ignoré de tout le monde, c'est-à-dire, comme n'existant plus à la fin du iv.ᵉ siècle.

MÉMOIRE

SUR

LE BÛCHER D'HÉPHESTION,

DÉCRIT PAR DIODORE DE SICILE,

Et sur la manière de restituer ce Monument dans un système tout-à-fait différent de celui de M. de Caylus.

En entreprenant de reproduire le célèbre bûcher d'Héphestion, décrit par Diodore de Sicile, et de le retracer sous un ensemble de formes très-différentes de celles que M. de Caylus lui a données dans le dessin qui accompagne son Mémoire, je me crois dispensé de répéter ce que j'avois cru nécessaire d'énoncer au commencement de la dissertation où je me trouvai obligé de combattre les conjectures de ce savant antiquaire sur le char funéraire d'Alexandre.

Tome XXXI des Mémoires de l'Acad. des inscriptions et belles-lettres, pag. 76.

Je ne parlerai donc ici ni du degré de certitude auquel peuvent prétendre les preuves et les démonstrations qu'on emploie à reproduire, d'après de simples descriptions, les monumens de l'antiquité, ni des lumières que l'analogie fournit à la critique en de pareils sujets, ni de la réserve avec laquelle on doit contredire ceux qui ont marché les premiers dans cette carrière, sur-tout quand d'honorables et d'utiles travaux leur ont assuré une place distinguée parmi les bienfaiteurs des lettres et des arts.

Lorsque, pour la restitution du char funéraire d'Alexandre, je fus forcé d'établir une discussion, si l'on peut dire contradictoire, avec M. de Caylus, j'ai cherché à le disculper, autant qu'il étoit possible, des fautes qu'il m'a paru avoir commises, soit dans son dessin, soit dans son commentaire du passage de Diodore, en rejetant une partie de ses erreurs sur l'état du goût de son temps, et des connoissances acquises alors en fait d'art et d'architecture antique.

Mais la discussion dans laquelle je vais entrer, ne m'obligera point de me mesurer ainsi pied à pied et partie par partie avec l'opinion de M. de Caylus. Le texte de Diodore de Sicile ne me paroît contenir que fort peu d'objets susceptibles de controverse, sur-tout à l'égard des sujets dont se composa la décoration du bûcher d'Héphestion; la traduction dont M. de Caylus s'est servi, me paroît irréprochable dans la plupart de ces points. Comme ensuite M. de Caylus n'a recomposé son monument qu'avec les parties d'ornement décrites, objets dont l'explication offre très-peu de difficultés, la seule censure qu'un goût délicat pourroit se permettre à l'égard de ces ornemens, s'adresseroit plutôt au style dans lequel ils sont dessinés, qu'à la manière dont leur description a été entendue.

Si à cela se fût bornée la différence de mon opinion avec l'opinion du célèbre antiquaire, je n'aurois ni pensé à entreprendre la discussion actuelle, ni imaginé qu'un changement de style dans la conception et le dessin des

figures décrites méritât de devenir le sujet d'une dissertation expresse, sur-tout en présence d'une compagnie qui
s'occupe des monumens, moins en vue de l'art, que sous
les rapports qu'ils peuvent avoir avec l'intelligence des
écrits anciens et des choses passées.

Dans le fait, le goût de dessin et de composition d'ornemens qui régnoit assez généralement au temps de M. de
Caylus, étant reconnu pour avoir trop peu de conformité avec celui de l'antique, si l'ensemble du monument,
tel qu'il l'a représenté, ne devoit souffrir aucun reproche,
il suffiroit de redessiner dans les mêmes espaces les mêmes
sujets, mais d'un autre goût et d'une manière différente :
or une telle modification n'exigeroit que le crayon d'un
dessinateur plus exercé dans le style antique.

Aussi, lorsque M. de Sainte-Croix voulut, pour l'ornement de son ouvrage sur les historiens d'Alexandre,
emprunter à M. de Caylus le dessin du bûcher d'Héphestion, je lui représentai qu'il conviendroit au moins d'y
changer le style et la composition des sujets, vu que l'état
du goût actuel tendoit à en rendre l'aspect de plus en
plus inconciliable avec l'idée qu'on peut se former d'un
pareil monument. Ce changement, auquel M. de Sainte-
Croix consentit, s'est opéré facilement, et je n'ai eu presque
autre chose à faire que de compiler, dans quelques ouvrages d'antiquité, des figures analogues aux sujets du
bûcher d'Héphestion.

Le format du dessin étoit trop resserré pour qu'il me
fût possible d'y indiquer à-la-fois et la composition du
monument telle que je la concevois, et les différentes
espèces de sujets ; il eût fallu, d'ailleurs, pour donner
une

une simple idée de la manière dont je me persuade qu'il faut restituer cet ensemble, une dissertation qui auroit été un hors-d'œuvre dans l'ouvrage : seulement, en restreignant aussi le nouveau dessin à la représentation des sujets décrits, j'eus soin d'éviter de les placer en retraite les uns sur les autres ; je me dispensai d'indiquer la forme de l'édifice et d'y joindre une échelle, comme l'a fait M. de Caylus, dont le dessin comprend et la forme générale qu'il a supposée être celle du bûcher, et les dimensions de l'ensemble, et ses décorations. Convaincu qu'il faut prendre une tout autre idée de cette composition, et faire jouer à ses ornemens un autre rôle, je me contentai de les présenter dans une réunion de frises vues l'une au-dessus de l'autre, non comme destinées à former ainsi le total de l'édifice, mais comme étant de simples extraits d'un tout que je ne pouvois pas faire voir, attendu la petitesse de la planche.

Ici commence à s'apercevoir la différence dont j'ai parlé entre la manière dont M. de Caylus a composé par les seuls sujets d'ornement décrits l'ensemble du bûcher, et celle dont je compte me prévaloir pour faire envisager la masse générale dans ses rapports avec les ornemens, et ces ornemens selon leur répartition dans les diverses parties de la masse architecturale ; mais, ceci devant être l'objet de la discussion que j'ai dessein d'établir, je ne veux point anticiper sur ce qui en sera la matière. Avant de poser ce qui fait, à mon avis, le point de la question, je vais rapporter le passage de Diodore de Sicile qui contient la description du bûcher d'Héphestion.

****

Diodor. Sicul.
tom. II, l. XVII
pag. 250, edit.
Wesseling.

Τῶν γὰρ ἡγεμόνων καὶ φίλων ἕκαϛος ϛοχαζόμενος τῆς τοῦ βασιλέως ϑρεσκείας, κατεσκεύαζεν εἴδωλα δι' ἐλέφαντος καὶ χρυσῆ, καὶ τῶν ἄλλων τῶν θαυμαζομένων παρ' ἀνθρώποις.

Αὐτὸς δὲ, ᾽ρχιτέκτονας ἀθϱοίσας καὶ λεπΙουργῶν πλῆθος, τοῦ μὲν τείχοις καθεῖλεν ἐπὶ δέκα ϛαδίους, τὴν δ' ὀπλὴν πλίνθον ἀναλεξάμενος, καὶ τὸν δεχόμενον τὴν πυρὰν τόπον ὁμαλὸν κατασκευάσας, ᾠκοδόμησε τεΙϱάπλευϱον πυρὰν ϛαδιαίας οὔσης ἑκάϛης πλευϱᾶς.

Εἰς τειάκοντΙα δὲ δόμοις διελόμενος τὸν τόπον, καὶ καταϛϱώσας τὰς ὀϱοφὰς φοινίκων ϛελέχεσι, τετϱάγωνον ἐποίησε πᾶν τὸ κατασκεύασμα· μετὰ δὲ ταῦτα πεϱιεπῆθει τῷ πεϱιβόλῳ παντὶ κόσμον.

Οὗ τὴν μὲν κρηπῖδα χρυσαῖ πεντηρικαὶ πϱῶϱαι συνεπλήϱουν, οὖσαι τὸν ᾽ριθμὸν διακόσιαι τεσαϱάκοντα, ἐπὶ δὲ τῶν ἐπωΙίδων ἔχουσαι δύο μὲν τοξότας εἰς ϒόνυ κεκαθικότας τεΙϱαπήχεις, ἀνδϱιάντας δὲ πενταπήχεις καθωπλισμένους, τοὺς δὲ μεταξὺ τόπους φοινικίδες ἀνεπλήϱουν πιλητΙαί.

Ὑπεϱάνω δὲ τούτων τὴν δευτέϱαν ἐπανεῖχον χώϱαν δᾷδες πεντεκαιδεκαπήχεις, κατὰ μὲν τὴν λαβὴν ἔχουσαι χρυσῆς ϛεφάνοις, κατὰ δὲ τὴν ἐκφλόγωσιν ἀετοὺς διαπεπεΙακότας τὰς πΙέϱυγας καὶ κάτω νεύοντας, παϱὰ δὲ τὰς βάσεις δϱάκοντας ἀφοϱῶντας τοὺς ἀετούς.

Κατὰ δὲ τὴν τείτην πεϱιφοϱὰν κατεσκεύαϛο ζώων παντοδαπῶν πλῆθος κυνηϒουμένων.

Ἔπειτα ἡ μὲν τεΙάρτη χώϱα κενταυϱομαχίαν χρυσῆν εἶχεν.

Ἡ δὲ πέμπΙη λέοντας καὶ ταύϱους ἐναλλὰξ χρυσῆς.

Τὸ δ᾽ ἀνώτερον μέρος ἐπεπλήρωτο Μακεδονικῶν καὶ βαρ-
βαρικῶν ὅπλων, ὧν μὲν τὰς ἀνδραγαθίας, ὧν δὲ τὰς ἥτ]ας
σημαινόντων.

Ἐπὶ πᾶσι δὲ ἐφειςήκεισαν Σειρῆνες διάκοιλοι, καὶ δυνά-
μεναι λεληθότως δέξαςθαι τοὺς ἐν αὐταῖς ὄντας καὶ ἄδ́ο]ίας
ἐπικήδιον θρῆνον τῷ τέ]ελευτηκότι.

Τὸ δὲ ὕψος ἦν ὅλου τοῦ καταασκευάσματος πήχεις πλείυς
τῶν ἑκατὸν τειάκοντα......

Φασὶ τὸ πλῆθος τῶν ἀναλωθέντων χρημάτων γεγονέναι
πλείω τῶν μυρίων καὶ δισχιλίων ταλάντων.

*Tunc ergò ducum et amicorum unusquisque, ad voluntatem regis se
accommodans, simulacra ex ebore auroque, et alia magnæ æstimationis
materia, facienda curaverat.*

*Ipse, accitis undique architectis et subtilissimorum operum artificibus
magno numero, muri partem ad stadia decem demolitur lateresque col-
ligit: hinc, loco qui rogum excepturus erat complanato, pyram quadri-
lateram excitat, cujus unumquodque latus stadium obtineret.*

*Aream verò loci in triginta domos partitur, et tecta palmarum truncis
insternit. Totum igitur opus quatuor angulos figurâ suâ exhibebat.*

Universo deinde ambitui peculiarem addebat ornatum.

*Nam infimam ejus partem ·inauratæ quinqueremium proræ numero
ducentæ quadraginta explebant, in quarum epotidibus bini sagittarii,
quatuor cubitorum, altero genu subnixi, et statuæ armis instructæ quinque cubitorum stabant. Loca intermedia purpureis velis densè contextis
obducta erant.*

*Alteram supra hoc regionem obtinebant quindecim cubitorum faces,
quæ, eâ parte quâ prehendi solent, aureas coronas; summâ, ubi flamma
exsurgit, aquilas extensis alis et capitibus deorsùm inclinatis; ad imas
bases, dracones ;·vultibus ad aquilas conversis, habebant.*

*In tertia ambitûs serie, numerosa bestiarum omnis generis venatio
exhibebatur.*

Dd 2

In quarto dehinc ordine pugna Centaurorum ex auro fabricata erat.

Quintus aureos leones et tauros alternatim ostentabat.

Superior pars Macedonicis et Barbaricis armis erat referta, quorum hæc gentium devictarum clades, illa strenuitatis victricis significationem edebant.

In summo denique fastigio Sirenes excavatæ stabant, quæ latenter in se reciperent eos qui funebrem mortuo næniam decantarent.

Totius autem structuræ celsitas ad centum triginta ampliùs cubitos exsurgebat.....

.... Plus quàm duodecim millia talentûm impensa fuisse con-firmant.

Chacun des généraux et des amis d'Alexandre, s'étudiant à se-conder ses intentions (dans l'exécution de son projet), fit faire des statues d'ivoire et d'or, et d'autres matières les plus estimées parmi les hommes.

Alexandre commença par rassembler des architectes et un grand nombre d'artistes habiles. Ayant ensuite fait démolir, dans une longueur de dix stades, une partie des murs de Babylone, re-cueillir la brique cuite provenant de la démolition, et aplanir l'espace où devoit s'élever le bûcher, il lui donna une forme carrée d'un stade de longueur en tout sens.

L'espace du monument fut divisé en trente compartimens [νόμους] ou maisons [δόμους]. On y établit des planchers de charpente, for-més de troncs de palmier; le tout fut ordonné sur un plan qua-drangulaire. Ensuite on plaça les ornemens dans tout ce pourtour.

Quant à la décoration du soubassement, elle se composoit d'un nombre de deux cent quarante proues de quinquirèmes en or. Ces proues avoient sur leurs flancs deux archers de quatre coudées de proportion, le genou en terre : elles étoient surmontées par des statues d'hommes armés, hautes de cinq coudées. Les inter-valles étoient décorés de tapis de pourpre.

Au-dessus s'élevoit le second étage, dont la décoration consistoit en flambeaux de quinze coudées : ces flambeaux, à l'endroit de leur poignée, avoient des couronnes d'or ; au-dessus de leurs mèches, des aigles, les ailes déployées, regardant en bas; et à leur extrémité inférieure, des dragons, le regard dirigé vers les aigles.

A la troisième périphérie, on avoit représenté des chasses d'animaux de tout pays.

On voyoit, dans le quatrième étage, figurés en or, les combats des Centaures.

Le cinquième étoit orné de taureaux et de lions placés dans un ordre alternatif.

La partie supérieure (ou la plate-forme du haut) étoit occupée par les trophées des armures Macédoniennes et de celles des Barbares, disposées de façon à désigner la bravoure des uns et la défaite des autres.

Le tout étoit couronné par des Sirènes creuses, dont la cavité étoit capable de recevoir et de cacher les musiciens qui devoient exécuter le chant funèbre en l'honneur du mort. La hauteur de l'ensemble étoit de plus de cent trente coudées.

. . . . On évalua à plus de douze mille talens la somme qui fut dépensée pour la construction de ce bûcher.

* * * * * *

AVANT de chercher à prendre ou à donner l'idée de tous les sujets contenus dans cette description, et surtout avant de prétendre les replacer dans un ensemble vraisemblable, il y a, comme je l'ai déjà fait pressentir, une première question à résoudre. Ces objets d'ornement, qui composent à peu près toute la description de Diodore de Sicile, formoient-ils à eux seuls la totalité de l'élévation du monument, ou n'en étoient-ils que des parties, et de la manière, par exemple, dont les frises, les bas-reliefs, les peintures, qu'on emploie dans les ordonnances de l'architecture, sont des accessoires de ces mêmes ordonnances?

Pour expliquer plus clairement et mieux poser le point de la diversité qui existe entre la manière dont M. de Caylus a vu et restitué le bûcher d'Héphestion, et celle qui m'a conduit dans le nouveau dessin que je propose, je demande si ce bûcher, qui, selon Diodore, consistoit en cinq zones ou étages, n'offroit, dans chacun de ces étages, rien autre chose que des frises de figures sculptées ou peintes l'une au-dessus de l'autre, comme l'a imaginé M. de Caylus; ou bien si, chaque zone étant, non pas seulement une frise d'ornemens, mais bien un étage de construction ou une ordonnance d'architecture, les frises ou les sujets décrits par l'écrivain Grec doivent se considérer, au contraire, comme des ornemens diversement répartis dans l'ensemble de chaque étage ou de chaque ordonnance.

L'inspection des deux dessins mis en parallèle rendra tout-à-fait sensible la différence de système dont je parle. Dans celui de M. de Caylus, on voit un ensemble de cinq à six bandes ornées de figures et mises en retraite l'une au-dessus de l'autre, de manière à présenter une réunion de degrés plus ou moins élevés. Le dessin que je propose donne l'image d'une composition d'ordonnances d'architecture décorées de tous les sujets de la description, et allant en diminuant de largeur à mesure qu'elles s'élèvent, c'est-à-dire, disposées pyramidalement.

Mon but est de prouver que le bûcher d'Héphestion dut être construit et disposé selon ce dernier système.

Il faut avouer, d'abord, que rien de positif à cet égard ne me paroît résulter du texte de la description, puisqu'il est certain, comme on l'a vu, que Diodore a

borné son récit à l'énumération des objets décoratifs ; mais
il faut dire aussi, d'autre part, que le texte de cet écrivain ne contient rien qui contredise la manière de voir
que je crois être ici la véritable. Sans doute, si rien ne
devoit venir à l'appui de mon opinion, et si aucune autorité ne devoit nous éclairer dans la recherche et le choix
des formes que l'architecture donnoit à un bûcher du
genre de celui-ci, il y auroit quelque prudence à rester
dans le doute, entre le silence de l'écrivain et les objections qui s'élèvent contre la restitution littérale de M. de
Caylus.

J'espère montrer que nous n'en sommes pas réduits,
sur ce point, à de simples conjectures ; qu'au contraire
la forme et la construction des bûchers d'apparat nous
sont suffisamment attestées, et par le témoignage des écrivains, et par celui des monumens. C'est pourquoi je demande qu'avant d'arriver à ces preuves, on me permette
de me prévaloir des argumens indirects, des simples motifs de vraisemblance, et de quelques raisons de goût que
me fournissent soit la description de Diodore et sa manière
de décrire, soit les conséquences naturelles qui résultent de
l'espèce même du monument, soit les invraisemblances
attachées au système que je me propose de combattre.

Je dois, avant tout, détruire la prévention qui pourroit naître, contre mon opinion, du silence que Diodore
a gardé sur ce qui constitua, selon moi, les formes, la
composition et l'ordonnance architecturale du bûcher
d'Héphestion. Je pose, en effet, comme certain, qu'au lieu
de prendre pour complète la description de ce monument, on doit la regarder comme un extrait convenable

à l'esprit et au plan que l'écrivain s'étoit proposé de suivre.
Soit que Diodore ait trouvé ainsi abrégé le motif de sa
description dans l'historien Ephippus d'Olynthe, dont il
l'aura tiré (1) ; soit qu'abrégeant lui-même son prédécesseur,
il ait cru devoir, plusieurs siècles après, supprimer des
détails étrangers à son but, je dirai qu'une semblable
suppression, quoique fâcheuse pour l'histoire de l'art,
étoit peut-être indispensable dans l'ensemble d'un corps
d'histoire universelle.

Il faut convenir qu'une description d'architecture, faite
comme la feroit un architecte, n'est guère de nature à
trouver place dans une histoire digne de ce nom. Ce n'est
pas une obligation pour l'écrivain, qui, dans un espace
donné, n'est tenu d'embrasser qu'un certain genre de faits;
ce ne seroit pas même pour lui un mérite, que de tout
dire, quand il lui seroit possible de ne rien omettre. Une
histoire, si fidèle qu'on veuille la supposer, dès qu'elle
sort du rang des chroniques ou des mémoires , est réduite, par la nécessité même, à n'être qu'un choix de
certains aspects principaux dans les faits et les circonstances. De toutes les manières de peindre et d'offrir à
l'imagination un grand ensemble de choses, la manière
qui manquera le plus certainement son but, sera celle
qui, se traînant sur les détails, ne se permettra d'en rien
abréger ; et ce seroit, pour un historien, se faire une
idée bien fausse de ses obligations, que d'imaginer qu'il
doit se proposer, en écrivant, non cette utilité générale
qui est commune à la société entière, mais l'instruction

Athénée, l. IV, pag. 146.

_____

(1) Ephippus d'Olynthe avoit fait un ouvrage sur la mort d'Alexandre et
sur celle d'Héphestion.

partielle

partielle que chaque condition , chaque art , pourroient
trouver dans des récits où l'on n'auroit en vue qu'une
classe particulière de lecteurs.

Les artistes se plaignent de ne pas rencontrer dans la
description des monumens par les historiens de l'antiquité,
ces détails précis qui auroient épargné aux âges suivans
de laborieuses divinations ; mais, si le but de ces historiens
ne fut pas d'écrire pour les artistes, ils ne pouvoient être
tenus de cette exactitude de détails qui appartient aux
ouvrages techniques, ou composés dans un point de vue
spécial. Les plaintes qu'on élève souvent à ce sujet, manquent de justice : il faut se plaindre de ce que nous avons
perdu les ouvrages qui traitoient des arts et des monumens, tels, par exemple, que les descriptions du navire
d'Hiéron par Moschion, du candélabre de Persée par
Polyclète, du bûcher de Denys le tyran par Timée.

Athenée, l. V,
pag. 206.

Diodore auroit fait une histoire hors de mesure et de
proportion, s'il eût renfermé dans son plan des détails qui
n'appartiennent qu'aux écrits qui traitent, *ex professo,* d'une
seule matière. Les écrivains modernes n'en usent point, à
cet égard, autrement que les anciens, et ils ont raison.
Lorsqu'un monument porte avec soi un caractère d'intérêt
général, lorsque son exécution se trouve liée à des circonstances qui peuvent faire juger des mœurs ou des opinions d'un siècle ou d'un peuple, l'historien, sans doute,
en devra faire mention ; il devra même le décrire : mais
sa description ne fera que parcourir les points principaux de l'ouvrage.

Ce que Diodore de Sicile a dû faire, il me semble
qu'il l'a fait en traitant du bûcher d'Héphestion. La folie

qu'eut Alexandre de déifier son favori, est un de ces traits
que l'histoire doit recueillir ; et le monument qui servit
à cette consécration insensée ayant été un prodige de
profusion, il convenoit d'en donner l'idée, ne fût-ce que
pour mieux faire comprendre à quel point étoient portés
alors l'orgueil du vainqueur de l'Asie et la bassesse de
ses adulateurs. La description du bûcher d'Héphestion,
telle qu'elle est, contient sans doute ce qu'il faut pour
faire naître ces réflexions ; et comme elle présente à-la-
fois les dimensions de la masse totale et une relation
abrégée de ses décorations, c'est-à-dire, ce qui peut le
mieux frapper l'imagination du lecteur, l'auteur a atteint
son but. Il n'étoit besoin ni d'énumérer chaque corps
d'architecture en particulier, ni ses membres, ses profils
ou ses plans, ni d'entrer dans des détails descriptifs, que
le lecteur alors suppléoit de lui-même, à la vérité plus
facilement qu'on ne peut le faire aujourd'hui.

Loin que du silence de Diodore sur les masses archi-
tecturales du monument on doive conclure l'absence de
ces masses, et l'obligation de le recomposer avec les seuls
objets d'ornement décrits ou par ces seuls objets, il me
semble que l'omission dont je parle est trop naturelle, pour
que l'on doive la regarder comme une exclusion formelle
et rigoureuse de tout ce qui n'est pas décrit.

De ce que Diodore n'a parlé que des ornemens de
chacun des cinq étages du bûcher, s'ensuit-il que chacun
de ces cinq étages n'avoit que des ornemens sans architecture ? On répondroit déjà à cette question par une multitude d'exemples de descriptions semblables, dans lesquelles les écrivains ont fait mention de bas-reliefs ou

d'ornemens, sans dire un mot des corps ou membres d'architecture dans lesquels ces objets se trouvoient répartis ; et ce genre d'omission se rencontre chez les auteurs mêmes qui, d'après la nature de leurs écrits, auroient pu s'imposer l'obligation de décrire le plus méthodiquement les ouvrages de l'art : à plus forte raison doit-on, je ne dis pas excuser, mais approuver cette réticence chez un historien pour qui de tels détails ne sont que des hors-d'œuvre.

Il me semble aussi fort naturel que le plus grand nombre des hommes, à la vue d'un monument mêlé d'architecture et de sculpture, soit beaucoup plus frappé de ce qui fait la décoration des membres et des parties de l'architecture, que de ces parties en elles-mêmes. Les personnages, les actions, les emblèmes dont se compose la décoration, parlent à l'imagination, à l'esprit, aux yeux de tout spectateur, bien autrement que des combinaisons et des rapports architectoniques.

Rien n'échappe de même plus certainement à la plume de l'écrivain, que les formes de l'architecture. Des descriptions de bâtiment sans dessin, sans plan et sans mesure, restent le plus souvent des énigmes pour l'architecte lui-même. Le discours, en ce genre, ne se fait entendre qu'à l'aide des comparaisons, et la description écrite ne nous peut guère donner l'idée d'un monument inconnu, qu'en nous parlant d'un autre ouvrage semblable que nous connoissons : voilà pourquoi les écrivains doivent répugner à s'engager dans les descriptions techniques de bâtiment.

Au contraire, les sujets d'ornement, les figures sculptées

ou peintes, soit en action, soit en emblème, sont pour
l'écrivain d'heureux et faciles motifs de description : ces
sujets, d'ailleurs, servent non-seulement à l'agrément de
l'édifice, mais à son explication; les décrire, c'est faire
comprendre la destination de tout l'ouvrage, les vues dans
lesquelles il fut exécuté, les sensations qu'on prétendit
exciter, les effets qu'il dut produire.

Diodore de Sicile, en se bornant à retracer au lecteur
l'idée des sujets d'ornement qu'Alexandre avoit fait représenter sur toutes les zones du bûcher d'Héphestion, choisit
donc la partie qui convenoit le mieux et au plan de son
histoire, et à l'esprit de l'historien, et à ses moyens de
description, et à l'instruction du plus grand nombre.

J'ajoute à cela que le monument dont il s'agit, n'étoit
qu'un édifice temporaire, construit en charpente, et destiné à être livré aux flammes ; que, par conséquent, son
architecture, quoique très-probablement composée selon
les règles de l'art, ainsi que nous le voyons pratiquer
dans les décorations éphémères des fêtes publiques, ne fut
cependant qu'une architecture feinte ou même postiche.
Des toiles peintes, des châssis de rapport, des étoffes
d'emprunt, et toutes les ressources de ce genre, avoient
fait les frais d'un tel monument : dès-lors il seroit fort
naturel qu'en le décrivant, l'auteur, contemporain lui-
même, eût eu moins égard à l'architecture proprement
dite que si l'ouvrage eût été de pierre ou de marbre.

Il y a une autre considération, tirée de la nature même
de la chose et des paroles de Diodore, qui doit nous porter
encore à conclure que le bûcher d'Héphestion n'étoit pas
un simple composé de frises peintes ou sculptées, placées

l'une au-dessus de l'autre, comme l'a imaginé M. de
Caylus ; c'est que, selon ce système, ni l'édifice n'eût
comporté la grande dépense qui y fut prodiguée, ni sa
forme n'eût admis tout ce que Diodore lui-même nous
apprend qu'on y avoit placé de statues et d'accessoires
divers.

En effet, quoique j'aie dit que l'architecture de ce monument fut feinte ou postiche, quant aux matériaux, il
ne faudroit pas induire de là que l'ouvrage fut au-dessous
des talens d'un architecte, et n'exigea point l'invention
d'un artiste très-habile ; il faut encore se garder de croire
que le genre même de matériaux et le mode de construction auroient exclu un emploi splendide et dispendieux
de toutes les ressources de l'architecture.

J'avoue que, selon le dessin de M. de Caylus, le bûcher d'Héphestion n'auroit pas été, à proprement parler,
un ouvrage d'architecture. Une simple bâtisse de charpente quadrangulaire, en y ménageant les retraites fort
peu sensibles de quelques degrés, auroit formé toute la
masse, et cette masse n'eût offert aucune sorte de composition. Des superficies par-tout uniformes et lisses du
haut en bas n'auroient demandé ni le travail de l'art, ni
le goût d'un artiste ; et quant à la décoration, de simples
toiles peintes, rehaussées, si l'on veut, de quelques ornemens en bas-relief, auroient formé tout le coup-d'œil et
toute la dépense de cet ensemble.

Or il me semble que, quelle qu'ait été l'étendue de cette
masse, selon le système qui vient d'être exposé, le résultat, sous quelque point de vue de construction, de
composition ou de décoration, qu'on l'envisage, eût été

trop simple pour n'être pas très-économique. Avec de
semblables données, il n'y a moyen d'admettre ni luxe
ni magnificence d'art, ni difficulté ni longueur de travail, ni invention ni goût de la part de l'artiste ; il n'eût
pas même été besoin d'architecte.

Cependant Diodore de Sicile dit formellement qu'Alexandre commença par réunir des architectes, ἀρχιτέκτονας
ἀθροίσας. Quand on prétendroit que ce mot peut signifier autre chose encore que ce que nous comprenons aujourd'hui sous le nom d'*architecte;* qu'il faut aussi entendre, sous cette dénomination, des conducteurs d'ouvriers en différens genres; toujours seroit-il vrai que ce
mot, loin d'exclure, force au contraire d'admettre dans
le nombre de ceux qu'il pouvoit désigner, des architectes
proprement dits. Pourquoi, en effet, ce choix et cette
réunion pour exécuter ce qui auroit pu être fait par un
charpentier et un peintre de décoration?

Les paroles de Diodore autorisent donc à penser que,
puisqu'il fut fait un choix d'architectes pour l'érection de
ce monument, l'ouvrage doit être regardé comme ayant
été du ressort de l'architecture ; que dès-lors, en le resti-
tuant, on doit reproduire un ensemble qui fasse supposer
par sa composition et ses détails la nécessité de l'inter-
vention d'un architecte.

Et véritablement cette manière de voir est la seule qui
puisse expliquer l'emploi d'une somme de douze mille
talens et la coopération d'un si grand nombre d'artistes.

Si l'on admet, en effet, que le bûcher d'Héphestion fut
une immense composition de cinq ou six ordonnances
d'architecture, non pas sans doute en plate peinture,

mais en réalité quant aux saillies et aux enfoncemens, quant aux membres et aux profils, quant aux portiques et aux colonnades, quant aux statues et aux bas-reliefs, on conçoit sur-le-champ qu'attendu l'économie des matériaux employés, on put porter au plus haut point, dans cet ensemble et dans la combinaison de ses masses, toutes les richesses et toute la pompe de l'art. Je me persuade que, pour se composer de bois et de matières combustibles, cette bâtisse n'en exigea pas moins de très-grandes dépenses, de savantes combinaisons, et le talent des hommes les plus exercés dans ce qui constitue, soit les procédés de la construction, soit les secrets de l'architecture.

Ainsi le récit de Diodore n'exclut point la diversité des compositions que l'architecture, comme on le dira, employa depuis dans un grand nombre de monumens durables, tels que les mausolées et les septizones, dont le bûcher d'Héphestion nous paroît être (du moins selon les notions historiques) un des premiers modèles ; et l'on est d'autant plus autorisé à y admettre tout le luxe de l'architecture, que, l'édifice étant de simple décoration, le génie de l'artiste put s'y montrer plus facilement prodigue.

Dans le nombre des considérations préliminaires que je me contente de parcourir légèrement, on doit compter aussi quelques raisons de goût propres à favoriser le système de restitution que je propose, et à détruire celui que je combats ; or ces raisons s'offrent d'elles-mêmes à l'esprit, sur le vu du dessin de M. de Caylus.

Je conviens qu'en se refusant à distribuer les sujets décrits par Diodore sur des corps ou des ordonnances d'architecture, et en se renfermant rigoureusement dans

les entraves de la description, il est assez difficile, quant à
la masse générale, d'imaginer quelque chose hors du motif
que j'attaque ; il me semble même que ce programme ne
présente rien pour l'invention : mais c'est précisément cette
nullité d'invention qui me paroît être ici le vice principal.
Au fond, rien n'eût été plus insipide ni plus monotone
qu'un tel monument ; il n'eût offert dans ses quatre faces,
et sur une circonférence de quatre stades, qu'une muraille
peinte et ornée par bandes uniformes : certes, c'eût été là
un objet peu digne d'être vanté comme une merveille de
luxe et de magnificence.

En vain dira-t-on que M. de Caylus a mis ces bandes
en retraite les unes sur les autres, et de manière à former des espèces de degrés. J'avouerai que le dessin donne
une indication de degrés, et que le commentaire parle
d'une forme pyramidale ; mais cette forme se retrouve à
peine dans l'élévation du bûcher. Rien de plus facile que
de rapporter de fait ou en idée la seconde moitié de cette
élévation. Si l'on veut faire cet essai, on restera convaincu
que la masse donnée par M. de Caylus est on ne peut
pas moins pyramidale, puisque, sur une superficie de
six cents pieds en plan et de cent quatre-vingts pieds en
hauteur, elle diminue à peine de trente pieds par la retraite des degrés ; encore faut-il dire que M. de Caylus
a introduit dans son élévation deux bandes ou périphé-
ries de trop, comme j'espère le montrer : d'où il résulte
qu'à la lettre, son monument, par le peu de diminution
qu'il lui a donné, n'a d'autre aspect que celui d'une
muraille ornée, par bandes parallèles, de peintures et de
sculptures.

Si

Si l'on objecte qu'il faut argumenter moins rigoureusement sur le dessin tel qu'il est, qu'on peut supposer dans
cette même donnée une retraite beaucoup plus grande
de degrés, et par suite une forme plus pyramidale, je ré-
pondrai que cette officieuse supposition n'est guère possible, parce qu'alors, la saillie des degrés les uns sur les
autres augmentant en proportion de la retraite, les bandes
ou frises d'ornement se seroient trouvées d'en bas offusquées
et masquées; ce qui, sans doute, est cause que M. de
Caylus a eu recours à une disposition on ne peut pas moins
pyramidale.

Mais, si la forme essentiellement pyramidale est çelle
qu'il convient de donner au monument, il doit passer
pour à peu près démontré qu'il faut la chercher dans un
autre système et par d'autres motifs de composition : tels
sont, par exemple, ceux dont les Grecs et les Romains
nous ont laissé des modèles ; nous verrons enfin que
l'application de ces modèles au bûcher d'Héphestion
remplira toutes les conditions requises, soit pour l'ajustement des détails décrits, soit pour l'ensemble de la masse
totale.

* * * * * * *

APRÈS ces considérations préliminaires, dont l'objet
a été de faire sentir ce que ne dut pas être le bûcher
d'Héphestion, je passe à quelques notions plus positives,
qui pourront nous faire présumer ce que dut être la véritable masse de ce monument, comment les sujets d'ornement décrits par Diodore purent y trouver place, quelle
fut la forme du tout ensemble combiné avec ses détails,

et qui justifieront, à ce que j'espère, la manière dont le dessin que je présente interprète le texte de Diodore de Sicile.

Ce n'est d'abord ni la forme ni la pratique des bûchers ordinaires ou d'usage à l'égard des particuliers, qu'il faut interroger (comme je soupçonne que l'a fait M. de Caylus) pour se rendre compte de ce qui fut pratiqué à l'égard de ce qu'on appelle le bûcher d'Héphestion. Il n'en eut effectivement que le nom, *pyra*, nom générique, qui, dérivé de πῦρ, *feu*, se donna aux bûchers, et par suite, en Grèce, fit le mot *pyramide*, soit parce que la pyramide, dans sa forme, imite la flamme qui se termine en pointe, soit parce que l'analogie d'usage funéraire fit associer l'idée de pyramide à celle des monumens que les Grecs appeloient πυρά.

Les bûchers ordinaires sur lesquels on brûloit les corps des particuliers, n'étoient autre chose qu'un assemblage de bûches disposées en rond-point, et qu'on entreméloit de diverses sortes de combustibles ; chacun, à ce qu'il paroît (du moins à Rome), plaçoit son bûcher où il lui convenoit, et disposoit à son gré les apprêts de sa combustion. Ainsi nous voyons, sous Claude, Valérius Asiaticus ordonner, avant de se faire mourir, les préparatifs de son bûcher dans son jardin, et recommander qu'on le plaçât de manière que la fumée n'endommageât point la verdure de ses arbres.

Tacite, Annal. liv. XI, au commencement.

L'*Ustrinum*, qui étoit le lieu public où l'on brûloit les corps, ne nous fournit rien non plus qui puisse nous conduire à connoître la forme et l'ordonnance du bûcher dont il s'agit ; c'étoit simplement une enceinte formée par un mur, au milieu de laquelle se faisoit la combustion. Rien ne prouve qu'on ait jamais cherché à embellir ce local; et celui de Pompéii, conservé jusqu'à nos jours, n'offre rien au-delà de ce qui convenoit aux besoins de ce service.

Nous trouvons, à la vérité, des passages qui déposent du luxe que quelques particuliers de Rome se permettoient jusque dans leurs bûchers ; car, où le luxe et la manie de se distinguer ne portent-ils pas leurs raffinemens? On destinoit quelquefois des bois précieux et rares à devenir la proie des flammes. Il paroît aussi, à en croire Pline, que *Lib. xxxv, cap. VII.* les riches entouroient de toiles peintes la pile de bois qui formoit le bûcher, *ne quis miretur et rogos pingi ;* car Pline n'avoit point ici en vue ces grandes constructions que l'adulation publique érigeoit dans les funérailles des empereurs auxquels on décernoit les honneurs de la consécration ou de l'apothéose.

Toutefois ce luxe des particuliers dans leurs bûchers nous explique comment, pour honorer la mémoire des princes et de quelques hommes qu'on voulut déifier, il fut naturel que la magnificence de l'art, franchissant les bornes d'une vanité vulgaire, érigeât des bûchers qui fussent des monumens somptueux d'architecture.

Ce ne fut pas sans doute dans les républiques de la Grèce que les Romains auroient trouvé des modèles en ce genre. Là où la dépense des funérailles et celle des tombeaux étoient limitées par les mœurs autant que par les lois, personne n'eût eu ni la tentation ni la liberté de blesser l'envie ou l'égalité par un étalage dispendieux de décorations destinées à être anéanties dans un moment. La pompe des bûchers, comme celle des grands tombeaux,

qui pourroient bien en avoir été l'imitation, dut naître, dans
les monarchies, de cette espèce d'adulation qu'inspire la
terreur des mauvais princes, plus encore que l'amour des
bons. L'Égypte est le pays qui paroît avoir porté au plus
haut point les dépenses de la sépulture de ses rois. Il est remarquable que Pausanias ne cite en Grèce aucun grand
monument de sépulture ; les deux plus considérables qu'il
eût vus étoient hors de la Grèce; celui d'Hélène, à Jéru-
salem, et le tombeau de Mausole, d'où les Romains,
Paus. lib. VIII,
cap. XVI. ajoute-t-il, donnèrent à leurs tombeaux le nom de *mau-*
solée.

Si la Grèce, comme cela est indubitable, fournit aussi
à Rome les modèles de la magnificence que celle-ci mit
en œuvre dans les bûchers de consécration, nous trouvons
que ces modèles appartiennent à des monarchies, et sont
des ouvrages de princes ou de souverains.

Le premier de ces ouvrages dont le souvenir nous ait été
transmis, est le bûcher de Denys l'ancien, tyran de Syracuse, construit par son fils, l'an 1.er de la CIII.e olympiade,
c'est-à-dire, quarante-quatre ans avant celui qu'Alexandre
érigea à Héphestion. Quoique ce bûcher décoratif soit le
plus ancien que nous connoissions, on doit conclure de
sa magnificence même qu'il ne fut pas le premier essai
de l'art en ce genre : or la somptuosité de ce monument
est attestée par le soin que plusieurs écrivains antiques
avoient pris d'en conserver la mémoire. Si l'on doit en-
Liv. V, p. 206. tendre le passage d'Athénée dans le sens que lui a donné
Schweighæuser, l'historien Timée se seroit plu à décrire
Athén. ibid. ce bûcher, et, selon Théon dans ses Progymnastiques,
Philiste, au second livre de son Histoire de Denys, en

racontant les funérailles de ce prince, avoit fait une mention particulière du même édifice.

Mais, au dire de Diodore, les funérailles d'Héphestion surpassèrent, pour la magnificence, tout ce qu'on avoit fait auparavant, et ne laissèrent aux âges futurs aucun moyen d'aller plus loin :

Τοσαύτην δὲ σπουδὴν ἐποίησατο σρὸς τὴν τῆς ἐκφορᾶς ἐπιμέλειαν, ὥςε μὴ μόνον τὰς σρογεγενημένας παρ' ἀνθρώποις ταφὰς ὑπερβαλέσθαι, ἀλλὰ καὶ τοῖς ἐσομένοις μηδεμίαν ὑπέρθεσιν καταλιπεῖν.

Diodore de Sicile écrivoit sous Auguste, et alors l'usage des apothéoses et des bûchers de consécration n'étoit pas encore établi : ce genre d'adulation, en effet, n'eut pas lieu à l'égard de Jules-César, dont le corps fût brûlé, au Champ de Mars, sur un bûcher ordinaire, et sans autres cérémonies que celles qui se pratiquoient aux funérailles des grands et des riches citoyens.

Pline le jeune nous apprend que Tibère fut le premier qui, aux funérailles d'Auguste, donna l'exemple de l'apothéose ou de la consécration : *Dicavit cœlo Tiberius Augustum.* Dans la suite, presque tous les empereurs reçurent les honneurs de l'apothéose ; l'usage n'en fut interrompu que pour Néron, Galba, Othon et Vitellius, dont la succession ne fut qu'une suite d'assassinats. Depuis, selon Pline, Titus avoit déifié Vespasien, et le fut par Domitien ; Trajan déifia Nerva. Hérodien, qui, à l'occasion de l'apothéose et du bûcher de Septime-Sévère, élevé par ses fils Caracalla et Géta, va nous décrire le genre de construction applicable au monument d'Héphestion, assure que, chez les Romains, les honneurs de la consécration ne se rendoient qu'aux

Panégyr. de Traj. chap. 11.

empereurs qui laissoient des enfans pour successeurs : cette
règle, toutefois, ne paroît pas avoir été sans exception.
Du reste, il est certain que les héritiers d'un empereur
avoient un intérêt de plus à consacrer ainsi la mémoire
de leur père, puisque l'honneur en devoit rejaillir sur sa
postérité, et que, d'ailleurs, leur autorité ne pouvoit man-
quer de trouver dans ces illusions un nouvel appui.

*Montfauc. Antiq.
expliq. t. V, pag.
152.*

* * * * * * *

La description de l'apothéose des empereurs Romains
par Hérodien est trop connue pour que je la rapporte
ici ; mais ce qui l'est peut-être moins, c'est le rapprochement très-particulier qu'on peut faire du bûcher de consécration usité dans ces cérémonies, avec celui qu'employa
Alexandre à la déification de son favori. C'est pourquoi
je bornerai la citation d'Hérodien à l'objet qui me concerne, savoir, la description du bûcher; description qui,
faite par cet écrivain dans un autre sens et sous un aspect différent de celui qu'a présenté Diodore, nous prouvera d'abord la plus grande similitude dans les usages,
dans les points principaux de la composition, nous montrera ensuite que ce qui manque à l'une des deux doit
se suppléer par l'autre, et nous forcera enfin de reconnoître, par les signes d'identité les plus clairs, que, nonobstant le silence de Diodore sur la forme architecturale
du bûcher d'Héphestion, cette forme n'est que sous-en-
tendue, et doit y être restituée dans la manière que présente le dessin ci-joint.

*Hérodien, l. IV,
pag. 3.* Après toutes ces cérémonies , μετὰ δὲ τῦτο βασάσαντες,
dit Hérodien, τὴν κλίνην, φέρουσιν ἔξω τῆς πόλεως εἰς τὸ

καλούμενον Ἄρεως πεδίον· ἔνθα κατεσκεύαςαι ἐν τῷ πλα-
τυτάτῳ τὂ πεδίου τόπῳ τετράγωνόν τι καὶ ἰσόπλευρον,
ἄλλης μὲν ὕλης οὐδεμίας μετέχον ἢ ἐκ μόνης τε συμπήξεως
ξύλων μεγίςων, εἰς σχῆμα οἰκήματος· πᾶν δὲ ἐκεῖνο ἔνδοθεν
μὲν φρυγάνων πεπλήρωται, ἔξωθεν δὲ χρυσοϋφέσι ςρωμναῖς,
ἐλεφαντίνοις τε ἀγάλμασι, γραφαῖς τε ποικίλαις κεκόσμηται.

Ὑπ᾽ ἐκείνῳ δὲ ἕτερον, σχήματι μὲν καὶ κόσμῳ παραπλή-
σιον, μικρότερον ἐπίκειται, πυλίδας ἔχον καὶ θύρας ἀνεῳγυίας.

Τρίτον τε καὶ τέταρτον ἀεὶ τὂ ὑποκειμένου μεῖον ἐς
τελευταῖον βραχύτατον περαιῶται.

Ἀπεικάσαι τις ἂν τὸ σχῆμα τῷ κατασκευάσματος φρυκτω-
ρίοις, ἃ τοῖς λιμέσιν ἐπίκειμενα, νύκτωρ διὰ τῷ πυρὸς ἐς
ἀσφαλεῖς διαγωγὰς τὰς ναῦς χειραγωγεῖ· φάρους δὲ αὐτὰ
οἱ πολλοὶ καλῶσιν.

*Quibus peractis, tollunt iterùm lectum atque extra urbem perferunt
in Martium campum, ubi, quàm latissimè campus patet, suggestus
quidam specie quadrangulâ lateribus æquis assurgit, nullâ præterquam
lignorum ingentium materiâ compactus in habitaculi structuræ formam.
Id quidem interiùs totum est aridis fomitibus oppletum, extrà autem
intextis auro stragulis atque eboreis signis variisque picturis exornatum.*

*Post illud surgit alterum formâ et ornatu simile, sed minusculum,
portas habens et januas apertas.*

*Tertium dehinc et quartum semper inferiore contractius assurgit usque
ad ultimum, quod est omnium brevissimum.*

*Possis hujus ædificii formam comparare turribus his quæ, portubus
imminentes, noctu igne prælato, naves in tutas stationes dirigunt: vulgò
pharos appellant.*

Toutes ces cérémonies achevées, on porte le lit hors de la
ville, dans le Champ de Mars.

A l'endroit le plus spacieux de ce champ, on élève, sur un plan
quadrangulaire régulier et en forme d'édifice, une charpente qui

n'est liée que par un assemblage de pièces de bois de la plus grande dimension.

Cet espace, on le garnit intérieurement de matières combustibles. L'extérieur est revêtu d'étoffes d'or, et décoré de statues d'ivoire et de peintures diverses.

Au-dessus de cette bâtisse, s'élève un autre étage semblable pour la forme et les ornemens, mais d'une moindre étendue. Il est percé d'arcades et de portes ouvertes.

Sur celui-ci il y a un troisième et quatrième étages qui vont toujours en diminuant de circonférence jusqu'au dernier (c'est-à-dire, le cinquième), lequel est le plus étroit de tous.

On peut comparer la forme de cette construction à celle de ces fanaux appelés *phares*, qui, sur les ports de mer, servent pendant la nuit à diriger par leur clarté et à conduire les vaisseaux en lieu de sûreté.

On a déjà saisi et il me suffira d'indiquer ici les similitudes qui se rencontrent entre le bûcher d'Héphestion et celui des empereurs Romains. Tous les deux se placent hors de la ville, et sont bâtis sur un plan quadrangulaire; tous les deux ont un premier étage ou rez-de-chaussée, composé de charpente, et bâti dans la manière dont se construiroit une maison de bois; tous les deux ont leur soubassement orné de tapis; tous les deux sont ornés de peintures et de statues d'ivoire; tous les deux enfin ont des étages qui s'élèvent l'un au-dessus de l'autre, et au nombre de cinq.

Il entroit dans le plan d'Hérodien de décrire, non un bûcher en particulier, mais la forme générale du bûcher destiné aux apothéoses. Telle est sans doute la raison pour laquelle il ne s'est point engagé, comme l'a fait Diodore, dans le récit des ornemens de chaque zone; ornemens, d'ailleurs, variables en eux-mêmes, et qui devoient changer

selon

selon les circonstances des temps et des personnages: Hérodien s'est uniquement attaché à donner une idée fort claire
et de la masse de l'édifice considéré dans le genre, et des
formes de sa composition.

Non content d'avoir fait connoître, en parlant de la diminution de ses étages, que sa forme étoit essentiellement
pyramidale, il emploie une comparaison propre à lever
toute incertitude, s'il pouvoit encore en résulter quelqu'une
des mots μικρότερον, μεῖον et βραχύτατον, qui, signifiant
plus petit, moindre, le plus court, pourroient s'entendre aussi
bien de la hauteur que de la largeur (en plan) des différens
étages. *On compareroit,* dit-il, *les bûchers à ces tours qui
servent de fanal, et qu'on appelle* phares. Πυρὰ πυργοειδὴς
étoit le nom qu'on leur donnoit. Si le bûcher ressembloit
aux fanaux ou à ces tours appelées *phares,* sa forme nous
est attestée de la façon la plus sensible.

Strabon appeloit le phare d'Alexandrie πολυόροφος, de
même qu'Hérodote disoit des maisons de Babylone, qu'elles
étoient τριώροφοι ou τετρώροφοι. Or le mot qui signifie *à
plusieurs combles* ou *planchers,* indique parfaitement que le
phare se composoit de plusieurs étages qui avoient chacun
leur entablement, et peut-être des commencemens de
toit occupant la retraite de l'étage supérieur. Cette démonstration peut s'abréger encore par l'inspection de
quelques médailles antiques où sont représentés des phares,
et qu'on peut voir dans Montfaucon.

Puisque les bûchers de consécration étoient bâtis dans la
forme des phares, ils étoient, comme ceux-ci, πολυόροφοι,
et leurs étages alloient par conséquent en diminuant de
largeur ; ils étoient donc, comme ceux-ci, composés de

*Strab. l. XVII,
pag. 791.
Herodot. lib. 1,
ſ. 180.*

*Pl. L, t. IV du
Suppl. de l'An-
tiq. expliq.*

Gg

corps ou d'ordonnances d'architecture, et non simplement de massifs pleins, en manière de bandeau ou faisant frise continue.

Mais tout cela nous est encore plus clairement démontré par les médailles, où l'on trouve assez fréquemment la représentation des consécrations impériales, et la forme des bûchers érigés dans ces cérémonies : rien ne justifie et ne confirme mieux la description d'Hérodien. Quoique le bûcher représenté sur ces types le soit d'une manière assez incomplète, et comme le sont sur les monnoies tous les grands édifices, il ne laisse pas d'offrir une conformité entière avec le récit d'Hérodien dans toutes les parties principales.

Le bûcher, sur les médailles, a quelquefois quatre et quelquefois cinq étages, en comptant le couronnement ; ces étages vont en diminuant l'un sur l'autre, et, par la retraite progressive de chacun, donnent à l'édifice la forme pyramidale, ou celle d'une tour dont le diamètre se resserre en montant.

La petitesse du champ où sont gravés ces monumens, n'a pas permis au graveur de soumettre un aussi vaste ensemble à des proportions exactes, ni d'en exprimer rigoureusement les détails ; cependant il n'y a point de médaille où l'on ne distingue avec beaucoup de netteté l'ordonnance des divers étages. Celui d'en bas, ou le soubassement, y est toujours figuré orné de draperies ; les étages supérieurs s'y composent, soit de colonnades, soit de portiques : dans les unes, on découvre les entre-colonnemens ornés de statues ; les autres font voir des niches : mais il n'y a aucune de ces élévations qui, avec des

variétés de disposition ou de décoration, ne se montre
constamment sous les deux rapports que je cherche à établir, savoir, comme diminuant à chaque étage de largeur
et de hauteur, et comme formée de corps d'architecture,
soit en colonnes, soit en pieds-droits, soit en pilastres,
avec leurs profils et leurs entablemens. On y observe que
le faîte ou le dernier étage est celui qui se rétrécit le plus :
c'est ordinairement une espèce d'attique ou de piédestal
orné de draperies, et surmonté par des quadriges ou des
figures de différens genres, qui servent d'amortissement
et de couronnement à toute la masse.

Je produis, à l'appui de ce que j'avance, les médailles
des planches 18, 20, 24, 25 et 39 du *Recueil de la reine
Christine*, par Pietro Sante Bartoli.

Personne, sans doute, ne contestera que le bûcher des
médailles que je viens de produire, ne soit identiquement,
pour le genre, le même bûcher qu'a décrit Hérodien ; les
médailles sont, à cet égard, des témoins irrécusables : mais
en même temps on voit qu'elles nous montrent, dans les
étages, des portiques et des colonnades dont Hérodien n'a
point parlé ; preuve bien sensible, que, dans de telles descriptions, l'omission de ces particularités est fort loin d'équi-
valoir à une négation.

Appliquons cet exemple palpable à la description du
bûcher d'Héphestion par Diodore de Sicile.

On est forcé d'accorder qu'il y eut parité d'usage, en fait
de bûcher d'apothéose, chez les Grecs et chez les Romains.
On se rappelle que nous avons trouvé parfaitement conformes les traits généraux des deux descriptions de Diodore et d'Hérodien. Mais de même que le silence d'Héro-

dien sur les ordres d'architecture dans les étages du bûcher
Romain nous a été démontré n'être qu'un silence d'omission, de même il paroîtra raisonnable de conclure que le
silence de Diodore sur les corps d'architecture des zones
dont il décrit les ornemens, et sur les ordres des mêmes
étages, dans le bûcher d'Héphestion, est dû à une tout
autre cause que l'absence de ces corps et de ces ordres
d'architecture.

Quand l'analogie est certaine en ce genre, elle produit
la seule démonstration que le genre comporte; et la conséquence que j'ai tirée de ce parallèle, me paroît encore
plus impérieuse à l'égard du bûcher d'Héphestion, sur-tout
lorsqu'on pense, indépendamment de toutes les considérations déjà parcourues, que la hauteur de sa masse fut de
cent quatre-vingts pieds.

Cette hauteur, dans la vérité, n'a rien d'extraordinaire
pour un monument temporaire, si l'on réfléchit que le tombeau de Mausole, bâti en marbre, eut cent quarante pieds
d'élévation, et que l'on donne au mausolée d'Hadrien une
proportion plus haute encore. Mais si ces monumens funéraires, qui, comme je me propose de le faire voir ailleurs,
furent des imitations des bûchers, comportèrent, dans leur
structure solide et dispendieuse, plusieurs corps et ordres
d'architecture l'un sur l'autre, on trouvera, ce me semble,
plus difficile d'admettre le bûcher d'Héphestion sans architecture, que de remplir avec des corps de constructions
différentes et des ordonnances variées les cent quatre-
vingts pieds dont se forme la hauteur de sa masse.

Je ne développerai pas davantage les motifs qui m'ont
éloigné de la manière de voir de M. de Caylus, dans la

restitution du bûcher d'Héphestion : je crois avoir produit assez de témoignages ; d'autorités, d'inductions et d'analogies en faveur du système que j'ai adopté. Maintenant il me reste à faire l'application de ce système à chacune des parties de la description de Diodore, que je vais confronter au dessin dont je dois justifier les détails. Je ne suivrai, dans cette discussion, d'autre ordre que celui de la description même, que je vais reprendre phrase par phrase.

* * * * * * *

« ALEXANDRE, dit Diodore ; après avoir rassemblé
» des architectes et un grand nombre d'artistes habiles,
» λεσ⁷υργῶν πλῆπος, fit démolir, sur une longueur de dix
» stades, une partie des murs de Babylone, en recueillit la
» brique cuite, et ayant aplani l'espace où devoit s'élever
» le bûcher, il lui donna une forme carrée d'un stade
» de longueur en tout sens. »

On a demandé(1) pourquoi Alexandre, au lieu de choisir quelque endroit dans la plaine de Babylone, avoit abattu une partie de ses murs, pour dresser le bûcher sur l'emplacement produit par cette démolition. Ce choix fut peut-être conseillé par plus d'un usage religieux, dont le motif ne sera point parvenu jusqu'à nous. Alexandre ensuite ne voulut-il pas satisfaire à-la-fois aux usages de la Grèce qui plaçoient les tombeaux et les bûchers hors des villes, et au desir de ne pas trop éloigner de Babylone le théâtre principal de la cérémonie ? Mais lorsque nous lisons que, dans l'excès de sa douleur, et pour donner à son deuil

(1) M. de Sainte-Croix.

Exam. crit. des hist. d'Alex. pag. 471.

Arrien, liv. VIII, ch. I.

le plus grand éclat, il fit raser les murs d'Ecbatane, et ordonna à toutes les villes circonvoisines d'abattre les créneaux de leurs murailles, il nous paroît que, ce genre de démolition étant un signe d'affliction publique, la ville où se célébroient les funérailles d'Héphestion, devoit ce tribut au deuil du prince, et que la destruction d'une partie de ses murs put bien n'être qu'une chose d'étiquette.

Au reste, on peut croire qu'après la cérémonie la brèche aura été réparée ; c'est, à mon avis, dans ce dessein, qu'A-lexandre fit recueillir toutes les briques cuites qui en provenoient. Je ne saurois partager l'opinion de plus d'un interprète, savoir, qu'on eût pris un tel soin de ces matériaux pour les employer à la construction même du bûcher, qui fut un ouvrage de charpente. Il est plus naturel d'imaginer que, les murs de Babylone se composant, dans leur massif, de briques crues ou séchées au soleil, et, dans leurs paremens, de briques non-seulement cuites (1), mais vernissées, on dut recueillir avec attention ces dernières, pour les replacer lors de la reconstruction du pan de mur abattu.

Le bûcher fut bâti sur un plan régulièrement carré, comme il résulte et des paroles de Diodore, et du nombre même de proues de vaisseau appliquées à la décoration du soubassement. Chaque côté avoit un stade en longueur, c'est-à-dire, environ 600 pieds. (Je dirai, et la suite montrera pourquoi j'ai dû faire choix du stade olympique et de la plus longue coudée.) Cette grande étendue de plan, comparée à la hauteur, qui étoit de 180 pieds, me porte à croire qu'il ne doit être question dans cette mesure que de la partie de l'édifice appelée par Diodore κρηπίς. Dans

(1) M. l'abbé de Tersan a une de ces briques.

beaucoup d'édifices, il étoit fort d'usage de les établir sur
une plate-forme plus grande que la masse de l'élévation,
et de prendre leur mesure par leur soubassement. Celui-ci
sur-tout étoit fort important, et jouoit un grand rôle dans
tout l'ensemble : une partie des marches, des jeux et des
cérémonies, devoit avoir lieu sur cette plate-forme.

La phrase suivante de Diodore présente peu d'observations à faire sur la disposition extérieure du monument;
mais quelques difficultés dans la manière d'interpréter un
mot de ce passage, et d'en concevoir le sens, m'engagent
à m'y arrêter.

Diodore continue : *Ayant divisé l'espace en trente maisons, on y établit des planchers de charpente, formés de troncs
de palmier ; le tout fut dressé sur un plan quadrangulaire.
Ensuite on plaça les ornemens dans tout le pourtour.*

Ce texte a paru si obscur à M. de Caylus, qu'il a cru
devoir se permettre une hypothèse particulière dans son
interprétation. La difficulté qui l'a arrêté, est celle de la division de l'espace en trente maisons, εἰς τελάχοντα δὲ δόμους
διελόμενος τὸν τόπον. Ne sachant comment distribuer l'emplacement consacré au bûcher en trente maisons, M. de
Caylus, préoccupé de l'idée qu'il doit être ici question d'une
place décorée de maisons, n'a pu se persuader qu'il y ait
eu des maisons dans les quatre côtés de la place (d'autant
que le nombre trente donne un partage inégal). Il a donc
fini par supposer que des maisons, au nombre de quinze,
masquoient de chaque côté l'une et l'autre extrémité de
la muraille démolie. Il pense aussi que ces maisons avoient
dû être également consumées par le feu; *ce que*, dit-il,
leurs toits, formés de troncs de palmier, fait suffisamment

entendre. Du reste, il croit que ces maisons faisoient là *un étalage assez inutile.*

Je suis, à cet égard, de son avis, et je comprends encore moins que lui ce qu'on peut faire ici de trente maisons, sur-tout si l'on reste fidèle au texte de Diodore, qui très-visiblement, par le mot τόπον, n'a entendu parler que du lieu occupé par le bûcher, et d'une distribution de cet espace *in triginta domos.* Aussi, et la nature de la chose même, et la manière dont l'auteur s'exprime, me persuadent-elles qu'il n'est ici nullement question de maisons, comme l'entend M. de Caylus; que le mot Grec ne signifie pas exclusivement ce que le mot *maison* exprime assez généralement en françois, c'est-à-dire, *demeure, habitation.*

D'abord j'avois incliné à penser qu'au lieu du mot δόμοις dans le texte, il pouvoit y avoir eu le mot νομούς, *divisions,* qui feroit sans doute un fort bon sens. On auroit distribué l'aire du soubassement (car c'est de cela qu'il s'agit) en trente *nomes* ou partitions. Toutefois les diverses acceptions du mot δόμος, et le mot ὀρςφή qui vient après, me font croire qu'il n'y a lieu à aucun changement, mais qu'il suffit d'interpréter le mot en question selon un des sens qu'il présente, et que suggère l'intelligence de la construction dont il s'agit.

En effet, de quoi parle Diodore? D'une bâtisse en charpente formant la plate-forme du soubassement [κρηπίδα] sur lequel nous allons voir s'élever le reste de l'édifice.

Or je me demande comment s'y prendroit aujourd'hui un constructeur qui auroit à bâtir en bois de charpente une estrade ou plate-forme de 600 pieds carrés. Il établiroit à terre des pièces de bois horizontales, et il éleveroit

dessus

dessus des pièces de bois perpendiculaires : mais, ayant à
faire un plancher ou un plafond d'une aussi vaste superficie, il pratiqueroit dans l'étendue de son plan des divisions et subdivisions, lesquelles formeroient de tout cet
espace un assemblage de cloisons et de murs de charpente, éloignés l'un de l'autre, selon la proportion des
solives propres à faire les plafonds ou les planchers de
chaque division.

Voilà ce qui fut fait indubitablement dans le plan et
l'élévation du soubassement servant de rez-de-chaussée au
bûcher d'Héphestion. On dut y pratiquer sept grandes
cloisons de charpente traversées par six autres semblables,
qui, en plan, formèrent une sorte d'échiquier. De là ré-
sulta le nombre de trente divisions, lesquelles formoient
chacune comme autant de maisons qu'il s'agissoit de couvrir, et qui furent couvertes par des poutres de bois de
palmier : celles-ci purent encore être soutenues dans leur
point milieu par des bois debout. Ainsi cet appareil de
charpente dut produire un assemblage des plus solides.

Il me paroît donc très-probable que Diodore aura donné
le nom de δόμους à ces trente divisions de charpente, soit
parce que chacune ressembloit aux espaces formés par
les murs des maisons, soit parce que le mot δόμος signifie
aussi *structura*, *compages*.

Dès-lors rien de plus naturel que ce qu'il ajoute, καὶ
κατασρώσας τὰς ὀροφὰς φοινίκων σελέχεσι , *et insternens tecta
palmarum truncis*. J'avoue que quand par le mot δόμους on
s'est figuré des maisons proprement dites, on peut être
induit à traduire ὀροφὴ par *toit*, pris aussi dans l'acception
commune ; mais ὀροφὴ ne signifie le toit d'une maison que

Hh

par suite de son sens élémentaire, qui est *couverture*, de ἐρέφω, *tego*. La charpente dont on a parlé devoit supporter une couverture, celle qui faisoit le *plain-pied* du soubassement; et c'est cette ὀροφή qui se composoit de troncs de palmier.

Il n'y a donc, selon moi, aucune obscurité dans le passage de Diodore de Sicile, et il n'y a lieu à aucune supposition étrangère à la nature de la chose, pour interpréter ces *trente maisons* et leurs couvertures en bois de palmier. Cela fait, ajoute Diodore, on assigna la place de chaque décoration dans le pourtour.

* * * * * *

Voici celle du soubassement : Οὗ τὴν μὲν κρηπῖδα...

Elle se composoit d'un nombre de deux cent quarante proues de quinquirèmes en or. Ces proues avoient sur leurs flancs deux archers, le genou en terre, de quatre coudées de proportion : elles étoient surmontées par des statues d'hommes armés, hautes de cinq coudées. Les intervalles étoient remplis par des tapis de pourpre.

M. de Sainte-Croix, *Examen crit. des histor. d'Alex. p. 474.*

M. de Caylus, et d'autres écrivains, d'après lui, ont traité avec beaucoup de mépris la décoration du bûcher d'Héphestion. On s'est plu à regarder cet ouvrage comme *un assemblage d'inventions déréglées;* mais peut-être, avant de le juger ainsi, eût-il convenu de s'assurer que ce qu'on critiquoit, étoit bien véritablement ce qui avoit été.

Je doute, par exemple, qu'on ait bien compris le motif et bien rendu la position des proues de vaisseau qui ornoient le soubassement.

Quant au motif de cette décoration, il me paroît aussi

clair que naturel. Héphestion avoit eu le commandement
des hoplites, lorsqu'Alexandre descendit, par le fleuve
Eulée, jusqu'à l'Océan, après la défaite des Perses et l'expédition de l'Inde, et il avoit équipé un navire pour cette
expédition. On voulut rappeler les services et les exploits
de cette navigation, et les décorateurs employèrent comme
symbole, des proues de vaisseau, de la façon dont les
Romains en usèrent dans la suite, soit pour leurs colonnes
rostrales, soit pour l'ornement de leur *forum*. Il n'est pas
même très-nécessaire de supposer que cet ornement auroit
eu exclusivement rapport aux victoires navales d'Héphestion. Le monument dont Alexandre dirigeoit la décoration,
auroit fort bien pu être composé dans une intention plus
générale et sous le point de vue le plus capable de flatter
les Macédoniens. Or, à l'époque de la mort d'Héphestion,
Néarque étoit déjà de retour de son expédition, et il avoit
ramené la flotte de l'Indus jusqu'au fond du golfe Per- *Exam. des hist.*
sique : Alexandre lui avoit décerné une couronne, ainsi *d'Alexandre, p.*
qu'à Onésicrite, son premier pilote. *442.*

Je ne saurois donc voir, avec certains critiques, ce que
l'ornement des proues de vaisseau, quant à l'intention,
pouvoit avoir de bizarre dans la décoration de notre soubassement.

Quant à leur effet, je ne pense pas, il est vrai, comme
M. de Caylus, que ces proues soutenoient la base de
l'édifice; la description ne le dit point : les proues d'or,
selon moi, étoient appuyées ou adossées au montant du
soubassement, et elles y devoient figurer comme des espèces
de piédestaux surmontés d'autant de statues.

Je me persuade encore que, pour s'en faire une juste

idée, il ne faut point imaginer qu'elles aient été en toute
réalité de véritables proues de vaisseau. Dans un ensemble
de décoration tel que celui-là, tout étoit imité ou simulé;
ce n'étoient que des proues feintes, recouvertes peut-être
de toile dorée, comme les hoplites et les archers ne furent
peut-être aussi que des sortes de mannequins; et, sans
doute, ces hoplites s'élevoient à la pointe de la proue,
Antiq. expliq. comme on en voit sur les médailles d'Hadrien de la ville
tom. IV, p. 219, de Cyzique et autres.
pl. 48.

En donnant 600 pieds à la dimension du soubassement en longueur, la proportion des proues aura pu être
de 9 pieds de large. Les soixante proues faisant ainsi 540
pieds, il restoit entre chaque proue un intervalle d'à-peu-
près un pied, qu'occupoient les tapis de pourpre.

On pourroit trouver à dire dans cette disposition,
que le même objet y auroit été singulièrement multiplié.
Toutefois, en ne regardant ces proues que comme des
piédestaux, on conviendra encore que ces sortes de répétitions sont tout-à-fait dans l'esprit de l'architecture,
et qu'ici le décorateur eut plus de moyens qu'on ne peut
se le figurer, d'éviter le reproche d'uniformité. Je ne saurois donc, sous aucun rapport, croire cette décoration
aussi ridicule qu'elle l'a semblé à M. de Caylus, qui a
porté le même jugement sur celle de l'étage placé en retraite, immédiatement au-dessus du soubassement, et dont
voici la description :

* * * * * * *

Ὑπεράνω δὲ τότων τὴν δευτέραν, &c.

Au-dessus s'élevoit le second étage, dont la décoration se composoit de flambeaux de quinze coudées. Ces flambeaux, à l'endroit par lequel on les tient (c'est-à-dire, le milieu de la poignée), avoient des couronnes d'or; au-dessus de leurs mèches, des aigles, les ailes déployées, regardant en bas ; et à leur extrémité inférieure, des serpens, le regard dirigé vers les aigles.

Ce motif de décoration a été l'objet de deux sortes de censure : M. de Caylus le blâme, comme présentant de la maigreur dans l'ajustement, et il le réprouve encore comme insignifiant. Il trouve, ce sont ses expressions, que *des attributs d'aigles et de dragons sont peu convenables à l'objet de cette décoration.*

J'espère faire voir tout-à-l'heure comment, sur le premier point, la critique de M. de Caylus s'adresse uniquement à sa propre hypothèse, c'est-à-dire, à un parti de décoration nécessairement monotone et sans effet ; mais je dois, avant tout, une réponse à la seconde critique, ou à celle qui porte sur l'idée générale et l'ensemble de l'invention.

Est-il donc bien vrai que ces objets d'ornement, que ces attributs de flambeaux, d'aigles, de serpens, &c., soient peu d'accord avec le monument?

Pour prononcer d'une manière aussi décisive sur des choses en rapport avec les opinions morales ou religieuses de ces temps, il faudroit que nous pussions nous flatter d'avoir une connoissance entière des usages et des idées mystiques de l'antiquité. Si, dans un monument de la nature de celui-ci, nous apercevions des symboles et des attributs dont la corrélation avec la destination de l'ouvrage nous paroîtroit peu sensible, il seroit, à mon avis, plus raisonnable de supposer le sens de ces objets perdu

pour nous, que d'accuser les artistes antiques d'avoir imaginé ici une décoration sans motif. Une telle réserve, à la
vérité, n'est guère applicable à tous ces ornemens ara-
besques dont les intérieurs de beaucoup de chambres
sépulcrales, chez les Romains, sont ornés ; mais on sait
aussi quelle différence on doit mettre entre ces badinages
de l'ornement et les principaux sujets de décoration qui
figuroient dans l'architecture extérieure d'un grand édifice.
Or le bûcher d'Héphestion, quoiqu'il ne fût que d'architecture feinte, n'en joua pas moins les apparences d'un
monument solide et durable. J'ai donc beaucoup de peine
à croire que les architectes aient aussi complètement négligé de mettre la décoration de leur édifice en rapport
avec sa destination.

Il me semble ensuite qu'il n'est pas très-difficile, sinon
de démontrer, au moins de faire présumer la liaison morale
du sens de ces attributs avec le monument funéraire dont
ils étoient les ornemens allégoriques.

Et d'abord, s'il s'agit de ces torches ou de ces grands
flambeaux de quinze coudées de haut, leur analogie positive avec un bûcher me semble trop naturelle pour n'être
pas facilement entendue de tout le monde. Le flambeau,
dans l'antiquité, eut sans doute plus d'une signification ;
mais, dans un édifice destiné à brûler un corps mort, le
flambeau est un symbole du feu, assez sensible pour qu'on
ait pu en faire l'attribut et l'ornement d'un bûcher. Ainsi

Veter. arcus
August. Rom.
M. DC. XC.

nous voyons, dans le bas-relief de l'apothéose de Faustine
la jeune (1), un génie ailé s'élever de dessus le bûcher,
un grand flambeau à la main, et emporter aux cieux

(1) Ce bas-relief, qui fit partie de l'arc dit *de Portogallo,* est au Capitole.

l'effigie de l'impératrice. Le flambeau se trouve ainsi, sur les médailles, très-souvent joint aux représentations d'apothéose et de consécration. Au haut d'une *pyra,* sur une médaille de Pertinax, on voit des flambeaux placés en saillie et debout dans le sommet de l'édifice.

Méd. de la reine Christine, pl. 24.

Le flambeau exprima encore plusieurs autres idées relatives aux cérémonies funéraires : il signifia quelquefois la lumière des initiés; et, selon sa position, il étoit l'emblème de la vie ou de la mort : il fut aussi un signe d'immortalité.

Mus. Pio-Clem. tom. V, p. 56.

Loin donc que cet objet de décoration soit sans rapport avec notre monument, on ne peut qu'être embarrassé dans le choix des motifs allégoriques qu'il renferme : mais, quand on pense au but que s'étoit proposé Alexandre dans l'exécution de ce bûcher, et que toute cette cérémonie avoit été faite pour déifier Héphestion, il me semble qu'on n'a point de peine à trouver le vrai sens de ce symbole.

Il doit en être de même de celui de l'aigle; les usages et les monumens Romains nous enseignent ici sa signification : l'aigle étoit l'oiseau de la consécration. C'est sur un aigle que sont portés les empereurs déifiés; on sait que, dans la cérémonie de l'apothéose, on faisoit partir du haut du bûcher un aigle, qui étoit censé porter au ciel l'ame du défunt. En faut-il davantage pour expliquer cet aigle, les ailes étendues au-dessus du flambeau? et ne conclurons-nous pas de là que ces emblèmes de consécration furent, chez les Romains, des emprunts faits aux Grecs?

Les figures mythologiques des anciens n'avoient pas toujours, même pour eux, un sens unique et exclusif :

cela vient de ce qu'elles étoient de pures allégories, dé-
rivées de sources inconnues, et qu'étant, comme telles,
susceptibles de se modifier indéfiniment par des idées
nouvelles, les mêmes signes se prêtoient facilement à des
explications diverses, selon la différence des origines qu'on
leur supposoit; aussi ne sauroit-on, aujourd'hui sur-tout,
mettre trop de réserve dans l'interprétation de symboles
souvent amphibologiques, c'est-à-dire, ayant la faculté d'exprimer plus d'une idée vraisemblable. Cependant, lorsque
l'objet principal, ou ce qu'on appelle la destination d'un
monument, nous est bien connu, on peut, sans grande
témérité, inférer de cette destination le sens probable des
signes emblématiques dont il fut orné.

Or, si l'objet de la cérémonie qu'on désigne par les
mots d'*apothéose* ou de *consécration*, étoit de faire croire
que l'ame, dégagée, par le feu, de son enveloppe matérielle,
abandonnoit le séjour de la terre pour se réunir, dans les
demeures du ciel, à la compagnie des dieux, il me semble
que le flambeau, l'aigle et le serpent, ne sont autre chose
que les signes hiéroglyphiques de cette opinion.

Nous avons vu que le flambeau étoit naturellement
signe du feu ou de la flamme; mais le serpent fut toujours symbole de la terre, comme l'aigle le fut du ciel ou
de l'air. Ces trois symboles, réunis dans la décoration d'un
bûcher de consécration, ne disent-ils pas sur-tout, par
leurs positions respectives, que le feu enlève à la terre,
pour la faire parvenir au ciel, l'ame d'Héphestion?

Diodore nous dit que les serpens avoient le regard
fixé en l'air sur les aigles : ainsi, dans les bas-reliefs où
le même sujet est représenté avec des personnages, il s'en
trouve

trouve toujours quelqu'un figuré regardant en haut, et
comme suivant des yeux l'enlèvement. Ici l'idée n'est ex-
primée qu'emblématiquement, comme il convenoit que
cela fût dans le langage de l'ornement.

Quelle que soit, au reste, la justesse de ces rapprochemens, et de quelque manière qu'on établisse une liaison
d'idées entre ces symboles, il est indubitable, par la comparaison qu'on peut en faire avec d'autres monumens de consécration où les mêmes signes se retrouvent, qu'ils eurent
un rapport nécessaire de signification avec le bûcher et
avec sa destination ; et ce point de vue incontestable suffiroit pour repousser l'accusation d'insignifiance portée
par M. de Caylus contre cette décoration.

Mais il est plus encore dans mon sujet de montrer,
contre la première des deux critiques du savant antiquaire,
que ce motif d'ornement, sous le rapport de l'art, du goût
et de l'effet, pouvoit jouer un beaucoup meilleur rôle
qu'on ne l'a cru.

C'est ici que le nouveau système de restitution me paroît mériter la préférence: d'abord, parce que l'étage dont
il s'agit, offre un parti d'architecture aussi riche que
varié; ensuite, parce que, les ornemens dont on vient de
parler se liant naturellement et aux membres et aux proportions de cette architecture, la répétition du même
objet d'ornement ne donne plus lieu au reproche d'insi-
pidité et de manque d'effet, que M. de Caylus étoit en
droit d'y faire dans le système de frise continue adopté
par lui.

On conçoit sans peine quelle eût été la monotonie de
ces flambeaux accompagnés de leurs symboles, et se répé-

tant sans cesse sur un fond uniforme dans tout le pourtour de l'édifice. Rien n'eût eu moins d'effet, parce que
le manque de saillie et la froideur d'une superficie sans
architecture n'auroient pu qu'ajouter à l'ennui de cette
répétition. Le sentiment de cette redite fastidieuse eût été
encore plus pénible dans l'hypothèse de M. de Caylus,
qui, donnant à toutes les zones, à peu de chose près, la
même étendue qu'au soubassement, c'est-à-dire, de quatre
à cinq cents pieds, augmente, outre mesure, le vice de
la répétition.

Les motifs que j'ai exposés plus haut, les notions des
écrivains et l'autorité des médailles, m'ayant donc porté
à penser que les divers étages du bûcher d'Héphestion
étoient, comme le sont tous ceux des édifices antiques
du même genre, formés d'ordonnances d'architecture, il
m'a semblé qu'il étoit nécessaire de donner à la largeur
de ces étages infiniment moins d'étendue qu'à celle du
soubassement, à moins de faire un ensemble par trop
gigantesque et hors de toute proportion. En effet, notre
hauteur est prescrite, et le plus haut point où l'on puisse
la porter, est 185 pieds : mais, s'il falloit donner à chacun
des étages une largeur égale à celle du soubassement, ou de
peu de chose moindre, à raison des retraites, il conviendroit de porter leur élévation à une hauteur qui fût en
proportion avec cette largeur ; ce qui, à moins de blesser
toutes les convenances, sortiroit par trop de la dimension
générale que porte le texte de Diodore.

Si, au contraire, distribuant les 185 pieds de haut
entre tous les étages, on donne seulement une quaran-
taine de pieds à l'étage orné de flambeaux, il sera très-

probable qu'une largeur de 200 pieds aura été suffisante.

C'est pourquoi, comme rien ne contredit cette supposition, comme la masse pyramidale de l'édifice exige une diminution graduelle, il m'a semblé qu'on pouvoit regarder le soubassement comme seul susceptible de recevoir la dimension des 600 pieds. Restreignant en conséquence, ainsi que je l'ai dit, la largeur de l'étage orné de flambeaux, je présume qu'il pouvoit se composer de onze arcades dans chacune de ses faces : il auroit consisté en portiques ouverts, et ces ouvertures auroient été ornées par les statues décrites. Quant aux pieds-droits de ces arcades, c'est sur leurs montans que je dispose, ainsi que je vais l'expliquer, les flambeaux dont il a été fait mention.

L'usage est, comme l'on sait, de remplir par des colonnes, par des demi-colonnes ou des pilastres, les montans des pieds-droits. Ici le décorateur auroit substitué à la colonne le flambeau de quinze coudées : les aigles, avec leurs ailes déployées, en s'élevant au-dessus de la mèche des flambeaux, comme au-dessus d'un chapiteau, auroient fait l'ornement courant de la frise ; les couronnes d'or auroient, sans aucune difficulté, occupé le milieu de la tige de chaque torche ; et les serpens placés au pied de chacune, et sur le socle continu des arcades, se seroient trouvés très-naturellement dans le rapport indiqué avec chaque aigle.

Cet ajustement, qui, par la forme du flambeau, jouoit les apparences de la colonne dans un ordre régulier, doit être regardé sans doute comme une de ces libertés que le génie de la décoration autorise et justifie, à l'égard d'un monument du genre de ceux qui, ne devant briller qu'un moment par les ressources d'un luxe précaire, semblent affranchis de la sévérité des règles. L'effet de cette composition devoit être fort riche ; et comme les arcades des portiques, ainsi que les membres de l'architecture, en interrompoient la continuité, le vice d'uniformité ne sauroit raisonnablement entrer dans les reproches qu'on pourroit lui faire.

J'ai placé des statues sous les arcades, et ces figures ne sont pas ici une addition arbitraire : Diodore a pris soin de nous apprendre que tout cet ensemble étoit décoré des statues les plus précieuses. Cette notion est encore une de celles qui concourent à rendre probable le parti de composition architecturale que je propose ; car, où des statues pouvoient-elles être mieux placées que dans des niches ou dans des entre-colonnemens ? On en voit ainsi sur certains bûchers des médailles.

Voyez, entre autres, la médaille de Faustine, pl. 20 des Médailles de la reine Christine.

Jusqu'ici, il nous semble que les ornemens décrits par Diodore, non-seulement s'allient naturellement avec les formes et les combinaisons de l'architecture, mais encore perdent dans cette alliance les défauts que M. de Caylus leur avoit justement reprochés dans sa propre hypothèse.

Nous allons voir que les autres séries d'ornement ne s'ajustent pas moins convenablement, dans le nouveau système, avec les ordonnances des zones supérieures.

* * * * * *

Je passe à la troisième zone. La discussion à laquelle elle donnera lieu, sera moins longue.

Κατὰ δὲ τὴν τείτην πεειφοεὰν, &c.

Dans la troisième périphérie, on avoit représenté des chasses d'animaux de tout pays.

J'en ai dit assez sur la différence des deux systèmes de restitution, pour que l'application s'en fasse de soi-même à chaque étage. Il est inutile de répéter que Diodore ne prescrit par ses paroles, et n'exclut par son silence, aucune manière de se figurer la forme de cette troisième périphérie : ainsi les peintures ou les bas-reliefs continus de cet étage purent simplement en faire partie, de la manière dont nous voyons des bas-reliefs circuler autour d'un édifice, sous les colonnades de ses péristyles.

C'est ainsi que j'ai représenté cette frise ; mais je n'ai pas besoin d'avertir que le parti d'architecture de chaque étage doit se considérer, dans le dessin ci-joint, comme plus ou moins arbitraire. Je ne donne pour constant que le système de la disposition ; du reste, chacun est le maître de modifier à son gré les ordonnances, et, avec elles, l'ajustement des frises et des sujets d'ornement : ainsi voyons-nous, sur cinq ou six types de consécration, revenir la même sorte de bûcher, toujours semblable quant au genre et quant au système de composition architecturale, et toujours variée quant à l'emploi des corps et des masses d'architecture. Cela nous fait connoître que ces édifices temporaires admettoient la même variété de combinaisons que les édifices solides. On pourroit donc disposer l'élévation du bûcher d'Héphestion avec d'autres masses d'architecture, sans infirmer en rien le résultat de cette discussion.

Je dirai peu de chose du sujet de cette frise, qui représentoit des chasses : ce sujet, très-favorable à l'art et à la sculpture, a paru à M. de Caylus offrir peu de raison,

et n'avoir de rapport ni avec le bûcher, ni avec Héphestion.

Il me semble qu'il faut considérer ce monument, non
pas seulement sous le rapport purement funéraire, mais
aussi sous le point de vue historique et honorifique. Il ne
paroît point que les ornemens des tombeaux et des sar-
cophages mêmes aient toujours été conçus ou exécutés
dans un cercle d'idées analogues à leur principale destination. Les urnes antiques et les chambres sépulcrales
qui se sont conservées jusqu'à nos jours, sont décorées
de toutes les sortes de sujets mythologiques, allégoriques
et historiques : on y voit très-fréquemment représentées
des chasses.

Mais l'expression de ce genre de sujets semble avoir
été plus particulièrement en rapport avec le personnage
inhumé qu'avec le monument. L'exercice de la chasse
étoit, dans l'antiquité, une sorte d'apprentissage des travaux
de la guerre, et l'intrépidité dans les combats contre les
animaux féroces étoit le présage de la bravoure et du
courage contre l'ennemi. Durant les temps héroïques, on
confondit dans la même illustration les deux sortes d'exploits, et l'on trouveroit dans l'histoire même d'Alexandre
de quoi prouver que, de son temps encore, la chasse
passoit pour un des exercices les plus nobles et les plus
dignes d'un héros. Rien d'étonnant par conséquent qu'on
ait représenté sur les monumens, des combats de chasse
comme signes des dispositions guerrières et des qualités
belliqueuses. Ainsi, sur les bas-reliefs de l'arc de Trajan,
adaptés depuis à l'arc de Constantin, l'empereur est représenté combattant contre des bêtes fauves. Pourquoi,

sur le bûcher qui devoit célébrer ou les goûts ou les qualités d'Héphestion, Alexandre ou ses décorateurs n'auroient-ils pas fait exécuter des chasses de toute espèce d'animaux?

* * * * * * *

Le sujet du quatrième étage étoit *une centauromachie en or.*

Ἔπειτα ἡ μὲν τέταρτη χώρα κενταυρομαχίαν χρυσῆν εἶχεν.

Mêmes réflexions à l'égard de la disposition de cette frise que pour la précédente. J'ai cru devoir varier la forme de chaque ordonnance, ou de l'architecture de chaque étage, de façon que les diverses zones d'ornement figurassent entre elles diversement.

Mêmes censures aussi de la part de M. de Caylus sur le manque de rapport entre le sujet de la centauromachie et le bûcher d'Héphestion. J'avouerai qu'ici la corrélation de motif est moins sensible, et que les connoissances que nous avons de l'antiquité, ne nous permettent guère autre chose que des conjectures sur l'emploi de ce sujet. Au reste, il faut en dire autant de beaucoup d'autres monumens antiques et des plus célèbres. Pourquoi y avoit-il une centauromachie sur le bouclier de Minerve au Parthenon, sur les métopes de la frise de ce temple, sur le fronton postérieur du temple de Jupiter à Olympie? Les antiquaires ne restent point sans réponse à ces questions. Il y a, dans la région des sujets héroïques et mythologiques, des analogies sans nombre; et, si l'on ne peut affirmer que celles qu'on imagine aujourd'hui, soient précisément les mêmes que celles qui entrèrent jadis dans l'intention des artistes, il est permis de croire que les raisons d'autrefois furent souvent aussi détournées que celles qu'on donne de nos jours; et plus d'une explication ancienne le prouve. Il résulte de là qu'il vaut encore mieux s'en tenir à soupçonner quelques-uns de ces motifs indirects et peu apparens aujourd'hui, que de croire qu'on ait fait jadis choix d'un sujet dénué de tout motif applicable au monument, au héros ou à la circonstance. Qui nous dira si, la centauromachie étant une fable Thessalienne, ce sujet n'aura pas été choisi pour indiquer qu'Héphestion tiroit son origine de la Thessalie ? Qui nous dira qu'il ne descendoit pas de quelques-uns des héros qui s'illustrèrent dans cette guerre ? Mais je m'abstiens d'autant plus volontiers de toute conjecture à cet égard, que l'objet principal de ma discussion est étranger à cette sorte de critique.

* * * * * * *

Le cinquième ordre, dit Diodore, avoit *des taureaux et des lions d'or placés alternativement.*

Ἡ δὲ πέμπτη λέοντας καὶ ταύρους ἐναλλὰξ χρυσᾶς.

Le système dans lequel je propose de restituer le bûcher d'Héphestion, est fécond en variétés, comme celui de M. de Caylus semble condamné à l'uniformité. Dès que les ornemens décrits par Diodore peuvent trouver place dans une véritable architecture, ils peuvent s'incorporer si diversement avec les parties des ordonnances, que le seul embarras qu'on éprouve, est celui du choix. Ainsi nous

venons

venons de montrer que le sujet de la centauromachie, bien
loin de devoir occuper nécessairement toute la surface
d'une des zones du monument, non-seulement pouvoit
n'être qu'un bas-relief continu en or au-dessus de l'étage,
mais pouvoit encore, ainsi qu'au Parthenon d'Athènes,
être supposé placé dans les métopes d'un entablement.
Qui prendroit ce dernier parti, ne feroit rien de contraire ni au texte de l'écrivain, ni aux meilleures pratiques
de la décoration chez les Grecs.

Ceci pourroit s'appliquer avec assez de vraisemblance
à l'ornement des taureaux et des lions d'or, dans le cinquième étage du monument. Il y a plus d'une manière de
se figurer ces animaux, soit en eux-mêmes, soit dans
leurs rapports avec l'architecture : on pourroit croire qu'il
ne s'agit que de têtes de bœuf et de lion ornant un entablement, comme on en trouve beaucoup d'exemples. Il
paroît plus conforme au texte de les représenter en entier dans un ordre alternatif, en frise continue; mais il ne
répugneroit à aucune convenance de les placer dans les
espèces d'entre-pilastres d'un étage Attique, ou entiers
ou à mi-corps, comme j'en offre le choix.

Si les lions et les taureaux ne sont là que comme
partie décorative d'un entablement, on peut se dispenser
d'en demander ou d'en donner la raison, l'architecture
étant pleine d'ornemens nés d'usages dont le motif n'est
souvent explicable que par le caprice, qui fait une partie
du génie de la décoration. Si l'on fait jouer à ces animaux
un rôle plus important, il faudra croire que leur présence
avoit ici une signification particulière; mais qui pourroit
se flatter de rencontrer la véritable, et de démêler le sens

Tom. IV des
Antiq. d'Athènes
par Stuart, ch.
VI, pl. 1.

K k

précis d'objets allégoriques, capables d'exprimer un grand nombre d'idées diverses?

Le motif de décoration qui vient après celui-ci, n'offrira point les mêmes incertitudes.

* * * * * * *

Τὸ δ' ἀνώτερον μέρος ἐπεπλήρωτο Μακεδονικῶν καὶ βαρ-δαρικῶν ὅπλων, &c.

La partie supérieure (ou la plate-forme du haut) étoit remplie par les trophées des armes des Macédoniens et de celles des Barbares, mais disposés de façon à désigner la bravoure des uns et la défaite des autres.

Rien de plus clair, comme l'on voit, que ce motif d'ornement ; rien de mieux adapté à un monument qui, comme on l'a dit, étoit à-la-fois funéraire et honorifique, et par conséquent admettoit des emblèmes de plus d'un genre. Il est facile aussi d'exprimer par la seule disposition des trophées la double intention du décorateur : il suffit de représenter les trophées des vainqueurs élevés en l'air, et ceux des vaincus, comme des monceaux d'armes brisées, à terre. Cette intention, qui se retrouve dans le dessin de M. de Caylus, pouvoit, à la vérité, être rendue plus sensible qu'il ne l'a fait ; mais cette différence ne mérite pas qu'on en fasse un point de controverse.

Je ne saurois en dire autant d'un autre point relatif, et à la position de ces trophées, et à la composition générale du bûcher. M. de Caylus, fidèle à son système de frises continues, établies uniformément les unes au-dessus des autres dans toute l'étendue des quatre faces du monument, a imaginé aussi de faire de ces trophées une

frise régnante , et une sixième zone autour de laquelle
les armures seroient placées en bas-relief, ou en groupes
adossés. J'ai imaginé, au contraire, de les disposer en
groupes isolés, et de supprimer par-là le sixième étage
de construction : voici mes raisons.

Je ne répéterai point celles qui se tirent du goût et de
l'effet ; je ne reviendrai point sur la monotonie reprochée
à cet assemblage d'ornemens , toujours étalés sur de froides
et insignifiantes superficies ; je ne dirai pas que, dans ce
système-là même, il conviendroit au moins de ne rien
faire au-delà de ce que prescriroit le texte, c'est-à-dire,
de ne pas multiplier outre mesure les zones d'ornemens :
mais je tire ma principale raison des paroles de Diodore,
qui, sur ce point, me semblent contenir l'indication
formelle du parti qu'on doit prendre.

On a pu observer que l'écrivain Grec, s'élevant d'étage
en étage dans sa description , à partir du soubassement,
οὗ τὴν μὲν κρηπῖδα, les a tous décrits numériquement.
Ainsi le soubassement doit compter pour le premier étage,
puisqu'après en avoir parcouru les ornemens il dit, *Au-*
dessus s'élevoit le second rang (celui des flambeaux), ὑπεράνω δὲ τέτων τὴν δευτέραν χώραν ἐπανεῖχον δᾴδες, &c.
Il passe ensuite à la troisième périphérie , κατὰ δὲ τὴν
τείτην περιφοράν, puis à celle qu'il appelle τέλαρτη χώρα,
et enfin à la dernière désignée par le nombre *cinq*, ἡ δὲ
πέμπλη. Il est visible qu'il a compté cinq étages et cinq
sujets d'ornement.

Maintenant, si Diodore cesse de nombrer, ne sera-t-il
pas très-probable qu'il n'y avoit pas de sixième étage, et
que l'ornement décrit sans ordre numérique existoit sans

être appliqué à aucun étage? Mais la vraisemblance de cette opinion augmente encore, lorsqu'on se figure l'effet du genre d'ornement dont il s'agit. Sans doute, s'il falloit admettre, en vertu des termes du texte, que cet ornement devoit se détacher sur un fond, rien n'empêcheroit d'imaginer des trophées de bas-relief qui y seroient adossés. Toutefois n'est-il pas plus naturel, puisque rien ne prescrit ici cet ajustement, de préférer les trophées isolés, ou de ronde-bosse? Puisque c'est-là leur meilleure manière d'être composés pour faire de l'effet, cela seul indique qu'il faut s'abstenir de leur donner le fond d'architecture que les paroles mêmes de Diodore paroissent leur refuser.

Observons en effet que les mots dont s'est servi Diodore de Sicile, en même temps qu'ils ne désignent point de sixième étage, peignent on ne peut pas mieux l'emplacement occupé, selon moi, par les trophées. Où se rapporte-t-il? précisément à la partie supérieure. Diodore n'a pas dit l'étage ou la région, mais τὸ ἀνώτερον μέρος. Cette partie effectivement étoit la plus élevée de l'édifice : c'étoit la plate-forme du cinquième et dernier étage ; ce qui prouve, comme tendra tout-à-l'heure à le confirmer la notion de l'amortissement, que le bûcher n'avoit que cinq étages, en comprenant le soubassement, et que le couronnement dont il va être question, ne se considéroit pas comme faisant corps avec la masse architecturale, mais comme une sorte de supplément.

Si nous consultons aussi l'analogie que nous offrent les représentations de bûchers sur les médailles impériales, nous voyons qu'ils sont ordinairement à trois et à quatre étages, sans y comprendre le massif de leur couronne-

ment. Enfin le bûcher d'une médaille de Faustine, rapporté planche 20 des Médailles de la reine Christine, nous
montre des indications d'armes ou de boucliers à l'endroit
même que je désigne comme étant celui qui étoit rempli
par les trophées au bûcher d'Héphestion.

Ce que Diodore va nous dire du septième objet de
décoration, et la manière dont il en indiquera la place,
pourront confirmer de plus en plus mon opinion.

* * * * * * *

Ἐπὶ πᾶσι δὲ ἐφειςήκεισαν Σειρῆνες διάκοιλοι, καὶ δυνά-
μεναι λεληθότως δέξασθαι τοὺς, &c.

Sur le tout s'élevoient des Sirènes creuses, dont la cavité étoit
capable de recevoir et de cacher les musiciens qui devoient exécuter le chant funèbre en l'honneur du mort.

C'est ici que la comparaison des bûchers sur les médailles, avec la manière dont s'exprime Diodore sur ce
dernier sujet de décoration, est frappante, si l'on prend
la peine d'examiner les types des médailles de consécration, *planches 18, 20, 24, 25 et 39* du Recueil de la reine
Christine par Pietro Sante Bartoli ; on y voit que le bûcher, composé de trois ou de quatre étages, comme l'a dit
Hérodien, se terminoit toujours par une masse de beaucoup
plus étroite et beaucoup plus haute que celle de chacun des
étages inférieurs, ἐς τελευταῖον βραχύτατον. Cette masse,
qui étoit le piédestal du couronnement, n'y est jamais composée d'architecture ; mais elle est ornée de draperies. C'est
sur ce massif que s'élèvent les sculptures colossales qui
terminent l'ensemble, et qui, le plus souvent, sont des
quadriges. Ainsi le tombeau de Mausole, que je prouverai

ailleurs avoir été une imitation des bûchers décoratifs, se terminoit par un char à quatre chevaux, porté sur un massif élevé en pyramide au sommet de l'édifice.

Au bûcher d'Héphestion, le couronnement consistoit en figures colossales de Sirènes; je dis colossales, ce qu'indique suffisamment leur destination, qui étoit de contenir et de cacher les musiciens. L'analogie veut par conséquent que ce couronnement ait été placé aussi ἐς τελευταῖον βραχύτατον. C'est pourquoi je l'ai élevé sur le massif d'amortissement dont les médailles nous offrent le modèle.

Maintenant comparons à cette position la manière dont s'exprime Diodore : ἐπὶ πᾶσι δὲ ἐφειςήκεισαν Σειρῆνες, *sur le tout s'élevoient des Sirènes.* Il n'est plus question d'énumération de zone ou d'étage, ni d'aucune locution qui puisse en faire présumer l'omission. Ce changement dans les formes du discours n'en indique-t-il pas un dans la forme de l'édifice? Je crois que cette présomption, rapprochée de toutes les autres, doit empêcher de regarder comme un septième étage proprement dit, le massif des Sirènes, et sur-tout d'en faire, comme l'a imaginé M. de Caylus, une zone à peu près aussi étendue que toutes les autres; ce qui l'a conduit à figurer encore, comme de bas-relief, dans une frise de plusieurs centaines de pieds en longueur, les Sirènes qui devoient recevoir les musiciens.

Je ne dirai pas que M. de Caylus, pour adapter les Sirènes à son système de décoration, a fait choix d'un mélange de femme et de poisson très-peu conforme au lieu qu'elles occupent; mais je ne dois pas omettre une considération tirée de la nature même des choses, et qui me semble devoir combattre à-la-fois et la forme et la disposition de ces Sirènes, et sur-tout l'étage ou la frise continue qu'elles occupent. L'intention des décorateurs et des machinistes avoit été sans doute d'opérer une sorte d'illusion qui fît croire que c'étoient les Sirènes elles-mêmes qui exécutoient le chant funèbre : ainsi ils durent faire choix des Sirènes à corps d'oiseau, dont la cavité, sur-tout dans une dimension très-colossale, pouvoit recevoir un assez grand nombre de joueurs d'instrumens et de chanteurs ; mais cette espèce de concert exigeoit que les musiciens fussent rapprochés, autant pour l'ensemble de l'exécution que pour l'effet même du son. Si l'on suppose au contraire que les Sirènes, selon la disposition de M. de Caylus, auroient été, ainsi que leurs musiciens, placées autour d'une circonférence de plus de 1200 pieds, on ne comprend pas comment les instrumens auroient pu exécuter d'accord, ni comment ils auroient fait de l'effet, ni comment il seroit résulté de là la moindre illusion.

D'où je conclus que M. de Caylus, ayant imaginé pour les trophées un sixième étage, que Diodore n'accorde point, et que la vraisemblance exige encore moins, a, par suite de son système, ajouté au bûcher un septième étage que la nature seule des choses repousse, quand toutes les inductions qu'on a tirées des monumens et des autorités antiques, ne concourroient pas à le faire rejeter.

* * * * * * *

Il me resteroit à justifier les dimensions et les proportions que j'ai données à cette composition, c'est-à-dire, à montrer, d'après quelques-unes des conditions prescrites par la description même de Diodore de Sicile, quelle est la valeur des mesures dont cet écrivain s'est servi. On trouve dans son texte l'énoncé de deux sortes de mesures; savoir, celle du stade, employée pour la dimension générale du plan, et celle de la coudée, pour la hauteur totale de l'édifice : il avoit 130 coudées; la grandeur des flambeaux étoit de 15. Les hommes armés sur les proues avoient 5 coudées; les archers agenouillés, 4 coudées.

De quel stade et de quelle coudée Diodore s'est-il servi dans ces mesures?

Si pour évaluer ces mesures on se sert du stade olympique, on aura, pour chaque côté du soubassement du bûcher occupé dans son pourtour par les 240 proues de quinquirèmes, une longueur d'environ 600 pieds ; et si l'on évalue la coudée qui dérive de ce stade, à un pied et demi, on trouvera que les 130 coudées feroient 185 de nos pieds.

Comme Diodore n'a dit ni de quel stade ni de quelle coudée il a entendu parler, on peut réduire ces mesures, en supposant que le stade qui lui sert d'échelle est d'une moindre dimension que le stade olympique. Or il y a deux sortes de stades qui paroissent avoir été bien connus des Babyloniens et des Grecs qui avoient accompagné Alexandre, et l'on pourroit prétendre que c'est avec l'un de ces deux stades qu'il faut évaluer les mesures du bûcher d'Héphestion.

Le plus petit de ces stades est celui dont parle Aristote, et qui étoit de 400,000 à la circonférence de la terre, ou de 1111 $\frac{1}{9}$ au degré du méridien, c'est-à-dire, de 51 toises $\frac{10000}{30712}$. C'est avec ce stade que la marche

d'Alexandre

d'Alexandre avoit été mesurée dans l'Inde pendant le cours
de son expédition ; c'est celui dont Hérodote s'est servi
pour donner les mesures de la mer Caspienne, qui lui a
été connue ; c'est aussi celui que Mégasthène et Déi-
maque avoient employé pour donner les grandes mesures
de l'Inde.

Si l'on évalue avec ce stade les mesures du bûcher
d'Héphestion, on trouvera pour la longueur (prise au soubassement) 308 pieds, et 100 pieds pour sa hauteur. La
coudée de ce stade ne sera que de 9 pouces 2 lignes;
mais cette mesure est évidemment insuffisante, et ne sauroit donner l'espace exigé par les objets de la description.

Le second stade dont on veut parler, étoit plus grand :
son module, selon Archimède, étoit de 300,000 à la
circonférence de la terre, ou de 833 $\frac{1}{3}$ au degré, c'est-
à-dire, de 68 toises $\frac{10000}{4096}$; et la coudée qui en dérive,
est de 12 pouces 3 lignes. C'est avec ce stade qu'avoient
été prises les grandes mesures du système géographique
que les Grecs paroissent avoir puisé dans la Babylonie
au temps d'Alexandre.

Selon les mesures données par ce stade et par sa coudée,
la longueur du bûcher d'Héphestion (prise au soubassement)
auroit été de 410 pieds; et sa hauteur, de 133 pieds. Les
statues d'archers agenouillés auroient eu 4 pieds 1 pouce
3 lignes ; les statues d'hommes armés, 5 pieds 1 pouce
7 lignes; et la hauteur des torches auroit été de 15 pieds
4 pouces.

Comme rien ne peut nous indiquer quel système de
mesures Diodore de Sicile a employé, et si, écrivant plusieurs siècles après Alexandre, il avoit puisé dans les écrits

LI

contemporains du conquérant de l'Asie les notions qui auroient pu lui faire un devoir de se conformer à un système de mesures étranger à la Grèce, nous croyons que l'évaluation des mesures du bûcher d'Héphestion ne doit résulter que de la nature des choses décrites, et des convenances de proportions que l'ensemble de l'édifice prescrit.

Quant à la hauteur du monument, on avouera que la mesure de 133 pieds auroit pu suffire pour y développer tout ce que les cinq zones d'architecture et d'ornemens du dessin que nous proposons, peuvent exiger : mais on a déjà observé que la hauteur de 185 pieds que nous donne la coudée dont nous nous sommes servis, n'a rien non plus d'invraisemblable ; qu'au contraire, et la nature de la construction en charpente de l'édifice, et la somme prodigieuse consacrée à ce monument, autorisent à ne pas être économe des moyens de luxe et de magnificence. Or, en architecture, la grandeur se met au premier rang de ces moyens.

Mais ce qui me semble donner ici l'échelle dont on ne sauroit s'écarter dans la longueur du soubassement, portée à 600 pieds environ, selon l'évaluation ordinaire du stade olympique, c'est le nombre des 240 proues de quinquirèmes formant la décoration de ce soubassement : il y en avoit, comme on l'a vu, 60 sur chaque face du soubassement. Le dessin que nous donnons de cet ensemble, est fait sur une échelle de 600 pieds, et déjà l'on peut y remarquer combien deviennent petites, en proportion du tout ensemble, et les proues de vaisseau, auxquelles nous donnons 9 pieds de large, et les figures des hommes armés, auxquelles nous donnons 7 pieds de hauteur. Dans un espace qui n'eût été que de 410 pieds, les proues de vaisseau auroient été réduites à 6 pieds d'épaisseur environ, et les figures auroient été rapetissées au-dessous de la grandeur naturelle.

Je serois au contraire porté à croire que le mot *stade* dont s'est servi Diodore de Sicile, n'auroit été, comme dans beaucoup d'autres occasions, qu'un compte rond, que l'on ne doit pas prendre à la rigueur du terme, et que l'espace en plan auroit eu quelque chose de plus. Diodore dit aussi que la hauteur étoit de plus de 130 coudées. D'après cela, j'inclinerois à penser qu'il faut plutôt ajouter à cette mesure, en déduisant du compte de 180 pieds, ou la hauteur du soubassement, ou celle du couronnement.

* * * * * * *

Résumant en peu de mots toute cette discussion, j'ai cherché à montrer que le bûcher d'Héphestion, par ses dimensions, par sa disposition, par sa destination, étoit un ouvrage conforme au bûcher des empereurs Romains, décrit par Hérodien, monument qui nous est connu tant par la comparaison que cet écrivain en fait avec les phares des ports de mer, que par les représentations qu'on en voit sur un grand nombre de médailles ;

Que, Diodore de Sicile s'étant borné (vu le plan de son histoire) à décrire les sujets et les détails d'ornemens du bûcher d'Héphestion, on ne doit pas inférer de son silence sur les masses d'architecture et leurs ordonnances, l'absence de ces masses et de ces ordonnances ;

Que les ornemens décrits dans les cinq zones du bûcher figuroient avec les corps ou avec les membres d'architecture, comme faisant partie de chaque étage, et non comme constituant à eux seuls tout l'étage, ainsi que l'a imaginé M. de Caylus;

Que tout le bûcher formoit un ensemble pyramidal, composé de cinq étages seulement, et d'un amortissement servant de base au couronnement;

Que ces cinq étages, allant en retraite graduelle et très-prononcée les uns sur les autres, se composoient du plain-pied ou soubassement, long en tout sens de 600 pieds, et haut de 25; que le deuxième étage n'avoit que 200 pieds de large, et avoit 40 pieds de haut; que le troisième avoit 150 pieds de large, et en hauteur 36; que le quatrième put avoir 100 pieds de large, sur 30 d'élévation; le cinquième, 70 pieds de largeur, sur 25 de haut; et enfin, l'amortissement ou le piédestal du couronnement, 40 pieds en largeur, sur 24 d'élévation : *total, 180 pieds.*

Nota. On prévient que le besoin de faire bien comprendre certains objets dans une très-petite dimension, a empêché de rendre le dessin ci-joint tout-à-fait conforme aux détails de ces mesures.

Restitution du bucher d'Hephæstion d'après la description de Diodore de Sicile. (L. 17.)

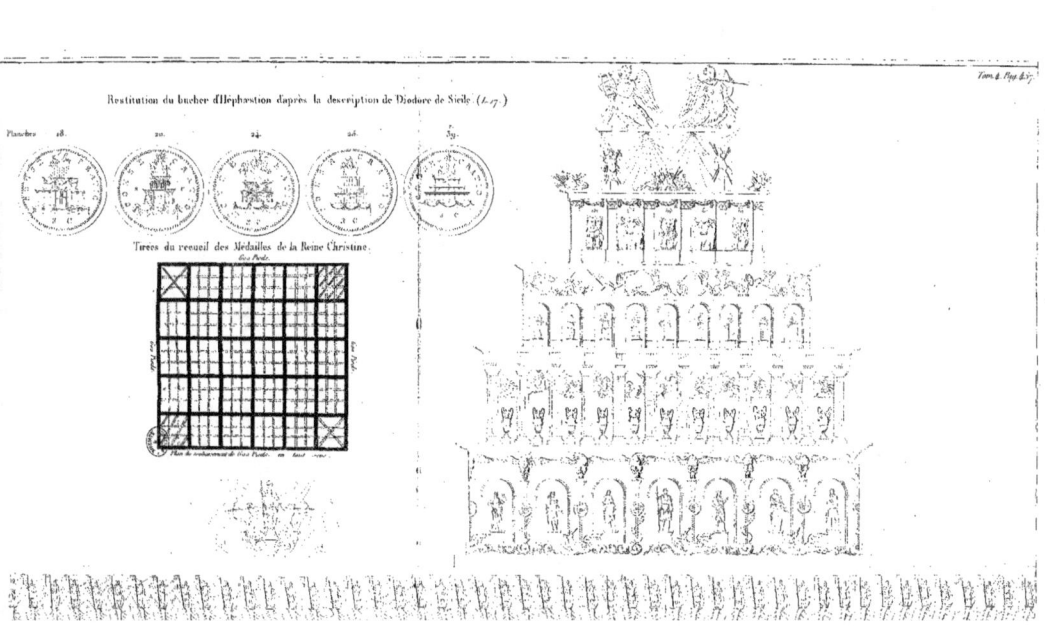

Tirées du recueil des Médailles de la Reine Christine.

MÉMOIRE

SUR

LA MANIÈRE DONT ÉTOIENT ÉCLAIRÉS

LES TEMPLES

DES GRECS ET DES ROMAINS.

JE ne me flatte point de résoudre ici d'une manière dé-
finitive et absolue la question que je me suis proposé
de discuter, et qui roule sur un des points les plus curieux
de la construction, de la disposition et des usages des
temples de l'antiquité. Je serois satisfait de mes recherches,
si elles pouvoient, après avoir fixé l'attention de ceux qui
sont les plus capables de traiter cette matière, indiquer les
difficultés qu'elle renferme, et les routes qui doivent conduire à leur solution.

L'objet de ce Mémoire est donc,

1.º De recueillir les différens points de discussion que
le sujet comporte; d'exposer tout ce qui est connu, comme
élément nécessaire de ce qui reste à connoître en ce genre;

2.º De suppléer au manque de notions précises (notions que la dégradation des monumens nous a dérobées)
par une analyse détaillée des temples dont les ruines

subsistent encore, par l'examen des sujétions et des nécessités locales attachées à la nature de quelques-uns de ces édifices, par le résultat des conséquences qu'il faudra tirer des diverses particularités qu'on fera remarquer dans la disposition architecturale de plusieurs temples ;

3.º De réparer par l'autorité des écrivains, et par les faits incontestables qu'ils nous ont transmis, le silence et l'omission de Vitruve sur une partie de la construction des édifices sacrés ;

4.º De déduire enfin comme résultat nécessaire, et de faire sortir d'un grand nombre de considérations accessoires ou locales, et de plusieurs détails historiques ou religieux, mis en rapport avec la conformation des temples, la conséquence positive, que leur intérieur étoit éclairé et l'étoit de diverses façons ; conséquence, je le sais, qui, au premier aspect, pourra être taxée de paradoxe.

Je ne me dissimule point, en effet, qu'il règne une parfaite concordance entre tous les écrivains modernes, tant antiquaires que voyageurs, sur l'opinion que les temples des anciens ou ne recevoient point de lumière, ou n'en recevoient que par l'ouverture de leur porte. Pour ne pas faire une trop longue énumération de tous ceux qui ont avancé, embrassé ou répété cette opinion, je me contenterai de citer les noms des savans les plus connus, tels que Spon, Wheler, Perrault, Galiani, M. Simon, M. l'abbé Barthelemy, le baron de Riedesel, Winckelmann, l'abbé Guattani, Stieglitz, Siebenkees, Joseph del Rosso, Chandler, &c.

J'ose croire cependant que cet accord de tant d'autorités recommandables et d'écrivains aussi savans que judicieux, sur le point d'antiquité dont il s'agit, n'est pas de nature à devoir en interdire l'examen. L'unanimité d'opinion parmi les savans n'est une autorité imposante que lorsqu'elle est le résultat de faits qui ont produit l'évidence et la démonstration dans une matière, ou lorsque cette matière a été assez débattue pour qu'il soit permis de la regarder comme épuisée. Mais il y a aussi une autre sorte d'unanimité qui est le produit de la prévention; et elle a lieu très-naturellement, soit dans les sujets où un aspect facile à saisir détourne l'attention des autres points de vue, soit dans les matières qui embrassent des rapports nombreux, et où les moyens de la critique sont peu à la portée de ceux qui seroient le plus en état de l'exercer : il suffit alors que quelques hommes en crédit aient une fois mis une assertion en avant, pour qu'elle se produise simultanément et successivement dans tous les écrits.

Or l'opinion à laquelle je prétends opposer au moins un doute fondé en faits et en raisons, est précisément de ce genre. L'espèce d'unanimité dont elle jouit, résulte moins de l'authenticité des notions acquises que de leur incertitude, et moins encore d'un examen approfondi du sujet, que du défaut absolu d'examen. Je n'ai effectivement connoissance d'aucune discussion à cet égard ; et chez tous les écrivains qui ont adopté le sentiment que j'ai dessein de combattre, on le trouve énoncé comme constant et indubitable, sans qu'aucune preuve en garantisse la justesse.

Des raisons qui ont conduit à penser que les Temples des anciens ne recevoient point de lumière.

Je dois dire, en commençant, ce qui a contribué à rendre cette opinion aussi générale, et ce qui lui a donné

le caractère d'un point reconnu, avoué et hors de discussion. C'est d'abord le silence de Vitruve, qui n'a fait
aucune mention des couvertures des temples, de leurs intérieurs, et de la manière dont, selon leurs formes, leurs
dimensions et leurs usages, ils pouvoient et devoient être
éclairés. Il est vrai ensuite que presque tous les temples
quadrangulaires des Romains que le temps a épargnés, et
qui sont venus les premiers à la connoissance des antiquaires, tels que le temple de Nîmes, ceux dont Serlio,
Labaco, Pirro Ligorio, ont vu et dessiné les restes, se
sont trouvés d'une dimension assez modique pour que
l'intérieur de leur *cella* ait pu recevoir par la porte, comme
aussi par l'ouverture qui se pratiquoit quelquefois au-
dessus, une lumière suffisante. Enfin les dessins très-nom-
breux des temples de la Grèce, de la Sicile et de la
grande Grèce, qui, depuis un demi-siècle, ont été publiés
par les voyageurs, sont venus encore appuyer l'opinion
établie sur l'obscurité de l'intérieur des édifices sacrés.
Tous ces monumens, en effet, à peu près semblables dans
leur plan, dans leur élévation et dans leur disposition,
et ne différant entre eux que par les dimensions, nous
sont parvenus privés de leurs combles et de leurs couvertures ; et presque tous étant périptères, c'est-à-dire, envi-
ronnés d'un ou de deux rangs de colonnes, l'on doit présumer qu'ils ne pouvoient point recevoir de jour par les
murs de leur *cella*. Ceux d'entre ces temples dont le mur
s'est conservé, ne présentent ni reste ni apparence d'ouvertures, de fenêtres ou de percés. Aucune indication
de ce genre ne s'étant donc trouvée, du moins aux
grands temples de la Grèce, dans les ruines qui en

subsistent, on a continué de penser que leur intérieur ne recevoit de jour que par la porte, ou en étoit à peu près privé ; ce qui auroit eu lieu effectivement dans les grands temples, si, comme je le montrerai par la suite, ils n'avoient eu, pour être éclairés, d'autres ressources que celle de la lumière qui pouvoit entrer par l'ouverture de leur porte.

On comprend donc comment il fut naturel de regarder comme avéré et hors de doute un point d'antiquité qui avoit en sa faveur le silence de Vitruve, la concordance de quelques temples quadrangulaires des Romains encore existans, et un manque presque absolu d'autorités contraires, soit chez les écrivains anciens qui nous restent, soit dans les temples des Grecs dont on peut consulter et interroger encore les vestiges.

Ce que l'on connoît des pratiques religieuses, ce que l'on sait sur les rites et les cérémonies du culte des anciens, considéré dans son rapport avec l'emploi de l'intérieur des temples, s'est trouvé aussi très d'accord avec l'opinion de ceux qui refusent à cette partie intérieure la nécessité et l'usage d'une grande lumière.

Il règne, en effet, une entière différence entre l'exercice du culte des anciens et celui du culte des chrétiens : or cette différence, qui a établi la plus grande dissemblance entre les temples de l'une et de l'autre religion, est très-importante à constater dans le parallèle de ces édifices. Il faut, avant tout, appliquer aux jugemens qu'on porte de leur construction et de leurs formes, la connoissance des usages religieux. L'exercice du culte, chez les anciens, étoit, si l'on peut le dire, individuel : chacun avoit ses jours de sacrifice ; chacun participoit à son gré aux cérémonies, aux

M m

prières, aux sacrifices publics. Dans le christianisme, l'exercice du culte est collectif; le sacrifice mystérieux qui a remplacé les sacrifices matériels du paganisme, est un acte auquel le public assemblé participe; les prières, les liturgies, les rites sacrés, dépendent du concours même des assistans, prenant une part active aux cérémonies, et réunis durant plusieurs heures dans un local spacieux et couvert : le temple des chrétiens dut être *intérieur*.

Celui des païens étoit beaucoup plus en rapport avec l'extérieur. C'étoit à briller, à paroître au dehors, à frapper la vue par la décoration et les accompagnemens qui, pour nous, ne seroient qu'accessoires, que l'architecture Grecque faisoit consister le principal luxe de ses temples. C'est que, d'une part, le plus grand nombre des cérémonies et des pratiques se passoit en dehors, et que, de l'autre, le culte intérieur n'admettoit pas le concours du peuple. Il n'y avoit que les temples à initiation qui dussent recevoir une multitude nombreuse dans leur intérieur; et nous verrons que la nef de celui d'Éleusis fut exprès, et à cause de cela, construite dans une plus grande dimension que celle des autres temples. *Cellam immani magnitudine*, a

Lib. VII, p. 125.
Strab. lib. IX,
pag. 395.

dit Vitruve ; *turbæ theatralis capacissimam*, selon Strabon, ὄχλον θεάτρȣ δέξασθαι δυνάμενον.

Les autres temples, et je parle des plus grands qu'il y eût, ne comportoient, en proportion de leur étendue, que ce que nous appellerions, relativement à nos usages, une petite nef. Lorsqu'on retire de la dimension de ces édifices si grands et si majestueux à l'extérieur, l'emplacement qu'occupoit le *pteroma*, celui de l'*esodos* à l'une et l'autre extrémité, celui du *pronaos* et du *posticum*, et encore souvent l'espace assez considérable de la pièce appelée *opistho-domos*, il ne reste, dans l'intérieur du *naos*, qu'une *area* d'une centaine de pieds en longueur sur environ quarante de large: cet espace, comme l'on voit, ne formeroit qu'une de nos petites églises. Il y en a, jusque dans nos villages, qui pourroient renfermer plus d'individus que les temples fameux de Minerve à Athènes, et de Jupiter à Olympie. Mais disons que ces temples n'avoient point à recevoir d'assemblées.

Aussi arriva-t-il que le christianisme, ayant détrôné les dieux de l'antiquité, refusa de s'emparer, à Rome, du plus grand nombre de leurs temples. Ce n'est point à un pieux zèle qu'il faut attribuer ce refus ; plus d'un exemple prouve le contraire, et plus d'un temple antique dut aux chrétiens sa conservation. Il faut dire même que nous aurions aujourd'hui bien moins de pertes à déplorer en ce genre, si un plus grand nombre de temples païens s'étoient trouvés, dans leur disposition, conformes aux rites de la nouvelle religion. Ce qui contribua le plus à leur destruction, fut l'état d'abandon et d'inutilité où ils furent réduits : ils restèrent vacans et déserts; et, nul intérêt actif et journalier ne veillant à leur conservation, ils devinrent la proie du temps et de tous les agens de destruction qu'il emploie.

A un très-petit nombre d'exceptions près, les temples de l'antiquité ne pouvoient s'approprier aux usages de la religion chrétienne, sur-tout dans les grandes villes, où l'assemblée des assistans étoit nombreuse. L'intérieur de ces temples n'avoit été destiné qu'à être la demeure du dieu, c'est-à-dire, de son simulacre. Quelques autres

statues, des présens, des offrandes, des objets précieux, y
étoient placés aussi, et exposés aux regards des curieux
qui visitoient cet intérieur. Mais une assemblée nombreuse
et de la nature de celles qui participent aux mystères chrétiens, n'auroit pu y trouver ni un local suffisant, ni un
emplacement commode.

La basilique fut l'édifice des anciens qui convint à la
célébration de ces mystères. La vaste capacité de son
intérieur, les divisions de son plan, les grandes ouvertures qui introduisoient de toutes parts la lumière dans son
enceinte, le tribunal qui devint la place des célébrans et
du chœur, tout se trouva en rapport avec les pratiques
du nouveau culte. Aussi voyons-nous que ce fut dans des
basiliques que les premiers empereurs de Rome, devenant
chrétienne, permirent la profession publique du nouveau
culte. Quand les monumens conservés jusqu'à nos jours
ne le démontreroient pas, le nom de *basilique*, affecté aux
temples du christianisme, seroit un témoignage suffisant
de l'origine dont je parle.

La différence des basiliques et des temples, quant à l'architecture, consiste sur-tout, comme cela a déjà été observé, en ce que les premières avoient dans leur intérieur
les colonnes que les seconds étoient à l'extérieur. Les
basiliques n'ayant point de colonnades en dehors, leurs
murs pouvoient être facilement percés par des fenêtres,
sans que la symétrie et l'ordonnance de l'architecture en
fussent dérangées : on ne sauroit dire la même chose des
temples, dont l'ordonnance extérieure faisoit le principal
ornement. Nous avons avancé que le temple n'admettoit
point la multitude dans son *naos*, et que les sacrifices

*Perrault, trad.
de Vitr. p. 148.*

se faisoient dans l'enceinte extérieure ou devant le péristyle antérieur. On sait, au contraire, que la plus grande
affluence de peuple se portoit dans les basiliques. C'étoit
un lieu d'affaires, un rendez-vous de toutes sortes d'intérêts, et du genre de ceux qui se partagent chez nous entre
ce que nous appelons *le Palais marchand*, et ce que nous
appelons encore *la Bourse*. Il falloit donc pour tout cela un
local bien autrement vaste et bien plus éclairé que ne
devoit l'être celui des temples, d'après les usages dont
on a rendu compte.

De ce que toutefois le *naos* des temples n'étoit destiné
ni à recevoir la multitude assemblée, ni à des pratiques
qui exigeassent l'introduction d'une grande lumière, on
concluroit à tort, et que leur intérieur n'étoit jamais
décoré, et qu'il étoit toujours obscur. Presque toujours
les fausses opinions qui s'accréditent sur ces matières,
proviennent d'une manière de voir trop circonscrite,
d'après laquelle on établit inconsidérément sur quelques
exemples et quelques faits particuliers une règle générale.
Or, nous devons l'avouer, il n'y a point de sujet qui comporte plus de variétés, plus de modifications diverses, que
celui de la disposition des temples antiques.

En général, avons-nous dit, l'intérieur du *naos* ou de la
cella étoit d'une modique étendue, et le luxe des colonnes
et des ordonnances, par un système opposé à celui de la
basilique, se portoit à l'extérieur des murs. Cette proposition souffre cependant des restrictions assez nombreuses.
Nous ferons remarquer par la suite quelques intérieurs de
cella très-amples, et nous allons voir que plusieurs aussi
de ces intérieurs réunissoient à la richesse des statues et

des monumens, celle même de l'architecture, et précisément la disposition des colonnes et des galeries à deux
étages des basiliques. Tel étoit le temple de Minerve Alea

*Paus. l. VIII,
c. XLV, §. 4,
edit.Fac.tom.II,
pag.491.*

à Tégée, bâti par Scopas, et le plus grand comme le plus
beau du Péloponnèse. Pausanias nous apprend que son
ordonnance, à l'extérieur, étoit Ionique, et que l'intérieur
étoit orné de deux ordres de colonnes, l'un au-dessus de
l'autre : celui d'en-bas étoit Dorique, celui d'en-haut étoit
Corinthien. Nous ne savons pas de quel ordre étoient les
deux rangs de colonnes qui formoient aussi une double
galerie en hauteur autour de la nef du temple de Jupiter à

*Paus. lib. V,
cap. X, in fine.*

Olympie : mais Pausanias a clairement spécifié cette particularité de son intérieur. MM. Spon et Wheler virent
les deux mêmes rangs de colonnes dans la *cella* du temple
de Minerve à Athènes, qui devint une église chrétienne;

*Antiquit. of
Athens, vol.II.*

et M. Stuart a pu encore reconnoître l'emplacement des
colonnes de l'ordonnance inférieure. J'aurai occasion de
parler plus en détail du temple de Cérès à Éleusis, et je

*In Vita Peri-
clis, §.13, t.I,
pag. 619, edit.
Reisk.*

me borne à dire ici que Plutarque nous a appris les noms
des deux architectes qui, l'un après l'autre, élevèrent le
double rang de colonnes en hauteur dont étoit orné le
dedans de la *cella*. Enfin le temps nous a conservé un
exemple de cette disposition intérieure des temples, dans
les ruines du plus grand de ceux de la ville de Pæstum.

*Vitr. lib. III.,
cap. I, in fine.*

Si l'on en croit Vitruve, il n'y avoit point à Rome de
temples ainsi construits (1), et cette disposition de colonnes
intérieures eût été un des caractères distinctifs du temple
appelé *hypæthre*. A prendre dans le sens rigoureux de la
lettre cette dénomination, qui signifie *sub dio* ou *découvert*,

(1) *Hujus autem exemplar Romæ non est.*

rien ne seroit plus contraire à l'opinion accréditée sur l'obscurité de l'intérieur des temples : car le temple hypæthre,
de la manière dont on l'entend ordinairement, auroit eu
l'intérieur de sa *cella* entièrement sans toit et sans plafond,
et totalement exposé aux injures de l'air. J'essaierai plus bas
de faire voir que l'on a interprété Vitruve d'une manière
abusive, que le sens simple de ses paroles ne présente point
comme nécessaire la conséquence qu'on en a tirée. S'il
falloit, en effet, prendre pour hypæthres les temples
dont la *cella* avoit un double rang de colonnes en hauteur
dans son intérieur, et si le mot *hypæthre* devoit signifier
un temple entièrement découvert, les cinq temples qu'on
vient de citer, auroient été des hypæthres, dès-lors sans
couverture ; et toutefois nous verrons que cela est contredit, à l'égard de quelques-uns d'entre eux, par des faits
constans et par les autorités les moins récusables.

Toujours pouvons - nous affirmer d'avance que cette
espèce de disposition, la plus riche de toutes, et qui paroît
avoir été généralement celle des plus grands et des plus
célèbres temples de la Grèce, étoit fort éloignée d'offrir
des intérieurs obscurs ou à peu près privés de lumière.

Si les Temples étoient éclairés artificiellement.

AVANT de passer à l'examen des différentes formes de
temples, et de la diversité des manières dont la lumière
y entroit, il y a une question préliminaire à laquelle il me
semble indispensable de répondre. Quelques-uns, préoccupés de l'opinion établie sur l'obscurité de ces édifices,
ont prétendu que leur intérieur étoit éclairé par la lumière

artificielle des lampes ou des candélabres (1). Jusqu'à quel point cette prétention est-elle admissible ?

J'avoue qu'il ne manque ni de faits ni de textes anciens à l'appui de l'emploi des lampes et des lumières artificielles.

Il paroît certain que, dans plusieurs temples, on tenoit des lampes allumées devant les statues de quelques divinités. Telle étoit la fameuse lampe d'or de Callimaque, qui brûloit dans le temple de Minerve Poliade, devant l'antique simulacre de la déesse. Cette lampe, dit Strabon, étoit inextinguible. Pausanias nous a expliqué en partie ce secret, en nous apprenant que sa mèche étoit faite de lin de Carpasos (2), que le feu ne consumoit pas. Selon lui, elle devoit brûler, jour et nuit, pendant une année entière. Le réservoir d'huile étoit apparemment suffisant, à moins qu'on ne suppose que l'ingénieux Callimaque avoit pratiqué dans la palme qui s'élevoit jusqu'au plafond, pour en faire évaporer en dehors la fumée, un second conduit par lequel s'alimentoit le réservoir d'huile. Nous tenons de Plutarque qu'une de ces lampes éternelles étoit un objet d'admiration dans le temple de Jupiter Ammon.

C'est ainsi qu'il faut entendre également ce que Pausanias appelle *un feu inextinguible*, πῦρ ὃ ποτε ἀποσβεννύμενον, et qu'on entretenoit devant la statue de Pan, dans un temple de cette divinité en Arcadie. Une de ces lampes qui brûloient jour et nuit, fut cause de l'incendie d'un

Paus. lib. 1, cap. XXVI.

Strab. l. IX, pag. 396.

Paus. ibid.

Plutarch. de oraculorum defectu, t. I, pag. 614, edit. Reisk.

Paus. lib. VIII, cap. XXXVII.

(1) *I tempj quadrati*, dit Winckelmann, *non aveano generalmente veruna finestra, e non ricevevano il lume se non che dalla porta, per dar loro così un' aria più augusta illuminandoli colle* lampade. (Winckelmann, *Osserv. sull' architett. Hist. de l'art*, t. III, p. 71, édit. de C. Fea.)

(2) Καὶ οἱ λίνε Καρπασίε θρυαλλίς ἐστιν, ὃ δὴ πυρὶ λίνον μόνον ὀυκ ἔστιν ἀλώσιμον.

temple

temple à Argos. La prêtresse s'étant endormie, les feuilles *Paus. lib. II,*
sèches de quelques couronnes qui étoient voisines de la *cap. XVII.*
lampe, s'enflammèrent, et communiquèrent le feu au reste
de l'édifice.

Il y auroit sans doute encore d'autres autorités à recueillir sur l'usage des lampes dans les temples. Celles que
je viens de rapporter sont les seules qu'on trouve dans
Pausanias, qui avoit vu et qui a décrit une grande partie
des temples de la Grèce; d'où il semble résulter, d'abord,
que, si cet usage eût été général, le voyageur en eût fait
plus souvent mention. Ensuite on conviendra que, si ce
moyen d'éclairer eût été le seul employé dans l'intérieur
des temples, il y auroit sans doute été multiplié de manière
à attirer l'attention des voyageurs, et à solliciter quelques
remarques à cet égard. Cependant il n'en existe point,
et l'on est obligé de convenir que cette foible lueur d'une
lampe eût été insuffisante pour éclairer complètement
même le plus petit intérieur.

Il y eut, je le sais, et Pline nous l'apprend, des lustres *Plin. l. XXXIV,*
suspendus *[lychnuchi pensiles]* dans l'intérieur des temples. *cap. III, in fine.*
Les découvertes d'Herculanum et de Pompéii en ont fait
reparoître quelques-uns, du genre de celui qu'on voyoit
dans le temple d'Apollon Palatin, et qu'Alexandre avoit
emporté de Thèbes, c'est-à-dire, fait en manière d'arbre,
aux branches duquel étoient suspendues des lampes. Ces
lampadaires étoient des espèces de candélabres par le
moyen desquels on multiplioit les lumières. Il s'en est fait
aussi en marbre; et l'on en voit un, tome V du *Museo
Pio-Clementino.*
Pl. 2, tom. V.

Il paroît toutefois que la destination des lampes étoit

purement religieuse ; et nous pouvons nous l'expliquer par les usages mêmes du christianisme, qui aura emprunté cette pratique, avec beaucoup d'autres, à la religion des païens. Un fait rapporté par Pausanias, concernant un de ces lampadaires, prouve bien que leur position devant les statues des dieux étoit uniquement allégorique et de simple dévotion. Au milieu de la place publique de *Phara*, s'élevoit un autel de Vesta, devant lequel étoient placées des lampes qu'allumoit préalablement celui qui vouloit consulter l'oracle. Ce lampadaire, dans une place publique, n'avoit par conséquent pour objet que d'honorer la divinité, et non d'éclairer le local.

Paus. lib. VII, cap. XXII.

Enfin, quoiqu'on ne puisse pas nier que ce moyen d'éclairer ait pu fournir une lumière suffisante à quelques petits temples, tels que celui de la Lune sur le Palatin, qui paroît, d'après les paroles de Varron, *nam ibi noctu lucet templum*, avoir été illuminé d'une manière particulière et propre à faire allusion à la divinité qu'on y adoroit, nous ne trouvons aucun passage qui autorise à croire que les lumières des lampes aient été destinées à suppléer à celle du soleil : au contraire, une multitude de faits et d'analogies tirées de tous les récits qui ont rapport aux temples, donne à connoître qu'ils ne recevoient d'autre lumière que celle du jour. C'est, pour ne citer qu'un exemple en passant, ce qui résulte de la description du temple de Gnide par Lucien, et du récit de l'aventure du jeune extravagant qui s'y cacha pour y passer une nuit avec la déesse. Ce temple paroît avoir eu toutes les parties qui constituoient un grand temple. L'enceinte, τέμενος, y est distinguée, par Lucien, du ναός. Le *naos* avoit

Varr. de lingua Latin. l. IV.

Lucian. Amor. tom. V, pag. 275, ed. Bipont.

deux entrées, ἀμφίθυρος, comme les temples périptères. La
déesse étoit au milieu de ce que nous appelons *le sanctuaire*,
et que les Grecs appeloient σηκός. Ce *sécos* étoit entouré
d'une balustrade autour de laquelle on tournoit, et il
n'étoit donné d'y entrer qu'à ceux qui sacrifioient, et sans
doute aussi aux curieux qu'on y introduisoit. Le jeune
homme dont Lucien nous a transmis l'anecdote, attendit
donc le coucher du soleil dans le temple, et, à la faveur
de l'obscurité, il se glissa derrière un des battans de la
porte, que la gardienne du temple ne fermoit qu'à la fin du
jour. Il ne fut point vu par elle, et réussit ainsi à passer la
nuit dans le temple. Du récit de ce fait on doit conclure
qu'il n'y avoit pas, même la nuit, de lampe allumée dans
le temple de Gnide, et que son intérieur n'étoit éclairé
que par la lumière du jour.

Il y auroit, si la chose en valoit la peine, une multitude
de démonstrations semblables à puiser dans tous les récits
des écrivains ; mais ceci suffit, je pense, contre une opinion
qui n'a pour elle aucune autorité, qui n'a jamais été avancée
bien sérieusement, ni appuyée d'aucune preuve, mais dont
je devois prévenir les fausses conséquences.

L'idée d'un *éclairage* artificiel se détruiroit encore par tout
ce que nous connoissons des différens genres de temples
antiques, dont les restes, plus ou moins bien conservés, sont
parvenus jusqu'à nous, et dont quelques-uns nous montrent
de quelle manière le jour entroit dans leur intérieur.

Des Temples circulaires, et comment ils étoient éclairés.

Je n'ai point le dessein de m'étendre ici sur les diffé-
rences des temples, considérés selon leurs dénominations

et les institutions religieuses que ces dénominations paroissent désigner. Cette matière est encore remplie d'obs-
curités, parce que les écrivains se sont servis indistinctement de tous les termes à l'égard des édifices sacrés ; ce
qui rend très-douteuses les autorités qu'on cherche à
faire reposer sur le choix de leurs expressions. D'ailleurs,
quoiqu'on ne puisse nier qu'une connoissance bien précise des usages religieux applicables à chaque espèce de
temple ne fût utile dans la question qui m'occupe, je crois
que, cette question étant aussi du ressort de l'architecture
et de la construction, il suffira de classer les édifices, et de
les analyser sous le rapport de leurs formes et de leurs
dimensions.

Et pour parler d'abord des temples circulaires, je dois
avouer que beaucoup de restes d'édifices antiques sphé-
riques et surmontés d'une coupole portent aujourd'hui le
nom de temples, et cependant n'appartinrent jamais à la
Antichit. di classe des édifices sacrés. On doute avec raison qu'il faille
Pozzuoli. mettre dans cette classe ce qu'on appelle, dans la baie
de Pouzzol, les temples de Mercure, de Vénus, &c. On
croit plutôt que ce sont des salles de tout genre, jadis
dépendantes et aujourd'hui détachées des thermes et des
palais dont cette magnifique côte étoit bordée. Un de ces
édifices circulaires est éclairé du haut, comme le Panthéon
de Rome, par une ouverture ronde, et de plus par quatre
fenêtres carrées, pratiquées dans la courbe même de sa
voûte. Si l'on acquiert la preuve que le temple de Diane et
celui qu'on nomme *del Gigante* aient été ce qu'on les dit,
on aura quelque preuve de plus de la manière dont les
temples circulaires étoient éclairés.

Un édifice semblable à ceux de Pouzzol se voit à Rome dans cette ruine qu'on appelle *le Galluce.* Une statue d'Esculape et la belle Minerve de Justiniani qui y furent trouvées, le firent appeler temple de *Minerva Medica.* Un des plus modernes critiques qui en aient parlé, met au nombre des raisons de douter que c'ait été un temple, les neuf grandes fenêtres ouvertes en forme d'arcades dans les neuf pans de cet édifice décagone. *Quella ragione (della quantità e grandezza delle finestre), dit* Guattani, *serve per non crederlo un tempio, essendo noto che niuna o pochissima luce soleva introdursi nelle celle de' tempj, per incutere così a que' pochi che vi erano ammessi, maggior rispetto e venerazione.* C'est l'opinion et ce sont presque les paroles de George Wheler sur un autre temple. J'aurai occasion d'y revenir.

Comment cependant accorder cette opinion, qu'on n'admettoit point ou que très-peu de lumière, *niuna o pochissima luce,* dans l'intérieur des temples, avec le Panthéon, qui, pour avoir fait partie des thermes d'Agrippa, n'en est pas moins reconnu comme ayant été un Panthéon (l'inscription antique le nomme ainsi), c'est-à-dire, un temple consacré à tous les dieux ! En vain quelques critiques ont voulu le transformer en une salle de bains, comme si un temple ne pouvoit pas avoir fait partie d'un ensemble de thermes. L'autorité de Pline doit être sans réplique sur cet objet. Il donne à ce monument le nom de *temple,* en parlant des caryatides que Diogène y avoit sculptées. *Caryatides in columnis templi ejus probantur inter pauca opera.* Son magnifique portique en colonnes suffiroit encore, indépendamment d'une tradition non interrompue, pour appuyer

Guattani, Monum. ined. ann. 1789, p. 71.

Ibid. Guattani, Monum. inedit.

Plin. l. xxxvi, cap. v.

l'opinion que ce fut un temple. Toutefois, en dépit du
sentiment commun sur l'obscurité d'usage dans les édifices
sacrés, l'intérieur de celui-ci jouit de la plus grande et
de la plus belle lumière, au moyen du percé circulaire
de vingt-sept pieds de diamètre, qui est au sommet de sa
voûte.

Vitr. lib. IV,
cap. VII.
Les temples circulaires, dont Vitruve a donné les règles,
n'ont rien de commun avec le Panthéon de Rome. Les
uns sont ce qu'il appelle *monoptères,* c'est-à-dire, formés
d'un rang circulaire de colonnes sans mur, et n'étoient
dès-lors rien moins qu'obscurs. Tel étoit le temple de
Sérapis à Pouzzol. Les autres sont *périptères,* c'est-à-dire
qu'ils ont leur mur entouré de colonnes; et leur sommet
se termine, non par une fenêtre, mais par un couronnement en manière de fleuron. Tel étoit à Olympie le Φι-
Paus. lib. V,
cap. XX.
λιππεῖον, ou la rotonde de Philippe, οἴκημα περιφερὲς. Elle
étoit environnée de colonnes et surmontée d'un pavot de
bronze qui servoit de clef à la construction de sa coupole.
C'est de ce genre que sont, quoiqu'en petit, et le temple
dit *de Vesta* à Rome, et celui de la Sibylle à Tivoli. Leurs
voûtes sont tombées; et ce qui paroît prouver qu'elles
n'étoient point ouvertes, c'est que ces deux petits édifices,
qui n'ont que trente à trente-six pieds de diamètre extérieurement, et dont la *cella* n'a qu'une vingtaine de pieds,
ont cependant deux fenêtres assez grandes, quoique l'ouverture de leur porte eût été sans doute très-suffisante pour
les éclairer. Les deux fenêtres du temple de Vesta à Rome,
dessinées par Palladio, avoient échappé à l'exactitude
de Desgodets. On a reconnu depuis quelques années la
cause de cette omission. Elles avoient été murées; et la

maçonnerie nouvelle ayant reçu, avec le reste du mur, un
enduit de couleur, avoit fait disparoître la place de ces
ouvertures. Les deux fenêtres du temple circulaire de
Tivoli, sans être plus authentiques, sont beaucoup plus
connues. Tous les architectes les ont remarquées et dessinées, à cause de la particularité de leur ouverture, qui
est pyramidale, ainsi que leur chambranle. Ces deux fenêtres se trouvent placées, aux deux temples, dans la partie
de la demi-circonférence où est la porte; et comme leur
dimension est assez grande, elles devoient répandre beaucoup de clarté dans l'intérieur de la *cella.*

*Guattani, Mo-
num. inedit. ann.
1789, pag. 79.*

Je ne puis quitter les temples circulaires, et ce qui regarde la manière dont ils étoient éclairés, sans citer trois
édifices du même genre, sculptés sur différens bas-reliefs
avec une élégance, une précision de détails et une telle
uniformité, qu'on ne peut regarder les particularités dont
je vais parler comme des accessoires imaginaires. Il reste
du premier de ces temples un fragment considérable dans
un bas-relief qu'on voit aujourd'hui à Florence, et qui est
gravé dans l'Histoire de l'Art, *tome III, pl. 17.* Ce temple
est représenté les deux battans de sa porte ouverts. Le
dessus de celle-ci, ainsi que les entre-colonnemens, sont
fermés par un treillis en entrelacs à compartimens, qu'on
doit supposer avoir été de fer ou de bronze, en sorte que
ce temple offre l'idée d'une espèce de cage.

Édit. de C. Fea.

Le second bas-relief qu'on trouve gravé *planche suiv.* du
même ouvrage, est de la *villa Negroni.* Il représente plus de
la moitié d'un temple circulaire, également formé par des
colonnes. Le jour devoit aussi entrer dans son intérieur
par un treillis en réseau, fort différent du premier pour

Ibid.

la forme et l'épaisseur. Ici il paroît certain que cette espèce
de réseau est en pierre. On y voit des rosaces, et les intervalles offrent encore de petits barreaux dans leurs vides.
Cette manière d'éclairer l'intérieur d'un temple devoit avoir
l'avantage d'y laisser entrer la lumière, sans l'exposer aux
regards du dehors.

Je citerai encore, à l'appui de cette méthode de clôture
et de cette façon d'éclairer, un bas-relief où se trouve un
monument circulaire du même genre. Quoique les autorités tirées des édifices en bas-relief ne passent pas pour
être de meilleur aloi, cependant, lorsque ces monumens
jouent, comme ceux que je rapporte ici, un rôle principal
dans un bas-relief, lorsqu'ils sont exécutés avec autant
d'exactitude et de précision de détail, lorsqu'ils ont entre
eux autant de concordance, il faut bien croire qu'ils furent
faits d'après des usages et des formes dont le sculpteur
n'a pu être l'inventeur. Le bas-relief du palais Barberin,
dont je veux parler, est rapporté *pl. 73* de l'*Admiranda Ro-
manorum &c.* de *Pietro Santi Bartoli*. L'édifice circulaire qu'il
appelle un tombeau sans aucune preuve, a plutôt le caractère d'un temple, quoiqu'il n'y ait point de colonnes envi-
ronnantes. Le mur est plein jusqu'à la moitié de sa hauteur ; là commence un treillis à compartimens, les uns en
losange, les autres en cintre, qui sont incontestablement
figurés comme étant de pierre : un petit grillage remplit le
vide des losanges ; et le tout devoit, en formant une solide
clôture, donner à l'édifice intérieur une grande lumière.
Ce genre très-élégant de clôture et de percés s'appliqueroit
avec beaucoup de succès à plus d'une sorte d'édifice, par
le moyen de carreaux de vitre dans les intervalles des

losanges,

losanges, et je crois qu'il en existe quelques exemples modernes. Je dirai dans la suite que les anciens, très-probablement, remplirent ces treillis, qu'ils appeloient *clathra*,
de pierre spéculaire. Il y a des fenêtres, et en grand nombre,
ainsi garnies, à l'amphithéâtre de Pola en Istrie.

Passant des temples circulaires aux temples quadrangulaires, je diviserai ceux-ci en deux seules classes; savoir,
les petits ou les moyens, et les grands. Toute autre clas-
sification architectonique seroit, à vrai dire, sans rapport
avec notre sujet.

Comment étoient éclairés les petits et les moyens Temples quadrangulaires.

Les petits temples quadrangulaires consistoient ordinairement en une *cella* dont le mur extérieur ne recevoit point
d'ordonnance, et qui, n'ayant qu'une entrée, n'avoit le
plus souvent qu'un seul frontispice en colonnes, et quelquefois encore n'en avoit point. Pour faire connoître les
temples de ce que j'appelle *la petite dimension*, je citerai
en Italie celui qu'on nomme de *la Fortune virile*; celui de
Bacchus, que quelques-uns ont voulu appeler, sans un
motif plus plausible, *de l'Honneur et de la Vertu*; celui de
Spolète, celui de Cora. Je n'entends citer que des édifices
encore existans; car on en produiroit, s'il le falloit, une multitude d'autres, restitués plus ou moins fidèlement, d'après
les vestiges qui en subsistoient dans les siècles passés.
Tous ces monumens, dont je crois assez faire connoître les
mesures, en disant que leur plus grande longueur est d'à-peu-
près cinquante pieds, n'ont aucune indication de fenêtres:
il ne seroit pas même permis de supposer qu'il ait pu s'en

Oo

trouver jadis dans leurs combles aujourd'hui détruits. Ces
petits temples, lorsqu'on en déduit l'épaisseur des murs et
la profondeur du péristyle antérieur, n'offrent qu'une salle
d'une vingtaine de pieds en longueur. Il ne paroît point
qu'ils aient pu être le centre d'un culte un peu important.
Une seule statue avec un autel, peut-être, occupoit cet
intérieur; et l'ouverture de la porte suffisoit pour qu'il s'y
répandît sur la divinité, sur ses adorateurs et le peu d'objets
environnans, une lumière surabondante.

Ce n'est donc pas pour les priver de lumière qu'on les
priva de fenêtres; mais c'est parce que, même sans fenêtres,
ils pouvoient être suffisamment éclairés.

Encore s'en trouve-t-il où il existoit des fenêtres que
l'on devroit regarder comme superflues, sous le seul rapport qui nous occupe, si nous étions assez instruits sur
les particularités du culte des anciens, pour prononcer
qu'il n'y avoit pas dans quelques temples des cérémonies
à *huis clos*, et pour lesquelles on devoit tirer le jour d'autre
part que de l'ouverture de la porte.

*Antiquit. of
Athens*, t. *II*,
c. *II*, *pl*. *13*. Les fenêtres du *posticum* du temple d'Érechthée à Athènes
sont placées de manière à faire croire qu'elles éclairoient
l'intérieur de cet édifice : cependant elles ne donnoient du
jour qu'à une pièce détachée et souterraine, laquelle com-
muniquoit au portique des caryatides. Toutefois ces trois
croisées, ornées de chambranles et placées entre les quatre
colonnes engagées dans le mur de la *cella*, prouvent que
des fenêtres pouvoient se coordonner avec une décoration extérieure de colonnes engagées, et feroient soupçonner que cet usage auroit été plus fréquent qu'on ne le
suppose.

Un petit temple, à Palmyre, qui a de quarante à cinquante pieds de long, nous fait voir le mur de la *cella* orné de pilastres au nombre de quatre, à chacun de ses flancs : dans l'entre-pilastre du milieu est pratiquée, de chaque côté, une fenêtre de huit à neuf pieds de proportion, avec un appui, un chambranle et un fronton. On doit observer que ces fenêtres ont toute l'authenticité possible. Ce qui empêche de soupçonner qu'elles aient pu être des ouvertures faites après coup, c'est la décoration de leurs chambranles tant en dehors qu'en dedans du temple. Par une variété qu'on peut juger être de bon goût, le chambranle intérieur n'a point de fronton.

Ruines de Palmyre, pl. 27 et 28.

Ibid. pl. 30.

On trouve, au second livre des Antiquités Romaines de Rosini, le dessin ou l'élévation d'un temple de Janus, d'après un bas-relief antique. Nardini l'a rapporté dans son troisième livre ; et Montfaucon, *tome II, page 60*. Ce monument, curieux à plus d'un égard, l'est sur-tout par la singularité de la manière dont il étoit éclairé. Le mur carré de la *cella* n'arrive que jusqu'aux trois quarts des colonnes qui supportent l'entablement du temple. L'espace entre cet entablement et le mur offre un vide garni de barreaux de métal, formant une grille très-claire et qui laissoit entrer dans l'intérieur la plus grande lumière. On peut juger par-là combien on doit être réservé à porter des décisions exclusives et absolues sur certains points de la disposition des temples, en considérant le peu d'autorités péremptoires qui nous sont restées. En effet, les vestiges des temples reconnus par le passé et encore reconnoissables de nos jours sont assez nombreux ; mais avec trois ou quatre dont il me reste à parler, j'aurai presque cité

Nardini, pag. 147. Antiq. expliq.

tous ceux d'une petite ou d'une modique étendue , qui
offrent encore l'élévation non équivoque de leur *cella* , au
comble près.

Je dois y ajouter les deux temples de Nîmes : on ne
sauroit assurer que celui qu'on appelle *temple de Diane*
V. Nardini, n'ait pas été plutôt une espèce de *Nymphæum* , genre d'édi-
pag. 178. fice mixte, consacré, si l'on veut, aux Nymphes , mais
affecté aussi aux bains. Quoi qu'il en soit , l'édifice de
Nîmes dont il s'agit, a une grande fenêtre percée dans
le pignon de sa face antérieure ; ce qui fait supposer que
cette façade n'eut point de péristyle en avant. Deux autres
fenêtres , ornées de pilastres, éclairent les deux corridors
collatéraux de cet édifice ; ce qu'on peut voir représenté
avec beaucoup d'exactitude dans les Antiquités de Nîmes
par M. Clérisseau.

Le temple de la même ville appelé *la Maison carrée* ,
et qu'on doit mettre au rang, non des petits temples , mais
des moyens, puisqu'il a quatre-vingts pieds de longueur,
est un des édifices les mieux conservés de l'antiquité. Son
péristyle, et tout le mur extérieur de la *cella*, décoré de re-
fends et de colonnes engagées, existent avec leur entablement dans le meilleur état. Il ne s'y montre aucun vestige
d'ouvertures ni de fenêtres. Cet édifice fut indubitablement couvert en charpente, parce que les murs n'auroient
pas eu assez d'épaisseur pour recevoir une voûte. La
couverture actuelle étant moderne, on ne peut rien dire
sur l'état de l'ancienne : mais il paroît hors de doute
que l'ouverture de la porte étoit le seul moyen d'éclairer
ce temple ; et j'aurai occasion tout-à-l'heure, en le mettant
en parallèle avec ce que j'appellerai *les grands temples* ,

de faire voir que son intérieur, comme on peut s'en convaincre sur le lieu même, recevoit de la porte une lumière suffisante.

On trouve encore le mur de la *cella* bien conservé aux deux temples de Pola en Istrie : l'un d'eux est même entier. M. Leroy avoit avancé qu'il s'y trouvoit une fenêtre dans le mur latéral. Il y existe effectivement une ouverture carrée ; mais on reconnoît facilement qu'elle est moderne : telle est sur ce point l'opinion de M.rs Clérisseau et Dufourny. Cette ouverture, au reste, eût été fort peu utile, si l'on suppose qu'elle auroit eu pour objet d'augmenter la lumière que devoit donner l'ouverture de la porte à ces deux temples. Leur *cella* n'a pas plus de vingt-deux pieds de profondeur, et leur porte a dix-huit pieds d'élévation, sous un portique dont les colonnes ont vingt-cinq pieds de hauteur.

Jusqu'ici nous n'avons passé en revue que des temples d'une assez petite étendue, sur-tout quant à l'intérieur, qui forme l'objet principal de notre discussion. J'aurois pu citer, d'après des plans restitués, un plus grand nombre d'édifices sacrés, de ceux principalement dont les vestiges existent à Rome ; mais ils ne nous auroient rien appris de particulier, sinon qu'il pouvoit y avoir d'assez grands monumens décorés de péristyles imposans et de colonnes d'une haute proportion, sans que la dimension de leur *cella* répondît à cette apparence de grandeur. Tels sont, par exemple, tous ces temples dits *de la Concorde, de Jupiter Tonnant, d'Antonin et Faustine*, dont on voit les restes au *Campo Vaccino*. Si l'on en croit les plans des anciens dessinateurs, et sur-tout ceux de Palladio, la *cella* des temples de ce genre, souvent, n'auroit eu d'autre profondeur que celle de leur péristyle.

Nous pouvons citer aujourd'hui un exemple authentique d'un monument semblable ; je parle du temple de Minerve à Assise, dont le péristyle est conservé en entier, et dont M. Antolini, par une sagacité égale à son zèle, a retrouvé l'antique *cella*, sur le soubassement de laquelle on avoit élevé la nouvelle église de l'*Oratorio*. Le péristyle Corinthien de ce temple, le plus magnifique de l'Italie après celui du Panthéon, a cinquante pieds d'élévation, et l'intérieur de la *cella* n'a guère plus de quarante pieds de profondeur.

On conçoit donc comment une porte de dix à douze pieds de large, sur à peu près vingt-quatre pieds de hauteur, telle qu'est celle du temple d'Assise, devoit laisser entrer assez de lumière dans une pièce aussi peu étendue ; cette porte, sur-tout, n'ayant qu'un rang de colonnes en avant d'elle.

On y observe encore que les entre-colonnemens, suivant la proportion du systyle, ont près de deux diamètres de large, et que celui du milieu, d'après le précepte de Vitruve, a quelque chose de plus que les autres.

Vitr. lib. III, cap. II. Vitruve condamnoit, dans l'emploi des colonnes au frontispice des temples, la proportion du pycnostyle et celle du systyle, dont l'une avoit un diamètre et demi, et l'autre deux diamètres d'entre-colonnement : *Hæc utraque genera vitiosum habent usum.* Un de ces inconvéniens, selon lui, étoit que cette ordonnance serrée offusquoit les portes, et répandoit de l'obscurité sur les statues des temples. *Valvarum aspectus obstruitur columnarum crebritate, ipsaque signa obscurantur.*

Galiani fait entendre ici que le pluriel *signa* peut se rapporter aux statues placées sous le péristyle. La chose est
possible ; mais un autre passage que je vais citer, où, parlant des statues intérieures des temples auxquelles on sa-
crifioit du dehors, cet écrivain emploie le pluriel *simulacra*,
me fait croire qu'il ne s'agit, dans l'un et l'autre endroit,
que de l'aspect des statues à travers les portes, c'est-à-dire,
des statues placées dans le *naos*, et auxquelles s'adressoient,
de l'extérieur, les prières et les regards des sacrificateurs, et
que le serrement des colonnes, serrement propre du pycnostyle et du systyle, déroboit à la vue comme aux hom-
mages des supplians. C'est pourquoi il recommande la
proportion de l'eustyle, dont l'entre-colonnement avoit
deux diamètres et demi, et de donner trois diamètres à
celui du milieu. *Mediumque intercolumnium unum quod erit*
in fronte.... trium columnarum crassitudine. Vitr. lib. III,
cap. II.

Ces préceptes de Vitruve ont, comme l'on voit, un
rapport très-direct avec l'objet que je traite : ils établissent
d'abord que les portes étoient destinées à éclairer l'intérieur
du temple et la statue du dieu ; ils donnent à connoître
ensuite que cette statue étoit visible au dehors ; enfin ils
démontrent que, si ces précautions étoient nécessaires
pour opérer ces deux effets, les grands temples périptères
dont je vais parler tout-à-l'heure, ceux sur-tout qu'on
trouve dans toutes les contrées de la Grèce, ont été construits d'après un système de disposition qui ne permet
d'appliquer à l'intérieur de leur *cella*, ni la même dimension, ni la même manière d'être éclairé.

Évidemment ces préceptes sont applicables à des temples
dont la *cella* avoit peu de reculée et peu de profondeur,

à des temples dont le péristyle antérieur étoit simple,
comme ceux de Nîmes et d'Assise, et dont les portes
ouvertes permettoient d'apercevoir tout l'intérieur. Vitruve
le dit clairement, en prescrivant de tourner vers le cou-
chant la statue de la divinité : *Signum quod erit in cella
collocatum , spectet ad vespertinam cœli regionem.* « Afin ,
» dit-il, que ceux qui prient au dehors, envisagent tout-
» à-la-fois le temple et l'orient, en même temps que les
» simulacres des dieux sembleront se lever comme des
» astres et s'avancer de l'orient pour regarder les sacrifica-
» teurs. » *Et ita vota suscipientes contueantur ædem et orientem
cœli , ipsaque simulacra videantur exorientia intueri supplicantes
et sacrificantes.*

*Vitr. lib. IV ,
cap. V.*

Ibid.

Nous verrons tout-à-l'heure que rien de tout cela n'est
admissible à l'égard de ce que j'appellerai *les grands temples
périptères de la Grèce.*

Je pense avoir démontré jusqu'ici, par des autorités
sans réplique et par des exemples dont l'authenticité ne
peut être contestée, que l'intérieur des grands et des petits
temples circulaires , loin d'être privé de lumière, étoit
éclairé par des ouvertures dans la voûte, par des fenêtres,
par des grillages, des treillis ou *clathra*, et par la porte ;
que les petits ou moyens temples quadrangulaires ne devoient pas être plus obscurs ; qu'il s'en trouve aussi avec des
fenêtres ; que ceux qui n'en ont pas , ne présentent qu'une
cella d'une modique étendue ; et que la porte de ceux-là,
devant, selon le précepte de Vitruve, avoir deux des trois
parties et demie de la hauteur intérieure de la *cella* , c'est-
à-dire, vingt pieds d'ouverture sur trente-cinq de l'élévation
totale, pouvoit donner une clarté très-suffisante à des pièces

qui,

qui, dans cette proportion, n'avoient pas plus de trente
pieds de profondeur. Si je puis ajouter qu'au-dessus des
portes il y avoit aussi quelquefois des grillages comme à
celle du Panthéon, et si j'ai fait voir que Vitruve prescrit
des dispositions dont l'effet est de tendre à augmenter la
lumière dans l'intérieur des temples, ne me sera-t-il pas permis de conclure que l'opinion établie sur l'obscurité des
temples est jusqu'à présent dénuée de motifs et de preuves?

Voyons ce qui en sera à l'égard des grands temples périptères.

Des grands Temples périptères et autres de ce genre en Grèce. — Qu'ils ne purent pas être éclairés par leur porte.

J'ai donné le titre de grand aux temples de ce genre,
non qu'il n'ait pu s'en trouver d'une dimension au-dessous
de quelques-uns de ceux que j'ai cités jusqu'ici, mais
parce que, d'une part, tous ceux qui existent aujourd'hui
sont les plus grands que nous connoissions, et que, de
l'autre part, indubitablement, leur disposition, la plus riche
de toutes, étoit aussi celle qui admettoit les plans les plus
étendus. J'ai enfin considéré ici la grandeur plutôt dans
la dimension du plan que selon celle de l'élévation. Ainsi,
quoique l'élévation du temple dit *de la Concorde*, à Agrigente, soit inférieure même à celle du temple de Nîmes,
que j'ai rangé dans la classe des moyens temples, il n'y
a toutefois personne qui, en considérant ces deux monumens dans leur ensemble, ne juge que le premier est un
beaucoup plus grand édifice que le second. (Le temple
de Nîmes a de hauteur quarante-quatre pieds, sans le

P p

soubassement; celui d'Agrigente, mesuré de même, n'en a que trente-sept.)

Les temples dont je veux parler furent aussi, en Grèce, les plus célèbres. De ce genre furent ceux de Minerve à Athènes, de Jupiter à Olympie, de Minerve à Tégée, les temples de Palmyre et de Balbeck, celui de Cérès à Éleusis, tous ceux de la Sicile et de la grande Grèce dont il reste des vestiges, le temple de Diane à Éphèse. L'étendue de ces édifices étoit plus ou moins considérable. Je n'ai pas le dessein de rapporter ici toutes leurs dimensions; mais il m'est nécessaire de faire connoître au moins celle de leur longueur. Les plus petits de ces temples, tels que ceux de Junon et de la Concorde à Agrigente, le temple de Pæstum, et celui de Thésée dans Athènes, ont, le premier cent seize pieds de long, le second cent vingt, le troisième cent dix, le quatrième cent. Les moyens, tels que ceux de Jupiter à Olympie, et de Minerve dans Athènes, avoient de deux cent vingt à deux cent trente pieds de longueur. Il faut mettre dans la classe des plus grands, celui de Jupiter à Agrigente, le grand temple de Sélinunte, le temple d'Éphèse, celui d'Apollon Didyméen à Milet. Le premier avoit de long trois cent vingt-deux pieds; le second, trois cent vingt; le troisième, trois cent cinquante; et le dernier, trois cent soixante pieds.

Poleni.
Voyage pitt. de
Choiseul-Gouffier.
Antiq. d'Ionie.

Pour se rendre compte maintenant de la difficulté qu'il y a de présumer que les temples périptères et autres de ce genre aient été éclairés par leur porte, comme ceux dont il a été question jusqu'ici, il faut se représenter tout ce que leur disposition et les particularités de leurs plans établissent de différence entre les uns et les autres.

D'abord, le péristyle antérieur de plusieurs de ces temples étoit à double rang de colonnes; ce qui avoit lieu au diptère, au pseudodiptère, tel qu'étoit le temple de Sélinunte que j'ai cité, et même à d'autres temples simplement périptères, comme celui du Parthenon à Athènes. Quelques-uns avoient jusqu'à trois et quatre rangs, en y comprenant les colonnes du *pronaos* : tel étoit le décastyle.

De plus, ce qu'on appelle le *pronaos* dans les temples périptères, ne s'applique pas, comme l'admet souvent le langage ordinaire, à cette partie antérieure du *pteroma* que nous appelons *front* ou *frontispice* du temple. Le *pronaos* étoit une partie distincte du vestibule ou de l'*esodos* : il formoit souvent un assez grand emplacement carré, circonscrit de droite et de gauche par les murs avancés de la *cella* qu'on appeloit les *antes;* du troisième côté, par le mur du temple où étoit la porte, et du quatrième, par des colonnes alignées sur le front des antes. Cette partie a souvent une assez grande profondeur, c'est-à-dire que de cette ligne de colonnes à la porte du temple, il règne un enfoncement quelquefois plus grand que n'est la profondeur du péristyle. On peut se convaincre de cela au plus grand temple de Pæstum, et sur la vue de tous les temples périptères dont les plans sont à notre connoissance.

Le *pronaos* formoit véritablement une des divisions du temple; il avoit son emploi distinct et sa destination particulière. Vitruve nous apprend à son égard une singularité qui a été peu remarquée jusqu'ici, c'est que ses colonnes étoient murées, jusqu'à une certaine hauteur, par une cloison soit en marbre, *pluteis marmoreis*, soit de bois, *sive ex intestino opere.* Cet usage, qui paroît vraiment emprunté

Vitr. lit. IV, cap. IV.

de l'Égypte, tendoit à faire du *pronaos* une pièce fermée, du moins dans le bas, entre le vestibule et le temple.

Si la chose eut lieu, il est facile de concevoir que cela devoit dérober encore une grande partie de la lumière que l'intérieur eût pu recevoir de la porte.

Ajoutons que les péristyles Doriques de tous les temples périptères dont nous pouvons parler avec certitude, sont proportionnellement beaucoup plus bas que les péristyles Corinthiens des temples précédemment cités, de sorte que les portes avoient aussi moins d'élévation; en outre, les entre-colonnemens n'ont qu'un diamètre, et l'usage d'élargir celui du milieu n'y est point pratiqué, c'est-à-dire que la moitié de la porte se trouve masquée par les colonnes antérieures : toutes raisons qui empêchent d'admettre que l'intérieur des temples périptères ait pu être éclairé par la porte.

De toutes ces raisons, la plus sensible et la plus facile à saisir sur les plans, est le grand renfoncement dans lequel se trouve cette porte. Au temple de Minerve à Athènes, elle est reculée de quarante-cinq pieds sous de doubles portiques. Au grand temple de Pæstum, qui a cent quatre-vingts pieds de long, on compte cinquante-cinq pieds depuis la porte jusqu'aux colonnes extérieures. Au temple de la Concorde à Agrigente, qui a cent seize pieds de long, il y a trente-trois pieds d'un côté et trente-six de l'autre : l'enfoncement seul du *pronaos* est de seize pieds. Au temple de Thésée, qui n'a guère que cent pieds, les portes de chaque côté sont dans une reculée de vingt-cinq à trente pieds.

Il est à remarquer que l'éloignement où la porte se trouve de la lumière extérieure, indépendamment des autres

obstacles qu'on a décrits, seroit d'un bien moindre inconvénient, si les ordonnances de ces temples étoient plus
exhaussées. Ainsi, au temple de Nîmes; la porte, quoiqu'abritée sous un péristyle de trois colonnes et de trois
entre-colonnemens de profondeur, c'est-à-dire, de vingt-
six pieds, doit recevoir facilement la lumière, parce que
cet abri, c'est-à-dire le péristyle, a plus de hauteur que de
profondeur ; le dessous du plafond des colonnes extérieures
a vingt-huit pieds de haut. Mais, dans tous les temples périptères Doriques, la proportion dont il s'agit est en sens
contraire; c'est-à-dire que, lorsque la porte est beaucoup plus
renfoncée, le plafond du péristyle antérieur est beaucoup
plus bas. Au temple de Thésée, par exemple, les portes
sont renfoncées, d'un côté, de vingt-cinq pieds, et, de
l'autre, de trente : l'architrave des colonnes extérieures n'est
qu'à dix-huit pieds de hauteur. De même, au temple de la
Concorde à Agrigente, le plafond du péristyle est au plus
à vingt-un pieds du sol du temple, et la porte est à trente-
six pieds de renfoncement. De même, au grand temple
de Pæstum, nous avons vu que la porte étoit reculée de cinquante-cinq pieds : les colonnes extérieures n'ayant que
vingt-six pieds de haut, la porte est par conséquent, à l'égard
du jour extérieur, dans un enfoncement plus que double
de celui du temple de Nîmes. L'avance est plus forte encore
au petit temple de Pæstum, qui n'a guère plus de cent
pieds de longueur : sa porte est reculée de quarante-deux
pieds ; et la disposition du *pronaos* forme une telle avance
de chaque côté, qu'indépendamment de l'obstacle produit
par le double rang de colonnes, le jour n'eût pu s'y introduire. On peut faire de semblables remarques sur tous les

autres temples périptères et sur celui de Minerve à Athènes.
Quoique la disposition de ses *antes* ne présente pas les
mêmes corps avancés, et qu'en proportion de celles que
l'on vient de citer, sa porte soit moins reculée, cependant,
si l'on tient compte du rang de galeries soutenues, dans
l'intérieur de la nef, par des colonnes à dix pieds de distance du mur et formant un nouvel abat-jour, on se convaincra que, par le fait, l'ouverture de la lumière destinée
à éclairer une nef de cent pieds de long auroit été à cinquante pieds de distance du jour du ciel, et abritée par
un péristyle dont la hauteur sous l'architrave n'étoit que
de trente-deux pieds.

Ce qui rend encore plus inadmissible la supposition
que les temples périptères aient été éclairés par l'ouverture
de leurs portes, c'est la dimension même de leur *cella*,
qui est toute en longueur, au contraire de la *cella* dans
les temples quadrangulaires des Romains, dont l'examen
est à notre portée. Il paroît d'abord que les temples des
Romains, même du genre périptère, furent tenus d'une
proportion moins longue que n'est celle des temples Grecs.
Le périptère de Vitruve a onze colonnes de long sur six
de face, ou, comme il le prescrit, dix entre-colonnemens
sur cinq. Cet écrivain ne fixe jamais d'autre rapport à
cet égard, que celui du double de la largeur en longueur,
ou de la moitié de la longueur en largeur. Les temples
périptères des Grecs ont tous, plus ou moins, depuis un
huitième jusqu'à un cinquième en longueur, au-delà du
double de leur largeur. Le grand temple de Pæstum a trente-
trois pieds de longueur d'excédant; le temple de la Concorde à Agrigente, vingt pieds; le temple de Minerve à

Syracuse a trente pieds ; le temple de Minerve à Athènes, vingt-deux pieds en sus de la proportion de Vitruve. Il résulte de là, et de la forme universellement oblongue de ces temples, que leur intérieur offroit également une nef en carré-long. Or, en supposant que la porte eût pu y introduire quelque lumière, cette nef auroit été bien moins éclairée que la nef des temples Romains qui nous sont connus, laquelle, comme au temple d'Assise, avoit beaucoup moins de profondeur.

Ces considérations, qui ne sont pas les seules en cette matière, se réunissent donc pour prouver que l'intérieur des temples périptères ne pouvoit pas être éclairé par l'ouverture de la porte, ou n'auroit pu en recevoir qu'une lueur douteuse, un jour faux et foible ; et cependant nous verrons tout-à-l'heure que plusieurs de ces temples eurent besoin d'une grande et belle lumière. Mais n'anticipons point.

Ici l'on peut m'opposer successivement trois hypothèses dont je dois discuter les conséquences.

1.º On peut supposer que ces temples, reconnus pour n'avoir pu être éclairés par leur porte, auroient cependant eu des fenêtres ou des ouvertures pratiquées dans le mur de leur *cella* et sous la galerie environnante du *pteroma*.

2.º On peut, cette première hypothèse détruite, conclure qu'alors ces temples étoient condamnés à une plus ou moins grande obscurité.

3.º Si cette opinion se trouve encore contredite, on peut se retrancher dans l'hypothèse opposée, qui est celle du temple *hypæthre*, entendu sans toit ou sans couverture.

Je vais parcourir ces trois suppositions.

Que l'on peut affirmer que les Temples périptères , en général, n'eurent point de fenêtres latérales.

QUANT à la première hypothèse, savoir, celle des fenêtres pratiquées dans les murs de la *cella* des temples périptères, je dois avouer, malgré ce que j'en ai dit, et ce que j'en dirai encore à l'égard des temples Doriques, qu'elle n'est pas sans quelque autorité. Il s'en trouve un exemple dans un temple périptère d'ordre Corinthien. Je parle du grand temple de Palmyre. On peut voir, tant sur le plan que dans l'élévation perspective qu'en ont donnés les Anglois Robert Wood et Dawkins, *pl. XVI, XX et XXI* de leur ouvrage sur Palmyre, quatre fenêtres d'une belle proportion, et richement décorées de beaux chambranles, à chacun des murs latéraux de la *cella*, environnée toutefois d'un rang de colonnes. Ces huit fenêtres sont ouvertes dans le haut du mur. Elles ont un fronton à l'extérieur, et, comme à celles du petit temple dont on a parlé plus haut, leur chambranle intérieur se termine par une plate-bande. On ne sauroit contester leur antiquité, quelle que soit l'époque à laquelle on rapporte la construction de ce temple. Il est vrai que la singularité de la porte latérale qu'on y voit, peut faire croire, ou que le monument est dû à des temps assez bas, ou qu'il auroit pu recevoir quelques changemens, des restaurations qui, selon les auteurs Anglois, doivent avoir eu lieu dans les édifices de Palmyre, sous les règnes d'Adrien, d'Aurélien, de Dioclétien et de Justinien. Quoi qu'il en soit, cet exemple, unique, il est vrai, mais fort authentique, de huit fenêtres jetant une grande

clarté

clarté dans l'intérieur de la *cella* d'un temple périptère, ne pouvoit être ici passé sous silence.

Je ne m'arrêterai pas long-temps à prouver que les six arcades ouvertes de chaque côté de la *cella* du temple de la Concorde à Agrigente, sont modernes. Je m'étonne que M. le prince de Biscari, dans son Voyage de Sicile, un des plus récens qu'il y ait, n'en ait pas fait la remarque ; peut-être l'a-t-il jugée inutile. Je puis assurer, d'après mes propres observations et le témoignage de tous les voyageurs, que l'appareil seul des pierres dénonce ces ouvertures comme modernes. Elles furent pratiquées lorsque le temple fut converti en église ; et par le fait, rien ne sert mieux à démontrer que le mur de cette *cella* n'avoit autrefois aucune fenêtre.

La même chose est constante à l'égard de tous les temples Doriques périptères qui nous sont parvenus avec les murs de leur *cella*, tels que le grand temple de Pæstum, celui de Thésée et celui de Minerve à Athènes.

Quant à ce dernier, il reste encore assez de ses murs pour qu'on puisse le prononcer hardiment : mais nous avons, sur cet objet, le témoignage incontestable de tous ceux qui visitèrent Athènes, lorsque le temple étoit encore entier.

George Wheler, qui le vit avec le docteur Spon en 1675, nous a donné, sur l'intérieur de ce monument, les particularités les plus précieuses, et les plus applicables à l'objet de nos recherches. Comme, dans le fait, connoître l'intérieur de ce temple, c'est connoître aussi celui de Jupiter à Olympie, qui, d'après la description de Pausanias, fut calqué en quelque sorte sur lui, et comme c'est

Q q

principalement de ces deux monumens que je compte
argumenter, pour rendre vraisemblable l'opinion que je
veux mettre en avant sur la manière dont les grands temples
durent être éclairés, je ne puis mieux faire que de suivre
ce voyageur dans sa description de la nef du Parthenon.

De son temps, cet édifice étoit devenu une mosquée,
après avoir été une église selon le rit Grec. Beaucoup
d'accessoires de ce culte y existoient encore. Les chrétiens
Grecs avoient recouvert la nef d'une voûte, si l'on en croit
la lettre d'un officier de l'armée Vénitienne, qui fut témoin du siége et de la reddition de la citadelle, dans les
années 1687 et 1688. Il y avoit même en quelques endroits de petites coupoles en brique. George Wheler parle
aussi d'une voûte où étoit la Ste Vierge (1). Tout prouve,
comme l'a remarqué M. Stuart, que la couverture dont il
s'agit, ne faisoit point originairement partie du temple,
mais qu'elle fut construite par les chrétiens Grecs.

Mais écoutons George Wheler entrant dans la nef par
l'*opisthodome*, qu'il appelle improprement *pronaos*. « Je ne
» fus pas, dit-il, étonné, comme d'autres, de son obscurité,
» quoique j'observasse que toute la lumière qu'elle reçoit,
» vient du fond que les chrétiens avoient ouvert en fai-
» sant le chœur. » Wheler veut dire que, quoiqu'il vît bien
que la lumière dont jouissoit alors cet intérieur, fût due
à un percé moderne, il ne partagea point, avec tous ceux
qui l'avoient visité avant lui, l'étonnement qu'un intérieur
de temple antique fût privé de jour ; ce que va démontrer
la suite de son récit.

Il résulte déjà de ces paroles, 1.° que les murs de la

(1) C'étoit la demi-voûte de l'hémicycle.

cella n'avoient aucune fenêtre ; 2.° que, pour y introduire
de la clarté, les chrétiens Grecs firent un percé dans le
mur du *pronaos*, et que ce percé, fait dans la partie supérieure de l'hémicycle, pouvoit recevoir une assez grande
lumière du ciel, vu que la toiture du vestibule et du *pronaos* n'existoit plus. Or rien n'établit mieux que ce percé
moderne, la certitude que les murs de la *cella* n'en avoient
aucun.

« Ainsi, continue Wheler, du temps des païens, ce
» temple n'avoit aucun jour que celui qu'il pouvoit re-
» cevoir par la porte, et qui s'affoiblissoit en venant dans
» le *pronaos*, qui ne recevoit aussi de clarté que par le
» premier portail. » La réflexion que fait ici Wheler sur
le peu de jour qu'une telle ouverture devoit donner, dans
son hypothèse, à l'intérieur du temple, est conforme à ce
que j'ai avancé plus haut, et à ce que j'ai observé par moi-
même dans les ruines d'édifices semblables. Wheler avoue
sur le lieu même, que la nef du Parthenon, qui n'eût eu
que cette ressource pour recevoir la lumière, en eût été
à peu près privée.

Ce voyageur, qui s'est peu inquiété des conséquences de
son opinion à cet égard, est un de ceux qui l'ont le plus
accréditée. Il étoit réellement persuadé que les temples
des anciens étoient privés de lumière. «Je ne voulus point,
» ajoute-t-il, critiquer le dessin de l'architecte Ictinus,
» qui avoit bâti ce temple. J'aurois même été surpris d'y
» voir des fenêtres, qu'il est difficile de trouver dans les
» temples des anciens. Mais est-il possible qu'ils fussent
» sans jour? Oui sans doute ; et en voici d'autres exemples.»
Là-dessus Wheler cite le Panthéon de Rome, dont il croit

que l'ouverture verticale est un ouvrage des chrétiens, et quelques autres autorités qui ne prouvent autre chose que le manque de connoissance et de critique sur les objets dont il parle.

Nous apprenons encore de lui, à ce sujet, que le temple de Thésée étoit alors dans le même cas que celui de Minerve. Pour en faire usage, les chrétiens avoient été forcés de pratiquer quelques trous dans la couverture moderne de cet édifice.

On est donc obligé de tirer, avec Wheler, la conséquence que les temples périptères que nous avons cités, n'avoient aucune fenêtre dans les murs de leur *cella*.

Faudra-t-il en conclure avec lui que l'intérieur de ces temples étoit condamné à l'obscurité?

C'est la seconde opinion que je dois examiner.

Que l'intérieur des grands Temples périptères ne fut pas et ne peut pas se supposer privé de lumière.

Il est, je l'avoue, facile de concevoir comment cette opinion peut se former d'elle-même par une sorte d'analogie assez naturelle, lorsqu'on ne prend la peine ni de discuter les autorités, ni de les comparer. En effet, George Wheler et presque tous ceux qui ont adopté ce sentiment, ont tout simplement conclu des petits temples aux grands. Posant que ces derniers édifices, sans fenêtres dans les murs, devoient être obscurs, et convaincus par la vue de quelques petits temples, tels que celui de Spalatro, cité par Wheler, que ceux-ci n'avoient jamais eu d'autre percé que celui de la porte, ils ont conclu d'abord qu'il n'avoit

pù y avoir dans les temples d'autre ouverture que celle
de la porte ou celle des fenêtres latérales, et ensuite, que,
puisque les petits temples n'étoient pas éclairés par des
fenêtres, ou ne l'étoient que par la porte, les grands ne
l'étoient d'aucune manière.

Ces deux conséquences sont cependant également
fausses. Quant à la première, nous verrons par des autorités péremptoires, qu'il y avoit eu autrefois d'autres ouvertures pour la lumière, que celles des portes et des fenêtres
latérales. A l'égard de la seconde, voici ce qu'elle a de
vicieux : c'est que l'on conclut de l'absence des fenêtres à
l'obscurité de tous les temples, tandis que les petits et les
moyens temples étoient suffisamment éclairés par la porte.
On auroit dû conclure, au contraire, de ce que ceux-ci
étoient éclairés même sans fenêtres latérales, et par la porte,
que l'usage de la lumière étoit habituel dans les temples,
et déduire de là que les temples sans fenêtres latérales, et
disposés de manière à ne pouvoir être éclairés par leur
porte, recevoient la lumière d'autre part.

Et il me semble que la nature seule des choses conduit à
cette conclusion. Puisqu'en effet il est constant que le plus
grand nombre des pratiques religieuses du paganisme non-
seulement ne requéroient point l'obscurité, mais, au contraire, avoient lieu à l'extérieur, les portes des temples
ouvertes, en présence et en regard des statues placées dans
leur intérieur, comme le dit Vitruve, on ne sauroit expliquer par quelle raison les grands temples, c'est-à-dire,
ceux qui auroient eu le plus besoin de lumière, en auroient
été presque entièrement privés.

En vain argumenteroit-on de ce que j'ai avancé plus

haut sur la différence du temple païen et du temple chré-
tien , et de ce que j'ai dit que le premier étoit presque
tout extérieur. La chose est vraie, sans doute , mais d'un
vrai relatif, c'est-à-dire, comparativement avec l'étendue et
la richesse intérieure des temples chrétiens. Mais il y avoit
des intérieurs de temples païens de cent et deux cents pieds
de longueur, richement décorés , et l'on ne sauroit raisonnablement supposer qu'on eût été perdre cette décoration
dans des espèces d'antres impénétrables aux rayons du
jour. Telle eût été, en effet, la *cella* des grands temples
périptères , dans la supposition que je combats.

Ce n'est pas encore là la plus grande difficulté. On peut
effectivement admettre quelquefois de semblables contradictions dans les ouvrages des hommes , lorsqu'on les
considère comme subordonnés à la routine de certaines
sujétions religieuses. L'Égypte nous offre de ces inconsé-
quences de décoration qu'on ne peut expliquer autrement.
Mais le joug de la religion ne fut pas si pesant en Grèce,
et l'on ne voit pas que les arts et le goût aient eu beaucoup de sacrifices à lui faire. Or, quand on accorderoit
qu'un intérieur de temple auroit pu être décoré sans être
visible, il est impossible de se prêter à l'idée que les Grecs
auroient accumulé dans des endroits ténébreux toutes ces
merveilles de l'art, que les descriptions de leurs écrivains
ont rendues immortelles. Comment s'imaginer que les
modestes statues placées dans l'intérieur des petits et des
moyens temples auroient été visibles, et que l'œil des
spectateurs en eût joui, même du dehors, tandis que ces
superbes colosses , que ces magnifiques compositions,
où tous les genres de matière et tous les genres de goût

disputoient de prééminence, auroient été ensevelis dans des espèces de tombeaux ?

L'histoire nous apprend que c'étoit dans les temples du genre qui nous occupe, et dans plusieurs de ceux qui existent encore, que nous connoissons et que nous avons vus, qu'étoient tous ces chefs-d'œuvre de la peinture et de la sculpture. S'il falloit en croire Pline, le temple de Junon à Agrigente, temple encore reconnoissable dans toutes ses parties, auroit renfermé la célèbre peinture de Zeuxis représentant Junon, et pour l'exécution de laquelle l'artiste auroit fait choix des cinq plus belles femmes de la ville. Il est vrai qu'un trait semblable a été raconté par Cicéron, de l'Hélène du temple de Junon Lacinienne à Crotone. Mais est-il nécessaire qu'un de ces deux récits détruise l'autre ?

Plin.l.xxxv, cap. IV.

On ne sauroit douter de l'identité du temple de Minerve (1) dans Ortygie, à Syracuse. Le *pteroma* en existe encore tout entier, ainsi que des portions de la *cella*, murée avec la nouvelle bâtisse de la cathédrale. Ce temple paroît, selon ce que Cicéron nous apprend, avoir été une galerie de tableaux. C'étoit une des plus grandes curiosités de la ville : *Nihil Syracusis quod magis visendum putant*. Sur les murs intérieurs de la *cella* étoit représenté en plusieurs tableaux le combat d'Agathocles : *Pugna erat equestris Agathoclis regis in tabulis picta. His autem tabulis interiores templi parietes vestiebantur.* Cicéron ajoute que Verrès enleva encore de ce temple vingt-sept tableaux, *viginti et septem*

Cic.in Verrem, act. IV, §. 55, n. 122 et seq.

---

(1) On ne sauroit douter que le temple encore sur pied de Minerve, dans Ortygie, à Syracuse, ne soit le même que celui dont il est parlé chez les écrivains anciens.

tabulas pulcherrimè pictas, représentant les rois et les tyrans
de la Sicile, *in quibus erant imagines Siciliæ regum ac tyran-
norum.* J'ai dit qu'il existoit encore des restes du mur où
étoient suspendus ces tableaux. Si quelque chose est hors
de doute, c'est que, dans son plan et son élévation, ce
temple étoit en tout conforme aux autres temples périptères
que nous connoissons le mieux. Les deux colonnes de son
pronaos étant conservées, la longueur de la *cella* peut s'évaluer, à deux ou trois pieds près. L'édifice ayant à l'extérieur cent soixante pieds de long sur soixante-cinq de large,
la nef, dans les proportions de tous ces temples, dut avoir
quatre-vingt-dix pieds sur trente ; car on observe que ce
temple avoit un peu plus de longueur proportionnelle.
Chacune des portes se trouvoit à trente - cinq pieds au
moins d'éloignement du jour, sous une double colonnade
qui n'avoit que vingt-huit pieds de hauteur. Qu'on dise
donc comment ces tableaux auroient été visibles, si un
intérieur aussi long n'avoit reçu que la foible et fausse
lumière de la porte ouverte.

Il me seroit facile de multiplier à l'infini les objections
de ce genre, en suivant Pausanias dans toutes ses descriptions d'intérieur de temple ; mais en cette matière, déjà
assez remplie par elle-même d'incertitudes et de choses
inconnues, je n'ai voulu faire choix que d'exemples irrécusables, c'est-à-dire, de temples bien connus, encore
existans, et dont il est possible de se faire une idée arrêtée.
Tel est encore le temple de Minerve à Athènes, dont la
nef intérieure avoit cent pieds de long.

George Wheler, en jugeant que cet intérieur étoit privé
de lumière, ou n'a pas songé qu'il renfermoit, entre autres
chefs-d'œuvre,

chefs-d'œuvre, une statue d'or et d'ivoire de la hauteur de quarante pieds, ou n'a pas entrevu les conséquences d'un pareil monument, par rapport à la question dont il s'agit. J'ai prouvé ailleurs et il est reconnu que le temple de Jupiter à Olympie étoit une répétition presque exacte de celui du Parthenon à Athènes; de sorte que le raisonnement qu'on fait à l'égard de l'un, est applicable à l'autre. Comment donc supposer que, dans ces deux temples, les deux merveilles de la sculpture antique (compositions où se trouvoient réunies les masses les plus colossales et les détails d'ornemens les plus minutieux) n'auroient été aperçues qu'à la foible lueur d'un jour douteux? Et, ici, la ressource des lampes, que j'ai déjà discutée, seroit inadmissible. On conçoit comment un lampadaire peut éclairer une statue ordinaire; mais on ne fera jamais concevoir qu'un ensemble aussi étendu, aussi varié dans ses détails et sous tous les rapports, que celui du Jupiter d'Olympie, auroit pu être habituellement éclairé d'une manière artificielle. Il faut, de toute nécessité, chercher à ces monumens et à l'intérieur qui les possédoit, un grand foyer de lumière, et de la lumière du jour.

Ici vient se placer, comme une manière d'échapper à toutes ces difficultés, la troisième opinion, qui est celle du temple hypæthre, ou réputé entièrement découvert, sans toit ni couverture sur la *cella*. Je discuterai un peu plus longuement cette opinion, parce qu'elle tient à des points de critique fort importans, et parce qu'elle me conduit directement au centre de la difficulté qu'il faut résoudre.

R r

Que l'opinion du Temple hypæthre, entendu comme privé
de toute couverture, est une opinion exagérée.

E N passant d'un extrême à l'autre, on peut donc effectivement prétendre que plusieurs des grands temples périptères avoient leur *cella* découverte et sans toiture ni
plafond, de manière qu'au lieu d'être une espèce d'antre
obscur, leur extérieur eût été une sorte de *cavædium*, ou
de cour en plein air. Cette opinion se fonde sur un passage de Vitruve, où cet écrivain désigne une sorte de
temple qu'il appelle *hypæthre*. Voici ses paroles :

Vitr. lib. III,
cap. 1, in fine.

Hypæthros verò decastylos est in pronao et postico. Reliqua
omnia eadem habet quæ dipteros, sed interiore parte columnas
in altitudine duplices, remotas à parietibus ad circuitionem, ut
porticus peristyliorum. Medium autem sub divo est, sine tecto,
aditusque valvarum ex utraque parte in pronao et postico.

Rien d'abord ne peut concourir plus efficacement à détruire l'opinion de l'obscurité dans les temples, que l'existence du genre hypæthre, à quelque degré que l'on veuille
étendre ou restreindre la partie découverte qui le caractérisoit. Il faut considérer ensuite que Vitruve affecte à
ce genre de temples l'ordonnance et la disposition des plus
vastes et des plus riches, c'est-à-dire, du décastyle et du
diptère. Enfin il en cite pour exemple un octostyle,
savoir, celui d'Athènes au temple de Jupiter Olympien
dans cette ville, si l'on doit faire rapporter à *Athenis* les
mots *in templo Jovis Olympii*, en lisant, *sed Athenis octostylos*
est in templo Jovis Olympio : mais M. Stuart propose de lire,
sed Athenis octostylos et in templo Olympio ; et par-là Vitruve

entendroit et le Parthenon et le temple d'Olympie, qui
étoient octostyles.

Je laisse cette controverse pour arriver au sujet qui
m'occupe. Cinq caractères principaux, selon Vitruve, distinguent l'hypæthre, d'être décastyle, d'être diptère, d'avoir
son milieu découvert et sans toit, d'être décoré intérieurement de deux rangs de colonnes en hauteur, et d'avoir ses
deux portes dégageant immédiatement l'une sur le *pronaos*,
l'autre sur le *posticum*. Il semble donc que l'on ne devroit
assigner le titre d'hypæthre qu'aux temples qui réunissent
ces cinq conditions. Cependant il a suffi jusqu'à présent aux
critiques, d'un seul de ces caractères, pour prononcer qu'un
temple étoit du genre hypæthre. Ce caractère est celui des
deux rangs de colonnes intérieures : ainsi, à cause de cette
disposition, on a appelé hypæthre le grand temple de Pæstum, quoiqu'il soit systyle et monoptère (1). On a conclu
de la même façon à l'égard du temple de Minerve, qui
étoit aussi monoptère. Ces deux temples sont les deux
seuls existans où le caractère en question soit certain.

Le temple de Jupiter à Olympie ayant été à deux
rangs de galeries intérieures, on s'est cru également autorisé à en supposer la *cella* découverte et sans abri ; et dès-
lors, a-t-on dit, nulle difficulté pour éclairer les ouvrages
de peinture et de sculpture qu'elle renfermoit.

Avant de passer à la discussion du passage de Vitruve,

(1) On avertit qu'on prend ici le
mot *monoptère* dans un sens différent
de celui que Vitruve lui donne, en
l'appliquant aux temples circulaires
qui avoient un seul rang de colonnes
sans mur. Ici, comme dans la suite,
j'entends par *monoptère*, pour l'opposer au *diptère*, le temple périptère qui,
au lieu de deux rangs de colonnes
dans son pourtour, n'en avoit qu'un
seul.

et à l'examen de la notion de son temple hypæthre, je
dois faire observer d'abord que la ressource de la *cella*
supposée toute découverte ne répond qu'à une partie très-
peu considérable de l'objection; car, si la disposition hypæthre est, comme je viens de le dire, à peine admissible,
d'après l'autorité de Vitruve (unique en ce genre), à l'égard
des temples à galeries intérieures que nous connoissons,
on ne peut s'en prévaloir en aucune façon pour tous les
autres genres de temples périptères, qui étoient et sont
encore, dans les ruines existantes, de beaucoup les plus
nombreux. Ainsi l'objection de l'obscurité reste entière par
rapport à la multitude des grands temples qui n'étoient
point du genre prétendu hypæthre.

Admettons maintenant, comme on le veut, que la *cella*
des temples de Minerve à Athènes, et de Jupiter à Olympie, ait formé une cour en plein air, environnée de deux
étages de galeries en colonnes éloignées de dix pieds du
mur, formant promenoir alentour, et voyons s'il n'y a pas
encore de plus grands inconvéniens dans cette hypothèse.

Antiquit. of
Athens, vol. II,
chap. 1.

M. Stuart en a déjà noté quelques-uns. « Véritablement,
» dit-il (en parlant à ce sujet des colosses d'or et d'ivoire
» qui étoient dans ces temples), on ne peut supposer qu'un
» œuvre si magnifique, exécuté à si grands frais, composé
» d'or et d'ivoire, et délicatement peint, fût exposé en plein
» air à toutes les injures du temps.» Cette objection du voyageur Anglois acquiert bien plus de force encore, quand on

Pausan. l. V,
c. 11, in fine.

se rappelle les soins que l'on prenoit de la conservation de
ces ouvrages, ces puits ménagés sous quelques-uns pour

Ibid.

corriger l'influence d'un air trop sec, ces bassins d'huile
creusés autour d'autres pour les garantir de l'humidité du

sol ; ailleurs, des filtrations intérieures d'huile pour entre- *Plin. lib. VII,*
tenir dans un état constant d'équilibre toutes les parties *cap. LIII.*
de leur structure, et les préserver des variations de l'atmos-
phère. Il est raisonnablement impossible d'imaginer que
des ouvrages aussi *susceptibles* auroient été livrés, dans une
cour découverte, aux intempéries d'un climat qui, pour
être moins pluvieux que le nôtre, avoit aussi de grandes
variations, et où les ardeurs de l'été auroient été plus
destructives encore que les glaces de nos hivers.

« Il faut donc reconnoître, continue M. Stuart, qu'il y
» avoit dans les temples de ce genre une couverture quel-
» conque, suffisante pour défendre les statues en question
» de la poussière, du soleil et de la pluie. Mais quelle
» étoit cette couverture ? C'est ce qu'on ne dit nulle part,
» et ce qu'il n'est pas aisé d'éclaircir. »

J'espère faire voir que la chose n'est pas si difficile à
éclaircir, et que toute la difficulté vient de ce qu'on a pris
dans un sens trop littéral et trop rigoureux le passage très-
équivoque de Vitruve que j'ai cité ; passage qui, lors même
qu'on le supposeroit absolu et excluant toute autre interprétation, ne devroit point prévaloir contre les vraisemblances,
les faits et les autorités des écrivains que je compte lui
opposer. M. Stuart, préoccupé de l'opinion que le temple
hypæthre étoit totalement découvert, que tout temple à
galeries intérieures étoit nécessairement hypæthre, et que
ceux de Minerve et d'Olympie sont cités par Vitruve
pour être de ce genre, quoique la véritable leçon, dans
le passage de cet auteur, soit incertaine, a mieux aimé se
livrer à des hypothèses inadmissibles, que d'admettre une
erreur dans Vitruve, ou une restriction à son opinion.

Par exemple, il suppose que les statues de Minerve ou
de Jupiter auroient pu être abritées sous les galeries intérieures. « Le péristyle ou la colonnade intérieure, dit-il,
» portoit une couverture qui abritoit une partie de l'aire
» de la *cella* et pouvoit garantir la statue. » Personne ne
pouvoit mieux que l'auteur de cette supposition en reconnoître l'insuffisance. M. Stuart a retrouvé les emplacemens
des colonnes de la *cella* du Parthenon, décrites par George
Wheler, et il ne donne lui-même à la profondeur de cette
galerie que dix pieds. Raisonnant donc sur la statue de
Jupiter à Olympie, placée de cette façon sous le petit côté
de la galerie, en face de la porte d'entrée, il ne faut pas
oublier qu'il y avoit là aussi une autre porte donnant dans
l'opisthodome. Ainsi, outre l'inconvénient d'obstruer la
circulation des galeries, il y a encore la nécessité du passage de la porte, qui empêche de supposer que la statue ou
son soubassement aient été adossés au mur. J'observe de
plus que cette position eût empêché de voir toute la partie
postérieure du monument. Il est constant, enfin, qu'on
tournoit autour de la balustrade qui l'environnoit; et cette
seule balustrade, placée autour du soubassement, lequel
débordoit la statue, démontreroit déjà que la profondeur
de dix pieds étoit de beaucoup insuffisante pour la dimension du monument lui-même. J'ai fait voir ailleurs que le
soubassement de la statue de Jupiter avoit au moins vingt-
cinq à trente pieds de long : ainsi elle ne pouvoit être
abritée sous les galeries.

Reste la supposition d'une avance de toit sur le monument ; mais cette supposition s'éloigne déjà tellement de
l'idée d'où nous partons, qu'elle en seroit moins l'expli-

cation que la réfutation. J'y reviendrai. Pour le moment, il me suffit de dire que cette avance de toit et de plafond auroit encore mal garanti les ouvrages de peinture et de sculpture dont il s'agit, et que toutes les influences destructives des météores n'y auroient guère eu moins d'action, si l'on prétend que le reste de l'*area* intérieure étoit à découvert.

M. Stuart a cru parer à cet inconvénient en proposant de faire servir le *peplos* ou le voile de Minerve dans le Parthenon, et le *parapetasma* de Jupiter en Élide, à abriter l'intérieur de ces temples; et il conjecture que ces riches étoffes auroient pu être placées dans une position horizontale comme les bannes des théâtres, de façon à former une sorte de plafond sur l'aire découverte de la *cella*. La richesse du beau tapis de pourpre brodé en or, présent du roi Antiochus au temple d'Olympie, ne paroît pas à M. Stuart une objection suffisante contre un emploi aussi vulgaire, parce que Néron en faisoit tendre d'aussi magnifiques sur le lieu du théâtre qu'il occupoit.

Pausan. l. V, cap. XII, §. 2.

Xiphil. l. LXIII.

Il me semble pourtant qu'indépendamment du luxe d'ostentation des empereurs Romains, qui rend tout croyable, il y auroit eu une différence assez considérable entre les deux usages. Les voiles de théâtre n'étoient placés que temporairement; on pouvoit, chaque jour de représentation, les hisser et les enlever après : au lieu que, dans l'hypothèse de M. Stuart, le *parapetasma*, destiné à faire une couverture habituelle, auroit été condamné à recevoir les injures de toutes les saisons ; ce qui blesse la vraisemblance.

D'ailleurs la position des tapis en forme de rideaux dans les temples (et de ce genre étoit le *parapetasma* d'Élide) est trop constamment déterminée, pour qu'on s'arrête à réfuter longuement cette conjecture : ils avoient pour objet de soustraire aux yeux la vue des divinités et les sanctuaires eux-mêmes. Les Égyptiens en suspendoient devant toutes les issues de leurs temples. On en voit un sur la mosaïque de Palestrine, qui ne laisse douter ni de son usage, ni de sa forme, ni de sa position; il ressemble à une voile de vaisseau, et il est hissé au sommet du temple.

Cette sorte de clôture étoit souvent la seule qui séparât le *sécos* du reste du *naos*, dans les temples des Grecs. Pausanias nous a même conservé un renseignement précieux à cet égard, et dont je ferai bientôt usage sous un autre rapport ; c'est qu'à Olympie, au lieu de tirer ce rideau en l'élevant jusqu'au plafond, comme cela se pratiquoit au temple d'Éphèse, on le laissoit tomber au contraire avec des cordes jusque sur le pavé du temple. Enfin, pour en dire un mot d'avance, à quoi eût servi, par exemple, dans le temple d'Éphèse, la position horizontale du *parapetasma*, puisque nous apprenons du passage même de Pausanias que ce temple avoit un plafond ?

Pausan. loco citato.

Le peu qu'on vient de dire, suffit pour montrer que la solution qu'on a cru trouver dans le temple *à intérieur découvert*, entendu sans restriction, ne détruit que pour un petit nombre de temples l'objection de l'obscurité, et ne leveroit à leur égard la difficulté dont il s'agit, qu'en reproduisant d'autres difficultés plus réelles encore. Je pourrois m'en tenir à ces considérations, si le passage de Vitruve que j'ai cité, n'eût servi de fondement à une opinion devenue générale sur quelques-uns des plus célèbres temples de l'antiquité, et s'il ne m'importoit de

faire

faire voir que cette opinion n'est qu'un préjugé dénué de consistance.

De la notion du Temple hypæthre de Vitruve.

Il s'agit donc de savoir jusqu'à quel point la notion du temple hypæthre de Vitruve est applicable aux temples que, sur l'autorité de cet écrivain, on répute ordinairement être tels ; quelle signification le mot *hypæthre* peut comporter dans le passage où il se trouve employé, et quelle foi est due à la théorie que renferme ce passage. Il arrive en effet trop souvent qu'on admet comme incontestables des conséquences dont le défaut est d'émaner d'un principe qu'on a oublié de contester.

Qu'il y ait eu chez les anciens des temples hypæthres, c'est-à-dire, plus ou moins découverts, cela paroît certain : j'en citerai tout-à-l'heure, d'après des autorités positives, que l'on voyoit à Rome et qui étoient de ce genre ; et je n'entends parler ni du Panthéon, ni d'autres rotondes semblables. C'étoit le propre du culte affecté à certaines divinités, d'exiger un intérieur découvert. Vitruve nous apprend que de ce nombre étoient Jupiter Foudroyant, le Ciel, le Soleil, la Lune ; et cela, dit-il, parce que les apparences et les effets de ces divinités se manifestent dans l'espace et le vide des cieux : *Jovi Fulguri, et Cælo, et Soli, et Lunæ, ædificia sub divo hypæthraque constituantur.* Les dieux cités ici par Vitruve avoient des temples à Rome, et par conséquent on doit présumer que plusieurs de ces édifices étoient hypæthres.

Comment donc concilier cette théorie de Vitruve, ainsi que les notions correspondantes qu'on trouve dans Varron

Vitr. lib. 1, cap. 11.

S s

sur l'existence de quelques-uns de ces temples à Rome,
avec le passage rapporté plus haut du même Vitruve, où,
après avoir décrit le temple hypæthre, il dit qu'il ne s'en
Vitr. lib. III, *cap. 1.* trouve point d'exemple à Rome! *Hujus autem exemplar*
Romæ non est.

Voici, je pense, comment cela s'explique.

Dans le passage rapporté plus haut, Vitruve ne parle
du temple hypæthre qu'en architecte : il en fait un genre de
temple particulier, et il le met au septième rang. Comme
les rangs assignés par l'auteur à ces différens genres de
temples le sont suivant une progression régulière de richesse, d'ordonnance et d'architecture, le premier temple
se trouve être le temple *in antis*, le second le prostyle, puis
l'amphiprostyle, le périptère, le pseudodiptère, le diptère,
et enfin l'hypæthre. Il me semble que celui-ci n'est placé
le dernier que parce qu'il réunit au luxe du diptère la propriété d'être décastyle et d'avoir des galeries intérieures.
Or cet arrangement classique et méthodique pourroit fort
bien n'être qu'un système architectonique, beaucoup plus
facile à combiner dans le cabinet, qu'à prouver par des
autorités, comme reposant sur une pratique antérieure et
constante.

Je soupçonne que cela est arrivé ici à Vitruve, et qu'après
avoir recomposé, selon une échelle méthodique, ses différentes formes de temple, pour en régulariser l'emploi, il
s'est trouvé fort en peine d'en citer des exemples dans des
monumens connus, ou qui fussent à sa connoissance. Ainsi,
quand il dit qu'il n'y avoit point à Rome d'exemple de
temple hypæthre, comme cela contrediroit, et ce qu'il a
avancé dans son chapitre II du livre I.er, et aussi d'autres

autorités positives, il me semble qu'il faut entendre seulement qu'il n'y avoit point à Rome d'exemple de l'hypæthre,
tel qu'il vient de le composer selon son système architectonique.

La chose est d'autant plus probable, que, si on l'en
croit lui-même, il n'y en avoit peut-être point non plus
ailleurs qui pût réunir les cinq conditions *d'être décas-*
tyle, diptère, à deux rangs de galeries intérieures, d'avoir le
milieu de la cella *découvert et ses deux portes dégageant im-*
médiatement sur le pronaos *et le* posticum. Je dis que, si cet
ensemble de conditions étoit nécessaire, selon lui, pour
former son genre de temple hypæthre, il est fort possible
qu'il ne s'en soit point trouvé de semblable parmi les monumens existans, puisque l'exemple qu'il cite est déjà une
exception à sa règle. En effet, il indique l'octostyle d'A-
thènes au temple de Jupiter Olympien ; et, selon lui, l'hypæthre devoit être décastyle : *Hujus autem exemplar Romæ*
non est, sed Athenis octostylos in templo Jovis Olympii.

Cette phrase, je l'ai déjà dit, a servi d'autorité à M. Stuart
pour prétendre que Vitruve indique ici le temple du Parthenon à Athènes et celui de Jupiter à Olympie. En effet,
il y a deux manières de la lire. Selon Joconde et Philander,
suivis par d'autres éditeurs de Vitruve, on lit : *Sed Athenis*
octostylos in templo Jovis Olympii. Selon plusieurs manuscrits, il faut lire : *Sed Athenis octostylos et in templo Olympio.*
M. Stuart adopte cette leçon, et en conclut qu'il s'agit des
deux temples en question ; et, à cette occasion, il se rétracte
de sa première opinion sur le temple de Jupiter Olympien
à Athènes, auquel il avoit donné huit colonnes de front :
il le juge maintenant décastyle.

Je laisse ici de côté la controverse, fort difficile à juger,
du plan et de l'emplacement du temple Olympien à
Athènes, et, revenant aux deux versions de la phrase de
Vitruve, j'avouerai que j'aurois quelque peine à l'entendre selon le sens que M. Stuart veut y trouver. Il me
semble que, selon l'un et l'autre texte, il ne s'agit que
d'un octostyle, lequel se voyoit à Athènes et au temple
de Jupiter Olympien, grand et célèbre édifice de cette
ville, placé au milieu d'un péribole, et qui, resté long-
temps sans être achevé, dut sa confection à l'empereur
Adrien.

Outre que l'interprétation que je suis est celle de tous les
commentateurs, je pense aussi qu'elle est la plus naturelle,
de quelque manière qu'on lise la phrase. Je crois voir ce qui
a porté M. Stuart au changement qu'il propose; c'est le rapport de la disposition intérieure des temples de Minerve
à Athènes et de Jupiter à Olympie, avec une partie de
celle que Vitruve prescrit à son hypæthre : je parle des
galeries intérieures. M. Stuart a conclu, avec beaucoup
d'autres, que tout temple qui avoit ces galeries, étoit nécessairement hypæthre ou découvert; il a cru en outre mettre
les exemples cités par Vitruve un peu plus d'accord avec
sa règle. Mais on va voir que, s'il falloit entendre par sa
phrase les deux temples de Minerve à Athènes et de
Jupiter à Olympie, ces deux exemples seroient bien mal
choisis, puisque chacun d'eux manqueroit de trois des
cinq conditions prescrites par Vitruve à son hypæthre. En
effet, chacun d'eux étoit octostyle, au lieu d'être décastyle;
chacun d'eux étoit monoptère, au lieu d'être diptère; chacun
d'eux avoit un *opisthodomos*, et, par conséquent, ne pouvoit

avoir ses portes dégageant immédiatement sur le *pronaos* et
sur le *posticum*.

Si l'on admet que Vitruve a voulu donner ces deux
édifices pour exemples de sa règle, il faut convenir que ses
autorités la détruisent, et que cette règle n'auroit été,
comme je l'ai soupçonné d'abord, qu'une combinaison de
système, et non un résultat de faits. Cela prouveroit de
plus en plus qu'il n'y a aucune conséquence positive à en
déduire ; car, si ce n'est pas l'ensemble des conditions
assignées par Vitruve à son hypæthre qui le constitue tel,
qu'on dise donc laquelle de ces conditions en est au moins
la plus nécessaire.

C'est, dit-on, celle du double rang intérieur de colonnes
en hauteur : là est le vrai caractère d'un temple dont la *cella*
étoit découverte, du véritable hypæthre. A cela je n'aurai
à répondre qu'un mot ; c'est qu'il faudroit prouver que les
temples de cette sorte étoient découverts et sans plafond :
mais cette preuve est impossible à faire aujourd'hui, puisque la seule autorité seroit le texte de Vitruve, qui est
précisément l'objet en question ; car ce qu'il s'agit de
savoir, c'est si, d'après le texte douteux de Vitruve et la
contradiction qui règne entre sa règle et son exemple sur
plusieurs points, on doit le croire et le prendre au mot
sur un seul. Or, sur cela, invoquer le témoignage de Vitruve, c'est tomber dans le cercle vicieux.

Et non-seulement les temples que nous savons avoir eu
le double rang de galeries intérieures, temples dont deux
subsistent encore et quatre ont été décrits, ne témoignent
point en faveur de l'opinion qu'on prête à Vitruve : mais
de ces six temples, savoir, ceux de Pæstum, d'Athènes,

d'Olympie, d'Éleusis, d'Éphèse et de Tégée, quatre nous fournissent des renseignemens entièrement contraires ; et de ces quatre il en est deux qui permettent d'affirmer, comme on le verra tout-à-l'heure , que non-seulement ils n'étoient pas découverts , mais qu'indubitablement ils avoient un plafond.

Cela posé, le caractère du double rang de colonnes en hauteur dans l'intérieur d'un temple ne dénote pas plus que les autres caractères, que sa *cella* ait été découverte. Ainsi la notion de l'hypæthre de Vitruve n'aura été qu'une notion théorique et non historique , et je pense qu'on doit regarder comme hasardées les applications qu'on en a faites à plusieurs des temples qui nous occupent.

Je suis loin de prétendre toutefois qu'il n'y ait pas eu de temples hypæthres et à *cella* toute découverte ; je prétends seulement que nous n'avons aucune preuve de cette disposition, ni dans les monumens, ni chez les écrivains, ni chez Vitruve lui-même. A la vérité , cet écrivain a bien défini en architecte un temple ainsi nommé ; mais, sans parler de l'autorité équivoque sur laquelle s'appuie sa notion, il n'a défini aucunement le point essentiel à notre recherche, c'est-à-dire, la manière d'être hypæthre ou découvert. Il est sensible qu'un édifice peut être plus ou moins couvert, et qu'on a pu donner le nom de temple découvert (comme je ferai voir qu'on l'a donné) à des temples qui ne l'auroient été que dans une très-petite partie ; de manière que l'on auroit entendu et le mot *hypæthre*, et Vitruve lui-même dans l'emploi de ce mot, d'une façon beaucoup trop étendue et beaucoup trop absolue. Voilà ce que je prétends, à l'égard des deux temples que

M. Stuart a jugés, d'après Vitruve, avoir été totalement découverts.

J'ai dit qu'on ne pouvoit pas affirmer qu'il y ait eu de grands temples, lesquels auroient offert un intérieur totalement privé de toiture et de couverture : mais nous savons qu'il y en eut qui, faute d'avoir été achevés, restèrent dans cet état ; et il est remarquable, quoique la chose soit assez naturelle, que cela est arrivé à quelques temples de la plus grande dimension. De ce nombre fut celui de Jupiter Olympien à Agrigente, qui avoit trois cent trente pieds de long sur cent quatre-vingts de large. Diodore de Sicile nous apprend que la guerre des Carthaginois, qui détruisit la république d'Agrigente, empêcha de faire le toit de cet édifice, et que, depuis, les Agrigentins n'avoient plus eu le moyen de subvenir à cette dépense. Ce temple resta donc forcément hypæthre dans le sens absolu. Pausanias[a] et Strabon[b] nous instruisent d'une circonstance semblable à l'égard du grand temple d'Apollon Didyméen à Milet, l'un des plus vastes édifices qui aient été construits. M. de Choiseul-Gouffier[c], ayant reconnu non-seulement l'emplacement de ce temple, mais encore son ordonnance extérieure qui étoit Ionique, et la disposition de son ensemble, croit pouvoir avancer qu'il étoit décastyle, diptère, et surtout appartenant au genre hypæthre de Vitruve, c'est-à-dire, ayant eu des galeries intérieures. Il fonde cette conjecture très - probable sur un reste de colonne Corinthienne existant dans l'intérieur, et d'un diamètre beaucoup moins fort que celui des colonnes extérieures. Ce monument seroit une autorité plus conforme au système de Vitruve que celle qu'il a rapportée lui-même, et que

Marginal notes:

Lib. XIII, §. 82, t. I, pag. 607.

[a] *οὐκ ἐξειργάσμενος, Paus. lib. VII, cap. V.*
[b] *Lib. XIV. p. 634.*
[c] *Voyage pitt. de la Grèce, tom. I, pag. 179, pl.*

Pausan.l.VII,
cap. V. celles encore que M. Stuart lui prête; et cependant Pausanias dit que ce temple ne fut pas achevé, et Strabon nous apprend que sa grandeur même fut cause qu'il resta sans toit : *Propter magnitudinem remansit sine tecto* (1). Voilà encore un hypæthre par accident. Seroit-il donc improbable que Vitruve, qui n'avoit point vu les temples de la Grèce, eût fondé son système et sa théorie sur des monumens de ce genre qu'il ne connoissoit que de renommée ou par des dessins, et qu'il eût cru destinés à rester sans couverture, des édifices que le seul hasard des circonstances en avoit privés? Dans ce cas, n'eût-il pas été naturel qu'il citât un de ces grands édifices restés imparfaits? Et tel étoit de son temps le temple de Jupiter Olympien à Athènes, commencé par Pisistrate et terminé seulement par Adrien. M. Stuart a jugé lui-même ce temple décastyle, diptère et à galeries intérieures. Dans ce cas, la citation de Vitruve eût été moins fautive : car l'erreur consisteroit dans le mot *octostylos*, au lieu de *decastylos*; ce qui pourroit encore être une faute de copiste. Alors il ne seroit question dans ce passage, comme je l'ai déjà dit, que d'un seul temple, du temple Olympien d'Athènes : *Sed Athenis decastylos* (faudroit-il lire) *est in templo Olympio.*

Toute cette discussion, peut-être trop longue, a eu pour objet la supposition que Vitruve, par temple hypæthre, a entendu celui dont l'intérieur auroit été totalement privé de couverture. J'en ai sans doute trop dit, s'il est vrai qu'on peut faire évanouir d'un mot cette interprétation.

Effectivement, que dit Vitruve à cet égard? quelles sont

(1) Διέμεινε δὲ χωρὶς ὀροφῆς διὰ τὸ μέγεθος. Strab. l. XIV, p. 634.

ses

ses paroles? quel en est le sens simple et naturel? *Medium autem sub divo est sine tecto*. C'est ainsi qu'il s'exprime : *Le milieu est découvert et sans toit*. Or, comme la *cella* constitue ordinairement la partie mitoyenne du temple, c'est-à-dire, qu'elle est le plus souvent disposée de manière que son propre milieu est le milieu de tout l'édifice, on a cru que ce *medium* devoit s'appliquer à la totalité de la *cella*; et de là l'opinion que l'hypæthre de Vitruve, et tous les temples qui lui sont analogues, étoient totalement *sub divo* dans leur intérieur, et entièrement *sine tecto*.

Cependant le mot *medium* ne désigne pas formellement l'étendue de cette région moyenne. Si l'on peut à la rigueur l'entendre de toute la *cella*, comme occupant l'espace du milieu de l'édifice, on peut aussi restreindre ce *medium* à la partie du milieu de la *cella*; et il faut avouer que les paroles de Vitruve indiquent plus naturellement ce sens-là. Il semble, en effet, que s'il eût voulu faire entendre que la *cella* entière étoit sans couverture, il n'y avoit d'autre manière que de le dire; et s'il eût voulu dire que le milieu du temple étoit percé par une ouverture, il me semble encore qu'il ne pouvoit mieux l'exprimer que par ces mots : *Medium sub divo est sine tecto*. C'est bien ainsi qu'on parleroit du Panthéon de Rome.

Quoi qu'il en soit de l'équivoque qui peut toujours résulter du manque de définition géométrique du mot *medium* dans ce passage, je me crois en droit de prétendre qu'au moins on en a tiré une conséquence beaucoup trop absolue, à l'égard des temples qu'on a jugés être du genre hypæthre; que, sans aucune autorité concurrente avec ce passage de Vitruve, et sans aucune autre notion qui l'étaye,

T t

on l'a interprété dans le sens le moins naturel et dans l'hypothèse la moins vraisemblable. J'espère enfin montrer que ce passage, ramené à sa véritable signification, est un de ceux qui doivent le mieux nous révéler de quelle manière étoit éclairé l'intérieur des grands temples de l'antiquité.

Je ne puis terminer la discussion sur le temple hypæthre de Vitruve, sans faire encore observer que si les temples qu'on a crus privés de couverture, d'après l'interprétation forcée de ses paroles, l'avoient réellement été, il seroit assez naturel d'en trouver quelque indication dans Pausanias, d'autant plus que ce voyageur a souvent fait la remarque de temples qui manquoient ou de toît ou de plafond. Cependant nous ne voyons pas qu'il ait noté rien de semblable sur les temples de Minerve à Athènes et à Tégée, réputés sans couverture, selon le système en question; ni sur celui de Jupiter à Olympie, cru aussi du même genre, quoique ce monument soit, de tous ceux qu'il a décrits, celui où il a mis le plus de détails et d'exactitude.

Que Pausanias ne fait pas mention de Temples hypæthres.

Je trouve dans Pausanias six passages qui ont rapport à notre objet. Dans les quatre premiers, il s'agit de temples qui n'ont point d'ὄροφος : dans les deux derniers, il est question de temples ἐν ὑπαίθρῳ. L'on va voir qu'il y a fort peu d'inductions à en tirer pour l'opinion de la *cella* toute découverte.

Paus. lib. 11, c. XVIII, §. 3, edit. Fac. tom. 1, pag. 242.

Pausanias décrit un temple de Cérès Mysia, près d'Argos : Δήμητρος Μυσίας ἱερόν. *Hieron* signifie ici, non l'espace environnant le temple, mais le bâtiment même; car il ajoute immédiatement, τούτῳ μὲν ἔν ἔκ ἔπεστιν ὄροφος.

Il n'a point d'ὄρφος : mais, dans son intérieur, il y a un autre *naos* en brique, ἐν δὲ αὐτῳ ναός ἐςιν ἄλλος ὀπτῆς πλίνθʉ. Les traducteurs ont traduit, savoir : Amasée, *ejus ædis tectum collapsum est;* l'abbé Gédoyn, *le plafond en est détruit;* M. Goldhagen, ꝺer Tempel ɧat ʄeine ꝺaɕe. Il y a lieu de soupçonner que, la couverture du grand temple, ou n'ayant pas été finie, ou ayant été détruite, les Argiens auroient, par économie, préféré de rétablir dans cet intérieur un plus petit temple en brique. Rien, par conséquent, à inférer de ce passage.

Pausanias parle d'un temple d'Esculape à *Gythium* en Laconie, qui n'avoit point d'ὄρφος. Οὐκ ἐπόντος ὀρφʉ τῶ ναῶ. Amasée traduit, *sine lacunari;* l'abbé Gédoyn, *sans plafond;* M. Goldhagen, oɧne ꝺaɕ unꝺ ꝺaɕe, *sans plafond et sans toit.* Les traducteurs ont été divisés, comme on le voit, sur le sens propre d'ὄρφος, qui peut, ainsi que je le dirai plus bas, signifier quelquefois *le toit,* quoiqu'il exprime plus souvent *le plafond.* Ici il seroit possible que le temple ait eu un toit sans plafond.

Lib. III, cap. XXI, §. 7, edit. Fac. tom. I, pag. 427.

Le même doute peut avoir lieu dans le passage suivant, où il s'agit d'un temple de Vénus, près de Phigalie en Arcadie. Voici les mots de Pausanias : καὶ αὐτῇ (Ἀφροδίτῃ) τε ναός ἦν, ʉκ ἔχων ἔτι ὄρφον, καὶ ἄγαλμα ἐπεποίητο. Amasée traduit, *Veneris ædes sine tecto;* l'abbé Gédoyn, *le temple n'a plus de toit;* M. Goldhagen, oɧne ꝺaɕ, *sans couverture.* Je ne sais si ʉκ ἔτι, que les traducteurs ont omis de rendre, et qui signifient *adhuc, etiam nunc, jam nunc,* n'indiqueroient pas un temple dont l'ὄρφος n'étoit pas encore fait, *non habens etiam nunc,* n'ayant point encore et peut-être aussi n'ayant plus d'ὄρφος.

Lib. VIII, cap. XLI, §. 6, edit. Fac. tom. II, pag 400.

Tt 2

Il y a moins d'équivoque sur la signification d'ὄρϕος,

Lib. IX, cap. XXXIII, §. 2, edit. Fac. t. III, pag. 104.

dans la mention que fait Pausanias de quelques temples. de la ville d'Haliarte en Béotie, qui n'avoient ni statues ni ὄρϕος. Καί σϕισιν ἐκ ἀγάλματα ἔνεϛιν, ἐκ ὄρϕος ἔπεϛιν. Ὄρϕος paroît signifier ici la totalité de la couverture, qui se divise en toiture et en plafond. Il s'agit, en effet, dans cet endroit, de temples abandonnés qui n'avoient plus de *statue*, c'est-à-dire, de dieu, et qui étoient tombés dans le délabrement et l'oubli. Ce qui le prouve, c'est que Pausa-nias ayant demandé à quelles divinités ces temples avoient été autrefois consacrés, il ne put l'apprendre.

Dans les deux derniers passages qu'il me reste à citer, Pausanias s'est servi de l'expression ἐν ὑπαίθρῳ, d'où s'est formé le mot *hypæthrum* de Vitruve.

Paus. lib. IX, c. XXXIII, §. 2, ibid. pag. 103.

Dans cette même ville d'Haliarte où nous venons de voir qu'il y avoit plusieurs temples dénués de leur couverture, se voyoit un temple ἐν ὑπαίθρῳ, consacré à des déesses appelées *Praxidiques*, ἐϛιν ἐν ὑπαίθρῳ θεῶν ἱερόν. Amasée traduit, *sub divo dearum ædes;* M. Goldhagen, **unbedeckten Tempel der Gottinnen,** *temple découvert;* l'abbé Gédoyn a traduit, *au milieu des champs.*

Cette dernière traduction pourroit être la meilleure. Il ne me paroît point démontré, en effet, qu'il s'agisse ici d'un temple dont l'intérieur fût découvert. Comme c'est souvent des écrivains eux-mêmes qu'il faut apprendre la valeur de certains termes peu usités qu'ils emploient, je ne crois pouvoir mieux expliquer ici Pausanias que par le

Paus. lib. VII, cap. XX, §. 4, edit. Fac. tom. II, pag. 310.

second passage de cet auteur où la même locution est repro-duite. Voici le passage. Il s'agit de plusieurs édifices sacrés qui donnoient dans l'*area* [τέμενος] de Diane Limnatide

à Patras, où se trouvoit le temple de la déesse : Καὶ ναὸς
Λιμνάτιδος..... τύτου δὲ τῦ τεμένυς, dit Pausanias, ἐςὶ
καὶ ἄλλα τοῖς Πατρεῦσιν ἱερά· *In ea areà sunt alia Patren-*
sium sacræ ædes. Πεποίηται δὲ ταῦτα ὐκ ἐν ὑπαίθρῳ, ἀλλὰ
ἔσοδος ἐς αὐτὰ διὰ τῶν ςοῶν ἐςʹ *Non sub dio illæ quidem,*
sed ad eas per porticus est aditùs. Tous les traducteurs sont
d'accord sur le sens : mais M. Goldhagen me paroît avoir
mieux rendu ici le ἐν ὑπαίθρῳ; il se sert de la locution
propre, **auf dem freyen Plaße,** qui signifie *être en plein champ,*
être isolé. Effectivement, Pausanias donne clairement à entendre de ces temples, que chacun d'eux ne formoit pas
un édifice détaché, selon l'usage des édifices sacrés, mais
qu'étant disposés sur la ligne de l'enceinte du τέμενος, laquelle
avoit tout alentour des portiques, selon l'usage, on entroit
dans ces temples par ce même portique continu, qui leur
servoit de péristyle, ἀλλὰ ἔσοδος ἐς αὐτὰ διὰ τῶν ςοῶν ἐςʹ.
Ainsi ἐν ὑπαίθρῳ signifie ici *isolé,* comme l'est un édifice
en plein champ.

Paus. lib. VII,
cap. XX, §. 5,
edit. Fac. tom. II,
pag. 310.

Je trouve cette signification également prouvée dans
l'application que Pausanias a faite de la même expression,
non à un temple, mais à une statue : ἔςι δὲ ἐν ὑπαίθρῳ
τῆς ἀγορᾶς ἄγαλμα τῆς Ἀθηνᾶς. Il me semble que cela
signifie la partie découverte du marché, ou le sol de la
place. C'est encore ainsi que le même écrivain se sert des
mots ἐν ὑπαίθρῳ à l'égard du τέμενος d'un temple, c'est-
à-dire, de l'emplacement découvert de son enceinte,
τὸ δὲ ἐν ὑπαίθρῳ τέμενος.

Paus. lib. VII,
cap. XX, §. 2,
ibid.

Lib. VI, cap.
XXV, §. 2, edit.
Fac. tom. II, pag.
224.

Il n'y a, par conséquent, aucun ou presque aucun rapport direct entre l'emploi de l'expression ἐν ὑπαίθρῳ chez
Pausanias, et celui que Vitruve a fait du mot *hypæthrum,*

à l'égard des temples; rien du moins à en conclure qui tende à appuyer l'opinion qu'il y auroit eu des temples à intérieur tout-à-fait découvert.

Un passage de Strabon sur le temple de Junon à Samos nous représente ce monument avec toutes ses dépendances, comme composé d'une enceinte au milieu de laquelle le *naos,* d'une grande dimension, étoit devenu une collection de tableaux, πιναχοθήχη. Il y avoit, autour de l'enceinte, des ædicules, ναΐσχοι, remplies de morceaux d'art antiques, πλήρεις τῶν ἀρχαίων τεχνῶν. Mais, ajoute Strabon, le terrain découvert est plein des plus belles statues : Τό τε ὕπαιθρον ὁ μοίως μεςὸν ἐςι τῶν ἀρίςων ἀνδριάντων. Il est clair que cet ὕπαιθρον est la même chose que ce que Pausanias vient d'appeler τὸ ἐν ὑπαίθρῳ τέμενος, c'est-à-dire, l'emplacement en plein air de l'enceinte. Nul rapport avec le temple hypæthre de Vitruve.

Strab. lib. XIV, *pag. 637.*

Quant aux temples que Pausanias a cités comme dénués ou comme privés de couverture, en prenant le mot ὄρφος dans toute l'étendue de son acception, on a vu aussi qu'il n'en résultoit rien de fort décisif en faveur de la même opinion, parce que l'on ne peut affirmer d'aucun de ces temples, que la privation de couverture ait été l'effet d'une disposition expresse de leur structure, et qu'on peut, au contraire, affirmer de quelques-uns, que cette privation étoit accidentelle.

Mais, quoi qu'on veuille admettre à cet égard, le raisonnement suivant me paroît assez péremptoire contre l'opinion du temple hypæthre ou découvert, selon la manière accréditée jusqu'ici d'entendre Vitruve sur ce point. Ou le peu d'exemples que je viens d'extraire de Pausanias

n'a (ce qui me paroît probable) aucun rapport avec la
disposition expresse d'une conformation ou d'un genre de
temple particulier, et ces exemples ne sont que des acci-
dens; et alors il peut paroître étonnant que s'il y eut un
genre de temple dont le caractère particulier sur-tout aux
plus riches et aux plus grands étoit d'être sans couverture, Pausanias n'en ait jamais fait mention dans les descriptions d'un si grand nombre de temples en Grèce : ou,
si l'on veut que, des exemples cités, un ou deux soient
applicables à l'espèce en litige, alors je demanderai comment il est arrivé que Pausanias en ait fait la remarque à
l'égard d'un ou de deux petits temples des plus obscurs de
l'Arcadie, et qu'il ait omis cette observation dans trois ou
quatre des plus célèbres temples de la Grèce, qui, si l'on
en croit l'interprétation habituelle du passage de Vitruve,
auroient été privés de toute couverture; comment il auroit
omis sur-tout cette particularité au temple de Jupiter à
Olympie, qu'il décrit jusque dans des détails étrangers à
sa construction.

Je pense donc que Pausanias doit être réputé n'avoir
réellement fait aucune mention de temples hypæthres,
considérés comme temples découverts, et formant un
genre particulier. Je pense que le manque absolu de notions véritablement relatives à ce point chez l'auteur qui,
de tous les auteurs, a vu et décrit le plus de temples,
devroit infirmer la notion que Vitruve nous auroit donnée
d'un temple hypæthre entendu comme *privé de couverture*.
Je pense que l'esprit systématique dans lequel Vitruve a
classé ses différens genres de temples, fait supposer que
son temple hypæthre est une combinaison méthodique,

plutôt qu'une description fidèle de monumens antérieurs
à sa règle, et que dès-lors les applications qu'on en a faites
aux temples antiques qui nous restent, sont totalement
hasardées. Je pense que le sens précis et littéral des expressions de Vitruve à l'égard de la partie découverte du
temple hypæthre, n'indique autre chose que le point milieu
du temple, et non la totalité de la *cella*. J'ai fait voir
combien étoit invraisemblable la supposition de la *cella*
découverte, sur-tout à l'égard des temples que l'on a précisément jugés être dans ce cas. J'ai réfuté les différentes
hypothèses imaginées pour suppléer au défaut prétendu
de couverture. J'ai tâché de prouver que, si l'intérieur de
ces temples n'avoit pas pu être une cour en plein air,
et que, s'il falloit renoncer à ce moyen de les éclairer, ce
même intérieur, privé très-certainement (dans plusieurs
temples connus) au moins de fenêtres latérales, n'avoit
point eu, comme les petits temples, la ressource d'être
éclairé par la porte ; qu'on ne peut cependant admettre ni
qu'ils aient été privés de lumière, ni qu'ils aient été éclairés
artificiellement.

Il s'agit donc maintenant de montrer comment ils ont
pu être éclairés, et de prouver comment ils l'ont été,

Comment furent éclairés les grands Temples.

Au point où la question se trouve réduite par cette série
de faits et de déductions, il ne reste sans doute qu'une
solution ; c'est que les grands temples périptères durent
être éclairés par des jours d'en haut, ou ce que nous appelons des *jours de comble*. Il n'y a personne qui puisse hésiter
à le prononcer ; et si quelque chose, à mon gré, doit

surprendre

surprendre ici, c'est qu'un si grand nombre d'architectes habiles et instruits aient contribué, par leur déférence envers
Vitruve, à propager une opinion que le simple bon sens
repousse, dès qu'on la considère dans ses applications et
ses conséquences. La chose s'explique cependant, lorsqu'on
réfléchit qu'ici les artistes et les commentateurs concou-
rurent à s'entretenir réciproquement dans l'erreur. Les uns
jugèrent les édifices sur la foi des paroles de Vitruve; et les
autres ajoutèrent d'autant plus de foi au texte de Vitruve,
que les édifices ne sembloient pas pouvoir le démentir.

Effectivement, parmi le grand nombre de temples quadrangulaires dont nous connoissons les restes et les indications plus ou moins bien conservées, il n'en est pas un seul
qui soit venu jusqu'à nous avec son comble; dès-lors ont
disparu sans ressource les autorités probantes qu'on auroit
dû attendre des monumens eux-mêmes. J'ai déjà dit aussi
qu'il y avoit assez peu de textes anciens (à ma connoissance au moins) dont pût s'étayer la critique, pour réparer
la perte des preuves originales. Ces inductions, précieuses
d'ailleurs, ne se présentent qu'à celui qui les cherche;
mais, pour chercher, il falloit douter: or, jusqu'ici, le
doute ne s'étant pas établi sur cet objet, on n'y a pas même
appliqué les passages les plus décisifs.

Je dois dire aussi que la rareté des passages favorables
à une opinion n'est pas toujours une objection contre elle.
Il en est des écrivains de l'antiquité comme de ses temples:
il ne nous en reste, si l'on peut dire, que des débris incom-
plets, et nous ne devons qu'au hasard l'abondance ou la sté-
rilité des renseignemens dont nous aurions besoin sur une
infinité de points. Certaines choses aussi, de leur nature,

V v

doivent en être plus dépourvues que d'autres. Ce sont les choses vulgaires, qui, pour être vues de tout le monde, ne sont remarquées de personne. Il se pourroit que la manière dont je vais prétendre qu'étoient éclairés les grands temples, ait été de ce genre ; qu'étant fort naturelle, qu'aucune ressource extraordinaire n'y étant mise en œuvre, personne n'en ait été frappé. Le peu d'attention qu'on y fit, seroit peut-être alors une présomption de plus en faveur de la simplicité de la chose.

La question sur la manière d'être éclairé des grands temples étant liée intimement, comme on le voit, à celle de leur couverture, il me semble qu'il faut établir avant tout, et que ces temples étoient couverts, et comment ils l'étoient.

Que les grands Temples furent couverts, et comment ils le furent.

JE n'ai employé jusqu'ici, en faveur de la première de ces deux thèses, qu'une argumentation négative, ou, si l'on veut, le genre de preuves destructives, c'est-à-dire que je me suis borné à combattre les raisonnemens ou les hypothèses contraires à ma prétention, et à prouver que ces temples ne furent pas découverts. Tâchons de montrer maintenant qu'ils furent couverts.

Cela se prouve d'abord très-facilement à l'égard du temple d'Éphèse. Le marquis Poleni, dans une très-savante dissertation, a opéré aussi bien qu'il fut possible, pour le temps où il la fit, la restitution de ce temple. Mais deux choses l'ont empêché d'arriver au degré de vérité que l'objet comporte : d'une part, le peu de certitude qu'on avoit

Saggi di dissertazioni dell' Academia di Cortona, tom. I.

alors sur les plans des temples Grecs; de l'autre, l'habitude
où l'on étoit d'appliquer rigoureusement à ces édifices les
règles de Vitruve, règles qui sont souvent idéales, ou puisées dans la pratique des temples Romains. Ainsi Poleni
s'est trouvé fort en peine d'employer dans son temple
d'Éphèse restitué les cent vingt-six colonnes que com-
prenoit l'ensemble de cet édifice. Une de ses premières
erreurs est d'avoir cru que, selon la méthode de Vitruve,
il ne pouvoit donner plus de seize colonnes aux ailes d'un
temple octostyle dans le front; sa seconde erreur est de
n'avoir pas fait de *pronaos* ni de *posticum*, où il eût pù encore placer des colonnes; la troisième est de n'y avoir
point fait d'*opisthodomos* (1). Mais Poleni a bien jugé que les
trente-six colonnes sculptées devoient former la galerie
intérieure de la *cella*. Il n'y a effectivement aucune autre
place à leur donner : elles ne peuvent trouver d'emploi au
dehors, par la raison que, selon la dimension du temple,
le *pteroma* devoit avoir au moins (selon le compte inexact
de Poleni) quarante-quatre colonnes. Or, l'octostyle
d'Athènes ayant dix-sept colonnes dans les ailes, je pense
qu'on doit en donner autant à celui d'Éphèse. Celui-ci étant
diptère, les deux rangs de colonnes dans la longueur du
temple formoient donc trente-quatre colonnes de chaque
côté, soixante-huit en tout, auxquelles il faut ajouter les colonnes des fronts pour chaque rang; savoir, huit colonnes
à chaque bout. (Seize ajoutées à soixante-huit font quatre-
vingt-quatre.) Qu'on place, comme au Parthenon, six colonnes dans l'*opisthodomos*, on a quatre-vingt-dix, et les

Plin.l.XXXVI,
cap. XIV, edit.
Hard. §. 21,
tom. II, p. 740,
lin. 37.

(1) *Hecate Ephesi in templo Dianæ post ædem.* Plin. *Hist. nat.* l. XXXVI,
cap. V, edit. Hard. §. 4, n. 10, t. II, p. 729, lin. 9.

trente-six de la nef, voilà, sans grande difficulté, les cent
vingt-six colonnes qui ont embarrassé tant de commentateurs. Tous les calculs de Poleni seroient sans doute à re-
faire : mais je ne me propose ici que de reconnoître dans le
temple d'Éphèse les deux propriétés ; l'une, d'avoir été un
double *peripteros*, ou diptère ; l'autre, d'avoir eu des colonnes dans son intérieur. Or ce temple est bien du genre
de ceux qui font l'objet de la recherche actuelle. Nous
allons voir maintenant que certainement il fut couvert.

. Rien ne le prouveroit mieux, sans doute, que son incendie. Les temples de ce genre n'avoient, en effet, de
combustible que leurs combles et leurs plafonds ; mais
nous avons, pour constater l'existence du fait en question,

Plin. lib. XVI,
cap. XL, edit.
Hard. §. 79,
tom. II, p. 36,
lin. 21.

les autorités de Pline, de Vitruve, de Pausanias. Pline nous
apprend que son toit étoit formé d'une charpente en bois
de cèdre : *Convenit tectum ejus esse è cedrinis trabibus.* Ailleurs
il dit que l'on montoit au comble de ce temple par un esca-

Plin. lib. XIV,
c. 1, edit. Hard.
§. 2, t. 1, p. 706,
lin. 11.

lier fait d'un seul cep de vigne de Chypre : *Scalis tectum*
Dianæ Ephesiæ scanditur unâ è vite Cypriâ. Pline ne parlant
que du toit, peut-être objecteroit-on encore que le reste
de l'édifice pouvoit avoir eu un toit, sans que cela prouve
que la *cella* fût couverte. Mais Vitruve se sert d'une ex-

Vitr. lib. II,
cap. IX.

pression qui lève toute ambiguité : *Ephesi,* dit-il, *in æde*
simulacrum Dianæ, et etiam lacunaria ex cedro, et ibi, et in cæ-
teris nobilibus fanis, propter æternitatem facta. On sait que le
mot *lacunar* exprime le plafond en caissons : *Quòd lacuum*

De verb. Vitr.
signific. ad vocem
Lacunar.

similitudinem præ se ferunt, a dit Baldo. Or le plafond ne
put avoir lieu que sur la nef intérieure. On a déjà vu
que Pausanias confirme cette notion d'une manière bien
positive, lorsqu'à l'occasion du *parapetasma* du temple

d'Olympie, il dit qu'au temple d'Éphèse, on le levoit et on le tiroit jusqu'au plafond : Προς τον ὄρφον, ὥσπερ γε Ἀρτέμιδος τῆς Ἐφεσίας, ἀνέλκυσι. Ainsi il est constant que l'intérieur du temple d'Éphèse fut couvert.

Paus. lib. V, cap. XII, §. 2, edit. Fac. tom. II, pag. 51.

Le passage de Pausanias que je viens de rapporter, nous fait tirer une conséquence toute pareille à l'égard du temple d'Olympie ; car de dire qu'on n'y élevoit point le *parapetasma* jusqu'au plafond, comme au temple d'Éphèse, c'est dire qu'il y avoit aux deux temples un plafond : Τυτο ὐκ ἐς τὸ ἄνω τὸ παραπέτασμα προς τὸν ὄρφον, ὥσπερ γε Ἀρτέμιδος τῆς Ἐφεσίας, ἀνέλκυσι, καλωδίοις δὲ ἐπιχαλῶντες καθιᾶσιν ἐς τὸ ἔδαφος. La phrase indique réciprocité dans la notion du plafond : *Hoc sursum parapetasma ad lacunar, velut Dianæ Ephesiæ, non attollunt, sed relaxantes funibus demittunt ad pavimentum.* Mais Strabon nous fournit, sur ce point, une notion décisive que j'ai rapportée ailleurs dans mes conjectures sur le temple et la statue de Jupiter Olympien. Le dieu, dit-il, touche presque au sommet du plafond, ἁπλόμενον δὲ σχεδὸν τι τῇ κορυφῇ τῆς ὀρφῆς, *propemodum tangentem verticem lacunaris.* Il n'y a donc pas moyen de douter que l'intérieur de ce temple, quoique réputé *hypæthre* ou découvert, n'ait eu une couverture. Ajoutons que Pausanias a fait mention des tuiles de marbre pentélique dont le toit étoit formé, et sur-tout d'un escalier [a], σκολιὰ, qui montoit au comble, ἐπὶ τὸν ὄρφον.

Strab. l. VIII, pag. 353.

Paus. lib. V, cap. X, §. 2, edit. Fac. tom. II, pag. 40.
[a] *Ibid. §. 3, pag. 43.*

La même sorte d'escalier existe entièrement conservée au temple périptère dit *de la Concorde* à Agrigente : il conduit encore au sommet de la construction, et à une ouverture un peu pyramidale qui est au pignon du mur du temple, ou, pour mieux dire, du *pronaos.* Or cette

ouverture très-authentique n'a pu être pratiquée que dans
la vue de donner entrée sur le dessus du plafond même,
dans cet intervalle entre le plafond et le toit, que nous
appelons vulgairement *le grenier* dans les maisons. Outre
quelques autres indices, celui-ci démontre que le temple
de la Concorde fut couvert d'une toiture et d'un plafond.

Il y a aux pignons du grand temple de *Pæstum* des entailles encore visibles, et qui sont creusées selon la pente
et le talus des chevrons qui s'y encastroient. Ces entailles
V. Antiq. de ont donné lieu à M. de la Gardette de soupçonner, à
Pæstum. l'égard de ce temple, un genre de charpente dont j'aurai
occasion de parler encore dans la suite.

Pour ne pas me répéter, je ne puis mieux faire que de
renvoyer à l'endroit où je traiterai du temple d'Éleusis,
les renseignemens certains qui font voir que cet édifice fut
couvert. *(Voyez* ci-dessous, *pag. 359 et suiv.)*

J'en ai, je pense, assez dit pour rendre indubitable la
première proposition ; savoir, que les grands temples furent
couverts. Comme cette proposition rentre aussi dans la
seconde, qui a rapport au mode de couverture, et afin
d'éviter les redites, j'ai voulu réunir ici plusieurs autres
autorités extraites de Pausanias, qui indiquent à-la-fois
des temples couverts, et de quelle manière ils le furent.

Les Grecs, et Pausanias principalement, se sont servis
habituellement du mot générique ὄρφος pour exprimer
ce que les Latins appellent *tectum*, et ce que nous entendons par le mot général de *couverture ;* de là la difficulté de
bien définir par le mot lui-même, dans les cas où il est
employé, la nature et la forme de l'ὄρφος. Il n'y a véritablement que les circonstances et l'examen du sujet qui

puissent faire décider si ce mot signifie uniquement *le toit*, ou ce que nous appelons *le plafond*, et indiquer encore la forme de l'un et de l'autre.

J'ai déjà rapporté plusieurs passages dans lesquels, faute de renseignemens sur les édifices auxquels le mot ὄροφος s'applique, nous n'avons pu décider s'il s'agissoit ou du toit ou du plafond, ou de tous les deux. Nous en verrons d'autres où la signification de ce mot n'est pas douteuse.

Tel est, ce me semble, celui du livre VIII, *chapitre XLI*, où Pausanias, décrivant le célèbre temple d'Apollon *Epicurius*, à quarante stades de Phigalie, bâti par Ictinus, et le plus grand du Péloponnèse après celui de Tégée, se sert de ces mots, λίθου καὶ αὐτὸς ὄροφος.

Je pense que Winckelmann, dans ses Observations sur l'architecture, reprend à tort l'abbé Gédoyn d'avoir traduit ces mots *par voûte en pierres de taille*. Selon lui, ὄροφος signifie ici, comme ailleurs, et veut dire un toit couvert de tuiles de pierre : *significa qui, come altrove, tetto; il tetto di questo tempio era coperto di lastre di pietra.*

Stor. dell'arte, tom. III, p. 78, ed. de C. Fea.

Je m'arrêterai d'autant moins à réfuter cette opinion de Winckelmann sur la signification générale du mot ὄροφος, qu'il s'est rétracté lui-même, quelques lignes plus bas, en avouant que les auteurs avoient souvent employé à deux fins le mot en question. Mais ce que je ne puis laisser sans réponse, c'est la prétention que λίθου ὄροφος puisse vouloir dire *un toit couvert de tuiles de pierre*. Le sens que Winckelmann donne à ces deux mots, dans la traduction qu'il en fait, me paroit un peu trop difficile à admettre. Un toit de charpente, pour être recouvert de dalles en pierre, n'est pas pour cela un toit de pierre, λίθɤ ὄϱϙος. Pour que cela fût, il faudroit qu'il n'y entrât que de la pierre. Cette manière de parler n'est vraiment applicable qu'à une voûte soit horizontale soit cintrée, ou bien à ces plafonds dans la manière Égyptienne, qui sont non pas recouverts seulement, mais formés de pierre, et uniquement de pierre.

Je crois, en conséquence, que le temple de Phigalie avoit une voûte en pierre de taille.

Les temples quadrangulaires voûtés en pierre, en brique ou en maçonnerie, étoient peut-être plus nombreux qu'on ne se l'imagine. Il n'y a aucun doute, par exemple, dans *Lib. VIII, cap.* l'expression dont Pausanias se sert à l'égard d'un temple *XXX, §. 3, edit.* de Mercure à Mégalopolis, dont il ne restoit plus, de son *Fac. tom. II, pag.* temps, que la voûte en pierre, ὅτι μὴ χελώνη λίθɤ. Le mot *446.* χελώνη répond au *testudo* des Latins. Dinocrates, selon *Plin. l. XXXIV,* Pline, avoit commencé à voûter en pierre d'aimant, *conca-* *cap. XIV, edit.* *merare inchoaverat,* le temple d'Arsinoé à Alexandrie. *Hard. §. 15,* *tom. II, p. 667.*

Nous pouvons citer deux temples antiques carrés, encore existans, et voûtés en pierre. L'un est le temple de Diane à *Antiquités de* Nîmes, dont on a déja parlé. On voit dans ses murs la nais- *Nîmes.* sance de sa voûte; les matériaux tombés servent encore de témoignage.

Le second exemple, aussi peu douteux qu'il est remarquable, est celui du temple le plus entier de Balbeck. Cet édifice est octostyle., périptère, et a deux cents pieds de long. On en trouve un dessin restitué par un voyageur *Tom. II, pl.* du siècle dernier, M. Desmonceaux, dans Montfaucon. *XXX et XXXI.* Les voyageurs Anglois Wood et Dawkins l'ont rapporté avec beaucoup de détails, que l'on peut consulter dans leur ouvrage, depuis la planche 23 jusqu'à la planche 36.

De

De nouvelles autorités ont encore confirmé ces relations;
de sorte que l'on peut affirmer de la *cella* de ce temple,
qu'elle fut voûtée. C'est ce que prouvent suffisamment,
dans les dessins, la naissance de la voûte encore appa-
rente au-dessus de l'entablement intérieur, et la partie
encore à présent voûtée du fond du temple; partie dont
le niveau s'élève au-dessus du sol, et où se trouvoit placée
la statue du dieu. La portée de cette voûte est de cinquante-
sept pieds de large : elle repose sur des murs ornés intérieurement d'arcades et flanqués de colonnes.

Les deux exemples encore existans que je viens de
citer, nous font voir des voûtes reposant sur des murs.
Il est douteux que les anciens en aient fait porter sur les
colonnes intérieures des nefs, quoique le peu de largeur
de ces nefs, dans les temples où régnoient les galeries
dont on a parlé, eût rendu la portée d'une voûte peu
périlleuse.

Qui oseroit même encore nier que, dans les temples
en question, l'on eût pu pratiquer des voûtes de bois en
charpente cintrée? La chose eût été très-facile aux temples
de Minerve à Athènes et de Jupiter à Olympie, dont les
nefs entre les colonnes n'avoient que trente à quarante pieds
de large; et elle auroit contribué à leur donner plus d'élévation. Peut-être le mot de Strabon que j'ai rapporté plus
haut, autoriseroit-il à le soupçonner. Si, en effet, un *Lib. VIII, pag.*
plafond proprement dit, ou une couverture plate, eût été *353.*
étendu sur la nef d'Olympie, il eût suffi de dire de la
statue de Jupiter, qu'elle touchoit presque à ce plafond:
ἀπτόμενον σχεδόν τι τῇ ὀροφῇ. Au contraire, Strabon dit:
τῇ κορυφῇ τῆς ὀροφῆς, *au sommet de l'*ὀροφος. Cette locution

X x

indique une voûte ; car très-certainement une ligne horizontale ne peut pas avoir un *sommet*.

Je me contente de présenter cette présomption sans
m'y appesantir ; je ne veux pas insister non plus sur un
soupçon du même genre que m'ont fait naître les nombreux revers de monnoies antiques sur lesquels se voient
des frontispices de temples. Malgré ce qu'il a plu à quelques antiquaires de publier sur la fidélité des artistes mo-
nétaires dans la représentation des monumens, je crois
que le plus souvent ils n'en ont donné que des images réduites, et que la plupart des temples n'y sont qu'indiqués
par des abréviations d'usage. Tout en admettant que le
graveur ait dû user d'une grande indépendance en ce
genre, j'ai toujours eu cependant quelque peine à m'expliquer ce grand nombre de péristyles de temples qui ont
un arc inscrit dans leur fronton. Cette méthode, qui est
un des abus familiers de l'architecture moderne, n'est pas,
à la vérité, dénuée de toute espèce d'exemples dans la basse
antiquité. On voit des niches à Balbeck et à Spalatro, on
en voit aussi dans quelques sépulcres du bas âge près
de Rome, ornées de frontons ainsi coupés par un arc. Ces
détails vicieux ne sont que de l'ornement. Mais que jamais
le fronton en grand d'un temple ait été, dans l'antique,
ainsi découpé et *adultéré* par un caprice de décoration,
je crois qu'on peut se permettre de le nier. Cependant
beaucoup de revers de monnoies offrent ce vice, et l'offrent
comme un vice d'usage. Qui a pu l'inspirer aux graveurs ?
J'avois cru d'abord que cet arc n'étoit imaginé que pour
donner un peu plus de hauteur à la statue du dieu,
placée le plus souvent sous ces péristyles rapetissés : mais,

en ayant observé beaucoup où cette supposition n'est pas admissible, j'ai soupçonné par le fait seul de la statue indiquée sur ces monnoies, et qui naturellement est la statue même de l'intérieur du temple (comme Vitruve nous l'a enseigné plus haut), que le graveur s'étoit proposé, dans ces frontispices, de faire voir trois choses, le péristyle extérieur, l'intérieur du temple, et la statue ; de manière qu'il faudroit regarder ces représentations de temple comme une sorte de coupe en dessin, c'est-à-dire, une représentation mixte et conventionnelle de l'intérieur et de l'extérieur. Alors je soupçonne que ceux de ces frontispices qui ont un arc dans le fronton, appartinrent à des temples dont l'intérieur étoit voûté en pierre, ou plafonné en cintre ; et si cette conjecture avoit quelque probabilité, il seroit probable aussi que les temples voûtés ou cintrés en pierre ou en bois furent assez communs.

Mais il est à croire que le plus grand nombre des temples reçut des plafonds ou des couvertures horizontales de charpente ; ce qui est plus conforme, soit à la construction habituelle de ces édifices, soit au genre même et à l'esprit des ordonnances des colonnes, soit aux notions fréquentes de l'histoire. Comme un fait positif en cette matière vaut plus que toutes les conjectures les plus probantes, je vais rapporter un passage de Pausanias si démonstratif, qu'il me dispensera d'en citer d'autres.

Il s'agit du temple de Junon à Olympie, temple d'ordre Dorique, péristère, et l'un des plus riches en curiosités qu'il y eût. Outre le célèbre coffre de Cypselus, outre la table d'or et d'ivoire, ornée de bas-reliefs, où se plaçoient les couronnes des vainqueurs, on y comptoit plus de trente

Paus. lib. V, cap. XX , edit. Fac. tom. II, pag. 86.

X x 2

statues de toute sorte d'âges, de matières et de compositions ; ce qui m'a fait croire que le texte de Pausanias contient une erreur sur la dimension de ce temple, dont la
longueur n'est portée qu'à soixante-trois pieds. Je ne
m'arrêterai pas à prouver, tant cela est visible, combien il
est improbable que ce temple périptère; d'ordre Dorique,
ayant un *pronaos* et un *opisthodome*, toutes parties dont la
description fait mention, n'ait eu, selon la proportion
donnée, qu'un intérieur de dix à douze pieds sur vingt-
quatre, espace de beaucoup insuffisant pour tout ce qu'il
renfermoit. Je pense que le centésime a été oublié par les
copistes, et qu'il faut lire *cent soixante-trois pieds*, πόδες
ἑκατὸν τρεῖς καὶ ἑξήκοντα.

Pausan. l. V, cap. XVI, §.1, tom. II, p. 70.

Pausanias, entre autres particularités qu'il apprit sur ce
temple, d'Aristarque son exégète, raconte que, les Éléens,
du vivant de ce dernier, ayant donné à l'entreprise la
restauration de la couverture de l'édifice, parce qu'elle
menaçoit ruine, les ouvriers, en se mettant à l'œuvre,
avoient trouvé entre le comble et le plafond le corps des-
séché et bien conservé d'un hoplite avec ses armes. On
crut alors que ce pouvoit être un des soldats qui, dans
un combat contre les Lacédémoniens, dont l'Altis fut le
théâtre, avoient combattu du sommet des temples où les
Éléens s'étoient retranchés, et que, blessé à mort, il s'étoit
réfugié dans cette retraite, devenue son tombeau. Les
paroles de Pausanias sur le sujet qui m'occupe, sont bien
précises. Il use d'abord du mot général ὄροφος, en parlant de la couverture qu'il falloit rétablir, τὸν ὄροφον τῦ
Ἡραίυ πεπονηκότα ἐπαναρθυμένων Ἠλείων. Mais à l'égard du
corps trouvé entre le plafond et le toit, voici ses paroles :

Ibid. cap. XX, §. 2, tom. II, pag. 87.

Μεταξὺ ἀμφοτέρων (εὑρεθῆναι) τῆς τε ἐς εὐπρέπειαν ςέγης, καὶ τῆς ἀνεχ8σης τὸν κέραμον, *inter contignationem quæ ad decorem facta est, et illam quæ sustinet tegulas.* On ne peut pas définir d'une manière plus claire la charpente qui est celle de la toiture, et la charpente qui forme les plafonds et sert à l'embellissement des intérieurs. Cette autorité est sans objection; et comme le temple de Junon en Élide, où existoit ce plafond, étoit, sinon aussi ancien qu'on pourroit le croire d'après Pausanias, au moins antérieur à la xcii.ᵉ olympiade (1), nous devons en conclure de plus que l'usage de cette manière de couvrir les intérieurs des temples remontoit à une assez haute antiquité.

Je vais rapporter encore deux passages relatifs à la décoration des plafonds, et qui prouveront, sans réplique, que le mot ὄροφος s'appliquoit à cette partie de la couverture. Au Panthéon d'Adrien à Athènes, il y avoit, dit Pausanias, des οἰκήματα dont les plafonds étoient dorés, καὶ οἰκήματα ἐνταῦθά ἐςιν ὀρόφῳ τε ἐπιχρύσῳ, *inaurato lacunari.* L'ὄροφος d'un temple à Stymphale étoit orné de grues ou d'oiseaux Stymphalides. Pausanias ne put distinguer s'ils étoient de plâtre ou de bois; mais il les crut plutôt de cette dernière matière: Πρὸς δὲ τῷ ναῷ ὀρόφῳ πεποιημέναι καὶ αἱ Στυμφαλίδες εἰσὶν ὄρνιθες· σαφῶς μὲν 8ν χαλεπὸν ἦν διαγνῶναι, πότερον ξύλ8 ποίημα ἦν, ἢ γύψου. *Ad templi lacunaria Stymphalides etiam aves positæ sunt; ligneæne an gypseæ sint, non est facile internoscere.* En voilà sans doute assez sur les plafonds.

Ce sujet auroit été bien moins problématique jusqu'ici, et nous aurions eu bien moins de recherches à faire, si

(1) Quatre cent douze ans avant l'ère Chrétienne.

Lib. 1, cap. XVIII, §. 9, edit. Fac. tom. I, pag. 67.

Paus. lib. VIII, cap. XXII, §. 5, tom. II, p. 412.

Vitruve n'eût pas omis, dans son Traité d'architecture, précisément ce qui regarde la couverture des temples. Peut-être a-t-il pensé qu'à l'égard de ceux qui étoient voûtés en pierre ou en maçonnerie, il suffisoit des préceptes généraux qu'il donne sur ce genre de construction ; et que pour ceux qu'on couvroit en bois, il n'étoit pas du ressort d'un architecte d'embrasser cette partie qu'on appelle la charpente.

Effectivement, on ne trouve dans ses dix livres aucun renseignement sur l'emploi des bois, sur leur assemblage, sur la fabrication des toitures et des plafonds. Il n'est question, dans le dernier chapitre du II.ᵉ livre, que des diverses qualités des arbres, et de leur matière, relativement à la construction ; et si au chapitre II du livre IV, intitulé *de ornamentis columnarum*, il nomme les différentes pièces dont se composent les toits et les plafonds, ce n'est que pour faire observer leur rapport avec les membres et les parties constituantes de l'architecture Grecque, et pour montrer que son système est puisé dans l'imitation de la charpente.

Cette omission involontaire ou systématique de Vitruve a causé toutes les préventions établies dans cette matière, et toutes les incertitudes au milieu desquelles a marché la critique. En effet, les renseignemens disséminés chez les écrivains sur certaines questions obscures ne servent quelquefois qu'à en perpétuer l'obscurité : ce sont des étincelles dont les lueurs éparses et divisées indiquent trop de routes pour qu'on en suive aucune. Si j'ai pu en réunir assez sur le fait de la couverture des temples pour fournir l'équivalent d'une notion incontestable, j'espère que le reste de cette discussion pourra tendre à un dénouement facile.

Que les grands Temples furent éclairés par des jours de comble.

Dès qu'il est indubitable que l'intérieur des grands temples, et même de ceux qu'on appelle *hypæthres* et qu'on avoit crus entièrement découverts, étoit ou couvert en voûte, ou couvert en plafond de charpente, rien de plus facile à imaginer, rien de plus simple à décrire, que la manière dont ils recevoient la lumière par des ouvertures de comble.

Quelques-uns des édifices circulaires dont il a été fait mention au commencement de ce Mémoire, nous indiquent bien suffisamment ce que pouvoient être les ouvertures nécessaires pour éclairer les plus grands intérieurs. Si l'on suppose une nef voûtée en pierre ou en maçonnerie, il n'y eut pas plus de difficulté à ménager une ou plusieurs ouvertures au sommet de sa voûte en berceau, qu'au sommet d'une voûte sphérique, telle que celle du Panthéon. Même facilité pour en pratiquer dans les reins de ces voûtes.

Si l'on suppose maintenant un œil du genre de celui du Panthéon, pratiqué en longueur dans la voûte d'un temple, il me paroît qu'on auroit pu en dire avec beaucoup de vérité ce que Vitruve dit de son temple hypæthre, *medium est sub divo et sine técto.* Il me sembleroit probable alors que, la nécessité de ces ouvertures étant particulièrement sensible et démontrée dans les nefs des plus grands temples, c'est-à-dire, des temples décastyles et diptères, ces deux qualités durent être réputées des conditions obligées du temple hypæthre. Comme la portée

des voûtes ou des plafonds eût été trop grande, vu la largeur de ces édifices, je crois voir comment les rangs de
colonnes intérieures furent une sujétion nécessaire de leur
disposition; comment ces galeries, contribuant à rétrécir
la *cella*, contribuoient aussi à diminuer la portée des plafonds; comment enfin, de toutes ces circonstances réunies,
Vitruve a pu former un genre de temple particulier, qu'il
a appelé *hypæthre*, comme étant essentiellement découvert
par le comble; et nous verrons tout-à-l'heure la chose se
démontrer par le temple d'Éleusis, dont l'intérieur, un des
plus vastes qu'il y eût, avoit deux rangs de galeries intérieures, un plafond, et dans ce plafond une ouverture
que Plutarque appelle ὀπαῖον.

Il résulteroit de là que le temple hypæthre n'auroit été
appelé ainsi, que comme l'étant par excellence et par nécessité, sans qu'on puisse en conclure que, pour être éclairé
d'en haut, un temple ait dû avoir à toute rigueur les galeries
intérieures et toutes les conditions du septième genre de
temple de Vitruve, conditions que nous avons déjà vues
être d'une application très-arbitraire.

Ainsi se concilieroient les notions théoriques de cet
écrivain avec tous les renseignemens et toutes les autorités, tant des auteurs que des monumens.

Si le plus grand nombre des temples, ainsi qu'il nous
a paru probable, étoit couvert en plafond de charpente,
la facilité de découvrir le milieu de leur nef et d'y introduire ainsi la lumière fut encore plus grande que dans les
voûtes en pierre ou en maçonnerie. Je ne m'étendrai point
ici sur les différentes manières dont les fenêtres et des ouvertures d'en haut purent être pratiquées dans les assemblages

de

de charpente des toits et des plafonds; l'usage qui en est
si commun parmi nous, doit me dispenser de toute démonstration pratique à cet égard. Il ne faut qu'une très-
légère connoissance de la composition des combles, pour
comprendre comment, dans les parties rampantes d'un
bâtis de charpente, la suppression de deux pannes seulement et d'un chevron peut faire de très-belles ouvertures
de côté, sans nuire d'aucune manière à la solidité; comment la suppression d'un seul arbalétrier dans le pignon
peut procurer une belle lumière verticale ; comment l'intervalle seul des solives, qui, en se croisant, ont suggéré
le motif des caissons dans les plafonds, peut et pouvoit
aussi jadis produire des ouvertures suffisantes à la lumière, et incapables encore d'altérer l'uniformité de la
décoration.

Peut-on croire que d'aussi simples procédés auroient
échappé au génie de l'architecture Grecque, cet art qui,
comme tout nous le démontre, s'étoit formé par les leçons et
selon les erremens de la charpente ? Qui ne sait à quel point
l'art de bâtir en Grèce, non-seulement dans les principes de
la décoration, mais dans les procédés mêmes de la construction en pierre, resta fidèle aux usages primitifs des
constructions en bois ? Les plafonds des galeries qui en-
tourent le temple de Thésée, quoique construits en marbre,
semblent être l'imitation positive d'un plafond de charpente. « Les solives de marbre de ce plafond, dit M. Leroy,
» portent des tables percées chacune de quatre trous ;
» chaque trou étoit bouché par-dessus le temple par une
» petite pièce de marbre carrée qui pouvoit se lever et
» se remettre. Cette disposition, ajoute M. Leroy, paroît

Y y

» singulière ; mais je soupçonne cependant qu'elle étoit
» usitée et estimée en Grèce. »

Cette disposition, selon moi, n'a rien de singulier, si ce
n'est d'indiquer que l'esprit de la charpente s'étoit identifié
avec celui de la construction en pierre, et de prouver
qu'on devoit faire en bois des caissons ou des *laquearia*
à jour pour la nécessité, dans les plafonds des temples,
puisque, sans nécessité, on en pratiquoit de semblables
dans les plafonds en marbre des galeries extérieures.

Que l'on suppose les couvertures intérieures des temples
en charpente horizontale, ou de forme cintrée, la facilité d'y ménager des percés pour le jour fut la même, et
la simplicité de cette méthode fut peut-être la cause,
comme je l'ai dit, du peu d'attention que l'on faisoit à la
manière dont ils étoient éclairés. Non que je veuille prétendre que toutes les fenêtres de comble aient été aussi
simples : rien ne s'oppose à ce qu'on en ait imaginé de
plus composées et de plus dignes d'être distinguées par
leur coupe, leur structure et leur décoration. Telles auront
pu être celles des plus grands temples. Telle aura été sans
doute l'ouverture du temple d'Éleusis, ouverture assez
remarquable pour avoir mérité à l'architecte qui la fit,
l'honneur d'être nommé par Plutarque.

Exemples tirés des Passages de quelques Auteurs.

AVANT de développer tout ce que cette autorité très-re-
marquable doit avoir de décisif à l'égard de l'objet de mes
recherches, je dois en citer quelques autres qui, pour être
moins imposantes, ne sont pas moins péremptoires sur le
fait des ouvertures dans les toits et les plafonds des temples.

(355)

J'ai déjà fait observer que Vitruve, dans deux endroits distincts et sans connexion l'un avec l'autre, avoit fait mention des temples hypæthres; que dans le premier passage, qui est celui du *livre 1.ᵉʳ, chap. 11*, il n'étoit question de cette sorte de temples découverts que sous le rapport des rites religieux, et que dans le second, savoir, celui du *livre 111, chap. 1.ᵉʳ*, il n'avoit considéré le temple hypæthre que sous son rapport architectonique. Or, si quelque chose prouve que je ne me suis pas trompé en prétendant qu'on avoit jusqu'ici forcé le sens de ses paroles sur le fait du milieu découvert et sans toit, et que le temple dit *hypæthre* pouvoit être à-la-fois couvert et découvert, c'est-à-dire, percé dans son comble, c'est ce que nous allons apprendre de Varron sur les sortes de temples indiqués par Vitruve comme étant hypæthres.

Au nombre des dieux cités par l'architecte Romain comme exigeant des temples *sub divo hypæthraque*, est le dieu *Fidius*. En conclura-t-on que l'intérieur de son temple ait été totalement sans couverture? Varron va nous prouver le contraire *Vitr. lib. 1, cap. 11.*

Selon lui, les noms de *diovis* et *diospiter* ne signifient rien autre chose que *aër* et *dies pater*, d'où sont venus les mots *dei, dies, dius, divus;* de là encore le mot *sub dio*, et le nom de *dius Fidius.* « Aussi, dit-il, c'est pour cela que » le toit de son temple est percé, afin qu'on puisse y aper- » cevoir le ciel. » *Itaque inde ejus perforatum tectum, ut videatur divum, id est, cœlum.* « Quelques-uns pensent même » qu'on ne peut jurer par cette divinité sous un toit en- » tièrement clos. » *Quidam negant sub tecto per hunc dejerare oportere. Varro, de ling. Latin. lib. IV.*

Y y 2

Voilà donc un de ces temples que, selon Vitruve, on devoit bâtir *sub divo hypæthraque*, qui se réduisoit à avoir une couverture dans le comble; et voilà en même temps un exemple d'un jour de comble percé dans la couverture d'un temple.

Vitruve n'a pas nommé tous les dieux auxquels l'usage religieux affectoit des temples hypæthres. Le dieu *Termi-nus* étoit du nombre; ce que nous apprenons d'Ovide et de Servius. *Nam Termino*, dit ce dernier, *non nisi sub divo sacrificabatur.*

Serv. ad Virgil. Æneid. lib. IX, vers. 448.

Ovide a raconté avec beaucoup d'agrément la dispute qui eut lieu, sous Tarquin le Superbe, entre le dieu Terminus et Jupiter, lorsqu'il fut question d'ériger sur le mont Capitolin le vaste et magnifique temple du roi des dieux. L'emplacement tracé par les augures embrassoit dans la nouvelle enceinte les autels et les temples d'un assez grand nombre de dieux. Tous reçurent leur congé sans se plaindre, et, en dieux courtisans, ils cédèrent de bonne grâce la place. Il n'en fut pas ainsi du dieu Terme; on ne le trouva pas, à beaucoup près, si traitable. L'obstination faisoit, comme l'on sait, son caractère; elle étoit même de devoir pour le dieu dont la fonction étoit de conserver les limites et de s'opposer aux invasions de propriété : il tint bon, et Jupiter fut obligé de transiger avec lui. Il fut convenu qu'il resteroit à sa place, et qu'on bâtiroit autour de lui, en l'enfermant dans les murs du temple. On a dit de tout temps là-dessus de fort belles choses; les Romains en ont tiré l'augure de la stabilité de leur empire. De là, le

Æneid. lib. IX vers. 448.

Capitoli immobile saxum de Virgile. Plus d'un moraliste en a fait l'apologue du respect de la propriété. Pour moi, tout en louant, comme un autre, la politique obstination du dieu *Terminus*, ce que j'y vois de plus heureux en ce moment, c'est qu'elle me fournit une autorité nouvelle en faveur des jours de comble dans les temples : car, comme ce dieu devoit avoir un temple hypæthre, on imagina de pratiquer au-dessus de sa statue une ouverture·au toit et au plafond du temple de Jupiter ; ce qu'expriment ces vers d'Ovide :

Nunc quoque , se supra ne quid nisi sidera cernat,
Exiguum templi tecta foramen habent.

Fast. lib. II,
vers. 671.

Servius, dans son commentaire de Virgile , confirme la même notion par ces mots : *Unde in Capitolio suprema pars tecti patet, quæ lapidem ipsum Termini spectat.*

Lib. IX , loco citato.

Ces deux passages s'accordent à nous faire voir une ouverture dans le plafond et le toit du temple de Jupiter Capitolin.

Quand aux vraisemblances puisées dans la nature même des choses, et résultant de la discussion de tous les élémens d'une question, se joignent des faits positifs et constans, il est permis de croire qu'on touche de près la vérité ; mais tâchons de réunir encore quelques autorités.

Lucien m'en fournit une sur la disposition et l'ouverture des plafonds des temples, qui me paroît très-significative, et qui pourroit nous faire soupçonner que cette partie de l'édifice n'étoit pas sans quelque rapport avec certaines cérémonies, dans les temples destinés aux initiations (ou *telesteria*).

Le *pseudomantis* ou faux prophète Alexandre , dont Lucien a écrit la vie et dévoilé les impostures, avoit déjà fondé un oracle, établi un culte, bâti un temple et propagé

Lucian. Pseu-
demantis.

des mystères auxquels il ne manqua, pour être durables
et célèbres, que d'être venus dans un siècle plus favorable
à la crédulité (car déjà le christianisme avoit ébranlé les
autels des faux dieux, et répandu même chez les païens
un esprit de critique qui s'opposoit à l'établissement des
nouvelles supercheries de l'idolâtrie). Les mystères du prophète Alexandre n'étoient toutefois qu'une imitation de
ceux de Cérès à Éleusis ; il les célébroit dans le temple qu'il

Lucian. Pseu-
dom. §. 10.

avoit fait construire en l'honneur de Glycon : Ἤδη γὰρ ὁ
νεὼς ἐγήγερτο, καὶ ἡ σκηνὴ παρεσκεύατο. Jam enim templum erat
exstructum, et scena apparata. Ce temple avoit son adytum,
ἄδυτον. Ainsi ce que nous allons voir se passoit dans un
intérieur de temple.

Ibid. §. 39.

« Ces mystères, dit Lucien, duroient trois jours. Le
» premier, on représentoit les couches de Latone, la nais-
» sance d'Apollon et celle d'Esculape ; le second jour, l'ap-
» parition de Glycon et la divinité de ce dieu ; le troisième
» jour, qu'on appeloit *dadis*, on faisoit la dadouchie, et
» l'on représentoit le mariage de Podalaire avec la mère
» d'Alexandre. La représentation se terminoit par les
» amours de la lune avec Alexandre, et la naissance de
» l'épouse de Rutilianus : le prophète, un flambeau à la
» main, jouoit le rôle d'hiérophante ; nouvel Endymion,
» il se couchoit au milieu du temple, et s'endormoit :
» κατέχειτο ἐν τῷ μέσῳ. Alors descendoit du plafond,
» comme du ciel, une certaine Rutilia jouant le rôle de la
» Lune. » Κατῄει δὲ ἐπ' αὐτὸν ἐκ τῆς ὀροφῆς, ὡς ἐξ οὐρανοῦ,
ἀντὶ τῆς Σελήνης, Ῥουτιλλία τις. *Descendebat autem è lacunari,
velut è cælo, Lunæ vicem agens Rutilia quædam.*

J'omets le reste de la représentation, c'est-à-dire, ce qui

se passoit, à la vue des spectateurs, entre la Lune et Endymion, pour faire remarquer d'abord que ces célébrations
de mystères se passoient en représentations dramatiques ;
et le mot de Lucien, *scena apparata*, indique qu'une partie
du temple étoit disposée en manière de scène. Ensuite il
me paroît probable que, ces représentations exigeant des
apparitions, des enlèvemens, des descentes, il devoit y
avoir des machines pour exécuter ces jeux de théâtre, et
que ces machines ne pouvoient être placées qu'au-dessus
du plafond. Enfin qu'il y eût une ouverture au plafond du
temple dont il s'agit, c'est ce qui résulte clairement du
récit de Lucien. Puisque Rutilia, ou la Lune, descendoit
du plafond, ἐκ τῆς ὀροφῆς, il falloit que la charpente fût
disposée de manière qu'il y eût un percé par où jouoit la
machine qui descendoit le char où la Lune devoit être
placée. Ce passage, en confirmant l'opinion des plafonds
percés et des ouvertures de comble, va peut-être aussi
nous expliquer comment on doit entendre le passage
de Plutarque sur l'ὀπαῖον du temple d'Éleusis, qui a jusqu'ici été interprété de tant de façons diverses par les
commentateurs.

Exemple tiré du Temple de Cérès à Éleusis.

J'ai déjà cité le temple de Cérès à Éleusis, comme
étant au rang des plus grands temples de l'antiquité, et du
nombre de ceux qui, admettant un grand concours dans
leur intérieur, ne pouvoient se supposer ni découverts, ni
privés de lumière. Il me semble que le hasard nous a fourni
sur ce temple un renseignement resté jusqu'ici sans application à notre objet, et qui doit avoir un rapport très-

direct avec la question dont je me suis proposé la solution. Différentes parties de l'ensemble de ce grand édifice correspondent aux points les plus importans de cette discussion, particulièrement à celui du temple hypæthre. Quelques-unes paroissent si propres à justifier les conjectures que j'ai proposées sur l'interprétation de Vitruve, et à autoriser mes soupçons sur la pratique et l'usage des jours de comble dans les grands temples quadrangulaires, que j'ai cru devoir réunir les élémens dispersés de ce monument chez les auteurs qui en ont parlé, pour composer un tout dont on pût se former une idée positive, et dont il fût permis d'argumenter.

Les voyageurs modernes n'ont presque retrouvé que le nom d'*Eleusis* dans l'emplacement qu'occupoit cette ville. Elle se reconnoît bien à des débris informes qui conservent quelque apparence d'ordre Dorique ; le sol occupé par le temple est reconnoissable aussi à quelques parties d'une enceinte irrégulière, à un tambour de colonne resté debout : mais nul renseignement à tirer de ce petit nombre de témoins sur la dimension, la disposition, le plan et l'élévation de l'ensemble ; il faut de toute nécessité recourir aux témoignages des auteurs.

Trois écrivains, Vitruve, Strabon et Plutarque, nous ont laissé, sur le temple d'Éleusis, des notions qui s'accordent en quelques points, qui se contredisent en quelques autres, et que l'analyse déjà donnée de la structure des grands temples va nous mettre en état de concilier avec la plus grande facilité.

Voici les trois passages :

Vitr. lib. VII, Præfat.

Eleusinæ Cereris et Proserpinæ cellam, dit Vitruve, *immani*

mani magnitudine, Ictinus Dorico more, sine exterioribus colum-
nis, ad laxamentum usûs sacrificiorum pertexit. Eam autem
posteà, cùm Demetrius Phalereus Athenis rerum potiretur,
Philon ante templum in fronte columnis constitutis prostylon fecit.
Ita aucto vestibulo, laxamentum initiantibus operique summam
adjecit auctoritatem.

Strabon s'exprime ainsi : Εῖτ' Ἐλευσὶν πόλις, ὦ ἦ τὸ τῆς *Strab. lib.* IX,
pag. 395.
Δήμητρος ἱερὸν τῆς Ἐλευσινίας, καὶ ὁ μυςικὸς σηκὸς, ὃν κατε-
σκεύασεν Ἴκτινος, ὄχλον θεάτρου δέξαϑαῃ δυνάμενον, ὃς καὶ
τὸν Παρθενῶνα ἐποίησε τὸν ἐν ἀκροπόλει τῇ Ἀθηνᾶ, Περι-
κλέυς ἐπιςατῦντος τῶν ἔργων. *Deinde Eleusis urbs, ubi Eleu-*
siniæ Cereris templum exstat, et fanum mysticum quod Ictinus
apparavit turbæ theatralis capacissimum. Is etiam templum Mi-
nervæ Athenis in arce condidit, Pericle operum præfecto.

Ces deux passages sont très d'accord. Celui de Plutarque, que je vais rapporter, a été l'objet de quelques
confusions.

Τὸ δ' ἐν Ἐλευσῖνι τελεςήϵιον ἤρξατο μὲν Κόροιβος οἰκοδο- *Plutarchi Vita*
Periclis. ſ. 13,
edit. Reisk. t. I,
p. 619.
μεῖν, καὶ τὸς ἐπ' ἐδάφους κίονας ἔϑηκεν οὗτος, καὶ τοῖς ἐπιφυλίοις
ἐπέζευξεν. Ἀποθανόντος δὲ τότυ, Μεταγένης ὁ Ξυπέτιος τὸ
διάζωμα καὶ τὸς ἄνω κίονας ἐπέφησε· τὸ δ' ὀπαῖον ἐπὶ τῦ
ἀνακτόρυ Ξενοκλῆς ὁ Χολαργεὺς ἐκορύφωσε. *Telesterium*
Eleusinæ cœpit Coræbus ædificare; hic columnas in pavimento
posuit et epistyliis junxit. Quo defuncto, Metagenes Xypetius
præcinctionem et superiores columnas adjecit : sed foramen in
fastigio templi Xenocles Cholargensis exstruxit.

Il sembleroit que Plutarque ne s'accorde pas avec
Vitruve et Strabon sur le premier architecte de ce temple,
qu'ils ont dit avoir été Ictinus, l'auteur du Parthenon.
Ces paroles, *Telesterium Eleusinæ cœpit Coræbus ædificare,*

Z z

paroissent indiquer Corœbus comme premier auteur ; et de là, chez les écrivains modernes, beaucoup de contradictions résultant de la diversité des sources où chacun a puisé. Cependant il s'agit incontestablement du même temple. Il n'est parlé d'aucun incendie ou destruction qui puisse faire supposer une reconstruction de l'édifice depuis Périclès jusqu'à Démétrius de Phalère, et sur-tout depuis Ictinus jusqu'à Corœbus, qui, tous deux, furent contemporains de Périclès.

Je crois que toutes ces notions se réunissent sans aucune difficulté sur le même édifice, pour peu que l'on fasse attention que Strabon, et Vitruve sur-tout, parlent de son extérieur, lorsque les paroles de Plutarque se rapportent à son intérieur.

Vitruve attribue à Ictinus la construction du temple ; mais il ne parle que de la *cella*.

Or cette dénomination ne caractérise que la partie du temple qui se compose du mur extérieur et forme l'espace intérieur de l'édifice. Nous apprenons que ce mur n'étoit point environné de colonnes, c'est-à-dire, que le temple n'étoit point périptère. Mais ce que dit Vitruve, que la *cella* étoit bâtie *Dorico more*, donne à présumer que c'étoit un pseudopériptère, c'est-à-dire, qu'il y avoit un ordre Dorique engagé dans le mur, comme au grand temple de Jupiter Olympien à Agrigente. Voilà ce qu'Ictinus avoit fait ; et si l'on en croit encore le mot *pertexit* (d'autres lisent *pertexuit*) dont use Vitruve, cette grande nef auroit été couverte par lui. Cette particularité est trop relative à notre sujet pour qu'on ne la fasse point remarquer.

On va voir que rien de tout cela n'est incompatible

avec le récit de Plutarque. Selon lui, Corœbus éleva le premier rang de colonnes avec leurs entablemens. Il ne peut être question là que des colonnes placées dans l'intérieur de la *cella;* ce qui se fit après que celle-ci eut été achevée. Métagènes vint ensuite, et fit le διάζωμα et les colonnes du second étage : preuve de plus, qu'il s'agit de l'intérieur. Enfin Xénoclès termina cet intérieur, en faisant l'ouverture du plafond, l'ὀπαῖον, ou la lanterne, comme on voudra la nommer. Tout cela ne regarde que le dedans de la *cella*, et est indépendant du travail d'Ictinus. Dans la suite, et plus d'un siècle après, sous Démétrius de Phalère, l'architecte Philon éleva un péristyle en colonnes au front du temple, et en fit un prostyle.

Toutes ces constructions différentes entre elles purent être très-naturellement successives. Dès-lors nulle contradiction entre les auteurs qui ont parlé du temple d'Éleusis.

Ainsi, dans de grands édifices modernes dont l'achévement a été très-long, on a vu se succéder plusieurs architectes, à chacun desquels l'opinion attribue la confection du monument. C'est ce qui est arrivé à Bramante, pour avoit bâti la nef de Saint-Pierre; à Michel-Ange, qui en a élevé la coupole, et à Charles Maderne, qui en a construit le portail.

Le récit de Plutarque se rapportant donc bien constamment à l'intérieur du temple d'Éleusis, je trouve là des applications trop frappantes à l'objet de cette discussion, pour ne pas m'arrêter un peu sur ce passage.

La première chose que j'y remarque, c'est que le temple d'Éleusis, comme je l'avois avancé au commencement, porte le caractère auquel, d'après le passage de Vitruve que j'ai discuté, on étoit convenu de reconnoître un temple hypæthre, c'est-à-dire qu'il avoit deux rangs de colonnes intérieures l'un sur l'autre. Corœbus éleva le premier rang de colonnes à rez-de-chaussée, τὰς ἐπ᾽ ἐδάφκς κίονας ἔθηκεν, et il les lia par des architraves, καὶ τοῖς ἐπιςυλίοις ἐπέζευξεν. Le mot *épistyle* signifie cette partie de l'entablement qui porte immédiatement sur les colonnes, et que nous nommons *l'architrave*.

Quelle fut la part de Métagènes dans cette construction? Il fit le *diazoma* et les colonnes de l'ordre supérieur, τὸ διάζωμα καὶ τὰς ἄνω κίονας ἐπέςησε. Les commentateurs traduisent διάζωμα par *præcinctio;* ce mot viendroit alors de διαζώννυμι: mais, en écrivant διάζωσμα, il se pourroit qu'il vînt plutôt de διαζόω, et il exprimeroit la même chose que ζωοφόρος. Ce qui me porteroit à préférer cette dernière acception, c'est un passage d'Athénée, où cet écrivain, dans sa description des petits édifices qui ornoient le vaisseau de Ptolémée Philadelphe, parle d'une salle dont il décrit les colonnes et tous les détails d'architecture. Il y nomme l'ἐπιςύλιον qui étoit d'or, sur lequel, dit-il, on fit le διάζωσμα (ἐφ᾽ ὅ διάζωσμα ἐφήρμοςθη), orné de petites figures en ivoire, ζώδια ἔχον ἐλεφάντινα, μείζω πηχυαίων.

Athen. lib. V, cap. IX, p. 205 C.

Ainsi l'intérieur du temple d'Éleusis avoit deux rangs de colonnes l'un au-dessus de l'autre, et selon les mots mêmes de Vitruve rapportés plus haut, *interiore parte columnas in altitudine duplices*. Ce seroit là un caractère de temple hypæthre ou découvert. Cependant celui d'Éleusis se seroit éloigné singulièrement de la définition de Vitruve, puisqu'au lieu d'être diptère, il n'étoit pas même périptère : preuve nouvelle de ce qui a déjà été avancé; savoir, que

la théorie de l'architecte Romain à l'égard du temple hypæthre n'est pas fondée sur les monumens, mais n'est
autre chose qu'une théorie systématique.

Je dois observer encore comment le seul temple d'Éleusis réfute l'opinion que les temples appelés *hypæthres.*, et
désignés comme tels d'après la disposition intérieure de
leur *cella*, auroient eu l'intérieur de celle-ci totalement
découvert et en plein air. D'une part, il est contre la vraisemblance que les cérémonies des mystères se soient célébrées, au milieu d'un si grand concours de monde, dans un
local ainsi aéré : de l'autre, Vitruve lui-même nous apprend
qu'Ictinus avoit couvert la *cella, cellam . . . . . pertexit;* et
cette autorité seule réfuteroit l'hypothèse que l'intérieur
des temples étoit découvert.

Enfin je trouve dans le récit de Plutarque de quoi réfuter à-la-fois et l'opinion des temples sans couverture, et
l'opinion de l'obscurité de leur intérieur ; j'y trouve une
nouvelle démonstration de la manière dont cet intérieur
étoit éclairé par des jours de comble. L'ouvrage de Xénoclès, dans le temple d'Éleusis, peut achever de produire
la conviction à cet égard. Reprenons les paroles de notre
auteur.

Τὸ δ᾽ ὀπαῖον ἐπὶ τῶ ἀνακτόρω Ξενοκλῆς ὁ Χολαργεὺς ἐχο-
ρύφωσε, *foramen in fastigio adyti Xenocles Cholargensis exstruxit.* Amyot a traduit, *fit la lanterne en cul-de-lampe qui
couvre le sanctuaire;* M. Dacier, *acheva le dôme et la lanterne
qui est au-dessus du sanctuaire;* M. Milizia[a], *indi Zenocle
v'inalzo la cupola che copriva il santuario;* Winckelmann[b],
dans ses observations sur l'architecture des anciens, *non può
affermarsi che il tempio fatto alzare da Pericle in Eleusi abbia*

[a] *Memor. degli
archit. &c. edit.
1781, t. I, p. 43.*
[b] *Winck. Stor.
dell' arte, t. III,
pag. 42, édit. de
C. Fea.*

*avuto una forma circolare, ma, quando anche fosse stato d'una
forma quadrata, non e meno certo che fosse coperto con una
cupola e con una specie di lanterna.*

La notion de Plutarque, ainsi qu'on le voit, ne contient
cependant rien qui puisse donner lieu à la supposition
d'une coupole. Mais, comme le hasard ne nous a fourni
aucun autre passage, excepté dans Homère, où le mot
ὁπαῖον soit appliqué à l'architecture, les modernes ont cru
y trouver un rapport d'analogie avec nos coupoles. Ce
rapport toutefois est imaginaire. Les Grecs appeloient une
coupole θόλος, *tholus*, et ὁπαῖον ne signifie qu'une ouverture.
Il est constant d'ailleurs, par la disposition bien avérée du
temple d'Éleusis, qu'il n'étoit pas construit de manière à
pouvoir supporter une coupole telle que nous l'entendons.
D'autre part, on se feroit peut-être une fausse idée de l'ouvrage de Xénoclès, si on le réduisoit à n'être qu'une simple
ouverture: la chose n'eût pas mérité la mention particulière que Plutarque en a faite.

Mais la première question qui se présente, consiste à
savoir où étoit placé l'ὁπαῖον de Xénoclès. Cette connoissance est essentielle pour établir l'idée qu'on doit s'en
faire.

Il me paroît indubitable qu'il étoit pratiqué dans le
faîtage même du temple, et non ailleurs. La certitude de
cette position résulte naturellement de la difficulté qu'il y
a de la supposer dans un autre endroit. Puisque les paroles
de Plutarque indiquent ce jour comme pratiqué d'en haut,
si on lui cherche une autre place, elle n'auroit pu se trouver que dans le fronton. Mais la chose est inadmissible
du côté de l'entrée, puisque le temple eut un péristyle en

colonnes, lequel, selon les proportions de l'édifice, dut avoir une grande profondeur. Reste la supposition du *posticum*, qui n'avoit point de colonnes en avant. Sur quoi j'observe d'abord qu'une simple ouverture dans le mur du pignon du temple n'eût pas mérité qu'on citât celui qui l'avoit faite; et ensuite, que cette ouverture, qui n'eût été là qu'une fenêtre pratiquée dans le mur, auroit été plutôt l'ouvrage d'Ictinus, l'architecte de ce mur.

Mais j'ai dit que les mots de Plutarque ne laissent aucun doute sur la position de l'ὁπαῖον (ἐπὶ τῦ ἀνακτόρυ Ξενοκλῆς ὀκορύφωσε). Soit que le mot ἀνάκτορον signifie ici génériquement *temple*, soit qu'il faille en restreindre la signification à celle d'*adytum*, sanctuaire, l'ὁπαῖον se trouve placé au sommet de l'un ou de l'autre; ce qu'indique la préposition ἐπὶ. Ensuite le verbe κορυφᾶν non-seulement indique ici une place élevée, mais il désigne, représente et rend sensible la position, je dirois presque la construction de l'ὁπαῖον. Le mot κορυφή veut dire, en grec, *sommet*, *faîte*, *faîtage*, *fastigium* : κορυφᾶν ὁπαῖον, *fastigiare foramen*, signifie, par conséquent, *pratiquer une ouverture dans un faîtage*.

J'avoue cependant que le mot κορυφή ne sauroit nous faire deviner de quelle matière étoit le faîtage du temple d'Éleusis. Ce mot peut exprimer aussi bien une couverture en maçonnerie qu'une toiture en charpente. Pausanias s'en sert pour désigner l'*extrados* de la voûte du trésor de Minyas à Orchomène, bâtie en pierre. Sa coupole ne s'élevoit pas trop en pointe, κορυφὴ δὲ ὀκ ἐς ἄγαν ὀξὺ ἀνηγμένη. Mais, je l'ai dit, la disposition du temple d'Éleusis ne pouvoit comporter de couverture autre qu'en bois. C'est

*Pausan. l. IX,
cap. XXXVIII,
§. 2, edit. Fac.
tom. III, p. 120.*

donc au travers d'un plafond et d'un toit de charpente que l'όπαῖον fut pratiqué.

Ce dernier point reconnu (je parle du genre de couverture) nous met d'abord en état d'affirmer, comme nous l'avons déjà présumé, que très-improprement les traducteurs ont employé à l'interprétation de cette fenêtre de comble les mots de *dôme* et de *coupole*.

Disons enfin que le mot Grec lui - même ne se prête point à cette hypothèse. 'Oπαῖον vient d'όπὴ, mot générique et radical qui veut dire uniquement *foramen*. Si le mot όπὴ s'applique quelquefois à l'œil, c'est parce que l'œil est regardé comme l'ouverture et en quelque sorte la fenêtre par où nous recevons l'impression visuelle des objets. 'Oπαῖον, en conséquence, pourroit se traduire ici par le mot *œil*, que l'architecture emploie pour désigner des ouvertures ordinairement circulaires; et il ne veut dire autre chose que *fenêtre, ouverture, percé, jour*, sans désignation de forme.

D'après cela, Plutarque a dit simplement que Xénoclès pratiqua dans le comble et le plafond du temple l'ouverture qu'on y voyoit.

J'ai déjà montré et tout le monde sait comment se pratiquent ces ouvertures de comble dans une charpente, en supprimant simplement quelques entrevous du toit et quelques solives du plafond : on pourroit borner là l'όπαῖον d'Éleusis.

La mention particulière que Plutarque a faite de Xénoclès, auteur de cette ouverture, et cité comme un des architectes du temple, doit faire présumer toutefois que la partie en question de l'édifice avoit quelque chose de

remarquable

remarquable dans sa forme, sa décoration, son élévation,
et dans la manière d'introduire la lumière.

Il paroît que l'intérieur des temples destinés à la célébration des mystères admettoit certains prestiges de lumière et d'obscurité, faits pour ébranler l'imagination des
assistans. Dion Chrysostome donne clairement à entendre
que, dans l'initiation, on affectoit alternativement les sens
par l'effet successif des ténèbres et de la lumière, σκότες
τε καὶ φωτὸς ἐναλλὰξ αὐτῷ φαινομένων.

Orat. 12.
Edit. vet. pag.
202 ; edit. Reisk.
tom. I, pag. 387.

Si la célébration des mystères dans l'intérieur des
temples consistoit particulièrement, comme nous l'avons
vu tout-à-l'heure, en véritables représentations dramatiques,
en spectacles pantomimes et à machines, en mouvemens
de décoration, l'effet de la lumière ou de l'obscurité devoit
entrer pour beaucoup dans ces jeux de théâtre. On doit
donc présumer que Xénoclès, architecte, sinon du toit,
au moins du plafond de ce temple, avoit mis un art particulier dans l'ouverture qui donnoit entrée à la lumière.
Rien n'empêche aussi de supposer une décoration intérieure à cette ouverture, formant peut-être une galerie
pratiquée entre le plafond et le toit. Il est même une dernière hypothèse aussi difficile à prouver qu'à réfuter, c'est
que cet ὁπαῖον se seroit élevé au-dessus du toit du temple,
et auroit figuré une espèce de lanterne extérieure.

Quoique le système d'unité et d'uniformité des combles
antiques soit constant d'après toutes les autorités que je
suis très-loin de prétendre récuser et atténuer, on ne peut
toutefois se dissimuler que les règles les plus générales
et les mieux établies ont eu jadis leurs exceptions. A en
juger d'après la figure d'un temple quadrangulaire sculpté

A a a

en bas - relief sur le grand sarcophage cité par Winckelmann , comme étant à la *villa Moirani* (aujourd'hui

au Muséum du Vatican), une sorte de tambour se seroit
élevée au-dessus du toit de ce temple. Winckelmann en
a argumenté pour prouver la vraisemblance des coupoles
sur des édifices quadrangulaires chez les anciens. Ce témoignage est sans doute trop équivoque et trop foible
pour appuyer une prétention semblable. Aussi y a-t-il loin
d'une coupole à l'espèce de lanterne extérieure dont on
peut se permettre d'appliquer l'hypothèse à l'όπαΐον du
temple d'Éleusis.

Mais ceci sort de notre sujet, et n'y ajoute aucune clarté.
J'y reviens, et conclus de cette discussion sur le temple
d'Éleusis, qu'il y eut des temples du genre dit *hypæthre*,
à deux rangs de galeries en dedans, qui , loin d'avoir l'intérieur de leur *cella* découvert, eurent cet intérieur couvert. Je conclus qu'au lieu d'être privé de lumière et de
n'en recevoir que par la porte, cet intérieur recevoit le jour
par des ouvertures pratiquées dans le comble. Je conclus
de là que cette méthode dut être appliquée à tous les
temples périptères qui , n'ayant aucune autre ouverture
que celle des portes , avoient leur *cella* trop étendue et
trop reculée pour qu'on admette qu'elle ait pu en recevoir
de la lumière.

Je le répète , toutes les opinions et préventions établies de
longue main dans cette matière sont provenues du défaut
d'autorités évidentes dans les monumens , du manque de
renseignemens de la part de Vitruve sur la charpente et les
couvertures des temples, et de l'interprétation forcée quon
a faite de son passage sur le temple hypæthre ; j'ajouterai,

et de l'habitude où l'on est de refuser aux anciens la connoissance et l'usage d'une chose, précisément parce que cette chose est très-usuelle parmi nous.

De l'Habileté des Anciens dans la Charpente.

On ne sauroit dire sur combien d'articles ce préjugé dont je viens de parler est répandu, de combien de genres de travail, d'ouvrage et d'industrie nous nous attribuons l'invention ou la prééminence, par cela que le plus grand nombre des ouvrages des anciens ont péri, et avec leurs livres les notions précises qui pourroient constater la mesure de leurs découvertes. Ce pourroit être une des causes qui ont détourné jusqu'ici les architectes et les critiques d'accorder aux constructeurs antiques l'usage d'une méthode que l'habileté de nos charpentiers a rendue très-commune dans nos édifices.

Toutefois, quand on considère quelle suite et quel nombre de siècles et de peuples instruits renferme ce que nous entendons par l'antiquité, il est difficile d'imaginer que, sur-tout en fait d'art et d'industrie, elle soit restée au-dessous de nos ressources et de nos connoissances. Si l'on vouloit recueillir, sur le seul point de la charpente et de la couverture des édifices, tout ce que les auteurs nous ont transmis de renseignemens, on verroit qu'en ce genre il nous reste beaucoup à faire pour égaler le savoir et l'habileté des temps anciens. J'alongerois beaucoup trop ce Mémoire, si j'entrois dans ces recherches; mais, comme l'habileté dont je parle doit être un argument de plus en faveur de l'opinion que j'ai tâché d'établir sur les jours et es ouvertures de comble dans les grands temples, je

pense qu'on me permettra un petit nombre de citations qui
ajouteront quelque poids à mes conjectures.

Les anciens employèrent la charpente à couvrir les
théâtres qui étoient d'une modique étendue; et ceux qu'on
appeloit *odeum*, étoient plafonnés. Le premier *odeum* d'A-
thènes avoit son comble imitant celui de la tente de Xerxès.
Sylla le brûla, et il fut reconstruit dans la même forme.
Philostrate nous apprend qu'à l'occasion de la mort de
Rhégilla sa femme, Hérodes Atticus construisit à Athènes
un *odeum* qu'il appelle simplement théâtre, et qui étoit le
plus magnifique de toute la Grèce; il étoit plafonné en
bois de cèdre, κέδρȣ ξυνθεὶς τὸν ὄροφον. Le même Hérodes
Atticus, selon Philostrate, avoit bâti à Corinthe un théâtre
plafonné et couvert, θέατρον ὑπωρόφιον.

A Cyzique étoit un vaste édifice appelé *bouleuterion* ou
salle du conseil, couvert d'une charpente assemblée sans
aucune cheville de fer, et tellement appareillée que chaque
pièce de bois pouvoit s'ôter et se remettre à volonté, sans
le secours d'aucun étai : *Sine ferreo clavo, ita dispositâ con-
tignatione, ut eximantur trabes sine fulturis, ac reponantur.*
On avoit tenu religieusement à conserver ce genre d'assemblage au pont Sublicius à Rome, depuis l'affaire d'Ho-
ratius Coclès : *Quod item Romæ in ponte Sublicio religiosum
est, postquam Coclite Horatio defendente ægrè revulsus est.*

L'art de la charpente avoit imaginé toute sorte de raffinemens et de *tours de force* dans les plafonds qui déco-
roient les salles à manger des empereurs Romains. Ici[a], l'on
en voit un s'ouvrir au signal de l'empereur Hélagabale, et
répandre sur les assistans et les parasites un tel déluge de
fleurs, que quelques-uns en sont étouffés. Ailleurs[b] Sénèque

*Paus. lib. 1,
cap. XX §. 3,
edit. Fac. tom. I,
pag. 73.*

*Philostr. Vita
Herodis Attici,
§. 5, p. 54.*

Ibid.

*Plin. l. XXXVI,
cap. XV, edit.
Hard. §. 23,
tom. II, pag. 741,
lin. 21.*

*Plin. ibid. lin
22.*

[a] *Mém. de l'A-
cad. des inscript.
et belles-let. t. I,
pag. 348.*
[b] *Senec. Epist.
90.*

nous peint un plafond mobile, dont le mouvement circulaire imitoit les conversions du ciel, et dont les révolutions se succédoient selon les services : *Et toties tecta quoties
fercula mutantur.* Dans la maison d'or de Néron, dit Suétone,
étoit un plafond dont les caissons étoient remplis de lames
d'ivoire mobiles, par où l'on faisoit pleuvoir des fleurs et
des parfums sur les convives : *Cænationes laqueatæ tabulis
eburneis versatilibus, ut flores ex fistulis et unguenta desuper
spargerentur.*

    Suéton. Vita Neron. S. 31.

    Les anciens firent aussi des charpentes métalliques, et
ils employèrent le bronze à faire des voûtes, des plafonds
et des toitures. Nous en pouvons citer plus d'un exemple.
Le forum de Trajan étoit ainsi couvert, selon ce qu'on
doit conclure des paroles de Pausanias[a] : Καὶ μάλιϛα ἐς τὸν
ὄϱοϕον χαλκϐ̃ πεποιημένον.

    [a] *Paus. lib. V, cap. XII, S. 4, edit. Fac. tom. II, pag. 52.*

    Spartien[b], dans la Vie de Caracalla, nous apprend qu'une
des salles des thermes de cet empereur, appelée *cella so-
learis*, avoit une charpente formée de grands cintres de
bronze ou de cuivre sur lesquels reposoit la voûte: *Nam et
ex ære vel cupro cancelli superpositi esse dicuntur, quibus came-
ratio tota concredita est ; et tántùm est spatii, ut idipsum fieri
negent potuisse docti mechanici.* D'habiles mécaniciens ne
croyoient pas la chose praticable avec une si grande portée.
(La salle avoit cent soixante-dix pieds de longueur sur
soixante-douze de large.)

    [b] *Ælius Spar-
tian. pag. 186,
éd. de Rob. Etien.
edit. Paris 1620,
pag. 89, lin. 2.*

    Il est indubitable que la voûte du milieu du portique
du Panthéon d'Agrippa, les deux plafonds latéraux, et
toutes les pièces de leur charpente, étoient du plus beau
bronze. Il ne nous reste de cette merveilleuse construction qu'une tradition vague et des regrets inutiles. La

mémoire s'en seroit même perdue, si Serlio, qui avoit été à portée d'admirer cette charpente métallique, ne nous en avoit conservé un dessin dans son Traité d'architecture. Il faut se représenter une véritable charpente assemblée selon les procédés ordinaires de celles qui se font en bois, c'est-à-dire, composée d'entraits de pannes et de chevrons. Toutes ces pièces se joignoient ou se lioient par des fiches ou clous du même métal (un de ces clous se conserve et se voit au palais Barberin). Il faut observer seulement que ces poutres et ces solives étoient creuses ; mais Serlio a omis de nous dire quelle étoit l'épaisseur du métal.

C'est d'après de tels exemples que M. de la Gardette a soupçonné que la charpente du grand temple de Pæstum étoit en bronze. Deux raisons l'ont porté à le croire : la première, c'est la petitesse des entailles encore existantes dans les pignons des murs, et qui annoncent des chevrons d'une modique grosseur; la seconde raison est que, selon lui, le temple fut couvert en métal, attendu, ajoute-t-il, que, si l'on se fût servi de dalles de pierre, d'après la position avérée des entailles, les tuiles de pierre auroient fait ressaut sur le comble en pierre du fronton. Ces deux raisons ne sont pas péremptoires; car il est probable qu'on put aussi établir sur une charpente de bois une couverture en lames de métal. Il est probable aussi que ces lames de métal se plaçoient en recouvrement comme les tuiles de terre ou de pierre; et Pline appelle du nom de *tegula* ces lames de métal. Il y en avoit de bronze au temple du Capitole à Rome. Catulus fut le premier qui les fit dorer : *Quòd tegulas æreas Capitolio inaurasset primus;* comme Mummius en avoit fait dorer le plafond après la prise de

Plin. l. XXXIII, cap. III, edit. Harduin. §. 18, tom. II, p. 515, lin. 10.

Carthage : *Laquearia*, *quæ nunc et in privatis domibus auro teguntur*, *post Carthaginem eversam primò inaurata sunt in Capitolio*, *censurâ L. Mummii.*

Plin.l.xxxiii. cap. III, edit. Harduin. §. 18. tom.II, pag.515. lin. 7.

J'en ai dit assez pour faire voir qu'avec de tels moyens de toiture, et avec des procédés de charpente aussi ingénieux, aussi variés et aussi puissans, rien ne fut plus facile aux anciens, que de pratiquer dans les plafonds et les combles des temples toutes les sortes de fenêtres et d'ouvertures possibles, et de manière à pouvoir faire entrer dans leur intérieur l'air et la lumière, au gré des circonstances et des cérémonies.

Des Châssis et des Vitraux chez les Anciens.

PEUT-ÊTRE me demandera-t-on ici comment ces fenêtres pouvoient à-la-fois être ouvertes à la lumière et closes aux intempéries de l'air ; car il règne encore, sur l'usage du verre chez les anciens, et de son application aux fenêtres, un pyrrhonisme assez universel. Des recherches approfondies et raisonnées sur cette matière auroient pu paroître assez étroitement liées à l'objet de notre travail, pour en devenir la conclusion naturelle : mais, en fait de critique, la longueur des discussions ne se mesure pas toujours sur l'importance des sujets, et l'accessoire d'une question peut exiger plus de détails que le principal. Ainsi ce qu'il y auroit à dire sur la connoissance et l'usage du verre dans l'antiquité, seroit le texte d'une longue dissertation. Celle-ci l'est assez déjà pour me prescrire d'abréger les notions dont il s'agit, et de n'en choisir, en terminant ce Mémoire, que ce qui peut compléter l'ensemble du sujet que je me suis proposé d'examiner.

Il y a deux choses à distinguer dans ce qui regarde la connoissance que les anciens eurent du verre; et cette distinction pourroit établir deux questions : l'une relative au travail seul de la matière; l'autre, à l'usage de l'appliquer aux fenêtres et aux châssis.

Les autorités relatives à la première question sont beaucoup plus nombreuses. La pratique usuelle du verre paroît très-ancienne. Le mot ὕαλος se trouve chez Hérodote[a], qui parle de cercueils de verre en Éthiopie; chez Aristophane[b] et chez Aristote. Il est vrai qu'on peut soupçonner que le même mot fut quelquefois affecté au verre et au cristal, et, selon quelques-uns, à l'ambre transparent. Galien en a parlé sans équivoque, puisqu'il enseigne la méthode de le faire. Le nombre des auteurs Latins qui en ont fait mention, est très-considérable. Lucrèce, Horace, Martial, Sénèque, sont pleins de citations irrécusables à cet égard.

Lib. III, S. 24.
*Nub. vers. 766.
— Acharn. vers. 73.*

Il paroît, si l'on en croit Pline, que l'usage du verre remontoit à une haute antiquité; c'est à la Phénicie qu'il en attribue l'invention. Les verreries de l'antique Sidon avoient été, selon lui, autrefois fameuses, et déjà l'on y avoit imaginé l'art de faire les miroirs et les vitres, selon qu'on voudra entendre le mot *specula: Sidone quondam iis officinis nobili, siquidem etiam specula excogitaverat. Hæc fuit antiqua ratio vitri.*

Plin. l. XXXVI, cap. XXVI, edit. Harduin. S. 66, tom. II, p. 758, lin. 18.

Le même auteur fait prendre une haute idée de la perfection des fabriques de verre de son temps. On donnoit à cette matière toute sorte de couleurs; on la souffloit, on la tournoit, on la ciseloit : *Funditur in officinis, tingiturque: aliud flatu figuratur, aliud torno teritur, aliud argenti modo cælatur.*

Plin. ibid. lin. 17.

La

La seule anecdote rapportée par Dion Cassius [a] et par Pline [b] sur la malléabilité du verre, quand elle seroit fausse et controuvée, n'en indiqueroit pas moins que le genre d'industrie dont il s'agit étoit porté très-loin. A juger le secret de la malléabilité imaginaire, toujours est-il vrai que sa supposition n'a pu se présenter dans l'enfance de l'art.

Beaucoup de monumens antiques attestent la vérité des notions de Pline sur le verre. Les fouilles d'Herculanum ont fait connoître des masses de vitrification artificielle de diverses couleurs, propres à contrefaire les pierres précieuses, et ont vérifié ce que Pline a rapporté sur l'habileté des anciens contrefacteurs en ce genre: *Fit et album et murrhinum, aut hyacinthos sapphirosque imitatum, et omnibus aliis coloribus..., Maximus tamen honos in candido translucentibus, quàm proximâ crystalli similitudine.* Ainsi, autrefois, comme aujourd'hui, le verre le plus estimé étoit le verre blanc et celui qui approchoit de la transparence du cristal.

Le verre étoit devenu, par sa beauté et ses ornemens, un objet de luxe qui rivalisoit avec les pierres dures et les métaux précieux. Il nous est difficile d'expliquer autrement que par le prix du travail, comment Néron avoit pu payer six mille sesterces deux petits vases de verre qu'on appeloit *pterotas*. *Repertâ vitri arte, quæ modicos calices duos, quos appellabant* pterotas, *sex millibus sestertiis venderet.*

L'usage du verre paroît être devenu, au temps de Pline, assez général dans les besoins de la vie et le service de la table, pour avoir, comme il est arrivé aussi dans les temps modernes, remplacé les gobelets de métal. *Usus verò ad potandum argenti metalli et auri propulit.*

[a] *Dio Cassius. lib. LVII, §. 21.*
[b] *Plin. ibid. lin. 21.*

Ibid. §. 67, pag. 759, lin. 9.

Ibid. §. 66, pag. 758, lin. 28.

Ibid. §. 67, pag. 759, lin. 12.

B b b

J'accumulerois sans intérêt pour le but que je me propose, une multitude de citations chez les auteurs, et de
découvertes journalières dans les ruines antiques. Je dis
sans intérêt; car il s'agit ici bien moins de prouver que les
anciens connurent le verre, ce qui est impossible à nier,
que de savoir s'ils ont fait des carreaux de vitre. Or ceci,
quoique très-probable, ne sauroit être démontré à l'égard
de la haute antiquité. Le seul passage dont on puisse argumenter, comme s'y rapportant, est celui de Pline sur les
verreries de Sidon que j'ai déjà cité. Saumaise est d'avis
que le mot *specula* est ici générique, qu'il signifie toutes
les sortes de matières transparentes, soit verre, soit pierre
spéculaire, appliquées aux fenêtres.

Il faut avouer que si *specula* ne veut dire ici que miroirs
de verre, l'invention est plus forte encore que celle des
vitraux, et que conclure des premiers aux seconds, c'est
conclure du plus au moins. Si l'on avoit imaginé des miroirs
de verre, on avoit fait par conséquent des carreaux de
vitre; et comme, selon Pline, cette invention étoit fort
ancienne, on peut conjecturer aussi que les fenêtres vitrées,
du moins dans les grands édifices, furent très-ancienne-
ment en usage.

La plus ancienne notion de fenêtres vitrées se trouve
dans un passage de Philon Juif *(de legatione ad Caium).* Ce
passage a été commenté par M. Carlo Fea *(Stor. dell' arte,
tom. III , p. 208);* et il paroît en résulter que les ambassadeurs d'Alexandrie parlent de carreaux de vitre ou de carreaux de pierre spéculaire, qu'ils comparent au verre.

Le même commentateur, à l'article des lettres de Winckelmann intitulé *Notizie sulle case degli Antichi ,* a réuni

un assez grand nombre de passages de la basse antiquité des second et troisième siècles, qui montrent comme indubitable l'emploi du verre en carreaux dans les fenêtres. Ces citations connues des savans, rapportées aussi par M. Mongez dans le Dictionnaire d'antiquités de l'Encyclopédie méthodique, me jetteroient dans une digression inutile, puisqu'elles s'appliquent à des siècles déjà fort éloignés des monumens qui sont le principal objet de ces recherches.

Toutes ces citations d'ailleurs, quelque valides qu'elles soient, ont moins d'autorité et remontent moins haut que celle de la ville d'Herculanum, dans les fouilles de laquelle il est bien avéré qu'il s'est trouvé des fragmens de carreaux de vitre, et des vitres entières, qui sont connues de tous ceux qui ont vu le muséum de Portici.

A Pompéii, l'an 1772, on a trouvé une fenêtre avec un beau vitrage de près de trois palmes. Les vitres avoient un palme en carré: le châssis de bois se trouva brûlé; le verre n'avoit point été endommagé, excepté dans deux seuls carreaux.

Winckelmann, Stor. dell' arte, tom. III, p. 207, edit. de C. Fea.

Sans ces découvertes, on mettroit en doute l'emploi du verre aux fenêtres des maisons à l'époque de la ruine d'Herculanum et de Pompéii, et l'on se fonderoit sur ce que les auteurs contemporains n'en ont point fait mention. N'en peut-il pas avoir été de même des siècles antérieurs à cette époque! Je le pense; car, dès que la fabrication du verre est connue, un de ses plus simples et de ses plus naturels usages est d'en faire des vitraux.

Il peut toutefois y avoir eu jadis plus d'une sorte de cause (et fort différente de l'ignorance qu'on attribue aux

B b b 2

anciens) qui se soit opposée au fréquent usage du verre
dans les grands monumens et dans les fenêtres de comble
des temples. Peut-être jugea-t-on cette matière trop vile
ou trop fragile; et peut-être préféra-t-on, comme il étoit
préférable aussi, d'y employer les différentes sortes de
pierres spéculaires qui faisoient l'office du verre dans les
fenêtres, et qui réunissoient à une plus grande solidité des
avantages très-réels.

Il y avoit des pierres spéculaires dont la transparence
égaloit celle du cristal et du verre le plus diaphane:
Quand Pline veut parler de la limpidité du vernis qu'A-
pelle mettoit sur ses tableaux, il ne prend pour comparaison ni le verre ni le cristal; mais, « à travers ce vernis
» l'on voyoit, dit-il, sa peinture comme au travers d'une
» pierre spéculaire [a] : *Veluti per lapidem specularem intuentibus.*

[a] *Plin.l.xxxv,
edit. Harduin.
cap. x, §. 36,
t. II, pag. 698,
lin. 12.*
[b] *Id.l.xxxvi,
cap. XXII, edit.
Hard. §. 45,
tom.II,pag.752,
lin. 19,*

Pline nous apprend qu'on en tiroit de beaucoup de
pays différens [b]. L'Espagne jadis en avoit approvisionné
Rome. Depuis, on en avoit fait venir de Chypre, de
Cappadoce, de Sicile, et plus récemment encore d'A-
frique. L'Espagne fournissoit les meilleures : la Cappadoce
donnoit de plus grandes lames; mais leur qualité étoit

Ibid. lin. 21.

plus molle, et elles étoient plus ternes: *Postferendos omnes
tamen Hispaniæ, et Cappadociæ mollissimis et amplissimæ
magnitudinis, sed obscuris.* On en exploitoit aussi dans le

Ibid. lin. 22.

territoire de Bologne en Italie, d'une moindre étendue,
sujettes à des taches et quelquefois remplies d'une matière
siliceuse.

Le même auteur décrit une espèce que l'on trouvoit

Ibid. lin. 24.

sous terre, renfermée entre des pierres, *saxo inclusus*; ce
qui ressemble beaucoup aux feuilles de talc qui sont entre

les pierres à plâtre. Il y en avoit une autre espèce fossile dont les plus grandes lames avoient cinq pieds de longueur : *Numquam adhuc quinque pedum longitudine amplior.*

Plin.l.xxxvi, cap. XXII , edit. Harduin. §.45, tom. II, p. 752, lin. 26.

La dimension des carreaux d'une semblable pierre spéculaire nous expliqueroit déjà pourquoi on dut la préférer au verre même, quand on eut connu l'art d'en couler de grandes tables. Mais un des avantages réels de cette pierre sur le verre, c'est qu'elle étoit inaltérable : c'étoit, selon Pline, le privilége de l'espèce de spéculaire blanche, *sed candido mira natura.* Quoique tendre, elle résistoit à toutes les injures des saisons, et elle ne vieillissoit point.

Ibid. lin. 29, 30.

Or rien ne fut plus homogène avec les toits couverts de dalles de marbre, comme l'étoient ceux du Parthenon, du temple d'Olympie, et de ce temple de Junon à Crotone que le censeur Quintus Fulvius (1) dépouilla de ses tuiles, que des dalles d'une pierre transparente, dont la ténacité étoit, selon Pline même, supérieure à celle de beaucoup de pierres.

Il paroît par divers passages, que la manière d'employer ces sortes de vitraux étoit de les sceller dans les murs mêmes. Les *clathra* des fenêtres de l'amphithéâtre de Pola forment des sortes d'entrelacs dont les traverses ou barreaux (comme l'on voudra dire) sont de pierre, et il est probable que leurs intervalles furent remplis de pierre spéculaire.

Juba, cité par Pline, écrivoit qu'on trouvoit en Arabie une pierre aussi transparente que le verre, dont on faisoit des vitres : *In Arabia quoque esse lapidem vitri modo translucidum, quo utuntur pro specularibus.*

Lib. xxxvi, cap. XXII, edit. Hard.§.46,tom. II,p. 753, lin. 3.

(1) 174 ans avant l'ère Chrétienne.

Au temps de Néron, on avoit trouvé en Cappadoce
une qualité de pierre qu'on appela *phengites*, à cause de son
éclat et de sa transparence : *Lapis duritiâ marmoris, candidus*
atque translucens. . . ex argumento phengites *appellatus. . .* La
qualité diaphane de cette pierre devoit être extraordinaire,
puisqu'elle n'avoit pas besoin d'être réduite en dalles ou en
plaques amincies pour laisser passer la lumière. Néron en
avoit fait bâtir un temple à la Fortune dans l'enceinte de sa
maison d'or ; et, même les portes fermées, *foribus opertis*, il
y régnoit de la clarté : *interdiu claritas ibi diurna erat*. Toutefois il n'y avoit point de spéculaires, *alio quàm specularium*
modo. La lumière paroissoit y être renfermée et ne point y
arriver du dehors, *tanquam inclusâ luce, non transmissâ*. Ainsi,
sans le secours des pierres spéculaires, le temple se trouvoit éclairé par le seul effet de la transparence des pierres
dont il étoit construit. Il me semble que le passage de
Pline a encore cela de remarquable, qu'il indique l'usage
de la pierre spéculaire comme habituel pour éclairer les
temples. Qu'on lise en effet sans négation les mots *alio*
quàm specularium modo, ou qu'avec quelques commentateurs, on lise *haud alio, &c.* il en résulte toujours que Pline
compare ce moyen particulier d'éclairer un intérieur de
temple, à celui que fournissoit, pour le même objet, l'emploi de la pierre appelée *spéculaire*.

Les autorités et les conjectures déjà présentées sur
l'usage du verre en carreaux, dans les fenêtres des anciens,
sont, je l'avoue, insuffisantes, à l'égard de la haute antiquité. Sénèque même, en nous confirmant l'invention des
vitraux, nous la donne comme assez récente de son temps.
Quædam nostrâ demum prodisse memoriâ scimus : ut specula-

riorum usus, perlucente testâ, clarum transmittentium lumen. Mais faut-il s'étonner, ou que cette invention ait été tardive chez les anciens, ou que l'usage lui ait donné peu de cours ? Entre les causes qui l'ont répandue si généralement chez les modernes, il faut compter et le bon marché de la fabrication des carreaux de verre, et le manque presque absolu de ces pierres transparentes, qui étoient autrefois aussi nombreuses que diverses, et qui donnoient un équivalent du verre. Si la nature nous eût fourni en abondance ces matières transparentes, qui sait jusqu'à quel point leur exploitation économique eût reculé ou diminué la pratique des carreaux de verre, sur-tout si, comme on est porté à le croire, les pierres spéculaires avoient plus d'un avantage sur les vitraux ? Or il paroît qu'une de leurs propriétés étoit de mieux préserver de la chaleur, en interceptant les rayons du soleil. C'est du moins ce que remarquèrent les ambassadeurs d'Alexandrie, dans l'endroit déjà cité de Philon. Après avoir comparé les propriétés des spéculaires en question à celles du verre blanc, τοῖς ὑάλῳ λευκῇ διαφανέσι παραπλησίως λίθοις, ils ajoutent que ces pierres φῶς ὐκ ἐμποδίζωσιν, *non impediunt lucem;* ἄνεμον δὲ εἴργωσι, *sed etiam ventum arcent,* καὶ τὸν ἀφ' ἡλίου φλογμὸν, *et solis ardorem.*

Les voyageurs ont trouvé encore en Grèce plus d'un exemple de cette manière d'éclairer les intérieurs avec des pierres transparentes; et tout porte à penser que cette pratique moderne est une tradition de l'ancienne, si les pierres spéculaires dont ils parlent, ne sont pas elles-mêmes des restes de l'antiquité.

Cornelio Magni et Chandler décrivent avec les mêmes

circonstances les fenêtres de l'église du couvent de Saint-Luc en Béotie, la plus belle de la Grèce moderne. Ces fenêtres, au lieu de verre, ont des carreaux de pierre transparente : *La chiesa*, dit Cornelio Magni, *è di bella architettura, incrostata di marmi fini ; e in certe finestre spiccano pietre con vene trasparenti rossicie*. Selon Chandler, « les bas-côtés » ou galeries de cette église sont éclairés par des mor- » ceaux de marbre transparent, appelé jadis *phengites* : ils » sont placés dans le mur, par compartimens carrés, et » répandent une lumière jaune; vus en dehors, ils res- » semblent à la pierre commune, et sont grossièrement » taillés. »

Tom. II, lettre 6, p. 521.

Voyag. en Grèce, trad. de M. Barbié du Bocage, t. III, p. 321.

Plusieurs de ces pierres, qui, selon la nature de leurs veines, ou peut-être seulement par le laps des années, ont acquis une transparence rougeâtre, sont devenues, selon une opinion superstitieuse des Grecs modernes, dépositaires de ce qu'ils appellent leur feu sacré, qui, à un certain jour de l'année, est censé descendre du ciel. C'est à cette croyance qu'on dut probablement, dans le temple de Minerve à Athènes, converti en église Chrétienne, la conservation de quelques dalles de pierre spéculaire, qui, au temps de Spon, Wheler, Cornelio Magni, la Guilletière, &c., étoient visibles encore, et se tenoient pour des objets miraculeux, à cause de leur rougeur diaphane.

Athènes ancienne et moderne, pag. 198.

«Les pierres transparentes du temple d'Athènes, dit » la Guilletière, sont taillées en rectangle ou carré long. » Chacune est à peu près longue de trois pieds, sur un et » demi de largeur. On plaçoit derrière elles des lampes; » ce qui leur donnoit une couleur rougeâtre. Les Turcs » les regardoient avec beaucoup de vénération. » Cornelio
Magni

Magni rapporte la même chose ; et Spon et Wheler, qui *T. II, lett. 6,*
P. 503.
P. 77, t. II.
avoient vu, dans plus d'un endroit de la Grèce, des carreaux
de pierre spéculaire, n'hésitent point, à l'aspect des dalles
miraculeuses d'Athènes, d'y reconnoître le *phengites* de
Pline.

Je ne sais si je me fais illusion sur le rapprochement
qui me vient dans l'esprit ; mais il me semble que les deux
dalles de pierre transparente conservées par les Chrétiens
Grecs, dans le temple de Minerve à Athènes, comme une
pieuse curiosité, pourroient bien n'avoir été autre chose
qu'un reste antique du même temple, c'est-à-dire, deux
carreaux du châssis de l'ancien comble, échappés à sa
destruction. Le temple de Minerve étant du nombre de
ceux qui, comme nous l'avons vu, eurent le besoin d'une
belle lumière intérieure, ne purent être éclairés par leur
porte, n'eurent pas de fenêtres latérales, et par conséquent
ne durent recevoir le jour que par une ouverture de comble
et de plafond, il est bien vraisemblable que son châssis fut
composé de pierres spéculaires. Nous ignorons en quelle
année les Chrétiens Grecs s'emparèrent du temple de
Minerve, et dans quel état il étoit lorsqu'ils le conver-
tirent en église ; mais ce que nous savons, c'est qu'ils y
firent une autre couverture, et l'adaptèrent à leurs usages,
en y construisant un hémicycle à l'extrémité orientale.
Seroit-il donc étonnant qu'il se fût conservé dans les ruines
de l'ancienne couverture deux dalles de pierre spéculaire
ou transparente, et que ces deux morceaux, vu l'ignorance
d'alors, ayant passé pour merveilleux, fussent devenus
l'objet d'un soin superstitieux ! Si toutes les présomptions
et toutes les raisons précédemment développées doivent

C c c

nous faire regarder comme fort naturelle l'existence de
deux grandes dalles transparentes, dans un temple qui ne
put être à-la-fois couvert et éclairé que par de semblables
moyens, ne pourroit-il pas être permis de trouver aussi
dans ces deux pierres spéculaires un témoignage d'induc-
tion en faveur de tout ce que nous avons avancé à ce
sujet? Je pense du moins et j'espère que l'on m'accordera
qu'en fait de recherches d'antiquité, on a fait des rapprochemens de plus loin.

L'usage des pierres transparentes appliqué aux fenêtres
se retrouve encore à des édifices du moyen âge. Au chevet
de l'église de *San-Miniato-al-monte* à Florence, bâtie dans
le onzième siècle, on voit cinq grandes fenêtres de fer dont
les carreaux sont de ce marbre blanc et transparent qu'on
appelle *albâtre*, et dont il se fabrique des vases qui, garnis
intérieurement d'une lampe, répandent une assez grande
clarté : *Dietro a l'altare vi sono cinque finestroni ferrati di tras-*
parentissimo marmo. Ce seul exemple, qui est connu de tout
le monde, suffiroit pour expliquer la pratique des anciens
en ce genre, et montrer de quelle manière ils purent suppléer au verre, en supposant que l'application de cette
matière aux châssis des fenêtres leur eût été inconnue.

En insistant, au reste, sur la vraisemblance des fenêtres
de comble garnies de carreaux en pierre spéculaire dans
les temples, je ne prétends exclure aucun autre des procédés connus et usités autrefois, qui faisoient l'office de
carreaux transparens. On sait que les étoffes diaphanes
de lin, de soie ou de coton, que les toiles huilées et cirées,
que les peaux ou parchemins, que les cornes mêmes des
animaux fournirent, dans les intérieurs, toute sorte de

Guida per osser-
var le cose notabile
della città di Fi-
renze , p. 259.

moyens de clôture dont la transparence donnoit suffisamment entrée à la lumière. Les autorités relatives à ces divers
objets sont connues de tous les savans, et peuvent encore
s'appuyer sur des exemples à la portée de chacun. En en
rappelant le souvenir dans cette courte discussion , j'ai
eu simplement en vue d'écarter les objections que les
habitudes modernes font naître si facilement, et que beaucoup de préjugés ont accumulées sur la question de savoir
comment furent éclairés les temples des Grecs et des
Romains.

MÉMOIRE

SUR LE DÉFI

D'APELLES ET DE PROTOGÈNES,

Ou Éclaircissemens sur le passage dans lequel Pline rend compte du Combat de dessin qui eut lieu entre ces deux Peintres.

Plus l'étude toujours croissante des arts de l'antiquité répandra de lumière sur les textes des auteurs anciens qui en ont écrit, et particulièrement sur les notices que Pline nous en a transmises, plus je pense que l'on verra diminuer chez cet écrivain le nombre de ces contradictions prétendues, de ces erreurs supposées par la prévention des critiques modernes, et de ces récits qu'ils se sont plu à qualifier d'historiettes ou de contes d'enfant.

Je suis loin de me faire du mérite et du savoir de Pline une idée exagérée. Son style a le défaut d'avoir trop d'esprit et trop de prétention à la pensée; il tombe souvent dans la déclamation : c'est déjà, j'en conviens, un style de décadence. Quoique je sois très-persuadé de l'étendue des connoissances de cet écrivain, je crois cependant qu'on doit se garder de les mesurer par le nombre des notions renfermées dans son Histoire naturelle. Il est visible que beaucoup de parties de ce grand ouvrage sont de pures compilations, dans lesquelles l'auteur n'est qu'un rédacteur de matières étrangères à ses études ; mais il seroit très - injuste de porter le même jugement sur plusieurs autres parties de son ouvrage, spécialement sur celle des arts, qui est renfermée dans ses cinq derniers livres, et qu'il me paroît avoir travaillée avec un soin tout particulier.

Pline avoit certainement sur les arts du dessin le goût exercé et le sentiment éclairé d'un homme qui avoit beaucoup vu, qui avoit considéré les chefs-d'œuvre de tout genre dont Rome abondoit de son temps. Il parle de beaucoup de ces objets d'après ses propres sensations, et comme ayant vu par lui-même. Il eut de plus l'avantage de connoître une multitude d'écrits, de traités, de descriptions d'auteurs Grecs, artistes la plupart, et qui avoient écrit sur leur art. Que de ressources pour parler judicieusement et avec goût sur les matières dont il traite ! Il est malheureux sans doute pour nous que, borné par un cadre extrêmement étroit, Pline se soit trouvé contraint de resserrer extraordinairement ses notions, et de substituer habituellement la concision de la pensée, et cette vivacité du trait d'esprit qui épargne les mots , à la description détaillée des sujets qu'il passe en revue ; mais Pline écrivoit pour des contemporains, dans l'imagination desquels l'idée d'un grand nombre d'objets d'art se trouvoit suffisamment retracée par la plus légère mention. Il ne put avoir en vue les lecteurs de notre âge, c'est-à-dire d'un temps très-postérieur à la destruction de presque tout ce dont il a parlé.

Plus nous avons sujet de regretter qu'il ait été aussi concis,
moins nous avons droit de l'accuser de n'avoir pas été plus
abondant, puisque son abrégé de l'histoire des arts fut une
sorte de hors-d'œuvre à son ouvrage. Remercions-le plutôt
d'avoir eu l'heureuse idée d'insérer dans les livres destinés
à traiter des métaux, des couleurs, des terres, des marbres
et des pierres précieuses, d'aussi nombreuses notions sur
les ouvrages de la statuaire, de la toreutique, de la peinture, de la plastique, de la sculpture, de l'architecture et
de la gravure.

Il a été commis dans ces derniers temps, à l'égard de
Pline, une injustice encore plus ridicule : on lui a reproché
de ne s'être pas exprimé sur les objets d'art en artiste, de
n'avoir pas employé les mots techniques, ou les documens
didactiques des maîtres de l'art ; de n'avoir pas parlé le
langage de l'école, et sur-tout de l'école des modernes.
On voit que j'ai ici en vue M. Falconet, qui a traduit trois
livres de Pline dans un système détracteur; qui, au lieu
de chercher à pénétrer, par le rapprochement des détails,
dans l'esprit de son auteur et dans l'ensemble de ses idées,
semble s'être étudié à les défigurer par une version qui en
devient souvent la parodie, et à fonder ses accusations
contre Pline sur les mal-entendus de sa propre traduction.

Le passage relatif à ce que j'appelle *le combat de dessin*
entre Apelles et Protogènes, offre la preuve de ce que
j'avance. Un artiste traduisant Pline en cet endroit pouvoit aisément, ce me semble, sans être taxé de trop de
complaisance, donner aux mots de son auteur un sens
beaucoup moins absurde : il pouvoit, par exemple, traduire le mot *linea* par un autre mot Français que celui de

ligne, dont l'acception, consacrée par l'usage à la géométrie, fait du récit de Pline un conte étranger à l'art du
dessin. Poinsinet, qui, dans un esprit différent, n'a pas
laissé d'ajouter, d'une autre manière, à l'absurdité dont il
s'agit, en la mettant dans tout son jour, a cependant employé les mots de *linéament* et de *trait;* ce qu'auroit pu
faire aussi M. Falconet.

Je sais que d'autres interprètes sont tombés, en com-
mentant le passage que je vais rapporter, dans un excès
opposé : je sais qu'on peut détourner beaucoup trop le
sens des mots de Pline ; ce qu'a fait encore dernièrement,
à mon avis, dans un article interprétatif de ce passage, un
nouveau commentateur. Cette dernière manière, à la vérité   *Moniteur, 13*
raisonnable, d'entendre Pline, m'a toutefois paru n'être   *novembre 1807.*
achetée aussi qu'au prix de la fidélité que le traducteur   *Note sur un pas-*
doit aux paroles de son auteur, lorsque rien ne décèle   *sage de Pline, &c.*
qu'il y ait altération dans le texte : c'est pourquoi j'ai   *par M. Chazot.*
cherché à mettre les propres paroles de Pline d'accord
avec un sens à mon gré très-raisonnable ; j'ai pensé qu'à
cela devoit se borner le soin du traducteur fidèle et du
commentateur éclairé.

Le but de ce Mémoire est donc de prouver que, sans
faire la moindre violence aux paroles de Pline, sans en
détourner le sens, sans en changer l'acception simple et
positive contre l'acception métaphorique et figurée, on
peut y trouver une interprétation très-raisonnable au jugement d'un artiste ; que cet écrivain, en ne disant que ce
qu'il a dit, loin d'avoir rapporté une anecdote imaginaire
ou puérile, a raconté un fait véritable et digne de foi,
dans le sens et avec les termes dont un homme de l'art

pourroit encore aujourd'hui se servir, sans que son récit
pût être taxé de puérilité ou d'ignorance.

Je vais d'abord faire connoître en son entier le passage
de Pline:

Plin. l. XXXV,
ch. X.

*Scitum est inter Protogenem et eum (Apellem) quod accidit. Ille
Rhodi vivebat. Quò cùm Apelles adnavigasset, avidùs cognoscendi opera
ejus famâ tantùm sibi cogniti, continuò officinam petiit. Aberat ipse; sed
tabulam amplæ magnitudinis in machina aptatam picturæ anus una
custodiebat. Hæc Protogenem foris esse respondit, interrogavitque à quo
quæsitum diceret. Ab hoc, inquit Apelles: arreptoque penicillo, lineam ex
colore duxit summæ tenuitatis per tabulam. Reverso Protogeni quæ gesta
erant anus indicavit. Ferunt artificem protinus contemplatum subtilitatem, dixisse Apellem venisse: non enim cadere in alium tam absolutum
opus; ipsumque alio colore tenuiorem lineam in illa ipsa duxisse, præ-
cepisseque abeuntem, si rediisset ille, ostenderet, adjiceretque hunc esse
quem quæreret: atque ita evenit. Revertitur enim Apelles; sed, vinci eru-
bescens, tertio colore lineas secuit, nullum relinquens ampliùs subtilitati
locum. At Protogenes, victum se confessus, in portum devolavit, hospitem
quærens: placuitque sic eam tabulam posteris tradi, omnium quidem,
sed artificum præcipuo miraculo. Consumptam eam priore incendio domûs Cæsaris in Palatio audio, spectatam olim, tanto spatio nihil aliud
continentem quàm lineas visum effugientes, inter egregia multorum opera
inani similem, et eo ipso allicientem, omnique opere nobiliorem.*

La leçon du manuscrit de la Bibliothèque du Roi, et des éditions antérieures à celle d'Hardouin, porte:

Plin. édition
d'Hard. emend.
et not. II, in
librum XXXV.

*Consumptam eam constat priore incendio domûs Cæsaris in Palatio,
avidè antè à nobis spectatam, spatiosiore amplitudine nihil aliud &c.*
(ou) *spectatam nobis antè spatiosè nihil aliud &c.*

Tout le monde sait ce qui se passa entre lui (Apelles) et Protogènes, qui vivoit à Rhodes. Apelles s'étoit embarqué pour cette
île, jaloux de voir les ouvrages d'un homme qu'il ne connoissoit
que de réputation. Arrivé à Rhodes, il va droit à son atelier, n'y
trouve

trouve point celui qu'il cherche, mais seulement une vieille femme, gardienne du local et d'une très-grande table de bois, dressée sur le chevalet et préparée pour être peinte. La vieille lui dit que Protogènes étoit dehors, et le pria de laisser son nom. Le voici, répondit Apelles ; et, saisissant un pinceau, il conduisit sur le fond de bois, avec de la couleur, un trait d'une grande finesse. Protogènes de retour fut instruit de ce qui s'étoit passé. On dit que, jugeant avec le coup-d'œil d'un artiste le mérite d'un trait aussi délié, il s'écria sur-le-champ : *C'est Apelles ; nul autre n'est capable d'une si grande perfection.* A l'instant, prenant une autre couleur, il fit sur le trait d'Apelles un trait encore plus délié; puis il partit, et recommanda, si l'on revenoit, de montrer ce trait, et de dire : *Voilà celui que vous cherchez.* C'est ce qui eut lieu. Apelles fut confus de se voir vaincu ; et employant une troisième couleur, il en coupa les traits précédens avec tant de finesse, que l'art n'eût pu aller plus loin. Protogènes s'avoua vaincu, courut au port chercher Apelles, et lui offrit l'hospitalité. Ils convinrent de laisser subsister le tableau dans cet état. C'est ainsi qu'il a été transmis à la postérité, objet d'admiration sur-tout pour les artistes. J'ai appris qu'il avoit péri dans le premier incendie de la maison de César, sur le Palatium, où il étoit autrefois un sujet de curiosité pour les spectateurs. En effet, le vaste champ de cette table ne contenoit que des traits qui échappoient à la vue. Au milieu des magnifiques tableaux de grands maîtres qui l'environnoient, on croyoit voir un cadre vide. Toutefois le vide de ce cadre étoit ce qui attiroit les regards, et le faisoit remarquer plus que les autres.

J'ai déjà fait observer qu'il y a une autre leçon de la dernière phrase : j'ai suivi ici le texte et la correction d'Hardouin, quoiqu'il ne me paroisse pas trop prouvé que sa correction soit la meilleure. Le passage des éditions antérieures porte, ainsi qu'on l'a vu, *J'apprends que ce tableau a péri dans le premier incendie de la maison de César, sur le*

D d d

*Palatium, où nous l'avons vu autrefois avec beaucoup de curio-
sité, &c.*

Selon Hardouin, *domus Cæsaris* veut dire ici le palais des
empereurs ; ce que je ne contesterai pas, quoiqu'il puisse
y avoir lieu à quelque doute. Or ce palais, dont il paroît

qu'Auguste avoit été le créateur, fut incendié, pour la première fois, sous son règne. Si donc le tableau des trois
traits fut consumé par cet incendie, Pline, postérieur de
près d'un siècle à cette époque, n'a pas pu dire qu'il avoit
vu ce tableau. C'est pourquoi Hardouin, au lieu du mot
constat, met le mot *audio*, qui prend la place d'*avidè*, et
il change les mots *spectatam à nobis*, en ceux-ci, *spectatam
olim :* à quoi l'on pourroit objecter que le tout auroit pu
s'accorder à moins de frais, et qu'il n'auroit fallu que mettre
posteriore, au lieu de *priore ;* et alors Pline auroit pu parler
du tableau comme témoin oculaire ; ce qu'il donne véritablement à entendre par la manière dont il décrit l'effet
de ce cadre vide, la singularité de ce champ en quelque
sorte désert, et l'impression qu'il produisoit.

Mais, en accordant que le tableau des trois traits n'ait
pas été vu par Pline, et en admettant la correction assez
arbitraire d'Hardouin, il n'est guère plus permis de ré-
voquer en doute l'existence de ce monument singulier, ni
par conséquent le fait du combat entre Apelles et Protogènes, fait que quelques-uns ont voulu mettre au nombre
de ces historiettes fabriquées jadis par l'ignorance et pro-
pagées par la crédulité du vulgaire. De quelque manière
qu'on lise le passage de Pline, il faut reconnoître que le
tableau a existé et a été vu à Rome.

Pline le dit et l'affirme de la façon la plus positive.

Son récit, en invoquant le témoignage au moins d'une tradition encore vivante à Rome, devient, au jugement de tout critique éclairé, un gage irrécusable de la réalité de l'ouvrage ; et, dans des choses bien plus importantes, la certitude historique n'a pas toujours d'aussi bons garans.

Si l'histoire du débat entre Apelles et Protogènes eût été racontée, comme plusieurs autres histoires, par Pline, sans être appuyée d'aucune autorité, il conviendroit encore de penser que cet auteur l'avoit puisée dans les ouvrages des historiens Grecs, et le manque de témoignages ne seroit pas un motif de rejeter celle-ci plus que les autres. Toutes sortes de circonstances, au contraire, viennent à son appui : non-seulement il est permis d'y croire, puisqu'elle n'a, comme on le verra, rien d'incroyable ; mais le seul fait que le tableau fut transporté de Grèce à Rome, qu'il orna le palais des Césars et excita la curiosité publique, prouve que ce dut être un ouvrage recommandable, et par sa singularité, et par le nom de ses auteurs, et par la légitimité de ses titres.

Du reste, il n'est point étonnant que de simples figures au trait se soient conservées depuis Alexandre jusqu'à César, c'est-à-dire pendant un espace de trois à quatre siècles : nous possédons aujourd'hui, dans les cabinets, une multitude de dessins au bistre et de traits à la plume sur papier, qui ont cette ancienneté. Deux tablettes de marbre, trouvées à Pompéia, nous offrent encore, après 1800 ans, de simples traits ou dessins faits au cinabre, et aussi visibles que lorsqu'ils furent tracés.

J'ai cru devoir ces observations préliminaires à l'interprétation du récit de Pline, et du fait qu'il renferme. Ce

récit, encore qu'il fût une fiction, ne seroit pas totalement à dédaigner, parce qu'en ce genre aussi les fictions
se composent des élémens du vrai, ou du moins de quelques-
unes de ses parties : cependant on auroit eu droit de regarder comme une occupation futile, toute recherche qui
eût tendu à rendre raison d'un fait imaginaire. Quoique
le vrai soit quelquefois invraisemblable, il n'en seroit pas
moins ridicule de chercher à rendre vraisemblable ce qu'on
sauroit n'être pas vrai.

PREMIÈRE PARTIE.

Je ne ferai pas ici le recensement de tous les critiques
qui ont expliqué et commenté le passage de Pline dont il
s'agit : le nombre en est infini, et ce détail deviendroit fas-
tidieux. Ce qui importe à l'interprétation que je proposerai,
c'est de savoir que les commentateurs se divisent en deux
classes ou deux espèces. Les uns, attachés plus au sens des
mots qu'au sens de la chose, ont expliqué les mots et exprimé la chose de la manière la plus strictement littérale (1);
et, comme en ce genre aussi *la lettre tue*, ils n'ont fait sortir
du texte de Pline qu'un narré vide de sens et dénué de vraisemblance au gré des artistes : de ce nombre sont Poinsinet
et Falconet. Les autres, ayant subordonné l'interprétation
des paroles de Pline à une opinion plus relevée sur l'objet
du débat entre les deux peintres, c'est-à-dire, ayant voulu
que le sujet de ce défi fût digne de deux grands artistes,

(1) Je dis *la plus strictement littérale ;* car, ainsi qu'on le verra, quel-
qùes-uns des mots sur lesquels repose
la difficulté, ont un double sens littéral, l'un hors des procédés de l'art
et purement géométrique , l'autre
tout-à-fait usuel dans la peinture.

ils en ont cherché le motif dans la manière dont ils ont conçu qu'un tel débat pourroit avoir lieu et être apprécié aujourd'hui, et ils ont donné aux paroles de Pline une extension dont elles ne sont pas susceptibles. De ce nombre sont Durand, de Piles, Caylus, Mengs sur-tout, dont je rapporterai l'opinion tout-à-fait hors de mesure, et, en dernier lieu, l'auteur d'un article interprétatif de ce passage, dont il a déjà été fait mention.

Ci-dessus, pag. 391.

Et d'abord, je ne crois pas qu'il faille beaucoup s'étendre en preuves pour montrer que le mot *linea*, employé par Pline dans tout son récit, signifie quelque autre chose qu'un trait géométrique; cette méprise, si c'en est une de la part des traducteurs, ne sauroit être imputée à Pline, qui s'est servi du mot propre en sa langue : la moindre attention à chercher dans cet auteur lui-même le sens de ses paroles, auroit pu facilement prévenir cette espèce de *nonsens*. A la suite du même passage qui nous occupe, il dit, en parlant d'Apelles : *Apelli fuit alioquin perpetua consuetudo nunquam tam occupatam diem agendi , ut non lineam ducendo exerceret artem.* « Du reste, il eut pour habitude constante, » quelqu'occupé qu'il fût d'ailleurs, de ne jamais passer ». une journée sans s'exercer à faire un dessin. » Ceux qui n'ont vu dans ce passage, comme l'observe Winckelmann, que l'exercice habituel de la peinture, ne se sont pas fait des paroles de Pline une idée juste : *Qu'un peintre,* dit-il, *exerce tous les jours son art, il n'y a rien là de remarquable.*

Je sais que quelques théoriciens spéculatifs ont proposé, comme un exercice utile dans l'étude du dessin et propre à rendre l'œil juste, d'habituer les commençans à tracer à vue d'œil des lignes droites, des angles et des

cercles, et il se peut que certains critiques, fondés sur
cette prétendue méthode, aient imaginé que le débat
d'Apelles et de Protogènes auroit eu lieu sur un semblable
exercice ; comme aussi, qu'Apelles traçoit tous les jours
une ligne droite. Quant à la méthode dont on a parlé, nous
dirons qu'elle n'a eu pour elle, jusqu'à présent, ni un
exemple ni une autorité dans les écoles des modernes ;
que rien ne prouve qu'elle ait existé chez les anciens, et
que les notions reçues de l'art du dessin tendent à la faire
regarder comme vaine et chimérique. A l'égard de l'application qu'on pourroit en faire à l'habitude qu'avoit Apelles
de ne pas passer un jour sans *lineam ducere*, le passage seul
de Pline s'y oppose ; car, puisque ce passage dit qu'Apelles
s'étoit fait une règle de pratiquer tous les jours cet exercice, quelqu'occupé qu'il fût d'ailleurs, il faut bien accorder que cet exercice demandoit un peu de temps : or il
n'en faut point pour tirer une barre ; mais un trait de
dessin, un contour de figure, exige au moins le sacrifice
de quelques momens : donc *lineam ducere*, dans ce passage,
ne peut pas se réduire à la pratique de tirer une simple
ligne (1).

(1) *Plinio riferisce come un tratto
glorioso della storia d'Apelle, ch' egli
non abbia mai lasciato passar giorno in
cui non abbia tirato delle linee per far
esercicio, ut non lineam ducendo
exerceret artem. Quest' espressione
è stata generalmente mal capita. Plinio
volle qui dire che Apelle tutti giorni
disegnava qualche cosa o dal naturale
o dai lavori de' più antichi maestri, e
così deve spiegarsi la voce* linea. *Al-*
*trondè darebbe ci Plinio una notizia
ben insulsa se intendersi volesse della
quotidiana occupazione del pittore,
poiche di fatti non v' è artista che
ogni dì non faccia si poco quanto è il
trattar una linea. E qual lode sarebbe
gli mai come ben osservò Bayle il dire
che adoperava ogni dì il suo penello.*
(Winckelmann, *Storia dell' arte*,
t. II, p. 248, l. X, ch. 1, édit. de
C. Fea.)

Il est hors de doute qu'ici *lineam ducere* signifie exclusivement ce que nous entendons en français par *dessiner*, pris dans son acception spéciale en peinture; c'est-à-dire, renfermer entre des contours produits par un trait léger les formes des corps, et particulièrement la configuration du corps humain. Puisqu'ici *lineam ducere* veut dire dessiner ou tracer avec un simple trait, sans ombre et sans coloris, les contours d'une figure, il étoit tout simple d'imaginer que, dans le combat décrit des deux peintres, il devoit être aussi question de contours de figure, et non d'un trait d'écriture ou de géométrie. Pline ne l'a point dit d'une manière expresse : mais étoit-il nécessaire que Pline, parlant des deux plus habiles peintres de l'antiquité se disputant la prééminence dans l'art du trait, nous avertît que ce trait étoit un trait de peinture et de dessin ? Quel écrivain moderne se seroit cru obligé d'en faire la remarque en décrivant une pareille lutte, par exemple, entre Léonard de Vinci et Michel-Ange (1)?

(1) Voici divers passages où le mot *linea* est employé par les auteurs anciens dans l'acception de *dessin*, *trait* ou *contour de figure*.

Quintilien (*Instit. orat.* l. x, c. 11) : « La peinture en seroit encore à circonscrire les contours des corps par le moyen de l'ombre que produit le soleil. » *Non esset pictura, nisi quæ lineas modò extremas umbræ quam corpora in sole fecissent circumscriberet.* Ici *linea* veut dire *contour*.

Quintilien (*ibid.* l. xi, c. 111), parlant des peintures monochromes dans lesquelles il y avoit des parties claires et des parties ombrées : *Utqui singulis pinxerunt coloribus, alia tamen eminentiora, alia reductiora fecerunt : sine quo ne membris quidem lineas suas dedissent.* « Sans cela, » dit-il, « ces peintres n'auroient pu donner aux membres leurs véritables formes. » Ici *linea* veut dire *forme*.

Pline (l. xxxiii, ch. x, *au commencement*) vante l'habileté de Parrhasius, ainsi que l'art avec lequel il savoit fondre le contour et les traits extérieurs de ses figures, et il dit : *Confessione artificum in lineis extremis palmam adeptus.* *Linea* ne veut encore dire ici que *le contour d'une figure.*

C'est dans le même sens que Quin-

Pline est donc à l'abri de tout reproche. Il s'est servi, dans le récit du défi entre ces deux peintres, des mêmes paroles qu'il emploie pour nous apprendre qu'Apelles ne passoit pas un jour sans donner quelques momens à la pratique de la délinéation ou du dessin. Je ne m'arrête encore un moment sur le rapprochement des deux passages, que pour faire voir quelle importance les peintres

tilien (*Instit. orat.* l. XII, c. X, p. 5) emploie ce mot, lorsqu'en comparant Zeuxis et Parrhasius, il dit du second, qu'il sut fondre avec plus de finesse ses contours, *exanimasse subtiliùs lineas*. Je lis *exanimasse*, qui signifie *amortir, éteindre, faire disparoître* le trait du contour, au lieu d'*examinasse*, qui ne me paroît faire ni un sens clair, ni sur-tout donner une idée en rapport avec la notion de Pline, rapport que donne *exanimasse*. *Primas ducere lineas* est employé métaphoriquement par Quintilien (l. II, c. VI, p. 2) pour dire, en fait de composition oratoire, *esquisser un sujet*.

La *pictura linearis* fut appelée ainsi par Pline et Quintilien, parce qu'elle se formoit par des traits tant dans les contours que dans l'intérieur des figures : c'est le *sgrafitto* des Italiens.

Nous avons déjà vu que lorsque Pline dit d'Apelles qu'il ne passoit pas un seul jour *quin lineam ducendo exerceret artem*, cela signifioit qu'il ne passoit pas un jour sans faire un dessin (proprement appelé).

Stace (*Sylv.* l. IV, *Hercul. epitrapez.* v. 20 à 30), parlant du goût de Nonius Vindex, vantant son habileté à discerner les manières des grands maîtres. « Il vous montrera, dit-il, » des bronzes de Myron, des marbres » de Praxitèle, &c; » et il ajoute, *linea quæ veterem quondam fateatur Apellem monstrabit, &c.* Il est visible que Vindex avoit non une *ligne droite* ou *courbe*, mais bien des dessins d'Apelles ; ou peut-être *linea* signifieroit ici, plus génériquement encore, le goût de dessin, ce que les artistes appellent *le trait d'un maître*, pour dire *sa manière*.

Lineamentum a été employé par les anciens non-seulement pour désigner les contours de la peinture, mais même des statues.

Valère-Maxime dit : (l. VIII, *Exter.* exempl. 4) *Muti lapidis lineamentis cupiditatem excitatam videamus;* (l. III, c. VII, *Ext.* exempl. 4) *eboris lineamentis*.

Pline (l. XXXV), *stemmata lineis discurrebant ad imagines pictas*. Il est question d'arbres généalogiques dont les contours embrassoient les portraits. Sénèque l'explique par ces mots : *Et multis stemmata illigata flexuris in parte ædium prima collocant*. (Senec. *de Beneficiis*, lib. III, cap. XXVIII.)

antiques

antiques mirent à cette pratique. En effet, la notion dont il s'agit, en nous mettant sur la voie de ce qui fit le sujet du débat entre les deux peintres, nous a déjà indiqué l'espèce de mérite dans lequel ils purent se disputer la supériorité que les amateurs durent y admirer. Ce mérite se lioit à beaucoup d'autres ; il tenoit à des habitudes ou à des pratiques méconnues des artistes modernes, et il nous expliquera, je pense, pourquoi, entre les critiques, les uns sont restés en-deçà du vrai sens des mots de Pline, lorsque les autres ont cru devoir en étendre la significa-tion jusqu'à la région de la métaphore.

L'équivoque du mot *linea* une fois dissipée, je passe à un point qui peut être encore auprès des critiques un objet de difficulté et d'obscurité : je veux parler de ce qui regarde la manière dont les trois traits ou les trois dessins furent exécutés, c'est-à-dire, disposés entre eux d'après les paroles de Pline.

C'est ici, en effet, que l'on aperçoit dans les traductions une grande incertitude, parce que les paroles de Pline pré-sentent un double sens littéral, qui peut être l'écueil de l'in-terprétation véritable. La *linea* prise pour un trait de figure, il n'y a aucun embarras à expliquer le premier contour. Apelles prend un pinceau, et trace *sur le fond avec de la cou-leur un trait d'une grande finesse. [Lineam ex colore duxit summæ tenuitatis per tabulam.]* Voici où peut commencer l'équi-voque : c'est au second trait. *Protogènes,* dit Pline, *conduisit sur ce trait, avec une autre couleur, un trait encore plus fin. [Alio colore tenuiorem lineam in illa ipsa duxisse.]* Enfin il semble que l'obscurité redouble au troisième trait ; Apelles en effet, selon les paroles de Pline, *coupa les deux traits*

E e e

avec une troisième teinte. [Tertio colore lineas secuit.] Ma
traduction est littérale, et laisse en français l'équivoque
dont je vais parler. Je ferai voir ensuite qu'un seul mot
pour un autre la dissipe entièrement.

En effet, l'équivoque repose ici sur les mots *in illa ipsa
lineam duxit tenuiorem , &c. , lineas secuit.* Des commentateurs,
tout en accordant que la *linea* pût être un contour de dessin, ont imaginé que, le contour premier ayant une certaine
épaisseur, le travail de Protogènes avoit consisté à repasser
avec un trait plus menu sur cette épaisseur, et qu'enfin
Apelles auroit encore trouvé moyen d'enchérir *de tenuité,*
en refendant, comme le dit Falconet, les deux teintes du
trait par un trait teinté encore plus fin que chacun d'eux.

Certes, en admettant qu'il s'agisse d'un contour de figure,
et non d'un trait d'écriture, il faut avouer que le jeu de
pinceau qui résulte de cette explication, a quelque chose
de si puéril, que l'esprit se refuse à l'analyser. Après le
premier trait, il n'eût plus été question de l'art de dessiner,
mais bien de celui de calquer ; et quoique cette légèreté dans
le maniement du pinceau, comme je le ferai voir tout-
à-l'heure, soit, sinon un mérite en soi, du moins l'indication d'une grande habileté de la main, il répugne à la raison, comme au goût, de supposer que ces deux grands
hommes se seroient disputé l'honneur d'un mérite qui,
appliqué uniquement (selon le sens de cette traduction) à
calquer un trait, n'eût vraisemblablement été ici qu'une
adresse mécanique de nulle valeur.

Je ne m'arrêterai pas à faire sentir le ridicule de ce débat,
qui eût consisté à couper un cheveu en trois ou en cinq ;
mais, en tenant toujours au sens ridiculement littéral des

paroles de Pline, il y auroit peut-être une manière de décrire le jeu des trois traits, qui offriroit un peu moins d'absurdité, et que je dois exposer.

On pourroit, en effet, supposer ces mots *in illa ipsa (linea)* susceptibles d'un sens moins absolu et moins positif. S'il est contraire à toute vraisemblance que le second trait ait été tracé sur ou dans le corps même (pour ainsi dire) du premier trait, on peut se prêter à imaginer que le second dessinateur auroit, en quelque sorte, doublé le trait du premier, et suivi son contour d'assez près en dehors ou en dedans, répétant avec une grande exactitude celui qui lui servoit de patron. Dans ce cas, *in illa ipsa lineam duxisse* se trouveroit rendu encore d'une manière fort littérale ; et, comme dans cette hypothèse il auroit existé un intervalle quelconque entre les deux contours, le troisième seroit venu occuper cet intervalle et séparer les deux traits.

Voilà une explication moins éloignée peut-être de la vérité et du bon sens. On voit qu'alors ces contours, en les supposant praticables, eussent ressemblé à ceux qu'on fait lorsqu'on prend un pinceau à trois pointes.

Je doute que, pour être fidèle au sens propre, et même littéral, des paroles de Pline, il faille avoir recours à de telles interprétations. De ces trois contours, en effet, un seul auroit encore eu le mérite propre à faire juger du talent d'un dessinateur ; c'eût été le premier : les deux autres en eussent été sinon des calques, au moins des copies serviles ; et ce mérite de finesse matérielle dans le trait, qui en est un sans doute lorsqu'il se joint aux autres, loin d'aller ici en croissant dans les deux contours suivans, eût été de moins en moins remarquable, puisque ces deux derniers contours, simples et machinales répétitions du premier, n'eussent été qu'un travail de la main, tout-à-fait indigne d'exciter l'émulation de deux grands peintres et l'admiration des connoisseurs.

Je l'ai dit, je crois qu'un seul mot peut, en français, faire évanouir toutes les difficultés. J'ai déjà prouvé que *ducere lineam* veut dire *dessiner*, faire ou conduire *un dessin ;* il est dès-lors certain que *linea*, qui veut dire *ligne, trait, contour,* veut dire, par la même raison, *un dessin*, mot qui, dans la langue de l'art, est synonyme des précédens. Il paroît quele latin avoit peu de synonymes en ce genre, et *linea* ou *lineamentum* sont les seuls mots que Pline emploie : *linea* vouloit donc dire *un dessin* dans la langue technique de l'art.

Cela posé, qu'on me permette de reprendre le récit de Pline, en substituant au mot *trait, ligne, contour,* ou autres qui sont équivoques, le mot *dessin*, dont le sens est plus déterminé ; et il n'y a plus lieu à la moindre méprise.

Apelles voit un fond préparé pour peindre ; il prend un pinceau, et fait sur ce fond, avec une couleur, un dessin d'une grande finesse. Protogènes arrive, et sur le dessin d'Apelles il en fait, avec une autre couleur, un second encore plus fin. Apelles survient, et, avec une troisième couleur, sépare ou coupe les deux dessins par un troisième, qui ne permet pas de supposer une plus grande finesse. Il me semble qu'il n'est guère possible de se méprendre sur ce récit : tout artiste verra là trois dessins, c'est-à-dire, ou trois figures dessinées l'une d'un côté, l'autre de l'autre et la troisième dans le milieu, ou toutes trois l'une sur l'autre, ou l'une dans l'autre. Tout ce qui étoit équivoque avec le mot *trait,* cesse de l'être avec le mot *dessin*.

Mais faisons voir qu'avec le mot *dessin*, qui est aussi une traduction littérale du mot *linèa*, et en interprétant ce mot selon le sens que l'art indique, la manière d'entendre Pline ne sort pas du cercle exact de l'explication grammaticale; c'est-à-dire, faisons voir qu'il y a deux versions littérales de ce passage.

Pline a dit *in illa ipsa lineam duxisse.* Je pense d'abord que l'on peut traduire littéralement le *in illa* par *sur cette ligne*, comme *dans cette ligne ; sur ce dessin*, comme *dans ce dessin*. Si l'on pouvoit se permettre en ce sujet une légère métaphore, la première idée qui se présenteroit à l'esprit d'un artiste, seroit que le *in illa, sur ce dessin*, signifieroit que le second trait auroit été fait sur le premier, la chose entendue non matériellement, mais moralement, comme lorsqu'on dit tous les jours qu'un dessinateur a fait son dessin sur le dessin d'un autre, c'est-à-dire d'après ce dessin. Dans ce cas, la figure de Protogènes pourroit être supposée avoir été une répétition plus ou moins libre de la pose ou de l'attitude de la figure d'Apelles, répétition dans laquelle l'imitateur auroit toutefois employé sa manière et son style de dessin : cette façon d'entendre Pline correspondroit au dessin n.° 1. *Voyez* pl. Ire

Mais on objectera que le *in illa linea* n'a pas en latin la même latitude de sens que le *sur cette ligne* du français, ou *sur ce dessin*, la préposition *sur* pouvant véritablement se prendre de deux façons, soit au simple, soit au figuré. On dira que *in illa* doit se traduire par les prépositions *dans* et *sur*, en tant que prépositions de lieu, qui n'indiquent ici autre chose que la position du *second trait* ou *dessin*, dans son rapport matériel avec le premier.

Eh bien, de quelque manière qu'on l'entende, on va
voir qu'il est tout aussi permis de prendre la *linea* de Pline
pour un dessin de figure, que pour un trait géométrique
ou un trait d'écriture et de pinceau.

Veut-on que *in*, exprimé par *sur*, signifie une simple position de lieu ; je place le second dessin, dans son rapport
avec le premier, de la façon dont on placeroit le second
trait géométrique en relation avec le premier trait géométrique. Veut-on que ce soit simplement au-dessus ; je
suppose deux figures dessinées l'une au-dessus de l'autre,
comme dans la démonstration n.° 2. Veut-on enfin que
in exprime une position intérieure et signifie *dans* ; je place
ce second dessin de manière que véritablement il entre dans
le premier ; et l'on peut en voir la démonstration au même
n.° 2, en supposant le contour de la figure du *second trait*
encore plus bas, et par conséquent plus intérieur. Selon
toutes ces combinaisons, le texte de Pline dit ce que je
lui fais dire ; il n'en résulte rien que de naturel, rien qui
n'exprime la réalité d'une lutte de dessin digne des deux
grands peintres.

Voyez pl. 1.

Passons au troisième trait ou dessin, sur lequel l'explication trop positive des paroles de Pline a jeté tant de
ridicule. Comment entendrons-nous les mots qui y ont
donné lieu, *tertio colore lineas secuit !* L'absurdité de la première explication, c'est-à-dire, du trait dont l'épaisseur
auroit été découpée en cinq lignes, me paroît assez démontrée pour n'avoir pas besoin d'un supplément de preuves.
Je crois avoir prouvé aussi à ceux qui persisteroient dans
l'explication du mot *secare* par l'*intersection* d'une ligne ou
par un trait refendant deux traits accouplés et collatéraux,

que ce dessin à trois traits concentriques ou parallèles est inadmissible en bonne critique d'art ; que si enfin *secare* doit vouloir dire ici, non pas *rescinder* ou *refendre* (comme l'a dit Falconet) deux lignes, mais *s'interposer* entre elles ou sur elles, la même explication doit valoir, en prenant *linea* non pour un *trait d'épaisseur*, mais pour un *trait de dessin*, c'est-à-dire, une figure dessinée.

.La rareté des passages anciens où il s'agit de dessin proprement dit, a sans doute causé la bizarrerie de ces interprétations serviles : ce petit nombre d'autorités nous impose aussi la loi de ne pas trop nous livrer à l'arbitraire; sans cette retenue, on auroit hasardé quelques légers chan-gemens, propres à lever ici toute équivoque. J'avois en effet d'abord eu l'idée, en soupçonnant quelque altération dans le texte, de substituer au mot *secuit* les mots *secutus est* ou *secùs duxit;* mais j'ai pris l'engagement de ne rien changer à la leçon reçue dans toutes les éditions. Je pense aussi que le mot employé ici au pluriel, *lineas,* doit s'entendre des deux premiers dessins et non du troisième, quoiqu'à la rigueur on pût aussi bien appeler en latin un dessin par le mot *linea* au pluriel, et de la manière dont nous disons *les traits, les contours* d'une figure.

Voici donc comment j'interprète les mots de Pline.

. Si le mot *secare* veut dire ici simplement *diviser,* si l'on veut qu'il exprime l'idée d'un dessin interposé entre deux autres dessins, alors j'entends qu'Apelles, trouvant en pen-dant de sa figure au simple trait, ou à côté d'elle, ou sur elle, ou en elle, une autre figure dessinée par Protogènes, d'un trait plus fin que le sien, dessina pour la troisième fois la même figure, ou en fit une autre, ce qui est indifférent

à la question, au milieu et entre les deux figures précédemment tracées ; ce qui les divisoit : et alors j'explique
et j'entends le mot *secare* dans le sens de ceux qui sup-
posent trois traits concentriques ou collatéraux en une
seule figure.

Voyez pl. I. fig. 1.

Mais la seconde combinaison, à laquelle je n'aperçois
pas l'ombre d'une difficulté, est celle-ci. Expliquant le mot
secare par *couper*, de la manière la plus littérale, je me
demande de quelle façon le trait d'une figure dessinée
peut couper les traits de deux autres figures dessinées;
le simple bon sens me répond que c'est en les traversant,
en passant sur eux, en les interrompant. Cela étant, que
fit Apelles? Il prit une troisième couleur, c'est-à-dire, une
teinte différente des deux premières, et peut-être d'un
ton plus tranchant, et il dessina, ou dans l'intervalle des
deux figures au simple trait, ou sur leurs propres traits
mêmes, une troisième figure dont le trait, enjambant sur
ceux de ses voisines, les coupoit réellement de différentes
manières et en différens sens. Quiconque a vu de quelle
façon un peintre met son tableau au trait, avant d'appliquer ses couleurs aux figures, de quelle façon, pour se
rendre compte de chacune, il la dessine en son entier,
de sorte que l'une entre plus ou moins dans l'autre et
s'en trouve plus ou moins coupée, a la démonstration de
l'explication que je propose.

Voyez pl. II, fig. 1 et 2.

La troisième figure dessinée par Apelles coupoit donc
réellement, et dans le sens le plus littéral, les deux autres
dessins, *tertio colore lineas secuit;* et Pline décrit cet effet fort
correctement. Il y a encore moyen de trouver plus de
propriété à son expression, c'est de supposer qu'Apelles,

employant

employant une teinte fort tranchante, telle qu'un rouge vif,
à l'effet de faire mieux distinguer le trait de sa nouvelle
figure au milieu de ceux des deux autres, auróit déssiné sa
figure en hauteur, par exemple, lorsque les deux premières
étoient en large, ou *vice versâ*, de manière que son dessin
eût véritablement coupé, traversé dans leur totalité les
dessins dont il vouloit surpasser la finesse. Il y a enfin,
pour un dessinateur, plus d'une manière de démontrer
l'accord de ces trois dessins avec le sens littéral des paroles
de Pline; et les démonstrations ci-jointes en suggéreront
beaucoup d'autres. Leur objet est de prouver aux yeux,
que Pline n'a dit qu'une chose simple et raisonnable, qu'il
n'y a que manière de l'entendre, et que, sans changer
son texte, sans détourner ses paroles de l'acception ordinaire, en les traduisant mot à mot, mais en choisissant
entre les deux traductions littérales du mot *linea* celle qui
se rapporte à la peinture et à l'art de dessiner, on trouve
qu'il a raconté le combat des trois traits avec autant de
netteté que de précision, et de la manière dont une pareille chose seroit encore aujourd'hui rapportée.

Voyez pl. II, fig. 1 et 2.

Je n'ai parlé de ces trois dessins et de leur exécution
que sous le rapport de leur nature et de leur combinaison, double objet de tous les mal-entendus qui, comme
on l'a vu, ont été aussi de deux genres. Les uns, dont j'ái
tâché de faire sentir l'invraisemblance, appartiennent sur-
tout aux traducteurs qui se sont crus beaucoup trop liés
par l'acception primitive et le sens matériel des mots; les
autres sont le fait de certains commentateurs qui, libres
des entraves de la traduction, s'étant imaginé que le texte
de Pline ne contenoit que des expressions figurées, qu'il

F f f

falloit y chercher une idée détournée du sens littéral, se sont dès-lors crus en droit de prendre toute liberté dans la manière d'entendre cette histoire, d'en arranger les circonstances, et d'expliquer le mérite qui fut l'objet apparent et réel du défi entre les deux artistes.

L'idée de finesse de trait (ce trait entendu d'un procédé étranger à celui de la délinéation) a paru, en conséquence, à ces derniers commentateurs, une ineptie que l'on ne devoit se permettre d'attribuer, ni aux deux peintres Grecs, ni à l'écrivain Romain. Débarrassés du soin de chercher à comprendre Pline, ils se sont occupés de celui de le justifier, en lui prêtant leur propre manière d'entendre ce en quoi consista ce défi de finesse dans le trait. Tous, depuis le premier jusqu'au dernier, c'est-à-dire, jusqu'à l'auteur de l'article du journal dont j'ai parlé, ont été d'accord sur ce point ; savoir, qu'il ne falloit entendre dans les qualifications données par Pline aux trois dessins des deux peintres, rien autre chose que ce que nous entendons par *élégance* et *délicatesse*.

L'opinion de Mengs, dont j'ai déjà fait mention, passe encore toute liberté à cet égard. Il est vrai que ce n'est ni comme traducteur, ni, à proprement parler, en commentateur, qu'il a touché cette matière. Dans son article du dessin des anciens, Mengs a esquissé, en peu de mots, une théorie de l'art des contours chez les Grecs, et a prétendu que, selon les divers caractères que les artistes avoient à exprimer dans leurs figures, ils savoient varier et nuancer à l'infini les modes de leurs contours ; qu'ils avoient beaucoup plus de tons que les modernes en ce genre, c'est-à-dire, que leur *diapason* de contours étoit beaucoup plus étendu ; qu'ils le divisoient en dix, vingt, cinquante, cent degrés de variétés peut-être, tandis que les modernes, partant *de premier saut*, comme il le dit, du nombre *cinquante*, par exemple, ont eu infiniment moins de moyens de varier et de nuancer le caractère de leur dessin. C'est par suite de ce système, dont l'explication m'éloigneroit trop, que Mengs s'est trouvé conduit à penser que le débat de dessin qui eut lieu entre Apelles et Protogènes, pouvoit avoir eu pour objet cet art de varier et de nuancer à l'envi leurs contours ; idée, comme on le voit, par trop systématique pour être applicable au texte de Pline, mais idée tellement défigurée par son traducteur Français, qui n'a rien compris à ceci, que l'auteur de l'article du journal dont j'ai parlé, et qui n'a lu Mengs que dans la traduction, l'accuse fort à tort d'augmenter le nombre de ceux qui cherchent la quadrature du cercle.

Je puis, au reste, faire connoître, en peu de mots, l'opinion de tous les autres commentateurs qui ont donné un sens figuré à celles des paroles de Pline qui ont pour objet la finesse du trait. Je reproduis ici ces paroles.

Pline, en parlant des divers traits dont j'ai donné l'analyse, dit du premier : *Lineam duxit summæ tenuitatis per tabulam.* Il dit du même trait : *Ferunt artificem protinus contemplatum subtilitatem.* Il dit du second dessin : *Alio colore tenuiorem lineam in illa ipsa duxisse.* Il dit du troisième : *Nullum relinquens ampliùs subtilitati locum.*

Si l'on excepte Carducci, qui, d'après l'opinion de Michel-Ange, jugea qu'il s'agissoit ici d'un seul dessin dont le contour auroit été deux fois retouché, tous ceux qui ont cherché à se faire une idée du mérite relevé par Pline dans les traits d'Apelles et de Protogènes, ont expliqué *tenuitas* et *subtilitas* par des expressions synonymes de *pureté*, de *grâce*, d'*elégance*, et autres qualifications semblables. C'est ainsi, dit M. de Caylus, qu'il faut entendre les mots *tenuitas* et *subtilitas*. Tel fut l'avis de De Piles, de Durand, de M. de Jaucourt, et, récemment encore, du dernier commentateur que j'ai cité.

« J'entends, dit-il, le mot *subtilitas* dans le sens d'*élé-*
» *gance,* avec Pétrone, Quintilien, et Cicéron, qui, dans
» plusieurs endroits, joint *subtilitas* à *elegantia*, de manière
» que, s'il ne les considère pas comme des synonymes par-
» faits, il leur donne cependant une signification très-
» approximative, comme qui diroit *élégance* et *délicatesse.*
» Le sens que je donne au mot *subtilitas*, reçoit (ajoute
» notre critique) une nouvelle force de la circonstance où
» il est employé, *nullum relinquens ampliùs subtilitati locum.*
» Si l'on veut renoncer à toute explication indigne de Pline,
» et admettre seulement que cet auteur avoit le sens com-
» mun, on conviendra, je crois, que ma traduction est
» la seule admissible et la seule littérale. »

Pour moi, je pense qu'elle n'est ni l'une ni l'autre; mais je la crois sur-tout inadmissible, parce qu'elle donne aux paroles de Pline un sens figuré qu'elles ne sauroient comporter.

Après avoir montré, dans la première partie de cette discussion, qu'on peut être plus raisonnable que les traducteurs, sans être moins littéral qu'eux, voyons s'il n'y auroit pas moyen, dans le second point, d'être plus littéral que les commentateurs, et d'être aussi raisonnable, c'est-à-dire, de donner au texte de Pline un sens que ne puisse rejeter ni dédaigner un artiste instruit.

SECONDE PARTIE.

LE mot par lequel les interprètes que j'attaque ont imaginé de *sauver l'honneur de Pline* dans ce récit, est le mot *subtilitas*, qui s'y trouve employé deux fois. Comme ce mot a un sens simple et un sens figuré, dans le langage de l'art, à peu près de même que notre mot Français *finesse*; comme ce mot peut exprimer, soit partiellement, soit tout-à-la-fois, et la finesse mécanique ou matérielle d'un contour, et sa finesse sous le rapport moral, c'est-à-dire, l'élégance ou la grâce de la forme, on s'est tout de suite jeté dans la région abstraite de ces qualifications morales, créées et multipliées par le goût ou le sentiment du beau, pour exprimer les sensations diverses que fait naître la vue d'un beau dessin. En conséquence, selon tous les commentateurs qui ont repoussé l'idée de ligne géométrique, il ne fut question, entre Protogènes et Apelles, que de se disputer à qui dessinoit avec le plus d'élégance, de grâce, de justesse, de vérité, de délicatesse, &c.; et, selon eux encore, Pline n'a voulu exprimer que ces sortes de qualités, puisqu'il *s'est servi* du mot *subtilitas*, qui peut signifier l'élégance dans un contour, aussi bien qu'un trait délié.

Mais, n'en déplaise à ces interprètes gratuitement officieux, Pline a usé deux fois aussi, dans son récit, du mot *tenuis (lineam summæ tenuitatis* et *tenuiorem lineam)* : or je ne sache pas que les mots *tenuis, tenuitas,* appliqués au trait d'un dessin, puissent avoir d'autre sens qu'un sens matériel, celui qui se rapporte au peu d'épaisseur d'un trait, et ce que nous exprimons par les mots *menu, mince, léger, délié, fin.* Si donc Pline a employé deux fois le mot *subtilis,* qui veut dire la même chose, mais qui, à la vérité, peut, au figuré, signifier *élégant,* il a deux fois aussi employé le mot *tenuis,* qui n'est susceptible d'aucune interprétation figurée.

Et ici, je le demande, le mot qui a deux acceptions, l'une simple, l'autre figurée, peut-il faire changer le sens du mot qui n'a qu'une acception simple? Je ne pense pas qu'on puisse l'accorder. La raison et la grammaire veulent, ce me semble, que le mot *tenuis,* qui n'a point d'acception métaphorique, fasse la loi au mot *subtilis,* qui a aussi une acception simple. L'expression figurée ne pouvant pas ici communiquer sa vertu à l'expression simple, il est tout naturel que celle-ci fasse rentrer l'autre dans sa signification la plus naturelle. Si le raisonnement et le goût, en peinture et en dessin, ne pouvoient pas s'accommoder de cette convenance rigoureuse, je n'y verrois d'autre remède que de changer les mots de Pline, ou de déclarer son passage inintelligible.

Mais il me semble qu'on ne doit ni désespérer si vîte de trouver du bon sens dans les notions de Pline, ni se permettre si facilement de changer les leçons des manuscrits; que moins encore doit-on, en laissant subsister les expressions d'un auteur, traduire sans en tenir compte, et regarder comme non avenus, les mots qui nous embarrassent. Cela s'appelle *couper le nœud.*

Celui de ce passage se laisse, selon moi, facilement dénouer, pourvu qu'on veuille bien juger les procédés du dessin des anciens autrement que par les habitudes modernes.

Et d'abord, je prétends que Pline a eu sur-tout en vue
de relever, dans les dessins des deux peintres, le mérite
de la finesse matérielle du trait; ce à quoi l'on ne peut
se refuser d'après les mots *tenuis* et *subtilis* qu'il emploie.
Je veux montrer ensuite que cette légèreté graphique du
trait dut être digne de remarque et d'admiration, s'il est
vrai qu'elle dut être l'indication de la plus étonnante habileté.

Pour s'en convaincre, il faut réunir toutes les circonstances qui aident à se faire une idée juste des trois dessins
en question, et à caractériser le genre de mérite qui leur
fut particulier.

1.º Le fond sur lequel ils furent tracés étoit très-spa-
cieux, *summæ amplitudinis;* ce qui nous laisse à penser,
quoique Pline ne l'ait pas dit, que les figures dessinées
par ces peintres étoient d'une grande proportion. Tout
porte à croire, et la saine théorie de l'art du dessin est
d'accord avec cette idée, que les anciens avoient, beaucoup moins que les modernes, l'usage d'enseigner et d'apprendre le dessin, c'est-à-dire, les formes et les proportions
du corps humain, sur de petits exemples et dans des dimensions rapetissées. On peut donc raisonnablement
penser que, d'après même les habitudes de l'école, les
figures dessinées du récit de Pline l'étoient en grand,
c'est-à-dire, au moins de grandeur naturelle.

2.º Les dessins dont il est ici question, ne furent point le
résultat d'une étude faite à loisir, et dans laquelle l'artiste
n'arrive que peu à peu à la pureté, à la finesse du trait;
mais, bien au contraire, ils furent faits ce qu'on appelle
d'un seul jet, les circonstances de l'histoire ne permettant

pas de penser qu'Apelles, au lieu de dire son nom, et
voulant jouer cette sorte de tour à Protogènes, soit resté
assez long-temps pour se laisser surprendre. Protogènes
n'étoit absent que pour quelques instans ; il rentre, et,
avant de ressortir, ce qu'il fit immédiatement, il dessine
une autre figure ; il sort pour n'être pas surpris par le
retour d'Apelles : tout cela indique et prouve une très-
grande célérité d'exécution. Les trois dessins furent faits
dans le même jour, et, avant la fin de ce jour, Protogènes
avoit été chercher Apelles sur le port pour lui offrir de
venir loger chez lui.

3.° Ces dessins furent faits avec un pinceau, *penicillo;* et
certes il faudroit avoir peu de connoissance du maniement
de cet instrument, pour ne pas comprendre quelle doit être
la difficulté de conduire en grand, et du premier coup, un
trait fin et léger, avec une couleur, sur un fond de bois.

Quiconque appréciera cette circonstance et la joindra
aux précédentes, ne tardera pas à se convaincre que, dans
toutes ces données, la finesse et la grande légèreté du trait
ne pouvoient appartenir qu'aux maîtres les plus exercés
dans l'art de la délinéation.

La circonstance de ces trois dessins, tracés avec un
pinceau, me paroît aussi une chose des plus instructives et
des plus signifiantes pour celui qui cherche à approfondir
les arts de l'antiquité, à retrouver leurs documens et les
traces de leurs procédés. Si j'avois à développer les résultats de cette notion devant les maîtres de l'art de peindre,
je pourrois en faire sortir quelques inductions théoriques,
qui ne seroient peut-être pas sans application à la pratique de l'art ; mais, pour ne pas trop sortir du cercle des

recherches et des études philologiques, je me bornerai aux réflexions nécessaires pour justifier ma traduction littérale de celles des paroles de Pline qui ont rapport au genre de finesse des dessins d'Apelles et de Protogènes.

Nous savons fort peu de chose des procédés de la peinture des anciens; mais ce que Pline a écrit sur Apelles, suffit pour prouver que la pratique et l'enseignement de l'art se divisoient alors, comme à présent, en deux parties, le dessin et la couleur. Le dessin s'apprenoit dans les écoles, sur des planches de buis, bois dur et compacte, sur lequel l'éponge effaçoit à volonté les essais et les fautes de l'étudiant. Mais avec quoi dessinoit-on ? quel instrument et quelle matière employoit-on ? c'est ce qu'on s'est mis peu en peine de rechercher.

Cependant l'instrument en ce genre est d'une bien plus grande importance qu'on ne sauroit le dire. Oui, l'instrument qu'on a été habitué à manier dès le commencement, a beaucoup plus d'influence qu'on ne le croit sur la manière de chacun, dès-lors sur le goût général et sur toutes ces modifications délicates dont l'art de peindre est susceptible.

Il n'est point d'artiste qui ne convienne, par exemple, que, selon la nature seule du genre de crayon qui fut mis dans sa main, et avec lequel il contracta l'habitude de tracer ses premières études, sa manière de faire et de sentir fut dirigée avec plus ou moins de force vers tel ou tel autre genre. Un crayon tendre éloigne de la pureté du trait, et porte le goût vers l'effet et l'harmonie. Une pierre dure et aiguë inspire la correction, la sévérité des formes, et détourne du sentiment de la couleur.

Ggg

Nous remarquons que les écoles célèbres du dessin chez les modernes, celles de Florence, de Michel-Ange, de Raphaël, de Jules Romain, employèrent presque uniquement la plume dans les esquisses et les dessins d'étude; et il est hors de doute que l'habitude de cet instrument, dans ces écoles, est une des choses qui expliquent ce goût héréditaire, et en quelque sorte exclusif, pour la correction et la pureté des contours. Les esquisses, au contraire, et les études qui nous sont parvenues des maîtres de la couleur, sont la plupart à la pierre tendre ou au lavis, et la nature seule dut suggérer aux différens génies le choix des instrumens qui étoient le plus en rapport avec le but auquel ils tendoient.

Y eut-il, dans la peinture des anciens, une plus étroite alliance que chez les modernes, entre le dessin et la couleur? nouveau sujet de discussion ou de divination, dans lequel je n'essaierai pas d'entrer ici. Je me contente d'en faire mention, pour avoir occasion de dire que beaucoup d'artistes l'ont jugée, cette alliance, et la jugent encore impossible, fondés qu'ils sont sur l'espèce d'incompatibilité qu'ils trouvent entre l'exercice de l'instrument sec et dur qui procure un dessin correct, et ce maniement moelleux du pinceau qu'il faut devoir à un autre genre d'exercice. Toujours est-il certain que, par l'effet de cette inimitié des deux procédés, l'étudiant qui s'est trop habitué à manier le crayon en pierre dure, reste presque toujours étranger aux grâces du pinceau et aux charmes de la couleur.

Je ne sais si je me fais illusion sur les résultats qu'on peut tirer à cet égard du passage de Pline que j'interprète; il me semble, toutefois, qu'il nous apprend que deux des

plus célèbres peintres de la Grèce employoient avec une
extrême dextérité le pinceau à dessiner, et probablement
en grand : du moins est-il certain que, dans le seul passage où il est question de trois dessins tracés sur un fond
de bois, ces dessins sont faits au pinceau. Cela fut-il
l'effet du hasard ? je ne saurois le croire. A la cour de Ptolémée, Apelles fit un portrait avec un charbon qui se
trouva sous sa main : dans l'atelier d'un peintre, il dut
trouver tout ce qui étoit nécessaire pour dessiner; pourquoi choisit-il un pinceau? J'ajoute que, voulant ici faire
montre d'habileté, il n'auroit pas pris, pour improviser un
dessin, l'instrument dont il n'eût pas eu l'habitude; et
s'il prit l'instrument qui, pour produire un trait fin et
délié, est sans doute le plus difficile à manier, et s'il produisit en effet un trait d'une grande finesse, *summæ tenuitatis*, cela n'indique-t-il pas que le plus célèbre peintre
de l'antiquité, le plus versé dans la pratique du dessin,
et qui ne passoit pas un jour sans s'y adonner, avoit pour
habitude de dessiner au pinceau?

Ce que je viens de dire d'Apelles, s'applique également à Protogènes, qui, acceptant le défi, prend le même
instrument, *alio colore lineam duxit*. Quelle habitude Protogènes ne devoit-il pas avoir de l'art de dessiner au pinceau, pour avoir riposté sur-le-champ par le dessin de la
même figure, ou d'une autre, mais exécuté avec un trait
encore plus fin? car cette finesse de trait au pinceau, que
les uns ont travestie, et que les autres ont méconnue, est
la preuve et d'un prodigieux exercice et d'une habileté non
moins merveilleuse.

Y auroit-il de la témérité à conclure de ces observations,

que l'usage des Grecs, dans l'enseignement et dans la pratique de la peinture, étoit de dessiner au pinceau ? et, la chose admise, ne seroit-il pas bien facile de faire voir quelle supériorité le maniement de cet instrument, qui est celui de la couleur, appliquée aussi au dessin, pourroit avoir sur les pratiques contraires ? Ne pourroit-on pas montrer que le pinceau peut surpasser en finesse de contour tous les autres instrumens graphiques, sans cependant porter la main et le goût à cette sécheresse et à cette dureté qui sont les défauts qu'on reproche aux maîtres du dessin ? et ne seroit-il pas permis d'expliquer par-là cette amitié entre la couleur et le dessin, qui paroît avoir existé chez les peintres de l'antiquité ?

Mais je sortirois du cercle que je me suis tracé. Je ne crois pas m'être écarté de mon but par cette légère digression, si elle a pu faire sentir en quoi durent consister la perfection mécanique et la difficulté de l'art de dessiner au pinceau, puisque c'est là ce qui explique les paroles de Pline, ou du moins en justifie l'emploi.

Je prétends, en effet, que les mots *tenuis* et *subtilis*, par lesquels il relève le mérite des trois dessins, sont des mots non-seulement très-propres en eux-mêmes, mais qui ne contiennent point un éloge ignorant.

Ce genre de mérite, nous le vantons nous-mêmes tous les jours dans les dessins de nos grands maîtres. Nous disons que la plume de Raphaël fut la plus fine de toutes; nous admirons tous les jours l'extrême finesse des contours à la plume ou au crayon de Michel-Ange; et cette subtilité de trait nous charme, non qu'on l'admire comme qualité simplement mécanique, mais parce qu'elle ajoute un grand prix à la beauté des formes, à laquelle elle contribue, et parce qu'elle donne une haute idée de la sûreté et de la science du dessinateur, de l'imperturbabilité de la main.

Mais toutes les difficultés et tous les mérites qu'on admire dans des dessins en petit, faits à loisir avec un trait préparatoire et avec la plume ou le crayon, n'approchent pas du mérite et de la difficulté d'un trait improvisé en grand et sur-tout avec le pinceau.

On peut en prendre l'idée, et se confirmer encore dans l'opinion précédemment énoncée sur l'exercice du pinceau appliqué au dessin chez les Grecs, par cette multitude de vases en terre cuite peinte, sur lesquels se trouvent tant d'admirables dessins, tant de traits habiles et savans, tant de contours qui le disputent en correction aux plus belles statues, et qui furent toutefois l'ouvrage d'artistes obscurs, employés dans les fabriques de ces vases. On voit que le trait de ces figures fut fait à la pointe du pinceau, du premier coup, et par l'effet d'une habitude prodigieuse : car on pourroit défier le plus habile peintre d'aujourd'hui de faire à main levée, en ce genre, ce que faisoit le moindre barbouilleur de ces fabriques ; tant la pratique du dessin est diverse à présent de celle des temps anciens.

Il y auroit mille leçons, sans doute, à tirer de tous ces dessins ; mais je n'en parle ici que parce qu'ils nous montrent deux choses : l'une, que l'exercice du dessin par le pinceau fut porté au plus haut point chez les Grecs; l'autre, que la finesse mécanique du trait est encore pour nous, dans ces dessins, et un objet d'admiration, et le caractère généralement distinctif de leur excellence.

C'est dans les plus beaux de ces vases, c'est dans ceux

des fabriques les plus renommées, et c'est aux figures du dessin le plus élevé et le plus élégant, qu'on remarque aussi la plus grande légèreté de trait, la plus grande finesse de pinceau : ces deux sortes de mérites y sont aussi inséparables que dans les dessins de nos grands maîtres modernes. La chose s'explique toute seule à l'homme qui sait qu'en tout genre d'art la perfection qu'on appelle *mécanique*, et la perfection qu'il faut appeler *morale*, sont dans un rapport constant et dans une dépendance mutuelle.

Le plus habile dessinateur est celui qui a le plus soumis la partie mécanique de son art à la science qui doit la guider, et est celui qui en même temps a acquis par la pratique la plus grande expérience. Or un trait fin et léger est le résultat tout-à-la-fois et l'indice d'une main très-exercée ; et comme l'un ne va jamais sans l'autre, il ne faut pas trouver étonnant que l'admiration des connoisseurs se confonde, sans se méprendre, dans les deux mérites ainsi identifiés.

J'applique tout ceci, en finissant, aux dessins faits en grand et au pinceau par Apelles et par Protogènes.

Je ne dirai point que ces deux grands peintres se sont disputé uniquement à qui feroit une figure avec le trait le plus fin, parce que ce mérite, si l'on supposoit qu'il eût été seul dans leurs figures, n'auroit jamais été digne de leur talent et de leur réputation ; mais je dirai qu'indépendamment des autres qualités qui les rendoient de grands dessinateurs, non-seulement ils eurent celle de la finesse du trait, mais qu'ils ne purent point ne pas la posséder au plus haut degré.

Je dirai qu'une grande finesse de trait dans une figure dessinée en grand, dessinée d'un seul jet et dessinée au pinceau, est la marque d'une extrême habitude, d'une science assurée, d'une main ferme et délicate, d'un œil prodigieusement juste, et d'une habileté consommée.

Je dirai qu'en se disputant, dans ces trois figures, la prééminence en fait de dessin, il étoit naturel, dès-lors, que chacun cherchât à enchérir sur son rival du côté de la finesse et de la légèreté, parce qu'il étoit nécessaire que l'homme le plus exercé fût aussi celui qui eût la main la plus obéissante, le pinceau le plus délicat et le plus fin, et parce que ce qu'on appelleroit ici le métier, étoit tout-à-fait inséparable de l'art.

Je dirai que les artistes et les amateurs purent admirer cette finesse progressive de trait, et de la même manière qu'Apelles et Protogènes la produisirent, c'est-à-dire, non comme fin, mais comme moyen de l'art, et moins comme mérite essentiel que comme attribut de l'essence même de ce mérite.

Dès-lors Pline, sans avoir péché *contre le bon sens*, ainsi que le veulent quelques-uns de ses commentateurs, a pu se contenter de relever un des genres de mérite et de ces deux peintres et de leurs trois dessins; il l'a pu d'autant mieux, que cet éloge ne signifie pas qu'il n'y eût rien autre chose à y louer; il a pu le faire avec d'autant plus de raison, que le mérite qu'il relève exista de fait, dans une progression quelconque, entre les trois figures; il a relevé ce mérite enfin, et parce qu'il étoit un des plus apparens pour le plus grand nombre, et parce qu'il étoit de nature à être plus clairement exprimé par le discours.

C'est pourquoi, sans prétendre que le mot *subtilis* ou *subtilitas* ne puisse pas être susceptible d'une acception figurée, mais attendu qu'il se trouve associé aux mots *tenuis* et *tenuitas*, qui ne comportent que le sens simple, et comme l'acception simple forme ici un sens juste, conforme aux notions de l'art, et que ne sauroit désavouer un goût éclairé, je conclus qu'il n'y a ni un mot à changer dans le récit de Pline, ni rien à y substituer, ni rien à en ôter, ni la moindre expression à détourner de son sens simple. Je persiste enfin à soutenir que cet écrivain a rapporté un fait véritable, et l'a narré dans les termes et de la manière dont pourroit le faire encore aujourd'hui un homme de l'art, ou un homme de goût, sans pouvoir être accusé de puérilité ou d'ignorance.

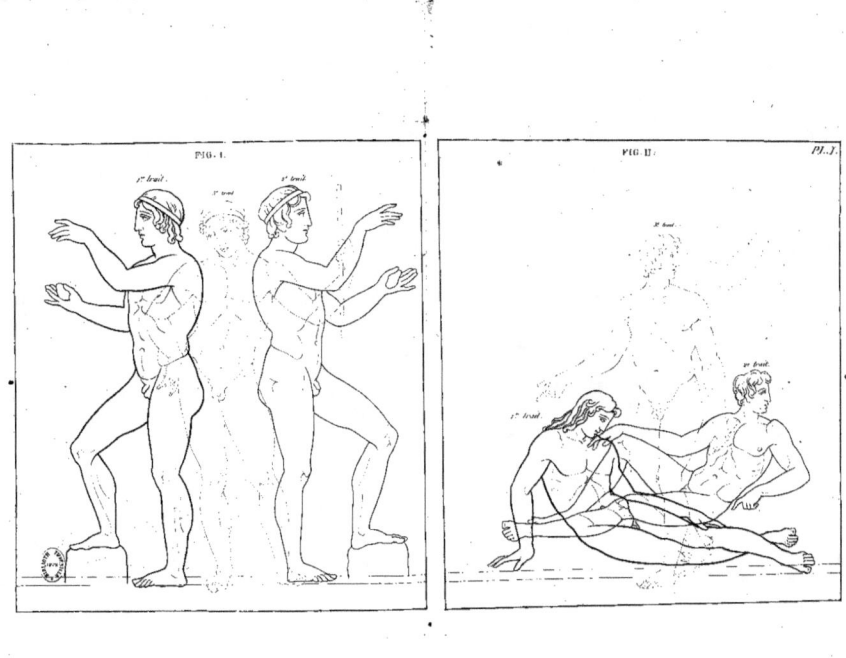

FIG. I.

FIG. II.

PL. I.

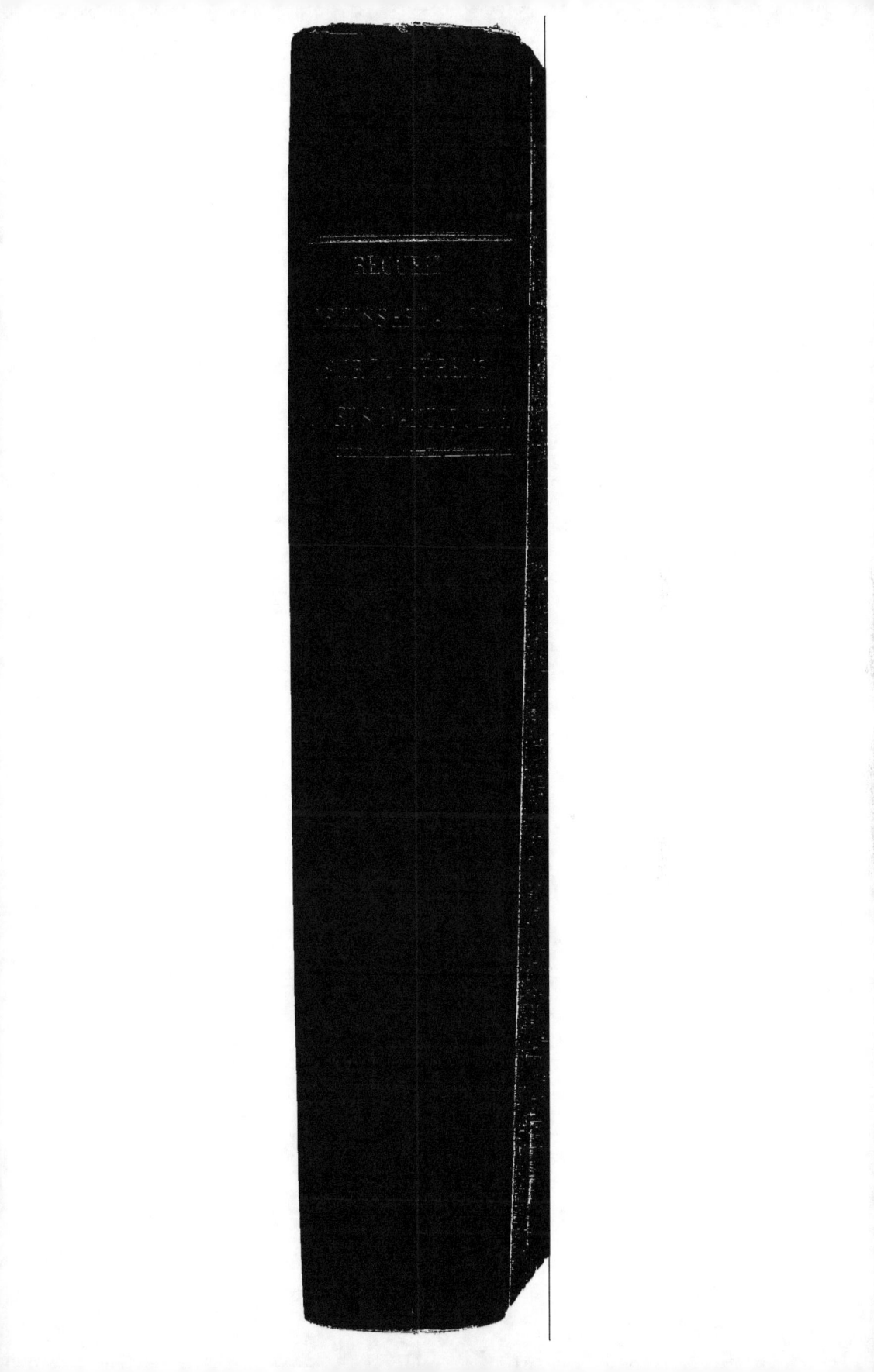